东方文学专题讲稿

DONGFANG WENXUE ZHUANTI JIANGGAO

孟昭毅 著

北京师范大学出版集团
安徽大学出版社

图书在版编目(CIP)数据

东方文学专题讲稿／孟昭毅著．—合肥:安徽大学出版社，2014.7
（大学名师精品课程共享丛书）
ISBN 978-7-5664-0800-6

Ⅰ．①东… Ⅱ．①孟… Ⅲ．①文学史－东方国家 Ⅳ．①I109

中国版本图书馆 CIP 数据核字(2014)第 161586 号

东方文学专题讲稿

孟昭毅 著

出版发行：	北京师范大学出版集团
	安 徽 大 学 出 版 社
	（安徽省合肥市肥西路 3 号 邮编 230039）
	www.bnupg.com.cn
	www.ahupress.com.cn
印　　刷：	合肥远东印务有限责任公司
经　　销：	全国新华书店
开　　本：	170mm×240mm
印　　张：	21.5
字　　数：	269 千字
版　　次：	2014 年 7 月第 1 版
印　　次：	2014 年 7 月第 1 次印刷
定　　价：	39.00 元
ISBN 978-7-5664-0800-6	

策划统筹：朱丽琴		装帧设计：李　军	
责任编辑：王娟娟		美术编辑：李　军	
责任校对：程中业		责任印制：陈　如	

版权所有　侵权必究

反盗版、侵权举报电话：0551－65106311
外埠邮购电话：0551－65107716
本书如有印装质量问题，请与印制管理部联系调换。
印制管理部电话：0551－65106311

目 录

前言：神圣的东方文学 …………………………………………… 001

第一章：古代蒙昧时期文学 ………………………………… 001
  第 1 讲：巴比伦文学与《吉尔伽美什》………………………… 001
  第 2 讲：埃及文学与《亡灵书》………………………………… 008
  第 3 讲：希伯来文学与《旧约》………………………………… 018
  第 4 讲：印度文学与《罗摩衍那》……………………………… 032

第二章：中古发祥时期文学 ………………………………… 047
  第 5 讲：朝鲜文学与《春香传》………………………………… 047
  第 6 讲：日本文学与《源氏物语》……………………………… 064
  第 7 讲：越南文学与《金云翘传》……………………………… 083
  第 8 讲：印度文学与《沙恭达罗》……………………………… 103
  第 9 讲：阿拉伯文学与《一千零一夜》………………………… 117
  第 10 讲：波斯文学与《列王纪》……………………………… 132

第三章：近代转型时期文学 ………………………………… 145
  第 11 讲：日本文学与夏目漱石"则天去私" ………………… 145
  第 12 讲：印度文学与泰戈尔"世界主义" …………………… 171
  第 13 讲：巴基斯坦文学与伊克巴尔"伊斯兰精神" ………… 187

第14讲:黎巴嫩文学与纪伯伦"流散写作" …………… 210

第四章:现代勃兴时期文学 …………………………… 222

第15讲:日本:川端康成文学的徒劳主题 …………… 222
第16讲:印度:普列姆昌德文学的乡土气息 ………… 232
第17讲:伊朗:赫达雅特文学的荒诞美学 …………… 241
第18讲:埃及:塔哈·侯赛因文学的生命探索 ……… 255

第五章:当代隆盛时期文学 …………………………… 269

第19讲:日本:大江健三郎与《万延元年的足球队》 … 269
第20讲:印度尼西亚:普拉姆迪亚与《人世间》 …… 278
第21讲:土耳其:奥尔罕·帕慕克与《我的名字叫红》 … 287
第22讲:埃及:纳吉布·马哈福兹与"三部曲" …… 302
第23讲:尼日利亚:沃尔·索因卡与《路》 ………… 313
第24讲:南非:纳丁·戈迪默与《自然变异》 ……… 323

后记 …………………………………………………… 332

前　言

神圣的东方文学

我开始讲授和研究东方文学的相关内容,是从1982年秋天在拉萨西藏师范学院(现西藏大学)开始的,至今已有30余年的历史了。几十年来,为了取得讲课的真正发言权,即讲课时心中有底,除了读书,我几乎走遍了东北亚、东南亚、南亚、西亚和北非的诸多东方国家和重要的文化文学遗址,积累了许多第一手资料。尽管如此,鉴于"东方"这一概念边界的模糊性和不确定性,东方文化文学的复杂性和多样性,要想在大学课堂上将它讲全讲透几乎是不可能的,尤其是作为选修课的"东方文学专题",想用区区一学期不到40课时的短暂时间进行讲授,只能是突出重点,讲授规律,勉为其难。

"东方"作为一个概念,中国人和西方人对其理解不完全一致。在中国,"东"和"西"是相对的时空观念,初民时期它们是作为两个方位被先民感知的。《说文解字》:"东,动也,从木。官溥说,从日在木中。"《史记·历书》:"日起于东。"先民产生"东"的方位感是因为"东"是太阳升起的地方。《说文解字》:"西,鸟在巢上也,象形,日在西方而鸟西,故因此为东西之西。"几乎与此同时,"东"、"西"又作为两个时间观念被先民理解到了。《白虎通·五行》："东方者,动方也,万物始动生也。""东"是太阳升起之地,而太阳升起之时,也是万物活动的开始。"西"作为象形字,本指鸟,鸟在巢上意味着它要归巢休息。这样上古先民在感知"东"、"西"两个方位时,又理解到两个时间观念,即日出之时表示劳作之始、日落之时表示休息之始。由此可见,中国先民的"东"与"西"既是空间观念,又是时间观念,关系密不可分。"东"与"西"还表现为时空感的统一,即在时间上表现为一种不间断的持续存在,在空间上表现为一种轮回式的周而复始。

外国和中国一样,也是先将"东方"作为一个空间方位来认识的。古代西亚两河流域的亚述人就将太阳升起的地方称为"亚细"(意为日出之地)。古代北非的埃及认为太阳神阿顿升起在东方,而落在尼罗河西岸。古代希腊早就将地中海东岸地区称为"亚细亚",并且有了近东、中东、远东的区别。拉丁文有句名言,"光明从东方升起",也是对空间方位的认知。历史文化概念中的"东方",则指除却古希腊、罗马以外的几大文明发源地,因而理应包括亚洲和非洲北部地区。无论是中国还是西方,在确定"东"或"东方"等方位时都有一个立足点的问题,即以认知主体为中心、为立足点。为了避免任何一种"中心论"的误导,我在讲课时注意从世界文学的角度,将"东方"理解为学界普遍认同的一种共识性理解,即指亚洲和非洲。而东方文学则指在这一地区产生的口头文学,民间文学和文人创作等。

东方文学的内容浩繁,丰富多彩,作家如云,灿若群星,时间上下五千年,空间左右两大洲。要想让学生喜欢听课,听了课有收益,必须不断更新教法,经常改变思路。我主要采取了史论结合、丝线串珠的理论框架,文化搭台、文学唱戏的个案分析,将整个东方文学分为五个时期,即古代蒙昧时期、中古发祥时期、近代转型时期、现代勃兴时期和当代隆盛时期。讲每个时期的重要文学现象和重点作家作品,既有一定的广度,又有一定的深度,既有专业课的普及性,又有专题课的学术性,使学生能在最短的时间里得到最大的收益。

  我讲过东方文学史的基础课,也讲过东方文学的专题课,还讲过东方文学交流史的课。我发现,单纯地讲作家、作品,即作家生平、创作,包括重要作品人物形象的分析、主题思想的发掘、艺术成就的提炼等,这是远远不够的。因为这是一种单一的学术思维范式,即单维的、纵向的、垂直的线性研究,缺乏一种多维的、横向的、水平的网状联想。这种传统的讲课方式缺乏一种星云式的发散性思维,缺少一种大开大合的思想融通,也难以达到冲击听众心灵的效果。因此,我在讲东方文学专题课时尽量将作家、作品放在特定的时空里进行文化观照,注重它的渊源与流向、接受与影响,注意这种文学现象发生学意义的原发性,还要考虑到传播学意义的媒介性,使学生能在学习的过程中产生诸多联想。将个人的、社会的、传统的、现代的各种因素,通过自己的思考统一起来,将人文理性与学术理性联系起来,才可以找到某种契合点。发现一些问题的症结,真正解决一些现实问题,将文学这种所谓无用之学变为无用之用而有大用的学问,文学研究才能和语文教育产生密切联系,才能更好地服务于社会。

  我参与主编过不少东方文学的教材,如北京大学出版社出版的《东方文学史》、《简明东方文学史》;南开大学出版社出版的《外国文学史》(亚非卷)等。这些文学史理论稳健,观点持中,无须个性化。而现今撰写的《东方文学专题讲稿》则是根据自己多年来教学和研究的体会,带有纵深开掘的专题探讨性。我很愿意做这一工作,将自己多年的讲稿重新整理修正,并注意在讲解有些作家、作品时有所侧重地进行探究式学习,希望促使学生在学习时能有豁然开朗的意外惊喜,而不感到千篇一律、模式化。尤其是将有些作家作品放在世界文学的坐标上,确定它的地位、价值和意义,以及它对以往作家作品的吸收和对继后作家作品的影响,能给学生一种日新月异的感觉。

该讲稿选择了亚非地区不同时期、不同国家的有代表性的作家作品,对学术热点和难点进行分析和阐释,多为自己的研究心得和一家之言,少有空泛奢谈的不实之词。努力营造一种东方文学特有的历史悠久、发展繁盛、影响深远、名家璀璨、名作迭出的氛围,使读者得到一种对东方文学由原来的侧目而视到刮目相看的审美效果。打破过去西方文学和理论过于强势,甚至西方的月亮都比东方圆的西方中心主义的片面观点,并将东方"虚无主义"思想扔进垃圾堆,努力恢复世界文学的本来面目。

东方有广袤富饶的大地,东方文化有难以想象的艺术魅力,植根其上的东方文学则以其辉煌灿烂的光焰照亮了人类文明史上的漫漫长夜,它们至今仍以顽强的生命力和经久不衰的影响力,不断丰富着人类的精神生活,为世界文学的完美贡献力量。我热爱东方,我热爱东方各族人民,是他们创造了神奇、神秘、不可思议的东方文化。而作为其记录和表现载体的东方文学,我们无论怎样上下求索都难以得其真谛,无论怎样阐述解读都难以窥其全貌。但是我愿意尽毕生余力为之努力。这本《东方文学专题讲稿》就是我奉献给世界文学艺苑的一朵小花,它体现了我追求的"一花一世界,一叶一菩提"的文学梦。

第一章：古代蒙昧时期文学

第1讲：巴比伦文学与《吉尔伽美什》

一、巴比伦文学

巴比伦文明形成。巴比伦地处两河流域，又称"美索不达米亚"，是古代希腊人对西亚地区的底格里斯河和幼发拉底河之间冲积平原的一种称谓，意为"两河之间的土地"。现今属于伊拉克版图，其北部古称"亚述"，南部古称"巴比伦尼亚"。巴比伦尼亚北部称"阿卡德"，南部称"苏美尔"。原始文化产生于北部阿卡德，后在南部形成苏美尔文明，并成为古代美索不达米亚文明的基础。约自公元前30世纪至前2371年，阿卡德王国（前2371~前2230）建立，巴比伦尼亚先后出现几十个城邦国家。其中以闪米特人（即闪族）为主形成了阿卡德城邦（北部）。它在公元前2316年征服了南部苏美尔诸城邦，完成了历史上第一次对巴比伦尼亚的统治，建立了统一的奴隶制国家。公元前2230年阿卡德王国被东北部山区库提人部落所灭。公元前2006年，两河流域北部闪族的亚摩利人崛起并侵入中南部，约在公元前19世纪，亚摩利人在巴比伦尼亚建立了古巴比伦王国第一王朝（前1894~前1595），定都巴比伦城。与此同时，两河流域北部闪族另一支也创建了奴隶制国家——亚述。亚述王国在底格里斯河东岸建造新都尼尼微。两河流域南部的苏美尔文明、中南部的巴比伦文明及北部的亚述文明形成两河流域文明的主体。其中巴比伦文明处于领先地位。这就是现在习惯称这一文明为"巴比伦文明"的原因。

图画文字、楔形文字、泥板文书。公元前40世纪晚期，苏美尔人就发明了现今发现的最古老的图画文字，取代了契刻记事。图画文字符号经过象形文字阶段演变成楔形文字。这些楔形文字脱离平面图画符号刻在石头上。可是由于两河流域冲积平原上缺少石块，苏美尔人只好就地取材，使用黏土作为书写材料。他们用河水和土制成形状不同、大小各异的湿软泥板，再用削磨成楔子形状的芦苇秆在泥板上压刻成楔形文字，将湿软泥板烘干或晒干，使之坚硬，以便长期保存。这些刻写着楔形文字的泥板，有的一块可以独立成篇，有的几十块可以接连成一部长篇，就成为泥板文书。这些曾被阿卡德人、巴比伦人、亚述人使用过的文字，约在公元前2000年开始，又传授给西亚地区的赫梯人、腓尼基人、埃及人、波斯人使用。因此，楔形文字又有古代东方拉丁字的美誉。此后，阿拉伯人称其为"钉头字"，英国人称之为"楔形字"。这些文字长期被诸多民族共同使用。古埃及的象形文字和腓尼基的字母文字都受到它的间接影响。其后教这些文字的学校诞生，人类最早的文明和知识开始向世界各地传播。这些刻在泥板上的楔形文字被教授使用、收藏在图书馆，于是就成了书，亚述帝国末代国王巴尼拔建造的著名亚述巴尼拔国家图书馆收藏泥板万件以上。其内容极其丰富，涉及文学的多种体裁，如神话、传说、颂歌、祈祷文、史诗和寓言等，最晚一块楔形文字泥板沿用至公元75年。

巴比伦文学主要内容。其内容包括神话传说、史诗、劳动歌谣、寓言、赞歌、祈祷文和箴言等。这些作品从不同角度反映了当时人们对某些自然现象和社会现象的朴素理解和探求，具有丰富的想象力，反映了他们的生活愿望和斗争精神，有一定的积极意义。在古代巴比伦文学中，神话传说和英雄叙事诗占有重要地位。

创世神话《埃努玛·埃立什》(七块创世泥板)在公元前15世纪至前14世纪基本定型。开首两句诗为"当上无'天'之名,下无'地'之称",前两个字"当上"(汉语)的巴比伦语音译即"埃努玛·埃立什",后成为这则神话的名称,而非人名。

神话讲述的是,在世界混沌一片时,只有咸水(女)和甜水(男)两个分属阴阳两极的初祖神。神话中有神灵降生、开天辟地、创造人类等内容,对后世影响较大的有"就地画魔圈"、"马尔都克造人"(新神用罪神之血)及"天地分两部分神住"等。

巴比伦神话从不同角度反映了当时人们对宇宙起源、自然变化、理想中的英雄以及生死现象的想象和探索。写在七块泥板上的关于世界创造和巴比伦保护神马尔都克的《咏世界创造》就是巴比伦最有名的神话之一。它主要描述了宇宙和人类的创造过程,颂扬了马尔都克战胜恶魔、创造宇宙和人类的功绩,反映出两河流域的古代人民努力探索自然奥秘、追求光明、大胆想象的精神。这则神话已由原始宗教后期的图腾崇拜转为对多神的崇拜,进而突出对一神的崇拜了。关于女神伊什塔尔的神话《伊什塔尔的下降》,描写的是女神伊什塔尔赴下界地狱中搭救男友坦姆兹的动人故事,与希腊神话中的司农女神得墨忒耳和女儿珀尔塞福涅的故事异曲同工,表现了古代巴比伦人对四季时令变化奥秘和万物荣枯原因的朴素想象和探求。在《女神印妮娜的选择》的神话中,游牧英雄和农耕英雄都以自己的劳动果实作为供品向印妮娜表示爱情,女神选择了农夫为伴侣。这篇神话明显反映了巴比伦人从游牧漂泊生活转到农业耕作定居生活的社会面貌,歌颂了男女间的爱情。此外,关于古巴比伦人祖先尊神意造方舟躲避洪水的传说,反映了他们与自然界的斗争。古巴比伦人还把两河流域神话中的诸神与天上星宿联系起来,共尊七位主神(太阳神、月神、战神火星、智慧神水星、六神之王木星、爱神金星、胜利神土星),并认为每天有一位星神值勤,七日轮一回,这样就使诸神具有永恒的意义,而洪水传说和数字"七"的运用影响了希伯来文学。特点主要包括:两河是古巴比伦人生存之地,崇拜水神;神是变化的,主神在变化;人是用神血造成的,并为神服务;苏美尔神话简单,不系统完整,影响了巴比伦神话。

巴比伦史诗目前为人们所明确了解的有9部。这些史诗比较原始,大多与早期的神话传说相杂糅,主要刻画英雄形象,9部史诗中有4部是关于乌鲁克第一王朝的两位国王恩美尔卡(2部)、卢伽尔班达(2部)的。史诗描述了他们征伐四方、远游历险、为民除害的英雄业绩。史诗篇幅长短不一,从100多行到600多行不等。史诗描述手法朴拙,反映了初民时期的人类简单的生活理想与朴素的美好愿望。

巴比伦史诗中的其他5部是关于乌鲁克第一王朝的第5位国王吉尔伽美什的。它们分别是《吉尔伽美什与阿伽》、《吉尔伽美什和生物之国》、《吉尔伽美什和天牛》、《吉尔伽美什的死亡》、《吉尔伽美什、恩启都和地下世界》。这些史诗经过巴比伦艺人的搜集整理编纂、加工再创造,形成了代表美索不达米亚史诗最高成就的《吉尔伽美什》。

二、《吉尔伽美什》

史诗《吉尔伽美什》雏形的出现距今已有4000多年历史。它是巴比伦文学中最有影响的文字,也是世界文学史中最古老的形态,是伶工文学最早的代表作。主人公假借的是古代两河流域历史上一位国王的名字。据《苏美尔王表》记载,吉尔伽美什是苏美尔人创建的乌鲁克城邦第一王朝(亦称大洪水后第二王朝)的第5位国王,统治时间约在公元前2700年至前2600年间。约公元前30世纪后期出现了关于此故事的泥板文书,至公元前1500年前后出现了用巴比伦语写成的《吉尔伽美什》。公元19世纪中叶,在伊拉克尼尼微发现亚述国王巴尼拔(前668~前625)的皇家书库,其中有一部较完整的用亚述语楔形文字刻写的《吉尔伽美什》。它有3500多行,用楔形文字记述在12块泥板上。

　　史诗《吉尔伽美什》分为介绍吉尔伽美什其人其事和描述吉尔伽美什和恩启都的生死友谊两大部分。前一部分主要说主人公很聪慧,他能洞察一切。他事先获得大洪水到来的消息。他曾周游世界,历经艰险,并将这些经历刻写在岩石上。众神创造吉尔伽美什时,赋予他美貌、勇敢和完美的身躯。他三分之二像神,三分之一像人。他在乌鲁克修建城池,为女神伊什塔尔修建神庙。后一部分主要叙述吉尔伽美什在乌鲁克的残酷统治,激起人民怨恨,天神创造了野人式的恩启都来对付他。两人在乌鲁克城展开激烈的厮杀与搏斗,因为不分胜负,他们相互佩服对方的勇武,结成形影不离的莫逆之交。吉尔伽美什和恩启都一起为民除害,消灭了吃人雄狮、吐毒火的芬巴巴。他们由于拒绝女神伊什塔尔之爱,而遭天牛的报复。两英雄与天牛搏斗并杀死了它。挚友恩启都的死亡使吉尔伽美什对死亡感到恐惧,他想找到永生的奥秘。在历经艰险之后,吉尔伽美什找到被列入神籍的人类始祖乌特那皮什提牟。乌特那皮什提牟向吉尔伽美什讲了"洪水故事",他还向吉尔伽美什揭示如何获得返老还童仙草的秘密。吉尔伽美什按照他的指点,潜入海底获得仙草。但在归途,仙草被蛇叼走。他沮丧地回到乌鲁克,与恩启都幽灵对话。恩启都的灵魂向他讲述了阴间的见闻。

　　苏美尔人早已流传的记载在泥板文书上的洪水故事,流传到巴比伦出现在《吉尔伽美什》第11块泥板上。后作为巴比伦之囚的犹太人受到这个洪水故事的影响将其稍加改动保存在《旧约》中。1872年,英国学者乔治·史密斯在钻研泥板文书时,读出洪水故事。他两次去尼尼微又搜集到12000块残片,将其整理复原后不仅恢复了洪水故事原貌,而且将整部《吉尔伽美什》呈现在世人面前。其第8块泥板(节选)如下:

"听吧,老人们,[而且倾耳聆听]我来奉告!
我朝着我的朋友恩启都哭吊,
像个悲啼的妇女那样激烈地哀号。

斧在身边放,[弓(?)]在手中操,
眼前摆[盾牌(?)],腰间佩短刀。
我的华贵衣服,我的丰富[的]
恶鬼下了手,从我这抢跑。
[我的朋友呦,你]曾猎过山上的骡马,原野的豹,
我们曾经踏遍[群山],把一切[征服],
夺取了都城,[把'天牛'杀掉],
曾经使'杉林'中的芬巴巴把罪遭。
但是现在,降在你身上的这长眠究属何物?
昏暗包围了你,[我说的话]你已经听不到。
他的[眼睛]抬也不抬,
摸摸他的心脏,已经不跳。
于是,他把他的朋友,像新娘似地用薄布蒙罩。
[他]就像狮子一样高声吼叫,
就像被夺走子狮的母狮不差分毫。"(赵乐甡译)

记述在12块泥板上的伟大史诗《吉尔伽美什》主要讲述诗中主人公吉尔伽美什与恩启都从争斗的仇敌发展为相敬的好友,又一起联手为民除害,成为举世爱戴的英雄。但恩启都却因得罪了天神而遭受死亡的惩罚。吉尔伽美什在悲痛中开始了对"死与生命"的秘密的探索。上文所选即是吉尔伽美什看到死去的恩启都的情景。史诗这一部分感情真挚,催人泪下,使人仿佛看到吉尔伽美什依偎在好友身旁,千呼万唤也无法挽回他鲜活的生命,读来令人悲痛不已。而这里所表现的吉尔伽美什对于生命与死亡的思考也体现了古巴比伦人祈求长生不老的愿望。

史诗《吉尔伽美什》是人类早期的文学作品,在语言和情节上都较为粗糙,吉尔伽美什的形象和性格前后也都不统一。但是两位英雄敢于反抗神意、努力探索生命奥秘、勇于克服洪水灾害的精神却是难能可贵的。尽管史诗的结构比较简单,前后情节也有矛盾,但是它的思想倾向却非常鲜明、突出,其中不少内容对后世影响深远。

首先，史诗热情歌颂了古代英雄在与自然和社会的斗争中所表现出来的优秀品质。史诗通过吉尔伽美什的一系列不平凡的经历，着重歌颂了他在为人民造福的斗争中不畏强暴、英勇战斗的顽强精神；赞扬了他对待邪恶势力绝不妥协退让，明辨是非，爱憎分明，敢于和邪恶势力抗争的坚定性和斗争性；表现了他在追求真理的过程中不畏艰难、不为利诱所迷惑、不达目的誓不罢休的执着精神。史诗塑造的英雄的形象栩栩如生，具有英雄主义色彩，感人至深。

其次，史诗反映出古代巴比伦人积极探索人生奥秘、努力认识自然法则，并企图予以改变的朴素愿望，以及敢于违抗神意的积极进取精神。恩启都死后，他不畏艰险去探求永生，明显是对神的意志的一种挑战，是他一心要认识自然法则、掌握自己的命运、探索真理精神的一种体现，并不是单纯为了个人的生死安危。这就使英雄吉尔伽美什的形象更加高大、更加受人景仰。他的形象已从单纯造福于乌鲁克城的保护人升华为一个勇于探索真理的英雄主义精神的化身，这种思想出现在宗教迷信思想占统治地位的时代是难能可贵的。

再次，史诗将对待人民的态度作为衡量古代英雄的尺度，表现出强烈的爱憎感情。史诗中的两个主要人物最初都是以危害人民的形象出现的，但最终都走上了为民造福的道路，进而成为被人民传颂的英雄。吉尔伽美什的形象前后表现不统一，作者对作为残酷统治者的他持明确的反对态度，而对作为英雄的他则表示赞赏和歌颂。

史诗的艺术特色主要有以下几个方面：

首先，史诗具有强烈的社会生活气息。史诗在一定程度上反映出古代两河流域人民的社会生活和正在形成的社会关系，虽然是写神的活动，却写得和地上凡人一样，充满强烈的人间社会生活气息，体现了史诗的现实主义因素。

其次，史诗具有浓郁的浪漫主义色彩。史诗既写人又写神，忽而人间，忽而天上，上下往来，变换不已。人物经历充满传奇性，描写的景物和事件也很神奇,并且具有丰富的想象,采用了象征、夸张等艺术手法。

再次,史诗创作艺术技巧出色,具有民间口头创作的特点。史诗情节发展自由灵活,节奏整齐,叙事、描写结合较紧密,结构比较严谨,有转折、有照应。有些关键诗句和情节屡次重复,激荡人心。语言通俗朴素,修饰语丰富。

史诗《吉尔伽美什》历史久远、内容丰富、流传广泛,它对欧美文化和文学以及东方各国区域间的文化文学交流都有明显的影响。

第2讲:埃及文学与《亡灵书》

一、埃及文学

尼罗河在非洲大陆的东北部,由南向北川流不息,注入地中海。尼罗河流域两岸的土地由于受到水量充沛的河水长期泛滥与灌溉,被史书称为"肥沃的新月地带",成为世界文明摇篮之一。早在公元前3500年前后,这里诞生了世界四大文明古国之一的埃及。古代尼罗河流域的文化孕育了源远流长的埃及古文明,正如公元前5世纪古希腊历史学家希罗多德留下的千古名言:"埃及是尼罗河的赠礼。"

尼罗河全长6670多公里,是世界上最长的河流之一。位于阿斯旺的第一瀑布是尼罗河进入埃及本土的标志,并开始形成一个宽度为15公里至20公里不等的平底河谷。流至开罗以北,谷地逐渐扩展成扇面形,分成很多支流,形成长约160公里、宽约240公里的三角洲低地。尼罗河流域以孟菲斯为中心分为两大区域,南部上游狭长谷地被称为"上埃及",北部下游的三角洲被称为"下埃及"。尼罗河流域夏季炎热,冬季温和,雨水稀少,一年一度的河水泛滥使谷物丰收。尼罗河又成为水上交通大动脉,给两岸人民带来了便利。尼罗河流域以自己独特的自然与地理条件滋养了法老时代近3000年的古代文化。由讲哈姆语的北非的土著与西亚迁徙而来的讲塞姆语的移民融合成的古代埃及人将尼罗河视为神明,称之为"哈皮",意指泛滥时期的尼罗河。

早在2万多年前,尼罗河两岸的高地上就已出现了早期人类活动的迹象。旧石器时代,尼罗河流域就开始有了原始农业的萌芽。大约距今1万年前,由于气候的变化,以游猎为生的北非人开始向尼罗河流域迁居,成为高地最早的定居者。在约公元前5000年,他们种植谷物,引水灌溉,开始过上新石器时代定居的农耕生活,创造了尼罗河流域早期铜石兼用的文化。这一文化又称为"埃及前王朝文化"。约公元前3500年,大量考古发现表明,尼罗河流域已进入文明时期。大量用铜铸造的工具和武器证明,当时的居民已掌握了冶炼金属的技术。彩陶上绘的人物、动植物、船只和水渠等图画,反映了当时的劳动生产情况。

当时尼罗河流域的文化促生了一些地域很小的社会结构和政权,埃及人自称为"斯帕特",希腊人称为"诺姆",译成中文即为"州"。这些"州"相互争夺各种资源,并进行战争。约公元前3100年,上埃及提斯州的统治者美尼斯征服了下埃及并占有了尼罗河三角洲,创立了埃及古代史上的第一王朝(约前3100～前2890,又称提斯王朝),成为早王朝时期开始的标志(约前3100～前2686)。自约公元前2686年建立第三王朝(约前2686～前2613)起,埃及进入古王国时期(约前2686～前2181)。古王国存在500余年,君权神授,国王人神一体,许多国王聚敛财富,为自己建造陵寝——金字塔。建于吉萨的第四王朝(约前2613～前2498)国王胡夫祖孙三代的金字塔雄伟壮观。古王国时代又被称为"金字塔时代"。

古王国时代历经6个王朝终于结束,统一的埃及政权开始分裂,古代埃及开始进入第一个动乱年代,史称"第一中间期"(约前2181～前2040)。在经历第七至第十个王朝以后,第十一王朝(约前2133～前1991)的孟图霍特普二世重新统一了埃及的大部分地区,埃及进入新的繁荣时期即中王国时期(约前2040～前1786)。通过南征北战、开拓疆土,中王国使埃及恢复了昔日的自信与强大。它的经济、地理位置促进了古代地中海各国的经济文化交流,也加速了西亚、北非两大古代文化之间的交融。

埃及自第十二王朝末期开始衰落,从第十三王朝至第十七王朝一直处于内忧外患、动乱分裂的状态之中,史称"第二中间期"(约前1786～前1567)。直至雅赫摩斯一世建立了第十八王朝(约前1567～前1320),定都底比斯,埃及才恢复了往日的统一和强盛。从第十八王朝起直至第二十王朝,埃及进入史称"埃及帝国"的新王国时期(约前1570～前1085)。埃及古代文明进入了巅峰时期,无论是政治、军事,还是经济、文化都取得了巨大的成就。

新王国时期的结束是以公元前1085年斯门德斯在下埃及的塔尼斯建立第二十一王国(约前1085～前945)为标志的。从此,经第二十一王国至第三十一王国,埃及进入后王朝时期(约前1069～前332)。后王朝时期埃及曾两度为波斯人所统治,还受到亚述人入侵。这表明,埃及古国在分裂与统一、灭亡与复兴的反复更迭中,开始衰微了。公元前332年,马其顿王亚历山大征服了埃及。从此,埃及的统治者再无埃及人血统,延续了近3000年的埃及法老时代终于结束。至公元642年,尼罗河流域升起新月旗,从此,尼罗河流域的文化进入伊斯兰文化影响的范畴。

古埃及的文字和文学与尼罗河流域文化有着密不可分的关系。可以毫不夸张地说,没有这些文字和文学就没有尼罗河流域文化的辉煌。只有它们才是这些文化的历史见证人与记录者。

早在约公元前3500年至前3100年的前王朝晚期,尼罗河流域的上埃及地区就产生了由图画发展而来的象形文字。这种在埃及法老时代使用了近3000年的象形文字在埃及衰亡后的约15个世纪的时间里无人知晓,直至1822年,现代埃及学的创建者、跨国学者商博良(1790~1832)成功破译了《罗塞达石碑》,才最终接近并释读了古埃及象形文字,并使其变得能让人看懂。他的名言"生活的真谛在于热情",不仅是他短暂一生的真实写照,也成为后世埃及学学者挖掘这一文化宝库的精神支柱。从此,古埃及的名文石刻、纸草文书、《亡灵书》、木乃伊和雕刻艺术等均成为研究和收藏对象。

古埃及早期的象形文字属于表意文字,特点是文字和语音不发生联系,而利用图形和词义产生密切联系。它是用图形作为符号来表意的。其中有表示整个词意的表意符号,有表示音素和音节的表音符号,也有表示意义范畴限定的限定符号等。这一古文字系统在公元前3000年前后基本形成。之所以又可以将古埃及文字视为一种拼音文字,原因是它可以利用一个个图形作为音符来拼写,如猫头鹰代表M、小鸡代表W、水波代表N等,但与其后的希腊文、拉丁字母又有所不同,经过了旧埃及文、中埃及文、晚埃及文、通俗文和科普特文等五个语言文字的发展阶段,古埃及文字由图形逼真的象形文字,简化为象形文字的草体,最后演化成字母化的科普特文字。在公元642年阿拉伯征服埃及以后,科普特语逐渐被阿拉伯语取代,只有少数信仰基督教的埃及人在继续使用。

有了文字就可以表达人类的思想感情和记录事情,于是简单的文学作品就开始出现了。这些作品初时是以口耳相传的方式在民间流传的,有了象形文字之后,它们被记录在纸草卷或刻在石头上保存下来。古埃及文学内容丰富,形式多样,主要有神话传说、劳动者诗歌、自传、教谕文学、散文故事和《亡灵书》等。

神话传说中太阳神拉开天辟地的创世神话流传最广。最初的世界是黑暗混沌的水,被叫作"努"。众神之主拉在努神体内孕育而生，从水中升起。因为世界上什么也没有，他拥抱自己的影子孕育了一对孪生兄妹舒和泰芙努特，并从嘴里将他们吐出。拉神为此流了许多眼泪，这些眼泪化成尘世间的男女人类。拉神生的这对孪生兄妹结为夫妻也生下一对孪生兄妹——大地男神格伯和天空女神努特。格伯和努特又结为夫妻，依次生下奥西里斯和伊西丝、塞特和娜芙提斯两对兄妹。这两对兄妹也结为夫妻。于是以拉为首的九位一体的众神族形成了。

　　毁灭人类的神话讲述经过多少万年之后，由于拉神的衰老，人类开始对他不敬。拉召集神族商量办法，大家决定让拉神的眼睛去惩罚人类。拉神之眼以哈托尔的名字出现时是长牛犄角的女神，以苏赫默特的名字出现时是长着狮首的女神。总之，她在尼罗河谷和两岸的高山峻岭追杀人类，所到之处尸横遍野，血流成河。拉神开始感到不安，命令眼睛苏赫默特停止屠杀，但苏赫默特已经嗜血成瘾。拉神只好将红颜料混合成的麦酒装在7000个罐里，倒在田野上，诱使苏赫默特喝了过量鲜红的麦酒并使她醉倒在地，人类才残存下来。

　　关于奥西里斯的神话内容格外丰富生动。丰收之神奥西里斯被古埃及人想象为国王。他教导人民、治理国家有方，和妻子伊西丝一起受到人们的赞美与爱戴。其兄弟塞特因嫉恨而阴谋害死他并企图篡位，设计将奥西里斯锁进金柜抛入尼罗河。忠贞的伊西丝得到拉神的帮助，在地中海沿岸使奥西里斯复活。塞特再一次趁奥西里斯打猎时将他杀死，切尸14块，抛在各地。伊西丝千辛万苦找回13块尸体，又照原样复制了被鱼吃掉的生殖器，才将奥西里斯尸体才拼凑完整。伊西丝用麻布和香料将尸体包裹好，将其双臂交叉在胸前、手握连枷和弯杖，做成埃及国王生前的姿势。伊西丝向拉神恳求，奥西里斯被允许在冥界为王，主持审判死者的灵魂。后世埃及人延续这种做法，将死者制成木乃伊，期望能像奥西里斯一样死而复生。伊西丝伏尸痛苦时感孕而生下儿子荷鲁斯。长大了的荷鲁斯在拉神的护佑下战胜塞特，成为埃及之王。伊西丝和奥西里斯在地上见面时,大地回春;奥西里斯回到地下时,大地萧条。这表现了古埃及人对自然界四季更替、万物枯荣的一种朴素理解。

古埃及的诗歌相当发达,内容丰富,形式多样,清新质朴。其中歌谣、爱情诗和赞美诗等占有相当重要的成分。公元前3000多年,古代埃及出现了最初的诗歌,即埃及人民在艰苦劳作过程中吟唱出来的歌谣,表达了他们喜怒哀乐的情感,如《搬谷人的歌谣》就抒发了他们的不满。爱情诗则写得真挚感人,有男欢女爱的情歌,也有痴心女子负心汉的幽怨,还有大量用比喻与象征写成的恋歌。直露、大胆,令人心动。赞美诗则是献给神和国王的诗,其中歌颂阿蒙神的赞美诗最著名,还有最早歌颂国王崇高地位的《乌纳斯颂歌》。在赞颂尼罗河的诗歌中《尼罗河颂》最著名。

古埃及最早的自传出现于古王国初期的大臣的墓葬中。《梅腾自传》是迄今为止发现的埃及历史上最早的自传铭文。梅腾是第三、第四王朝之交的一位大臣,自传记录了他的财产和升迁的履历,其史料价值大大超过它的文学价值。到古王国时期最重要的自传《大臣乌尼传》出现时,纪实文学的色彩大增。乌尼是第六王朝的大臣。他的自传里的叙事成分开始增加并有了简单的文学表现方法,适于吟咏。此外,还有记述生前乐善好施的《霍尔胡夫自传》和记述南征北战的《雅赫摩斯自传》等。

教谕文学即德高望重的圣人、哲人或长者对普通人或晚辈进行教诲与告诫的文学。埃及古王国约第五王朝时期就已有了这种文学作品。迄今发现最早的是《王子阿尔德夫的教谕》,它虽然只遗留下不长的文字,但足以反映当时埃及人对道德和来世的一些想法。保存于古王朝晚期属第六王朝的《普塔雷太普之教谕》是保存最完整、内容也最为丰富的一篇。身居宰相高位的普塔雷太普从训导儿子的角度,讲出许多为人处世之道,如为人要谦虚、处世要力求公正等等。此外,还有传授统治经验的《阿美涅姆赫特一世对其子塞索斯特里斯一世之教谕》,鼓励后代读书人入仕的《杜阿乌夫之子赫琪给其子柏比的教谕》,培养理想人格的《阿美涅莫佩教谕》等。这些教谕文学是认识当时社会的重要资料,作为文化遗产,它至今仍有重要意义。

埃及古代即有叙事传统,因此散文故事格外引人注意。最早的散文故事出现在中王国时期第十二王朝著名的《魏斯特卡尔纸草》里。其中最后三个故事合称为《魔术师的故事》,是记述第四王国国王胡夫的三个儿子给他讲的关于魔术师的故事,内容离奇,引人入胜。中王国时期出现了一批优美动听的散文故事,其中描写普通劳动者勇敢与智慧的《一个能言善辩的农夫》和鼓励航海冒险的《遭难的水手》,以及根据第十二王朝宠臣辛努海一次富有传奇色彩的域外历险而写成的纪实散文《辛努海的故事》等都很著名。在新王国时期出现的众多散文故事里,情节离奇曲折的《两兄弟的故事》最为优秀。

这些故事的主体和题材对后世文坛的影响很大。古埃及的文字对腓尼基字母的形成有重要作用,古埃及文学在题材、体裁和表现手法等方面对古希伯来文学和古希腊文学及中古阿拉伯文学都产生了深远影响。

二、《亡灵书》

《亡灵书》又名《埃及亡灵书》或译《死者之书》,是古代埃及的抄录者为亡灵所准备的所有经文,包括咒语、赞美诗、祈祷文、各类礼仪和神祇等。在古王国时期表现这些内容的象形文字一般被镂刻或书写在古金字塔内法老墓室和过道的壁上,被称为"金字塔文"。书写这种铭文的目的是让国王在冥界能够延续生时的幸福,并能促使其复活重生。到中王国时期,这种铭文已不被法老所专有,贵族和平民死后也可以在棺椁上印或在精美石棺上镂刻一些"金字塔文"的摘录,这种文字被人称为"棺文"。

到新王国时期约公元前16世纪以后,人们将《亡灵书》的内容写在体积小、制作方便的纸草卷上,并增加了冥王奥西里斯来世审判的情节和内容,这种纸草卷几乎成为人死后的必备品,这种纸草卷就是《亡灵书》或《死者之书》。纸草是盛产于尼罗河三角洲沼泽地区的一种高秆水生植物,形似芦苇。其茎为富有纤维的木质,呈三角形,无枝叶,粗如手腕,高三四米。茎心有白色含淀粉的髓,茎端有细长的纤叶,呈伞状四散。根茎四散,根茎可食用。当地人先将水面上的纸草茎割下,再根据需要截成数段,去皮,纵向剖成薄片,将横竖交错的薄片铺在石板上,蒙一麻布,用木槌敲打后在其上面压一宽石板,浆汁会使两层薄片黏合在一起。自然晾干后,用圆石或贝壳磨平、修平之后,一张光滑而薄的纸草便成形了。将其首尾相接卷在圆木棒上即成纸卷。其优点是光滑、轻薄、易于书写,不足之处在于不结实、易受潮和燃烧。它在罗马时代仍属首选的书写材料,公元3世纪后被羊皮纸取代。公元八九世纪后被中国纸彻底取代。

这种书写在纸草卷上的《亡灵书》,有的放置在特别的匣中,有的放在棺椁里,有的与木乃伊裹在一起,已形成人死后的一种习俗和顺利通过冥界考验的生活指南。《亡灵书》的内容包罗万象,既有大量宗教诗和宗教礼仪的论述,也有对冥界生活的大胆想象与细致描绘;既有象形文字,又有彩色插图。因此,它既具有古埃及文学汇编的性质,也是了解古埃及文化的重要途径。

《亡灵书》的名称是泛指,而非确指。其内容大多抄自"金字塔文"与"棺文",由于它不是宗教经典,因此,内容不统一,结构松散,相互之间缺乏有机的思想联系。其中最重要的内容是用否定的方式强调死者自己生前没做过任何坏事,能够顺利通过奥西里斯的审判。它在本质上是生者替死者准备的一份标准答卷。因为它包罗万象,有诗歌、神话、祷文和符箓等,因此,可视之为埃及文学的汇编。

《亡灵书》(节选)

光耀归于奥西里斯,"永无穷尽"的王子,

他通过了千万年而直入永恒，
以南和北为冠冕，众神与人群的主人，
携带了慈悲和权威的拐杖和鞭子。
啊，王中的王，王子中的王子，主人中的主人，
世界重又回春，由于你的热情，
"昔是"和"将是"都成为你的扈从，
你把他们率领，
你的心将满足地安息于隐秘的山顶。
你的躯体是发光的物质，你的头是天蓝的，
土耳其玉的颜色在你莅临之地的四周闪光。
你的躯体广被，你的容光焕发，
犹如今后世界的田野和溪。
允许我的精神在地上坚强，在永恒中凯旋。
允许我顺风航过你的国土。
允许我插翼飞腾而上，像那凤凰。
允许我在众神的塔门中得到宽宏的迎迓。
在"凛寒之屋"中，让你授我以食粮，
那些在死亡中与你——胜利者——同升的祝福的粮食，
并且让我在幸福的草原中有一个家，
在那些有阳光的田野，我能播种和收获小麦和大麦。（锡金译）

  无论是古老的埃及，还是时尚的西方，人们都关注着亡灵的世界，那儿或是天堂或是地狱。其实无非只一个意念：追求生命的永恒不息。而天地广宇中永生的似乎只有神灵。这几句节选的文字向人们展示了古埃及人死后的灵王世界。那儿有一位埃及的"阎王"奥西里斯，他是所有阴世子民至高无上的统治者。诗中的亡灵对他顶礼膜拜，因为他主宰永恒，因为他令春回大地，因为他使"昔是"过去和"将是"未来成为"扈从"……他的神力无边，他的躯体、头颅和光芒融会而成的是冥间的"盘古"。他为那些亡灵铺陈了另

一欣欣向荣的国度。没有琼楼玉宇，没有珠光宝气，所有的奢华都毫无意义。亡灵希冀的不过是奥西里斯仍赋予他们前世的田野和溪谷、草原和小屋，让他们在天国仍若在凡尘。他们依旧要劳作、要耕耘、要收获，要让自己的生命如常地繁衍生息，以至成为奥西里斯"永无穷尽"的子民。

有人恐惧死后会入了地狱，那是因为他蹉跎了人生。在此诗中，人们赞颂亡灵的"判官"奥西里斯，因为他们前世有无悔生存的价值。诗中运用了四个排比句"允许我……"，与其说它是对神的请求，倒不如说是亡灵对来世的期盼，不求荣华富贵，不求纸醉金迷，他们要的是一份平凡的生活，恬淡自然、欢畅自由。

诗人对奥西里斯的颂扬和他对亡灵国度的塑造，一如陶潜笔下的"桃花源"，无论世俗如何的不堪与困苦，人心所向的仍不外乎"悠然见南山"的田园生活。它反映了古代埃及人对今生今世现实生活的一种留恋与向往。

第3讲:希伯来文学与《旧约》

一、希伯来文学

　　古希伯来人属闪族的一支(闪米特),公元前 3000 年前后游牧于幼发拉底河流域。公元前 18 世纪,古巴比伦王国统一两河流域后,汉谟拉比强迫希伯来人信奉他们的部族之神"乌尔都克"。公元前 15 世纪前后,亚伯兰带领希伯来人侵入迦南,后迦南被称为"巴勒斯坦地区"。迦南人把入侵者称为"希伯来人",意即"从河那边来的人"(河指幼发拉底河)。亚伯兰根据所信神耶和华的命令,将自己改名为"亚伯拉罕"。

　　希伯来人各部落逐渐定居,住在迦南南部的称为"犹太部落",住在迦南北部的称为"以色列部落"。他们在公元前 15 世纪至 14 世纪创造了自己的文字。此后,希伯来人曾因饥荒迁入埃及,备受埃及法老的压迫和奴役。忍无可忍的摩西带领他们冲出埃及,在西奈沙漠中挣扎了 40 余年,没到迦南摩西就逝世了。其后在约书亚领导下,他们才回到迦南。《圣经·出埃及记》记述此事,这是公元前 13 世纪末和前 12 世纪初的事。此时,非利士人(地中海东岸附近岛屿上的部落)入侵迦南,将迦南改名为"巴勒斯坦",意即"非利士人的土地"。在和非利士发生的频繁部落战争中,希伯来产生了基甸、耶弗他、参孙等一系列英雄人物,就是所谓"士师",即部落联盟首领,这一时期也即历史上的"士师时代"。

公元前 11 世纪至前 10 世纪之间,希伯来人建立了一个王国,以色列部落的英雄扫罗做了第一位国王。后扫罗父子战死,犹太部落将领大卫登上王位,建都耶路撒冷。大卫统一了犹太和以色列,驱逐了非利士人,控制了从腓尼基到埃及的通商大道,促进了商业繁荣,从那时起犹太人逐渐形成了善于经商的传统。大卫的儿子所罗门统治时期是以色列—犹太王国的鼎盛时期,"所罗门的智慧"、"所罗门的荣华"等词语不仅说明了当时的历史状况,而且成了世界各国通用的成语。所罗门死后,王子罗波安继位,以色列独立(前922),公元前 722 年亚述灭了以色列。犹太王国也于公元前 586 年被新巴比伦王尼布甲尼撒二世所灭,京城耶路撒冷被毁,其国王、贵族、军队、手工业者、建筑师、男女歌手及部分穷苦民众共 5 万多人被俘虏到巴比伦,这就是历史上著名的"巴比伦之囚"。从此希伯来人流落他乡,过着仰人鼻息的生活,并被称为"犹太人",即犹太国的遗民。最初这个称呼含有贬义,后来约定俗成,人们接受了"犹太"这个称呼。

被掳去的犹太人并不都做奴隶,有些被称为先知的志士、仁人依然积极进行政治宗教活动。有名的先知以西结甚至还制定了复国建都的详细方案。公元前 583 年,波斯帝国灭了新巴比伦王国,决定将耶路撒冷作为征服埃及的据点,将被囚在巴比伦的犹太人一批批迁回耶路撒冷,成立傀儡政权。公元前 334 年,马其顿灭波斯,巴勒斯坦归塞琉古将军所有。塞琉古大力提倡希腊化,排斥希伯来文化,希伯来人民惨遭奴役。公元前 64 年,罗马的庞培东侵,犹太成为其属国。公元 66 年,巴勒斯坦的犹太人不堪忍受罗马人的欺压,揭竿而起,奋战 4 年,不幸失败。罗马人攻克耶路撒冷后把被俘的起义者全部钉死在十字架上,并把活着的犹太人卖为奴隶。古希伯来民族的历史至此结束,巴勒斯坦从此陷于空前悲惨的境地。

在做"巴比伦之囚"的 500 多年中,犹太人一直挣扎在死亡线上。民族的不幸遭遇、共同的心理感受使他们产生了一种"救世主"

思想。他们祈求一位"救世主"降临人世,希望上帝耶和华派一个人(即耶稣)指引他们摆脱异族异教的压迫和奴役。此外,两河流域带有宗教色彩的灿烂文化对他们也很有影响,这样就慢慢地形成了一神论的犹太教。

《旧约全书》是希伯来人犹太教的圣典。为防数典忘祖,一些祭司把民族遗留下来的各种文献编纂起来,包括民间流传的神话故事、历史传说、史诗、战歌、爱情诗、小说、戏剧、先知的训诫、国王制定的法律、编年史和祭司贵族制定的教规、信条等等,并使之成为合乎犹太教教义的总集。这些历代希伯来民族的文学遗产,在形诸希伯来文后,被作为民族文学的珍品流传下来。

由于犹太教宣称神与人订立了"契约",人如果按"契约"的规定去做,立约的另一方上帝就会降福给人,明定所有男孩出生后第8天行割礼。公元1世纪,犹太教中新教派"拿撒勒派"从其中分离出来,形成一个新教派。在基督教兴起后,犹太教经典和一神教教义完全被基督教所承袭。犹太教经典被称为《旧约》,以区别于基督教兴起后用希腊文写成的《新约》,"救世主"(希腊文叫"基督")耶稣诞生之后,上帝与人新定了契约。基督教会为宣传新教义,标榜自己宗教历史久远,把《新约》和《旧约》合起来称为《新旧约全书》,作为自己的《圣经》固定下来。《圣经》分为《旧约》和《新约》,《旧约》39卷,《新约》27卷。另外有《次经》和《经外传》14卷。

《旧约》和《新约》的不同点主要体现在以下两个方面:

首先,《旧约》是用古希伯来文写成的,是希伯来一个民族的文学总集,具有民间文学性,主要体现了一神论的宗教思想。《新约》是杂糅希腊文和迦南文写成的,反映了基督教这个世界宗教形成时期的历史大事,是文人为宣传教义而编定的。

其次,《旧约》不信天堂、地狱,不信来世、来生,不信灵魂不死,人受到的最大惩罚就是死。《新约》从"原罪说"产生出了来生来世的思想,教育人民去信仰,具有很大的说教性。

希伯来文学的特色:

第一，鲜明突出的民族性。希伯来文学反映了古代希伯来民族的发展和历代王国兴亡的历史，体现了古希伯来民族1000多年的生活和精神面貌，描绘了它在原始氏族社会末期和奴隶制社会时期的社会现实。古希伯来民族生活在埃及、巴比伦、亚述、波斯、罗马等强国之间，不断遭到侵扰和磨难，遭受亡国的痛苦，这样一个多灾多难的民族，不管是民间文学，还是文人的作品，大多表现出深沉真挚的情感，具有很强的民族情绪。

第二，浓厚的宗教色彩。人们将现世生活中的感情在宗教情感中宣泄，并用文学艺术的多种形式表达出来。每个民族的文学都反映出自己的宗教思想，而希伯来民族的文学尤为突出。它的文学思潮以宗教为中心，其思想特点是一神论犹太教思想。它最初不是严格意义上的一神教，在沦为巴比伦之囚后，才逐渐完成犹太教义，编成《旧约全书》。它没有来世来生的观念，没有灵魂不死的思想，它的上帝耶和华，只是一个民族的神，是他们爱国主义、民族图存的旗帜。

第三，源远流长的文学内容。一方面，它受四邻文明古国影响特别大，如有关天地创造、洪水方舟、"七"字的运用和巴比伦有渊源关系；智慧文学，如《箴言》等深受埃及的影响，古埃及文学中的崇拜太阳神的阿顿颂歌与《旧约诗篇》中第104篇相似。《旧约》中的平行诗体，不仅是希伯来人特殊的诗体，而且是腓尼基、叙利亚等闪米特族语系的共同诗体。戏剧、牧歌（约伯记、雅歌）和小说受到希腊的影响。另一方面，希伯来文学又成为基督教和伊斯兰教经书的土壤。它作为《圣经》的一部分被译成世界各国文字，对各国文学，特别是对欧洲文学有无可比拟的深远影响，具有永久的魅力，至今仍受到各国文学爱好者的欣赏。

第四，丰富的民间文学特色。《旧约》中的《摩西五经》、《大卫的诗篇》、《雅歌》有不少内容是托名的作品，是出于民间流传需要而被编纂的。特别是箴言、智慧文学更明显是人民日常生活经验的结晶。而一些小说故事《路得记》、《以斯帖记》、《犹滴传》等本身就是广为传播的民间故事。

最后,独特的艺术风格。希伯来文学虽然古老,但文学体裁多种多样,主要包括诗歌、小说、故事。希伯来语只有声母,没有韵母,因而《旧约》诗歌不是押尾韵,而是用头韵,即所谓"贯顶体":全诗22节,用希伯来的22个字母,依次作为每一节诗的第一个字母。它们想象丰富,多用象征手法、修辞手法,形象鲜明,文字简洁古朴,诗文并茂,有不少故事或诗句在西方已经家喻户晓。

希伯来文学对后世的影响很大。《旧约》被译成希腊文和拉丁文后,对欧洲和世界文学艺术产生过十分深远的影响。自中世纪以来,有许多作家、诗人、画家、雕塑家从中寻找题材,创作了大量优秀的诗歌、戏剧、小说和绘画。但丁的《神曲》中征引了许多《旧约》中的典故。如全书第一句"在人生的中途"(35岁)就用《旧约诗篇》中第90篇"我们一生的年日是七十岁"。在莎士比亚的37部戏剧中,平均每个剧本运用《圣经》典故12个。17世纪英国资产阶级诗人弥尔顿根据《创世记》中亚当、夏娃偷吃禁果被逐出乐园的故事创作了庄严宏伟的诗篇《失乐园》、《复乐园》,根据《士师记》中力士参孙的故事,创作了诗体悲剧《力士参孙》,表达了作者渴望战斗的革命激情。约翰·班扬在狱中熟读《圣经》,写出广泛描写当时英国现实生活、带有宗教寓言性的小说《天路历程》,全书贯穿了《圣经》中的故事、箴言和其他材料。公元18世纪,德国诗人克罗普斯托克的长诗《救世主》写了基督受难和复活升天以及立法者摩西的故事。荷兰诗人创作的悲剧《撒旦》反映了尼德兰人民反抗西班牙统治者的斗争。歌德虽然反对宗教迷信,但在其代表作《浮士德》中不仅模仿《旧约·约伯记》的故事写了《天上序曲》的两个赌赛,而且在全剧结尾还不得不借用圣经的图景和意象来做结束——众天神接浮士德升天。拜伦用《旧约》中亚当长子该隐杀弟的故事写成诗剧《该隐》,赞美叛逆者。他运用新旧约中其他故事写成《希伯来的旋律》诗20多首,其中如《耶弗他的女儿》、《扫罗》、《约旦河西岸》和《扫罗在最后战役前的歌》等,都很著名。法国古典主义悲剧作家拉辛用《旧约》题材写了《以斯贴记》和《亚他利雅记》剧本。德国著名小说家托马斯·曼的长篇小说《约瑟和他的兄弟们》四部曲(《雅各的故事》、《年青的约瑟》、《约瑟在埃及》、《赡养者约瑟》)都采用了《旧约》中约瑟的故事,借以抗议和抨击德国法西斯仇恨、迫害犹太人。其他,如俄国莱蒙托夫长篇叙事诗《恶魔》、法国法郎士《天使的反叛》、福克纳小说《押沙龙！押沙龙！》、王尔德剧本《莎乐美》、尤金·奥尼尔《拉撒路笑了》等也都受过《圣经》影响。以上材料足见《旧约》影响深远。

二、《旧约》

《旧约全书》(简称《旧约》)是希伯来民族文学和历史的文化总集,共39卷,可分为经部、史部、先知、集部四部分。暗合我国《四库全书》"经、史、子、集"的四分法。《旧约》各卷的写作年代上自公元前12世纪,下至公元前2世纪,期间经过1000年。最早被编入"圣经"的是"五经",成书于公元前5世纪,最晚的是《雅歌》,成书于公元1世纪。

第一部分:经部(经书或法律书),即所谓《摩西五经》,包括《创世记》、《出埃及记》、《利未记》、《民数记》和《申命记》,这部分成书最早,公元前444年就被确定为"圣经"。

《创世记》包括天地创造(首天分昼夜,次日造天,第三天造地和植物,第四天造日月星辰,第五天造飞禽、鱼类,第六天造走兽和人,第七天为安息日)、伊甸乐园(东方的伊甸地方——人类始祖居住的园子)、洪水方舟等神话故事(挪亚三子:闪、含、雅弗成为人类三大支系,挪亚是亚当后裔),还讲述亚当与夏娃被驱出伊甸园,亚当长子该隐出于嫉妒杀死弟弟亚伯,洪水之灾和诺亚方舟,希伯来人族长亚伯拉罕的西迁及定居迦南,以及他燔祭献子赎罪等。这是一卷充满史诗性的历史故事。

《出埃及记》是一部英雄史诗,叙述摩西在埃及诞生,逐渐成为民族英雄。逃亡到埃及的人不堪忍受奴役,随摩西出逃,艰苦和饥饿使一些意志不坚强的人开始抱怨,留恋他们在埃及为奴的生活,"惋惜埃及的肉锅"已成为一句谚语。在出埃及的路上,有人提议铸金牛犊另立他神,受到惩罚,摩西怒摔法板……他们在沙漠中流徙,回到迦南。

《利未记》、《民数记》写旷野、沙漠(西奈)中的苦斗生活,其中《民数记》里讲到巫师巴兰和他的会说话的驴的故事,颇有讽刺意味。在西方,"巴兰的驴"已成为谚语,含有"神通"之意。《申命记》中"申命"是重申法律的意思,写摩西在约旦河河东的旷野向民众讲演,宣布自己年老不能领导他们渡河,改由约书亚领导,并殷切告诫他们严守纪律法规。演说词流利丰富。所定清规戒律不是旷野长征所需,而是后人为传教托摩西大名而作。

第二部分:史书,包括《约书亚记》、《士师记》、《撒母耳记》(上、下)、《列王记》(上、下)、《历代志》(上、下)。主要记录以色列、犹太王国形成、发展、衰亡的历史。约在公元前300年成书。中间穿插很多传说、歌谣,文笔流利,故事生动,引人入胜,既是史书又是文学杰作。

《约书亚记》,主要讲述继摩西之后率以色列人回到迦南的领袖和英雄约书亚。他途中曾率众攻占耶利哥城,嘱咐兵士随祭司的羊角号声大声呼喊,每次绕城7圈,每天1次,共7次,耶利哥城墙自行倒塌。这是鼓吹上帝耶和华的神力。西方有"耶利哥城墙的塌陷"和"祭司的羊角"等典故,列宁、马克思都曾引用过。

《士师记》用英雄史诗的故事来反映时代的社会生活。"士师"是身兼审判官和军事长官、智勇双全的英雄,如基甸、耶弗他、参孙、底波拉等都有可歌可泣的英雄事迹。其中勇士基甸率300名战士击败众多米甸人的战斗,就是以色列人与迦南地区各部族长期频繁激烈的部落战争之一例。参孙是古代以色列人的领袖之一,有非凡的勇气和胆量。故事描述了他的诞生和一生遭遇,不仅表现了他的勇武和力量的惊人，而且赞扬了他敢于反抗压迫者和战斗到底的精神。

《撒母耳记》上、下两卷写王国的初建，主要是有关扫罗和大卫的故事。它突出描写了大卫的机智勇敢、歌利亚的傲慢狂妄，人物形象简明生动，战争场面有声有色。在"扫罗追索大卫"的故事里，写大卫杀敌立功，深得人民拥护，身居王位的扫罗非常忌恨他，千方百计要杀害他。故事情节生动曲折、波澜起伏、引人入胜。故事揭露了作为统治者的扫罗心胸狭窄、阴险残暴的丑恶嘴脸，美化和渲染大卫委曲求全、步步忍让，意在体现他的宽宏大量、品德高尚。最后扫罗父子4人在和非利士人的战争中，战败受伤。但他不愿遭受敌人的凌辱，最后伏剑而死，表现了以色列英雄英勇壮烈的牺牲精神。扫罗死后，其子伊施波设继立为王，管理以色列大部分地区，大卫则被犹太人拥立为王。经多年战争，大卫终于统一了以色列各部落。故事描写了大卫的宽厚仁义，指出得道多助是取胜原因。

《撒母耳记》中"乌利亚的信"，写大卫为王以后，不仅霸占乌利亚的妻子，还密令人杀害乌利亚，而信却是他本人递送的。西方"乌利亚的信"就是指对送信人作出判决的信。《撒母耳记》中的"押沙龙之乱"艺术性很高，曾被哈代称为"叙事文学中最优美的例子"。故事情节生动，层次分明，心理描写真实细致，对大卫的性格把握得很准确。

《列王记》上、下两卷中写到大卫立誓许诺所罗门为王的故事。大卫王的两个儿子所罗门和亚多尼雅为争夺王位继承权展开一场激烈斗争。通过对话和行动的描写，表现了双方人物的思想、性格和心理活动，对亚多尼雅的描写尤为成功。他自立为王，纠集亲信，摆席设宴，大事庆贺，但转瞬之间听到立所罗门为王的消息，猛然从美梦中惊醒，惶恐万状，描写十分逼真、生动。所罗门继位后，为巩固王位，逐步剪除政敌，消除隐患。他以精明果断的手段巩固自己的统治地位。所罗门被描写成一个英明、有远见的理想君王，他机智、聪明，断案如神。他不求财富，不求福寿，只求智慧，体现了劳动人民的理想愿望。

《历代志》上、下两卷,从亚当说起,直到亡国被俘和放回时止,可说是希伯来民族的"通史"。该书强调了血统关系及以耶路撒冷为中心的爱国主义思想。

第三部分:先知书(子部),包括《以赛亚书》、《耶利米书》、《以西结书》、《哈巴谷书》。

"先知"是先知先觉的社会思想家和改革家,他们不是早期权力的先知,而是从公元前8世纪以后在国家危急存亡的关头产生的仁人君子。他们是热情洋溢的社会活动家,具有诗人气质,富于文采,用诗歌和演说的方式向腐朽的统治者和上层阶级大声疾呼,要统治者停止残酷的剥削与压迫,少行不义。其中下层人民出身的阿摩司,在亡国前30年就写了《阿摩司书》警告以色列的君王和臣民。他目睹社会的不合理现象,满怀义愤地指出:"以色列人三番四次地犯罪,我必不免去他们的刑罚,因为他们为银子而出卖义人,为一双鞋卖了穷人,他们见穷人头蒙的灰也要垂涎。"我们从中可以看到当时贫富不均、利欲熏心的社会现实。《哈巴谷书》是公元前6世纪至前5世纪间写成的,作者是亲眼目睹了犹太人被囚虏的先知之一,再现了当时的情景,描写新巴比伦的骑兵比豹子还快,如鹰鸟来抓食一般,咒骂他们不知正义,破坏别人的幸福安宁,骂他们的贪欲无止境如阴间一般,表达了受难民族和人民的真实情感。

第四部分:集部,主要是诗歌和小说,包括其他诗文杂著。这部分是世界文化遗产中的珍品。最著名的抒情诗《雅歌》、《耶利米哀歌》、《诗篇》、《箴言》、《传道书》、《约伯记》、《约拿书》、《路得记》、《以斯帖记》、《但以理书》等,这部分作品成书最晚,最迟的在公元100年前后成书。

小说《路得记》是希伯来文学中最早出现的独立成篇的小说作品。它大约成书于公元前5世纪,当时希伯来人从"巴比伦之囚"的困厄中解脱回来,新耶路撒冷城和新圣殿都已重建竣工。当时领导希伯来人的是以斯拉和尼希米,他们二人都有狭隘的民族主义思想,为了维护血统和宗教信仰的"纯洁",反对与外族通婚。在《以斯拉记》和《尼希米记》中都强调不许娶外邦的女子为妻,已娶的必须离婚等。《路得记》的作者(无名氏)则反对这个政策,他以"士师时代"的生活为题材,通过摩押女子路得两次同希伯来人结婚,结果家庭美满,左邻右舍无不称赞的动人故事,借古讽今,来宣扬民族间的友好、团结、互助,批判了狭隘的民族排他主义,最后,甚至指出希伯来历史上最著名的国王大卫(前1013～前973)的曾祖母就是摩押人路得,更有力地证明不同民族血统通婚是有利无害的。

摩押女子路得的形象深深地留在历代读者的心中,他们赞美她多情、忠实、勤劳、勇敢,同情她一个柔弱女子为了孤苦伶仃的婆婆心甘情愿离开自己的国土,迎着民族偏见、敌视的眼光,踏上前途未卜的异国他乡的土地。路得心地善良,孝敬婆婆真心诚意。她年轻可爱,贤惠勤劳,她的勇敢行为也是源于对丈夫真挚的爱情和忠诚。爱上路得的波阿斯是个深明大义、能够摒弃民族偏见的公正人物,他爱路得的单纯可爱,爱她的贤惠,他千方百计地帮助她,最后娶了她,表现了对路得赤诚的爱。这篇故事比较真实地反映了古希伯来人的生活状况和民俗风情。2000多年来,《路得记》在犹太人每年的"五旬节"期间的会堂中,向广大群众朗诵一次。"五旬节"又称"收获节",是现在阳历的五月下旬,正是收割麦子的季节。路得在麦田中拾穗的心情,每年在人民心中重现一次,深入人心。世界各国的漂泊者的心情和路得在异国田园中拾穗的心情会互相感发,别有一番滋味在心头。公元19世纪,英国浪漫派诗人济慈的名诗《夜莺曲》第七首中描写过路得的多情与愁怀,"当路得含泪站在异国的麦田中,苦思家乡的时候,从她愁苦的心中掠过的,恐怕就是这同一的歌曲吧"。济慈体味到路得那纤细而复杂的感情。

《约拿书》约产生于公元前5世纪下半叶以后。它冲破犹太教的狭隘性,反对民族偏见,主张宗教关心、影响别国,甚至是敌国人民。这使犹太教从民族宗教开始向世界宗教发展。在西方文学中,约拿被看作走投无路者的典型,人们常将命运多舛、歧路兴叹的人称为"约拿"。

《约伯记》约成书于公元前5世纪下半叶。它是圣经中唯一一部修辞华丽的哲理诗剧。其主旨虽在歌颂耶和华,但也歌颂了约伯正直、坚贞的高贵品德,反映人民群众敢于坚持真理、反抗邪恶势力的艰苦卓绝的斗争精神。诗剧情节圆满结束,预示着人类的苦难是暂时的,人们坚持斗争,幸福生活终究会到来。诗剧中表现出的实事求是、辩证探讨问题的哲学态度,在《旧约》中是突出的,可能受希腊戏剧的影响。

《但以理书》是篇"启示"或小说,用想象的幻境形象地教育人民要在极端恐怖时代坚定胜利的信心。但以理是献身复国的志士,他在马卡比家庭领导下夺回耶路撒冷,建立他想象中的王朝,给人们以精神上的鼓舞。作者用泥足巨人象征巴比伦、波斯、希腊、帕提亚四大帝国,而砸碎巨人的巨石则象征犹太民族,表现作者的爱国主义思想,预示以色列人克服一切苦难终将胜利。

《以斯帖记》是一篇历史题材的小说,作于公元前2世纪末,借用他们在波斯时代的传说故事,来加强、激励当时在叙利亚王安条克残酷统治压迫下的希伯来人,矢志忠于本民族,英勇斗争,夺取胜利的信心。这是一篇没有宗教意味的小说,表达了作者爱国家、爱民族的思想,号召人民团结起来斗争,争取胜利。小说艺术技巧比《路得记》成熟,情节比较曲折,人物描写也比较细致,内容短小精悍。

《犹滴传》是《旧约·次经》中最动人的一篇,爱国思想突出,叙述简洁,文字朴素有力。19世纪,意大利剧作家改编《犹滴传》演出后,使意大利爱国者深受鼓舞。

《诗篇》是《旧约》中最大的诗歌集,收录150篇诗,最早是公元前11世纪大卫的作品,最晚是公元前2世纪的作品。大卫是比荷马还早的一位诗人,初为牧羊人,后被尊为国王。《诗篇》托名为大卫所作,其中不少是无名氏所作,或是大卫的手笔,或是献给大卫的诗。《诗篇》主要以抒情为主,感情真挚,有带宗教感情的,有表现忧国忧民的,也有含训诫教育意义的诗。大多数诗可合乐,也有的用填词方式写成。

《箴言》又名《所罗门箴言》,是另一类大规模的诗集,是"智慧文学"中最主要的一卷,被称为哲理诗的"集中之集",是人民智慧的结晶,它是从"巴比伦之囚"放回后收集的,成书于公元前300年前后,形式多用二行的分行体,受到西亚文学的影响。

《传道书》是一本优美的哲理诗集,成书于公元前250年至前200年,可能是哲学家所做。书中充满人世无常、及时行乐的思想,所传之道低沉消极,书中弥漫着颓废的乱世亡国之音。

《耶利米哀歌》。耶利米是个伟大的先知,他诞生与活动的时期正是希伯来人多灾多难的时期,即公元前7世纪末至前6世纪初。他年轻时就出来做正义的呼吁,常因直言统治者的罪恶、预言亡国而被捕。亡国是他的时代悲剧的高潮,他写下5首描写耶路撒冷陷落后犹太人苦难情景的抒情诗,把耶路撒冷被围、城破后的可怕景象写得十分生动逼真,被后人尊为民族的绝唱,表现了作者强烈的爱国主义情感和思想。《耶利米哀歌》用严格的"贯顶体"和"气纳体"的韵律写成,是希伯来诗歌中格律最严整的作品。高度的形象性使诗句具体生动,拟人化、象征化的笔法丰富了诗句的意境。

《雅歌》是抒情牧歌集,产生的年代要比希腊牧歌晚一个世纪(公元前2世纪前后),很有可能是受希腊牧歌的影响产生的。那时西亚一带是在希腊文化的笼罩之下。至于它的体裁多有争议,但是它名字意的思是所罗门高雅美妙的歌。它思想倾向很鲜明,表达了书拉密牧女对自由、真挚爱情的热情向往与追求。在第二章末多次反复说"绝不干扰我们的爱情,要让它自发"。这种要求比婚姻自主还深刻、还迫切。最高潮是第十章中书拉密女的情歌,"爱情是永不熄灭的",但是"若有人想财富换取爱情,他必全然被藐视"。诗中洋溢着少女炽烈的感情,她不慕钱财地位,只希望找一位如意郎君。她不希望依从父母之命,也不需要媒妁之言,她追求的是在劳动和生活中建立起的自然萌发的爱情。

《雅歌·第五首》
仪态万千的少女啊,
你穿着凉鞋的脚多美丽!
你大腿的曲线是艺术家的杰作!
你的肚脐像一个圆圆的酒杯,
里面盛满了芳香的美酒。
你的腰肢宛如麦束,
四周缠绕着朵朵百合花。
你的双乳匀称得像一对孪生的小鹿,
富于弹性,像一对羚羊。
你的脖子像象牙的塔,
你的眼睛像希实本城门边的水池。
你的鼻子仿佛黎巴嫩塔那么可爱,
朝着大马士革屹立。
你的头挺立像迦密山。
你的秀发像光泽的缎子,
使君王因你而心荡神迷。
你多么秀美,多么可贵!
你的爱情多么令人陶醉!
你的身材婷婷如棕树,
你的双乳像成熟的葡萄。
我要爬上棕树去摘果子。
你的双乳真像成熟的葡萄。
你的气息跟苹果一样芬芳,
你的亲吻像上好的美酒。(梁工译)

  这首诗读来使人耳目一新,男子以热烈欢快的词语表达了自己对心爱之人的赞美,其大胆、直露的欣赏和礼赞,可以说是古代希伯来民族对女性身姿容貌之美的最高推崇性的描写。诗中将女性的脚、腿、脐、腰、乳、眼、鼻、唇、头、发,甚至身材、气息等几乎所有能体现美的东西,都进行了形象逼真的描摹,充分抒发了男主人公对心上人由衷的爱慕、眷恋之情。这些诗句遍采大自然中种种优美的物象为喻体,将女性的妩媚多姿、仪态万方,生动充分地展现出来,以表明两性之间的互相爱慕之情是天经地义的自然情感。诗中对爱情的讴歌是如此的炽烈奔放,对女性的描写是那样的惟妙惟肖,对美的想象是这般的绝妙夸张,充分表现了古代希伯来民族民间创作那种清新、明快、自然、健康的艺术氛围和精神格调。

《雅歌》的艺术特色:

首先,《雅歌》是民间创作,具有口头文学的特点。诗句反复跌宕,便于抒发感情,又便于记忆。语言虽然朴素,但寓美于其中。书拉密女自唱:"我虽然黧黑,却是俊美的。"这种美是自然的,充满生活劳动气息的。没有堆砌的辞藻,没加修饰,让牧羊女具有秀色天成的自豪美。诗中所罗门化装成牧羊人,也体现了自然的美。诗中大量描写了田园之美,大地、花、鸟、风雨都是笔端所致的事物,凝聚着对大自然的深情挚爱。

其次,《雅歌》是东方恋爱的情歌。诗中大胆描写女子体态的美与男子的健康美,很新颖,有特色。描写爱情大胆直率,感情奔放。东方文学中的美常常以象征来表示,如第一章中"你的名字如同倒出的香膏",用象征笔法把无色无味的姓名描绘成可观可嗅的"芳名"。又如写女子的脖子像高塔,圆、直、牢固是其特征,也是象征手法。

《雅歌》是希伯来诗歌中一支独具异彩的文学奇葩。它又称《所罗门雅歌》或《歌中之歌》,是从民间诗歌中精选的抒情牧歌集。由于它在定型以前曾在民间长期传唱,因此充满了田间牧歌式的生动气息和世俗的真切感受。

第4讲：印度文学与《罗摩衍那》

一、印度文学

印度得名于发源自现在巴基斯坦境内的印度河。印度河流域和世界上许多大河流域一样，也是人类文明的发源地之一。中国汉代史籍将印度译为"身毒"或"天竺"，在唐玄奘所著《大唐西域记》中始改译为"印度"。古代印度基本上包括现在的印度、巴基斯坦和孟加拉等国的领土。因此，本章所述的古代印度文学主要是上述三国的古代文学。

据印度国内外考古学家和专家学者的多方探察与考证，一般认为印度河流域文明是达罗毗荼人创造的。经过漫长的繁衍生息，在公元前2500年至前1700年（此断限与放射性碳测定的年代基本相符），这块肥沃的土地上生成了以较为发达的农业文明和较为完备的城市文化为代表的璀璨壮观的"印度河流域文明"。残留这些文明的是哈拉巴和摩亨佐·达罗这两处迄今为止最大最古老的遗址。在遗址中出土的青铜工具有斧、镰、锯等，武器有匕首、箭头、矛头等，工艺品有铜像、头像等，这都表明当时已进入青铜文化时代。值得提及的是，在出土的印章上可以看到一些铭文符号，但作为文字始终未能被后人破译解读。20世纪70年代，有位芬兰学者声称已对这些文字符号解读成功，但未见正式发表的文章。

印度河流域文明初兴于公元前2500年前后,在公元前2300年前后开始进入鼎盛时期,至公元前1750年前后,印度河流域的许多城市遭到破坏,这一地区的文明也随之迅速衰落。至于衰落的原因,有些学者认为是洪水泛滥、海岸隆起、地震破坏等自然灾害;也有的学者认为是异族入侵、争霸斗争、贫富对立等。但无论是哪一种原因,即或是目前尚未知的原因,都不可能是印度河流域文明衰落的根本原因。因为任何古老的历史文明都不可能断然灭绝,一般只是迫于某种外力而变换一种生存方式而已。文明自有它生存的延续性,古代印度河流域的文明自然不例外。

雅利安人原系原始部落集团,自称"雅利阿",主要从事畜牧业,擅长骑射,崇拜多神,一般认为其故乡在中亚一带。其中一支约于公元前20世纪中期进入印度河流域,便得名"印度雅利安人",以区别另一支进入波斯的波斯雅利安人。至公元前10世纪前半期,雅利安人已占据了整个恒河流域,并逐步建立起自己的文化。这种文化由于主要记载于最古老的文献《吠陀》里,因而又被称为"吠陀文化"。虽然自雅利安人进入印度河流域这个水草丰盛、气候温暖的"大花园"以后,驻足不再迁徙,并经过长期征战,征服了当地的达罗毗荼人,但是在文化方面,前者在很大程度上已被达罗毗荼人同化了。因此,吠陀文化实际上是雅利安人与达罗毗荼人等土著民族共同创造的,是他们各自的文化互相交汇、融合的结果。这种交融经历了一个漫长的历史过程,其间充满了对立、冲突和痛苦。雅利安人运用战争、征服、占领等暴力方式,强行推动文化交流的结果,致使吠陀文化乃至后来各个时期的印度文化中,无不深深留下印度河流域文化的痕迹。

吠陀时期文学。

吠陀时期是指公元前2000年至前500年这段时间,当时正处于古代印度氏族社会解体到阶级社会初步形成的时期。

雅利安人刚进入印度时,并无种姓的观念。由于社会逐步进入阶级社会,其内部分化出3个阶层,即执掌宗教事务的僧侣贵族、行使行政与军事权利的世俗贵族,以及从事各种生产活动的平民。当雅利安人与非雅利安人分离,雅利安人就将被征服、被统治的土著民族称为"达萨"或"达休",于是种姓制度逐渐形成。主持宗教事务的祭司被称为"婆罗门";武士和世俗贵族被称为"刹帝利";农工被称为"吠舍";被统治的当地人被称为"首陀罗",他们只能从事最卑贱的工作。在吠陀时期,另一件大事即婆罗门教的形成。它由公元前2000年前后生活在印度西北部的雅利安人游牧部落信仰的吠陀教演化而来,吠陀教是大约于公元前7世纪形成的以《吠陀》文献为其经典的多神教。

雅利安人创造的久远的、丰富多彩的文化,因缺乏可靠的史料记载,只能从一些文学遗产中去寻找蛛丝马迹。其中,能找寻到最早的宗教诗和圣歌的汇编,被称为"吠陀"。其本意即"知",是知识、学问和智慧的意思,主要是指当时印度宗教知识的集大成,后来转化成教义、经典之意。通常所说的《吠陀》,是指《梨俱吠陀》、《娑摩吠陀》、《夜柔吠陀》、《阿闼婆吠陀》4部《吠陀》本集。它保存了反映当时社会生活的大量资料,有不少诗歌具有文学意义。

《梨俱吠陀》不仅是印度最早、最重要的诗歌集,也是世界上最古老的诗歌集之一。"梨俱"是书中诗节的名称,其成书时间为公元前1500年至前1000年。诗集中既有雅利安人入侵印度河流域以前的作品,也有他们定居印度后的新作品。婆罗门教产生以后,它即成为婆罗门教的根本圣典。诗集中描绘了印度历史初期雅利安人与自然的斗争和对异族的征伐,多方面地表现了他们的社会生活和思想形态,具有较高的文献史料价值和文学价值。

《梨俱吠陀》基本采用颂诗的形式,表现当时的雅利安人对自然现象、社会现象以及由自然现象和社会现象转化成的对诸神的那种发自内心敬畏的赞美、恳祈和劝诉。他们赞美太阳威力无比:"在洞察一切的太阳面前,繁星似窃贼,悄然逃散。"他们歌颂朝霞的吉祥美丽:"灿烂辉煌的朝霞女神啊,你坦露胸脯,大放光明。"他们祈求暴风雨的宽容庇佑:"由于你,植物千姿百态,雨云啊,我们求你保佑！"雅利安人尤其崇尚勇武精神，他们愿意像战士一样身披盔甲冲锋陷阵："让我们用箭征服敌国，带给敌人忧伤和悔恨！"因此，既是战神又是雷神的因陀罗在吠陀诸神中最受尊崇。他们认为，"拓宽天空，撑住天国"，"杀死巨龙"，"释放七河"，"征服和驱逐达萨（印度土著居民）人"，都是因陀罗为人们做的巨大英雄业绩。其他受赞扬的还有火神阿春尼和酒神苏摩，可见吠陀社会早期对战争、对火、对酒的渴求。

《婆摩吠陀》是可配曲演唱、祭祀用的歌词集。"婆摩"的意思是祭祀用的曲调，内容大部分取自《梨俱吠陀》，居于附属地位。

《夜柔吠陀》分《白夜柔吠陀》和《黑夜柔吠陀》两种。前者包括诗体或散文体的祷词，后者还有关于祭祀仪式的讨论。"夜柔"的意思即祭祀或祭祀的用语，指那些代表《夜柔吠陀》特点的散文祷词。

《阿闼婆吠陀》是四部"吠陀"中成书最晚的一部诗集。它是一部主要用诗的形式写成的巫术书，由于配上了形象的比喻和铿锵的诗律，颇有诗歌的艺术魅力。"阿闼婆"原意是拜火祭司，因古代的祭司往往即是巫师，因此，阿闼婆也可理解为巫师。《阿闼婆吠陀》因是巫术诗歌，多用于"驱邪禳灾"。他们有的针对疾病本身，有的针对想象中的引发疾病的虫豸或妖魔。不少是治发烧、水肿、眼疾、骨折、外伤、蛇毒、中毒、癫疯等各种病痛的咒语。祈求治愈咳嗽的咒语这样写道："像心中的愿望，迅速飞向远方，咳嗽啊，远远飞去吧，随着心愿的飞翔。"还有些咒语用来祈求长寿、生子、家庭和睦、爱情等，充分表现了人们丰富的想象力和追求幸福美好生活的强烈主观感情。

雅利安人进入印度河流域以后，不断由西向东推移。4部《吠陀》本集的内容反映出他们这种渐进的轨迹。最古老的《梨俱吠陀》和《婆摩吠陀》的内容说明，当时的雅利安人活动范围在印度河流域；《夜柔吠陀》反映的是他们进入恒河流域的状况；《阿闼婆吠陀》最晚，其内容表明雅利安人已抵达现在的孟加拉地区。为区别前一段时间雅利安人的4部吠陀时期，有些学者称公元前1000年至前

500年这段时间为"后吠陀时期"或"梵书、森林书、奥义书时期"。

当4部《吠陀》本集被独揽祭祀大权的婆罗门祭司奉为神圣的宗教经典之后，即被繁琐化和神秘化。于是主要内容详细介绍各种祭祀仪式，阐释其起源和意义，指导各种吠陀颂诗用法的《梵书》便应运而生。这些实质上为婆罗门祭司的专业用书在解释祭祀仪式的起源和意义时，吸纳了一些神话传说，因而有了一定的文学内容。在现在的10多种《梵书》中，《百道梵书》篇幅最长，共14卷100章。其中有一则关于女优哩婆湿与凡人补卢罗婆娑相爱的故事。它最早见于《梨俱吠陀》，在后来的大史诗和《毗湿奴往世书》等诸多《往世书》中，均有记载。公元四五世纪，诗人迦梨陀娑又将这个故事改编成戏剧。从文学传承关系来分析，《梵书》上承《吠陀》，下启史诗和《往世书》。

《森林书》是各种《梵书》的附录，处于《梵书》的结尾部分，但不是《梵书》主题思想的延伸，重在探讨祭祀的神秘意义。这类书只在远离城乡的森林里秘密传授，并因此得名。他们不注重制定祭祀的实施规则，强调内在的或精神上的祭祀，是《梵书》的"礼仪之路"向《奥义书》"知识之路"的中介与过渡。

《奥义书》书名原意是"坐在某人身旁"，具有"秘传"的意思。其内容庞杂，成书年代前后相去甚远，除神秘主义说教外，还讨论了一些哲学问题。《奥义书》出现时，吠陀时代已临近结束，因此，它又被称为"吠檀多"，意即"吠陀的终结"或"吠陀的究竟"。《奥义书》较古的部分提出的最著名的哲学观点是"梵"和"我"的思辨命题，并表达为"宇宙即梵，梵即自我"。"梵"即代表宇宙本体，"自我"代表个体灵魂。"宇宙即梵，梵即自我"即是梵我同一，宇宙本体与个体灵魂同一。这一哲学思辨形成理论，是古代印度理论意识初步成熟的标志。《奥义书》的另外一个理论贡献是建立了轮回业报的观点，这既是一种哲学思想，也是一种宗教伦理学思想。从历史上分析，它既有消极落后的一面，又有积极进步的一面。这两种思想长期以来构成印度传统思维的思维定式，对后世印度文学影响深远。

史诗时期文学。

史诗时期是指公元前500年至公元400年前后约900年的这段时间。当时印度大部分部落已经过渡到城邦制的国家，印度社会从吠陀时代进入列国时代。

公元前6世纪至前4世纪，西印度诸小国经过争霸战争，瓶沙王获得胜利，建立了统一的摩羯陀国。公元前4世纪中期，难陀王朝时期，摩羯陀国已经统一了恒河流域和印度中部一些地区。约公元前324年，旃陀罗笈多推翻难陀王朝，开始了孔雀王朝的统治。至孔雀王朝第三代国王阿育王（前273～前232）执政时期，除南部迈索尔地区外，整个印度都已经并入孔雀王朝的版图，成为印度历史上第一个幅员辽阔的统一帝国。但这一帝国却随着阿育王之死而分裂瓦解。此后相继出现过一系列统一规模较小的巽迦王朝、甘婆王朝和贵霜王朝等，直至4世纪笈多王朝兴起，才再次统一了包括恒河流域和旁遮普一带的印度北部地区。在这一战争频仍和统一分裂交替的时代里，印度逐步完成了由奴隶制社会向封建社会的过渡。

乱世出重法。印度最早的法典即《摩奴法典》（又名《摩奴法论》）。它成书于公元前2世纪至公元2世纪之间，主要论述了婆罗门教的神话、礼仪、人生经历（梵行、家居、林居、遁世）四阶段的责任、国王的职责、民法、刑法和四姓的职业等。《摩奴法典》常常在印度文学作品中被提及，其人生四阶段和种姓制度的思想对印度文学产生了重大的影响。

随着古印度奴隶制度的发展和奴隶制大国的兴起，印度社会形成严格的种姓等级制度，婆罗门教盛行。同时，低种姓群众起来反对不合理的种姓等级制度，反对婆罗门的特权。这样，在公元前6世纪，耆那教和佛教在印度的西北部和东部先后兴起。这一时期，印度社会思想领域呈现复杂状态，多种思想流派并行。既有尊重传统吠陀祭祀的保守派，又有信仰苦行的极端派，还有具有唯物倾向的顺世派以及婆罗门上层改良主义者形成的唯心主义吠檀多派。

印度史诗、《往世书》以及佛教的一些著作就在这种背景下产生了。

列国纷争为描写战争的史诗提供了素材,"苏多"阶层的出现为史诗的成型奠定了基础。"苏多"是刹帝利男性和婆罗门女性的婚生子。因为是逆向婚姻所生,所以受到婆罗门的歧视,这就造成了他们思想感情上倾向于刹帝利的事实。于是他们常以编唱英雄颂歌为业,形成了一种新兴的世俗文学传统,区别于婆罗门以祭祀为主的宗教文学传统。这些英雄颂歌经过漫长时间的编纂、修改、加工,终于形成了相对独立、完整的两大史诗《摩诃婆罗多》与《罗摩衍那》。

《往世书》与史诗有关,出现略迟于史诗。这些《往世书》的作者也被说成毗耶婆(广博仙人)。它的文体主要是诗歌,部分是散文,全书用对话方式写成,沿用史诗格律。《往世书》内容主要记述宇宙形成经过、神系家史及英雄传,可以说是新时期神话结集。《往世书》的历史观是循环论,最坏的第四代毁灭后还原到最好的时代去,实际上是借古讽今,幻想复古。《往世书》崇神观念主要看重神的降魔能力和为民除害的功绩。可见《往世书》既有来自民间的成分,也有各派宗教、祭司的创造。

《往世书》大、小各18部,现仅存18部。主要的有《梵天往世书》、《莲花往世书》、《湿婆往世书》及《薄伽梵往世书》等。《往世书》与《吠陀》有显然的不同点,即吠陀时代尊奉的天神因陀罗在《往世书》中已不占主导地位。《往世书》确立了对大梵天、湿婆天(大自在)、遍入天(毗纽天、那罗延)的崇拜,甚至还出现过三神一体的理论。这是以后印度教所崇拜的三主神。关于他们的神话,《往世书》各集分别有所记载。

大梵天是创造之神,虽名为三神之首,因无降魔能力,其威力不及其他二神。三眼神湿婆是毁灭之神,有降魔驱邪威力,人们想象他是除邪降福的化身。他又被看作地、木、火、风、空、日、月、祭司(人)8种化身,就是说,他同宇宙合一,而且是世界的创造者,并不只是掌管毁灭。遍入天是保护之神,也能创造世界和降魔,他的妻子是吉祥天女,《往世书》多数是宣扬这位大神的。《毗湿奴往世书》是崇奉遍入天的教派的根本经典,它宣传万物归一、众生平等,虔信毗湿奴可以得救的思想,表达了当时农民的情绪。《薄伽往世书》写遍入天10次下凡救世。其中第10篇又写大神黑天化身下凡,除暴安良。他的形象是头上插孔雀翎、口吹横笛的牧童,是神童、英雄、人民的朋友。黑天深受印度人民的喜爱。

总的来说,《往世书》既包含宗教迷信成分,又表达了受压迫群众的思想感情。它对后世宗教思想及教派形成有重大的影响。

随着耆那教、佛教的兴起,大量的宗教文献出现了。佛教在印度兴盛的时间不长,在国外影响深远。流传至锡兰、缅甸、泰国等地的是接近梵语的巴利语文献,流传至中国的有汉译文献。这些文献都分经、律、论三类,通称"三藏经"。其中最有文学价值的是《本生经》。《本生经》是讲释迦牟尼成"佛"以前的生活和若干动物的故事,还包括预言、笑话、逸事、童话、伦理故事、箴言、圣徒故事等等。它实际是一部民间故事集,因按照佛教要求在思想上进行改造,成了宣传佛教教义的武器。其中一些本生故事含有浓厚的文学色彩。

两大史诗是用梵语写成的,简易、通俗。史诗梵语也有别于这一时期正在形成的古典梵语。波你尼(约前4世纪)的《八章经》(又称《波你尼经》),对当时的梵语语法进行了终结规范,为古典梵语奠定了基础,为促成印度古典梵语文学的成熟准备了条件。

印度是个多民族的国家,各民族的语言文学极为丰富。吠陀语、梵语、巴利语和各种俗语基本上都是印度北方语言。同属印欧语系,文学丰富多彩。印度南方语言属于达罗毗荼语系,其中泰米尔语成熟最早,历史最悠久,文学成就也最令人瞩目。公元前5世纪至2世纪,泰米尔文学发展到桑伽姆文学时期,涌现出大量的优秀诗作,史称"桑伽姆文学"。其作品虽因年代久远等原因而大量散佚,但仍有《朵伽比亚姆》、《八卷诗集》和《十卷长歌》3部典籍传世。

《朵伽比亚姆》本身虽不是文学作品,但作为一部语法书和创作论著作,作者将泰米尔文学分成爱情诗和非爱情诗两类,并总结了泰米尔文学的成就和经验,均说明当时文学的发达与繁荣。《八卷诗集》和《十卷长歌》是数百年间众多学者在国王支持下收集整理而成的诗歌总集。来自各个不同阶层的作者在他们的诗作中,注意格调韵律,以刻画细腻的笔触、活泼生动的情节,表现了他们各自不同的现实生活,堪称桑伽姆文学的代表作。

按照西方学者的文学观,《摩诃婆罗多》和《罗摩衍那》可并称为"印度古代两大史诗"。但在印度人的观念中,前者是"历史"或"历史传说",后者是"大诗"和"最初的诗"。它们最初是"伶工文学"的产物,即由宫廷歌手和民间云游艺人不断加工和扩充,日积月累,才逐步形成目前的规模和形式,堪称目前世界上最长的诗。

《摩诃婆罗多》和《罗摩衍那》是古代列国纷争时代的产物,是当时社会现实的艺术再现。两大史诗形成于公元前400年至400年这800年间,主要颂扬了传说中民族英雄的业绩,表现了光明战胜黑暗、正义战胜非正义的主题。这两大史诗在印度古代文学中占有重要的地位。评论家认为:"如果排除这两部史诗和受这两部史诗影响的文学作品,那么梵语文学中所剩的作品就寥寥无几了。"

一、《摩诃婆罗多》

《摩诃婆罗多》的作者相传是毗耶娑,意为"广博仙人"。他既被称为这部史诗的作者,又是史诗中的一个重要的人物,无法确定他是否为真实的历史人物。史诗中说毗耶娑是波罗沙罗大仙和渔家女贞信的私生子。后贞信嫁给象城福身王,生有花钏和奇武二子。他们先后登基,都无子嗣就死去了。贞信只得从森林中找来苦行的毗耶娑,让他与奇武的两位皇后同房,生下两个儿子持国和般度。此后毗耶娑仍然隐居森林修行,但目睹了持国和般度儿孙们生死拼杀的全过程。在般度族5兄弟升天后,他以此事为题材,用了3年的时间创作了这部史诗。

《摩诃婆罗多》的成书大致经历了3个阶段。最初只是一个口耳相传的核心故事《胜利之歌》，只有800颂。后由广博仙人的弟子护民在这个故事的基础上扩充成为2.4万颂的《婆罗多》。最后经过众多民间艺人之口和文人之手的艺术加工，演变成长达10万颂的《摩诃婆罗多》。

由于《摩诃婆罗多》成书时间长，情况复杂，多有伶工文学的特点，因此传本很多。尽管各种手抄本字体不一，但主要可分为南北两大类传本。为了清除史诗中的讹字和衍文，尽可能地恢复作品的原始形式，印度梵文学界从1919年起，开始进行编定《摩诃婆罗多》精校本的工作，于1933年出版第一卷，至1966年全部出齐。精校本成为比过去任何抄本都完整的较纯洁的版本。

《摩诃婆罗多》这一名称的意思是"伟大的婆罗多族的传说故事"。全诗约10万颂（每颂两行，每行16个音），共分18篇，外加一个附录《诃利世系》。史诗主要描绘出印度古代一副极其生动残酷的战争图画，深刻反映了当时社会各方面的生活场景，鲜明地表达出人们对强暴、奸诈的厌恶，以及对公正善良的同情。《摩诃婆罗多》中包含了印度古代的历史、宗教、政治、哲学、人伦等多方面的内容，全面反映了当时人民的生活价值标准和审美观，概括了当时印度人民全部的文化意识。

《摩诃婆罗多》篇幅浩大，内容博杂，主线故事叙述了印度古代婆罗多族后裔中的两支俱卢族和般度族为争夺王位继承权所引起的矛盾，并引发了几乎波及整个印度的一场大战。

象城的婆罗多族后裔持国和般度是同父异母兄弟，持国天生为盲人，王位由般度继承。持国生有百子，长子难敌。般度只生有5子，长子坚战。前者为俱卢族，后者为般度族。般度死后持国执政。坚战成年后，持国指定其继位，但难敌等反对并企图霸占王位。难敌设计了一座紫胶宫让坚战兄弟住以便烧死他们。坚战等逃脱后隐姓埋名，后乔装前往参加般遮罗国王为女儿黑公主举行的选婿大典。坚战之弟阿周那赢得黑公主，于是坚战5兄弟合娶黑公主为妻。持国获悉真相后不顾众子反对，分给坚战5兄弟半壁江山。般度族在分得的土地上立国建都，征服四方。难敌心生嫉恨，又设计赌博的骗局。坚战输掉了一切财产和国土，最后又输掉了兄弟5人及他们共同的妻子黑公主。难敌命令弟弟难降在赌博大厅当众羞辱黑公主，般度族5兄弟发誓要报仇。最后由于持国的干预，5兄弟才被释放。难敌再次引诱坚战赌博，致使般度族5兄弟和黑公主被流放到森林12年，第13年还需隐姓埋名。

13年约定期满后，般度族5兄弟要求归还国土，而难敌连一寸土地也不肯给。于是双方各自争取盟友，最后在俱卢之野展开大战。战争异常残酷，经过反反复复的激烈较量，在黑天的帮助下，俱卢族全军覆没。后来，虽然般度族全部将士皆被偷袭的俱卢族3勇士杀死，但是般度5兄弟、黑公主和黑天却幸免于难。坚战在众人的劝说下登基为王。36年后，黑天仙逝升天，坚战于是指定般度族唯一的后裔——阿周那的孙子为王位继承人，然后与4个兄弟和黑公主离开京城，登须弥罗山升天。在天堂，般度族和俱卢族众人和平共处。

上述《摩诃婆罗多》的主干故事最多只占全诗篇幅的一半，其余是穿插在这一主干故事中的大量神话传说和寓言故事，以及许许多多的哲学、宗教、政治、法律、伦理道德和风俗等方面的说教性文字。穿插的神话中最著名的是《那罗传》和《莎维德丽传》；说教性文字中最著名的是第12篇《和平篇》、第13篇《训诫篇》以及第6篇《毗湿摩篇》中的《薄伽梵歌》等。

史诗《摩诃婆罗多》曾被后人誉为印度"诗歌顶峰"，有"第五吠陀"的历史文化地位。它塑造的众多栩栩如生的人物一直被后人所传颂；它丰富的内容，不少成为后世文学创作的源泉；它作为印度古代知识的宝库，传统上一直被视为政治和伦理教科书。《摩诃婆罗多》在印度社会各个领域所产生的影响既深且广，至今家喻户晓。

二、《罗摩衍那》

《罗摩衍那》的作者相传是蚁垤,音译为跋弥,被后人称为"最初的诗人"。作为传说中的人物,有人说他是位古代仙人,有人说他是金翅鸟之子,也有人说他是位语法学家。《罗摩衍那》史诗中说他早年是杀人越货的强盗,曾受仙人点化并教以吠陀知识。他不断念诵"摩罗"("罗摩的颠倒念法"),专心修行,天长日久,白蚁在其身上筑窝而不知,形成"蚁垤",并由此得名。一天,蚁垤看到一对麻鹬交欢,雄麻鹬突然被射杀,雌麻鹬悲鸣不止。蚁垤心生悲愤,话语一出口即成一颂诗。当他意识到自己由于"输迦"(Soka,忧伤)而会作诗时,就称这种新诗体为"输洛迦"(Sloka,短颂)。此后,他遵大神梵天之命创作了《罗摩衍那》。

《罗摩衍那》成书于公元前三四世纪之间。早期的传本约2.4万颂,现在的精校本缩短为1.9万颂。《罗摩衍那》的形成也经历了一个长期流传演变的过程,其总的趋势是越来越长。玄奘于7世纪前半叶在印度所见到的《罗摩衍那》只有现在版本的一半。后来在伶工口耳相传中逐渐形成了现在这样的鸿篇巨制。

《罗摩衍那》的书名意思是"罗摩的漫游"或"罗摩传"。全书共7篇,以主人公罗摩和妻子悉多悲欢离合的故事为全诗的主线,展示了印度古代社会生活的全貌。通过描写宫廷内部的阴谋与矛盾,列国之间的纷争与战斗,批判了反面人物的凶残、奸诈、无耻,赞扬了正面人物的善良、勇敢、正义,成功地表现了古代印度人民对崇高精神、美好情操、政治法度、国王职责、社会理想的纯朴理解。

《罗摩衍那》的主干故事比较清晰、简洁。阿逾陀城十车王的3个王后生了4个儿子,实为大神毗湿奴的化身。其中长子罗摩最正直勇敢,他拉断了神弓娶了悉多为妻。在继承王位时,罗摩不愿置父亲于不义,而甘愿流放山林,悉多和罗什曼那甘愿跟随。楞伽城十首魔王罗波那受其妹怂恿,设计劫走悉多。罗摩兄弟在救助悉多途中帮助猴国国王重登王位,国王派神猴哈奴曼帮助罗摩寻找悉多,并发现悉多被劫往楞伽岛。罗摩兄弟和哈奴曼及猴军架桥渡海与罗波那展开一场大战,经过长期、艰苦、激烈的战斗,罗摩杀死罗波那并救出悉多。悉多因贞洁被罗摩怀疑,她决心投火自明,火神证明她白璧无瑕。回国后不久,由于民间怀疑悉多的贞操,罗摩只好将怀孕的悉多丢弃在恒河边。得到蚁垤仙人救护的悉多在净修林里生下孪生子。蚁垤让兄弟二人在罗摩举行马祭时颂唱他写的《罗摩衍那》。之后,罗摩认子,但仍不肯接受悉多。悉多纵身投进地母的怀抱以示贞洁。最后,罗摩将王国交给两个儿子,抛弃凡体升入天国。

《罗摩衍那》的写作风格成熟老练,富有诗情画意。它的语言洗练、流畅,以典雅的语言极其优美地描绘出古代印度社会生活的种种图景。但是其语言经过精心润色,已开始出现讲求藻饰和过于雕琢的倾向。也正因为如此,《罗摩衍那》才成为古典梵语诗最直接的先导,印度传统将其称为"最初的诗",传说中的作者蚁垤也自然成了"最初的诗人"。

《罗摩衍那》的作者不仅将自己融入大自然迷人的山林景色之中,并以描述背景的形式,借助大自然抒发自己的情感,表达人类共有的思想,而且将人物之情与自然之景和谐地统一起来,浑然一体,情景交融。如罗摩流放之初,他因沉浸在大自然的美景之中而忘掉了失去王位、遭受流放之苦。再如悉多被十首魔王罗波那劫往楞伽之后,自然景物也呈现出一片悲哀色调等等。

《罗摩衍那》在叙述描写时,最大的特点是由于诗人对大自然的爱而感受到大自然富有诗意的美。诗人对大自然的柔美、可怕、肃穆等景象所作的细致的考察和刻画,无不表现出其非凡的洞察力和成熟的美感。虽然诗中描写自然景物的手法大部分还属于叙述性的而并非描写性的,但是已显露出诗人超绝前人的叙述技巧。例如,叙述恒河之美,就包含着诗人对大自然的看法以及独特的审美角度。

正如描绘大自然一样,在刻画人物形象或叙述其他内容时,诗人具有发掘人物内心的细微思想感情和塑造优美艺术形象的能力。诗人笔下的罗摩具有人类的各种美德,在对自然和邪恶的斗争中,他勇于战胜艰难和强暴;在父子关系上,为不让父王处于失信的地位,他忍辱负重,不违父命;在夫妻关系上,他不移情别恋,忠于妻子,并甘愿为之流血负伤,离散后誓不再娶;在个人与国家关系上,他为了维护王族的尊严而不怕牺牲个人性命,为了取信于民而遗弃爱妻悉多。史诗在描绘他的美德的同时,还写了他作为一个人的某些弱点。因此,他并不是以超人的形象赢得读者,而是以凡人的真实令读者难忘。

悉多是诗人精心塑造的妇女形象。她外柔内刚,既有古代东方妇女的温柔贤淑之美,又有顽强坚韧的刚劲,二者有机地统一于一身,成为古代妇女的榜样。她美貌绝伦,才德双全,心地善良,对丈夫忠贞不渝。她体贴丈夫、孝敬婆母、爱护兄弟、体恤百姓。面对逆境,她处之泰然。为了追求幸福,她不惜抛弃宫廷的荣华富贵,甘愿和丈夫一同流放。她恪守妇道、伺候丈夫,不论面对怎样的威胁、利诱绝不屈服。在同十首魔王的斗争中,悉多对爱情的坚贞表现得尤为突出。她获救后,仍不被罗摩理解,只得跳火自明。直至最后,她仍然受到怀疑,便义无反顾地投入地母的怀抱,和丑恶的现实决裂。2000多年来,她一直作为理想的妇女形象受到印度人民的崇敬,始终是印度妇女的最高楷模。

《罗摩衍那》中的神猴哈奴曼的形象也被塑造得栩栩如生、活灵活现。他既富有正义感、勇敢机智、乐于助人,又有顽皮的猴性。他不畏任何艰难险阻,全心全意地为代表正义力量的罗摩效劳。在寻找悉多的过程中,他不畏艰险,英勇善战,给人留下极深的印象。自古以来,印度人民对他非常崇拜,认为他是扶持正义的化身。中国古典名著《西游记》中的孙悟空与之有颇多的相似之处。中国现代不少学者认为孙悟空形象中含有哈奴曼的"血缘"。

《罗摩衍那》既是一部史诗,也是印度文化、文明和思维方法的一座宝库,其题材的选取、感情的表达、风格的呈现、修饰的运用等,都表明它已达到相当完美的境地。因此,其在国外的影响远远超过了《摩诃婆罗多》。《罗摩衍那》的内容和罗摩的故事很早就开始传到亚洲各国。古代东南亚各国几乎都有译本,近代《罗摩衍那》又被译成意大利文、法文、英文等多种西方语言。在中国古代汉译佛经中也曾多次提及《罗摩衍那》,少数民族如傣族、藏族、蒙古族等地区,以及新疆的古代语言中都有《罗摩衍那》的故事流传。

印度两大史诗有许多相同或相似之处。主要是产生的时间、反映的时代大致相同;都使用史诗梵语,诗律也都用输洛迦;情节、主题基本一致;信仰的主要是新一代天神毗湿奴。

两大史诗也有不少不同之处。两部史诗的规模、篇幅不同,《摩诃婆罗多》大约是《罗摩衍那》的4倍。前者中民歌成分较多,所用输洛迦诗体比较粗糙;后者的语言文学性强,输洛迦诗律比较精致。前者产生于印度西部,重视畜牧业,对农业不感兴趣;后者产生于印度东部,对农业相当重视。前者中女子地位卑微,存在一妻多夫制,不重视女子的贞洁;后者推重一夫一妻制,十分强调女子的贞洁。前者结构庞杂,使人有入迷宫之感觉;后者运用倒叙手法,情节相对比较集中。基本可以认为后者比前者反映的社会形态要晚。

新中国成立后,我国对两大史诗的翻译和研究有重大进展。1984年,中国社会科学出版社出版了《印度两大史诗评论汇编》。1980年至1984年,人民文学出版社相继出版了季羡林先生翻译的7卷8册全译本《罗摩衍那》。20世纪80年代末,在学者金克木的带领下,中文版《摩诃婆罗多》翻译工程启动,经过一批学者的艰辛努力,历时17年,在学者黄宝生的主持下终于完成了此项传世工程。2006年6卷本《摩诃婆罗多》由中国社会科学出版社出版。这个中译本,是当今世界仅有的三种文本之一。

第二章:中古发祥时期文学

第5讲:朝鲜文学与《春香传》

一、朝鲜文学

朝鲜是一个历史文化悠久、文学传统深广的国家。其名称传入中国约在公元前9世纪。在自1世纪高句丽建国至19世纪近2000年历史长河中,它不仅展演了无数恢宏的社会和人生变革的剧目,而且涌现出了许多灿若群星的著名作家和浩如烟海的诗歌文章。

朝鲜和中国是山水相连、唇齿相依的邻邦,自古以来就与中国有着密切联系。两国之间政治、经济、文化交流十分频繁。中国文化文学长期处于强势地位,影响朝鲜文化文学至深。朝鲜起初没有自己的文字,后来采用汉字注音、表义,并借助汉字创立了自己民族文字。因此,在朝鲜文学史上,曾长期有汉语文学与国语文学并存的现象。朝鲜书面文学,大约出现在公元前1世纪,是用汉字记录的。

朝鲜自1世纪前后进入封建社会后,形成了高句丽、新罗、百济三国鼎立的局面,史称"前三国时期"。7世纪中叶,新罗统一了三国,9世纪以后又重新分裂为高丽、新罗、百济三国,这段历史又称为"后三国时期"。三国时期由于朝鲜尚未产生文学,朝鲜的民族文学主要是口耳相传,或用汉文记录。

朝鲜最古老的口头文学是神话。关于古朝鲜建国神话中最著名的是《檀君》:

> 天神桓因之子桓雄思凡,率三千人降至太伯山顶(即今妙香山)的一株神檀树下,建立"神市",自称"桓雄大王",并设置"风伯"、"雨师"、"云师"等职,主要管农事、疾病、刑罚、善恶等事。当时一熊一虎同住一穴,它们来到桓雄大王面前,请求大王把它们变成人。桓雄给它们一捆艾草和二十头蒜,叫它们吃下去,并告诉它们一百天之内不许见阳光。熊照办了,变成一个女人。虎没照办,未能变成人。桓雄应熊女之求与之结婚,生下檀君,即古朝鲜的开国之君。檀君以平壤为都,在位一千五百年,后成为阿斯达山的山神。

这个神话反映了原始社会图腾崇拜的事实、氏族公社到族群部落的演变和社会发展过程。"虎""熊"同处一穴,反映了以虎和熊为图腾的两氏族之间的血亲关系。熊变为女人与桓雄成婚,虎未能变成人,正是指两个血缘相连的氏族在合并为一个部落时地位发生的变化。最终以熊为图腾的氏族取得主导地位。所谓风伯、雨师、云师等,反映的是以农业为主的社会生产方式。

此外,古朝鲜的神话还有高句丽开国之君朱蒙王的故事和新罗始祖朴赫居世的传说等。朝鲜的神话往往描写各部落或族群部落的形成过程,以族群部落始祖的产生为基本内容。这种寻根性的古代神话,正是朝鲜民族文学之源。

三国时期还出现了大量的民间传说,有反映新罗和日本交往中爱国精神的《延乌郎与细乌女》;有描写朝鲜一些民俗产生的《射琴匣》和《鼻荆郎》、《处容郎》等。其中最有价值的是表现劳动人民智慧和美好理想的《薯童》和反映人民疾苦的《无影塔》。

《薯童》主要讲在百济,一个由池中龙和穷寡妇交合而生的少年,因以卖白薯为生,人称"薯童"。他听说新罗公主善花美貌无双,非常倾慕。于是他来到京城,把白薯散发给街上的孩子们,教他们传唱一首歌谣。其内容是说善花公主每天晚上和薯童幽会。歌谣一传开,王公大臣信以为真,奏请国王把公主流放到远方的百济。后来公主得知随她一路同行的就是薯童,认为这是天定姻缘,遂结百年之好。后来薯童在他幼年挖白薯之处得到大量黄金,并托法师用神力运到新罗,受到公主之父的敬重。薯童因在百济深得人心而成为百济的第三十代国王。在这个颇富浪漫色彩的传说中,一个贫贱的卖薯少年竟敢追求高贵的公主,而且以智慧愚弄了王公大臣和国王,并最终如愿以偿。虽然由于时代的局限,传说中的薯童仍被送上国王的宝座,但它毕竟表现了劳动人民的智慧和他们对王公贵族的藐视,其中不乏人民的美好愿望。

《无影塔》是一曲哀婉的爱情悲歌。新罗统治者为修建庆州的佛国寺释迦塔与多宝塔,动用大量人力、物力。不少石匠被迫长期服役,多年不能与亲人团聚。一位石匠的妻子历尽千辛万苦前来探望丈夫,僧人以建塔是为菩萨积"功德"、女人不能靠近为由加以拒绝。石匠妻子悲愤地在附近徘徊,终于发现一池清水中有塔的倒影,她每天凝视水中的塔影怀念丈夫而不可得,终因情思切切纵身跳入池中。从此水中的塔影消失,据说是由于她的无限悲愤和死亡引起的,此后人们便将这座释迦塔称为"无影塔"。这个传说表现了劳动人民深挚纯洁的爱情。通过主人公的悲惨命运,揭露并控诉了封建统治阶级的虚伪与残忍,与中国的《孟姜女》有异曲同工之妙。由于释迦塔是为以"慈悲为怀"的菩萨修建,因而这种结局更具讽刺意味。

这时期也产生了一些诗歌体裁的作品,由于朝鲜文字尚未创立,致使这些诗歌体裁的作品大量失传。现存一些被译成汉文的或用"乡扎标记法"记录下来的诗体作品大多散见于古代史籍中。如被译成汉文民歌的《箜篌引》,就保存在中国西晋时期崔豹所著的《古今注》中:

公无渡河,公竟渡河!

堕河而死,将奈公何?

据《古今注》载,这首民歌为"朝鲜津卒"霍里子高的妻子丽玉所作。通过4句短诗,极简练地描写一个丧失理智或悲愤至极的人淹死的经过,及其妻子的悲哀和无奈。统一"前三国"之前,新罗的诗风一直很盛。新罗国语诗歌被称为"乡歌",乡札标记法即首创于新罗,并在新罗统一前三国后由学者薛聪(654~701)整理并作统一规范。以此法记录的一些国语诗歌借一然(1206~1289)的《三国遗事》得以保存,著名的有《薯童谣》、《彗星歌》、《来如歌》等。这些诗歌基本上是十句体和四句体,内容则反映了当时的社会矛盾和人民的理想。

地理上接近,汉文很早就传入朝鲜,朝鲜的汉文文学也早已产生并发展,主要有诗歌与散文,以诗歌成就为高。公元前17年高句丽琉璃王(前19~12在位)所作的《黄鸟歌》,被认为是最早的汉文诗:"翩翩黄鸟,雌雄相依。念我之独,谁其与归?"这是一首简洁古朴、借景抒情的诗歌,与同时代中国汉代的诗风极其相似。相传琉璃王为高句丽始祖东明王朱蒙的长子,他的两个王妃,一个是朝鲜族,另一个是汉族,两王妃常有矛盾。一次宫中二妃争吵,汉妃被辱愤而出走,琉璃王得讯骑马追寻,但汉妃不愿回去,国王无奈在树下休息,见黄莺飞集一起,触景生情而作此诗。此外,高句丽名将乙支文德(6世纪末,7世纪初)所写的《遗于仲文诗》、僧人定法师(6世纪后半期人)的《孤石》等都堪称汉诗佳作。

随着朝中文化交流的增加和经济的发展,汉文化的影响越来越大,终于促成了新罗的崛起。为了统一朝鲜半岛,新罗采取了进一步联合唐王朝的政策。新罗真德女王四年(650),唐高宗永徽元年,为表示臣服,新罗不仅采用唐永徽年号,真德女王还将织锦缎上的五言律诗《太平颂》赠给唐高宗李治(628~683)。节选如下:"大唐开鸿业,巍巍皇猷昌。止戈戎衣定,修文继百王……维岳降宰辅,维帝任忠良。五三咸一德,昭我皇家唐。"全诗20行100字,对仗工整、韵律和谐、意境高古、气势雄浑,充分表示了新罗对唐朝的敬意和联合唐朝的意愿。新罗统一朝鲜后,学习汉文化文学蔚然成风,涌现出一批卓有成就的莘莘学子,其中崔致远最为著名。

崔致远(857～?)号孤云,又号海云,生于新罗京城沙梁部。他12岁到唐朝留学,18岁在唐登科中进士,曾任唐宣州溧水县尉。据说他为官时颇受当朝重视,28岁(885)时,以唐使身份回到新罗,后又以新罗使节身份来往于两朝之间。在新罗,他先任侍读兼翰林学士守兵部侍郎知瑞书监,后任富城郡太守。他为挽救风雨飘摇的新罗王朝,曾向真圣女王献《时务策》十条,力图改革时弊。但由于奸佞当道,朝政腐败,无法实现理想,遂于41岁时弃职,隐居于伽倻山。

崔致远颇有诗才,无论是在唐还是在新罗都有许多佳作问世。他在唐朝的诗歌集成《桂苑笔耕》20卷,曾收入《四库全书》。其中《秋夜雨中》格外动人:"秋风唯苦吟,世路少知音。窗外三更雨,灯前万里心。"它充分表达了诗人身居异国他乡、在凄风苦雨中思念祖国故土的复杂情怀。他的五言古诗《江南女》爱憎分明:

> 江南荡风俗,养女娇且怜。
> 性冶耻针线,妆成调管弦。
> 所学非雅音,多被春心牵。
> 自谓芳华色,长占艳阳年。
> 却笑邻家女,终朝弄机杼。
> 机杼纵劳身,罗衣不到汝。

这首诗嘲讽了骄横奢侈、精神空虚的贵族小姐,鞭挞了她的轻浮无知,从侧面揭示了当时贫富悬殊和织者不得衣的社会现象,表达了对社会下层人民的深切同情。《桂苑笔耕》中还收录有崔致远其他优秀诗篇,如《陈情上太尉》、《古意》、《寓兴》等。

崔致远的汉诗无论在数量上还是在思想和艺术上都超过了前人,对朝鲜文学产生了深刻影响。1000多年来,他一直被朝鲜历代学者尊为朝鲜汉文学的奠基人。他充满人道主义和鲜明爱憎情感的诗篇,无不烙上了汉文化的印记,反映了中朝人民深厚的友谊与深层的交流。

此外,新罗高僧金乔觉(696～794)原为新罗王子,出家后于唐肃宗元年(756)航海来到江南池州府青阳九子山(后称"九华山")修行,端坐山头数十载后圆寂。据说他坐于石函中的尸身3年未腐,与佛经《地藏十轮经》中的地藏菩萨瑞相相似。佛教信徒认为他是地藏菩萨的化身,因此称之为"金地藏"。当时的居士、僧众等信徒,在金乔觉的葬地以其金身入塔,俗称"肉身塔",以供朝拜。九华山也因此香火日盛,成为中国佛教四大名山之一。金乔觉所写七言诗《送童子下山》感情真挚,笔锋纯熟,一派晚唐诗韵:

空门寂寞汝思家,礼别云房下九华。
爱问竹栏骑竹马,懒于金地聚金沙。
添瓶涧底休招月,烹茗瓯中罢弄花。
好去不须频下泪,老僧相伴有烟霞。
(注:《全唐诗》第十二函,第一册,八○九。)

这首载于《全唐诗》的七律是朝鲜现存最早的七言诗之一,也是中朝两国人友好往来、两国文化相互交流的珍贵记录。

朝鲜"三国时期"是朝鲜民族文学的发生和形成时期,而高丽王朝(918～1392)则是朝鲜民族文学的发展和繁荣时期。

首先,朝鲜国语文学得到长足发展,不仅民间国语歌谣盛行,出现了《西京别曲》、《青山别曲》、《思女曲》等表现普通劳动人民生活,尤其是男女间情感的作品,而且文人也开始涉足国语诗歌的创作。公元10世纪僧人均如以十句体定型诗的乡歌体裁,创作了11首宣传佛教的诗歌,开风气之先。继后,高丽王睿宗(1106～1122在位)创作了《悼二将歌》、《伐谷鸟》,公元12世纪士大夫郑叙创作了《郑瓜亭曲》等。经过长期酝酿萌动,到公元13世纪,真正的文人国语诗歌体裁终于破土而出,这就是"翰林别曲体"。虽然这种诗体中仍夹杂有不少汉字,但其整个结构却是朝鲜国语歌谣式的。它的产生表明，文人在寻求汉文诗以外的表达思想感情形式的一种积极努力和尝试。这种探求以民歌为基础，为民间的国语诗歌和文人的汉文诗歌结合开辟了新路，成为不久以后"时调"产生的先声。像安轴（1248～1348）的《竹溪别曲》和权近（1352～1409）的《霸台别曲》等都是这种追求和探索的产物。

公元 14 世纪末，"时调"作为一种成熟的文人抒情国语诗歌的短歌体裁出现在文坛。"时调"脱胎于民歌，但比民歌短，能较自如地表现各种内容。"时调"有一定的形式格律。这种长短平均为 43 个音节左右的抒情诗体，据内容的"起"、"承"、"结"，可分为"初章"、"中章"、"终章"三个层次。每"章"两小段，基本上采用三四调。作为一种既可书面表达，又能口头传唱的民族文学形式，"时调"冲破了汉文诗歌的种种束缚，一产生就表现出强大的生命力。尽管在它产生时期佳作不多，但是在朝鲜文学发展史上却有十分重要的意义，有"朝鲜民族文学之魂"的美称。

其次，高丽建国以后，大力提倡儒学，倡导汉文化教育，并学习中国，采用科举制选拔人才。这样，汉文就成了高丽文人应试求官的必修课，汉文写作依然强劲不衰。因此，汉诗仍是这一时期朝鲜文坛的主流，400 年间出现了许多著名的汉文诗人。如郑知常（？～1135）、"海佐七贤"中的李仁老（1152～1220）、"三隐"中的李穑（1328～1396）等，但成就最高的还是被称为"高丽文坛双擘"的李奎报和李齐贤。

李奎报（1168～1241），朝鲜京畿道骊州人，字春卿，自号"白云居士"，出身仕宦家庭，自幼文才卓著，被视为神童。他生性耿直，一生多次受挫，30 岁至 63 岁曾先后 5 次被贬谪、流放，深知社会不公和人民的痛苦。晚年虽官至宰相，但因痛恨官场中的丑恶现象，辞官归里。他流传至今的诗歌有 2000 多首，多收录在《东国李相国集》中。其中写始祖东明王开国业绩的长篇叙事诗《东明王篇》，充满了爱国主义精神和民族自豪感。李奎报的诗更多地反映了关心劳动人民疾苦、批判统治者的人道主义思想。在《代农夫吟》中，他揭露官府对农民的残酷剥削："新谷青青犹在亩,县胥官吏已征租。力耕富国关吾辈,何苦相侵剥及肤?"在《望南家吟》中,他指出"南家富东家贫,南家歌舞东家哭",富者"宾客盈堂酒万斛"、贫者"寒厨七日无烟绿"的贫富悬殊现象,与杜甫的"朱门酒肉臭,路有冻死骨"有异曲同工之妙。而他《苦寒吟》中抒发的"吾欲东伐若木烧为炭,炙遍吾家及四海"的情怀,颇像杜甫的"安得广厦千万间,大庇天下寒士俱欢颜"的济世之情,令人感受到作者执意学习杜诗的思想追求。李奎报还在《衾中笑》、《九月苦雨》、《明日偶题》、《自嘲》等诗中揭露了官场的种种丑态,表现出自己高洁的品德。李奎报反对当时文人中"揽华遗其实"的形式主义诗风,倡导现实主义精神,写出诸多"随笔讽咏,抑扬顿挫,深沉痛快"的不朽诗篇,成为朝鲜文学史上堪比唐朝诗人的汉诗大家。

　　李齐贤(1288～1367)是与崔致远、李奎报齐名的古代三大诗人之一。他出生于高丽京城开城的一个书香世家,自幼耳濡目染,文华才盛。17岁入仕途,28岁应留居元朝燕京的高丽忠宣王王璋之召赴中国,随王璋辗转中国达28年之久。李齐贤在高丽降元、民族危难之际,滞留元朝饱尝寄人篱下之苦。他的诗歌无论是抒发爱国忠君之情,还是表现民间疾苦,抑或写景抒怀,总流露出一种苍凉悲怆、无可奈何的意境。如《多景楼陪权一斋用古人韵同赋》中的"中流击楫非吾事,闲望天涯范蠡舟";《至治癸亥四月二十日发京师》中的"弹剑不为儿女别,引杯聊尽故人欢";《泾州道中》中的"万里思亲泪,三年恋主情",都表露了诗人难以言状的辛酸。李齐贤也有许多极有韵味、含蓄隽永的名篇,如《山中雪夜》："纸被生寒佛灯暗,沙弥一夜不鸣钟。应嗔宿客开门早,要看庵前雪压松。"全诗只一字提及雪,便将人带入对雪夜寒林的想象之中。

　　李齐贤的才华不仅表现在汉诗创作中,还表现在诗歌翻译上。他曾收集10多首高丽民谣,译为汉诗,为后人盛赞。此外,李齐贤还是朝鲜文学史上第一位引进中国词的文士。他还大量运用词体进行创作,成为朝鲜文学史上唯一优秀的词人。《江神子·七夕冒雨到九店》:"银河秋畔鹊桥仙,每年年,好因缘。倦客胡为,此日却离筵？千里故乡今更远,肠正断,眼空穿。夜寒茅店不成眠,一灯前,雨声边。寄语天外,新巧欲谁传？懒拙只宜闲处著,寻旧路,卧林泉。"诗人借牛郎织女的故事表达自己在异国他乡思念祖国的心情,对中国词有继承,有创新,令人耳目一新。

高丽时期汉文学在散文方面的成就主要有:金富轼(1075～1151)的《三国史记》和一然(1206～1289)的《三国遗事》。前者模仿司马迁的《史记》,以本纪、年表、志、列传的形式记录了朝鲜的历史。文学价值较高的"列传部分"写了三国时期各阶层的50多位人物。其中最著名的是《金庾信传》和《都弥传》。后者主要记载了朝鲜古代的神话和传说故事,其中虽不乏佛家思想,但保存了不少上古朝鲜文学的史料。

公元14世纪末,新兴地主代表李成桂通过"禅让"推翻高丽王朝,定国号朝鲜。为与古代朝鲜相区别而称"李氏朝鲜",或简称"李朝"。李朝(1392～1910)是朝鲜文学发展史上一个划时代的时期。虽然统治阶级当时仍然注重儒学,文人士大夫仍视汉文学为"正统",但由于1444年朝鲜文字"训民正音"发布,为朝鲜国语文学的发展开辟了广阔道路。不少文人学士参与国语诗歌创作,把国语诗歌提高到一个新的水平。此外还产生了国语小说等文学形式,将国语文学推进到成熟期。如郑澈(1537～1594)的《关东别曲》、朴仁老(1561～1642)的《太平词》、尹善道(1587～1671)的《山中新曲》等名篇。

这一时期,虽然汉文学作为朝鲜文学主流的地位已逐渐被国语文学所取代,但它仍有很高的成就,出现了许多著名的作家和作品。诗歌方面成就较高的有徐居正(1470～1488)、李石亨(1415～1477)、权韠(1569～1612)和著名的实学派诗人丁若镛(1762～1836)等,其中又以权韠和丁若镛影响最大。权韠出身官宦人家,性格刚直,不满时弊,终因抨击朝政引来祸端,死于壮年。他的诗歌充满了爱国之情和对封建官吏的厌恶,在《高判书敬命改葬挽章》中歌颂了"孤军抗贼众知雄,为国一死心所安"的爱国名将高敬命,而在《斗狗行》中则以"群狗斗方狠"来讽刺那些热衷于党争的官吏。他所作《驱车儿》、《切切何切切》等诗则表达了对贫困百姓的深切同情。丁若镛,号茶山,是十七八世纪实学派的重要思想家和诗人。他继承了实学派前辈反空谈"性理"的主张,提倡实事求是、探究富国强民的思想。他的2500余首汉诗饱含对劳动人民疾苦的同情和对统治阶级的憎恨。其中描写农民、渔民艰苦生活的《耽津农歌》、《耽津渔歌》、《饥民诗》等诗和仿照杜甫的《三吏》所写的《波池吏》、《龙山吏》、《海南吏》最有代表性。

在散文方面,汉语文学也取得了较高成就,除高丽时期就已经产生的"稗说体"文学有所发展外,还出现了新的形式——小说。主要有金时习(1435～1493)的《金鳌新话》、林悌(1549～1587)的讽刺小说《花史》、《鼠狱说》和朴趾源(1737～1805)的一些作品。短篇小说集《金鳌新话》因作于朴趾源隐居的金鳌山而得名。它仿照中国明朝瞿佑(1341～1427)的《剪灯新话》,承袭了唐传奇的传统,具有浓厚的浪漫色彩。作品共包括5个短篇传奇。前两篇是爱情故事,《万福寺樗蒲记》写的是书生李某与少女崔氏的生死之恋。最后两篇借神佛来表现自己的文化观念与生活理想。《南炎浮州志》借朴生与阎罗王之口表现自己尊儒鄙释的观点。《龙宫赴宴录》以韩生从龙宫归来后"入名山,不知所终",表现他视名利如浮云的思想。中间第3篇《醉游浮碧楼记》写富家子弟洪生因偶遇仙子、思念成疾、病逝升天的故事。5篇作品的男主人公都是怀才不遇、生不逢时的文人,他们只有在鬼神世界才能找到自己的位置。这正表达了精通儒学、才华出众,却一辈子不得志的金时习本人的感受,于浪漫故事中透露出强烈的现实性。《金鳌新话》是一部具有较高思想艺术水平的成熟之作。它上承《新罗殊异传》中传奇故事的余绪,下开金万重的《九云梦》等浪漫小说之先河,在朝鲜小说发展史上有着特殊的地位与价值,是朝鲜短篇小说的起源与摇篮。

朴趾源,号燕岩,出身名门望族,是李朝后期实学派的代表人物,在文学上的主要贡献是短篇小说。其作品均收录在他的《放琼阁外传》和《热河日记》中,《两班传》、《虎叱》和《许生传》等最有代表性。《两班传》千余字,通过一个穷途末路的两班贵族出卖称号给一富人,表现封建贵族面对商业资本的退败,暗示两班子弟退出历史舞台的必然性。《虎叱》也是一个讽刺两班的故事。一个"学问渊博"受到天子嘉奖的大学者与出了名的"节妇"私通被发现后,慌不择路跌入粪坑。当他满身臭气爬出来时,遇到一只老虎,老虎却嫌他肮脏,不屑吃他。作者对在礼教外衣掩盖下的丑恶与肮脏给予了讽刺和鞭答。《许生传》则通过一个以实干造福于民而不愿为官的儒生来表达作者的实学派思想。朴趾源一生著述甚丰,但他的作品生前未能出版,直到1932年才出版了6卷《燕岩集》。

  1444年"训民正音"的创制,也为国语小说的发展开辟了广阔的道路。朝鲜第一部国语小说是反映公元16世纪末朝日战争的《壬辰录》,虽然它不可避免有早期小说的弱点,但贯穿全篇的爱国主义激情和对历史人物爱憎分明的评判及流露出的民族自豪感,却使它以著名的爱国历史小说在朝鲜文学史上占有一席之地。也正因为如此,在公元20世纪上半叶日本统治朝鲜时期,它虽被列为"禁书",但仍在民间广泛流传。自这部深受中国《三国演义》影响的长篇小说《壬辰录》起,国语小说开始登上文坛。朝鲜文学史上第一位创作国语小说的文人是许筠(1569~1618)。他出身官僚家庭,性格豪放,对统治者的政治腐败十分反感,被当政者于1618年8月12日以谋反罪处死。许筠的代表作是模仿《水浒传》写成的《洪吉童传》。小说主要写宰相之子洪吉童因系庶出,屡遭正夫人等迫害,他愤而离家出走,闯入盗贼巢穴。由于他智勇双全,被盗贼拥为首领。洪吉童改盗贼团伙名称为"济贫党",开始劫富济贫,替天行道。小说以洪吉童远离朝鲜、建立岛国与李氏王朝相安结束。小说将主人公写成一个法术神奇的传奇人物,其现实意义明显,具有鲜明的反封建思想和表达对现实状况的不满。反映了作者的民主思想和社会改革的理想。

继许筠之后将朝鲜国语小说推向新阶段的是金万重。金万重（1637～1692），号西浦，出身书香门第，汉文造诣极深，著有《西浦集》和《西浦漫笔》。他重视国语文学，尤对当时文人视为"鄙词俚语"的俗文学倍感兴趣。其深受中国影响的名作《谢氏南征记》和《九云梦》，是朝鲜文坛上最具现代意义的长篇小说。

《谢氏南征记》以明代中国为舞台，反映的却是李朝肃宗时的宫廷内部矛盾的缩影。北京名门之后刘延寿娶妻谢贞玉，十年无子。在贤淑的谢氏劝告下，刘娶乔氏为妾。乔氏为人歹毒，想尽办法离间刘谢二人的关系，并与刘的门客董清私通，共同陷害谢氏。谢氏被逐之后，刘延寿也遭诬陷、流放。最终多灾多难的刘延寿官复原职，九死一生的谢氏沉冤昭雪，夫妇团圆，乔氏被处死。小说惩恶扬善的结局，表现了作者维护封建正统的愿望。作品中表现出的皇帝昏庸无能、丞相奸佞贪婪、暴发户鱼肉人民及贵族家庭的丑恶等，具有极高的认识价值。《九云梦》描写官运亨通的才子杨少游与8个女子的婚恋，并享尽人间荣华与艳福的故事。小说结局写他们9人顿悟前非，皈依佛门，重返天上"极乐世界"。显然作者的本意并非宣传佛家"四大皆空"的理想，而是要描绘封建社会的乌托邦蓝图，所谓功名富贵不过是一场春梦。这种"以释家寓言而中《楚辞》遗意"的构思，恰恰反映了那些不得志的士大夫不满现状，又不得不维护封建秩序的矛盾心理。

《谢氏南征记》和《九云梦》对朝鲜国语小说发展产生了重大影响，相继出现了众多以才子佳人传奇式爱情开篇，以功名利禄兼得为结尾的小说。如《玉楼梦》、《淑香传》、《玉丹春传》、《淑英娘子传》等。《彩凤感别曲》以中国原作《王娇鸾百年长恨》为基础，添加朝鲜本国元素，改变原作结局，前半部分近于翻译，后半部分颇有创意，是一部典型的翻版小说。

李朝国语小说繁荣的同时，一种新的说唱文学也发展起来。在国语诗歌基础上产生的说唱文学，产生于民间，又在民间广为流传，最能反映人民的意愿。加之说唱文学还可以用音乐抒发情感来打动听众,所以它比文人小说更有群众基础。当年艺人说唱的盛况虽不复存在,民间传唱小说却永载史册,成为朝鲜文学的珍贵遗产,如《孔菊与潘菊》、《蔷花红莲传》和被誉为"朝鲜中古三大传奇"的《春香传》、《沈清传》、《兴夫传》等。这些作品的内容大多都有"劝善惩恶""善恶有报"的特点,如《沈清传》中至孝的沈清,为使盲父得到光明而舍身投海,终获幸福。善良宽厚的兴夫救护了受伤的燕子,帮助害过自己的哥哥,终于感动了神灵而得到善报。《春香传》无论在思想上还是艺术上都居于国语文学之首。这些作品在歌颂真善美、鞭挞假恶丑的同时,对封建社会有一定程度的否定,同时,表达了劳动人民对美好生活的渴望。因此,这种来自民间的平民文学比士大夫的文人文学更有社会意义和价值。

二、《春香传》

朝鲜古典文学名著《春香传》在朝鲜人民中间流传颇广,最初是以人民口头传说为基础的民间集体创作。一般研究者认为,约在高丽恭愍王时期就已经有了关于春香的故事。至公元16世纪前后,春香的故事以口头和手抄本的形式在民间广为播扬,家喻户晓。在流传过程中,经过许多说唱艺人口耳相传的增删和文人学士的润色加工,到公元18世纪后半叶,由剧作家申在孝(1812~1884)整理成为一部完整、定型的唱剧剧本。《春香传》在成型的过程中,始终沾染着中国文化、文学的阳光雨露。韩国学者赵润济指出:"在中国戏曲影响之下朝鲜发展起来一种唱剧,其代表性作品即紫霞《观剧诗》中谈及的《春香歌》[①]等。这也是一种唱曲,是把小说《春香传》改写成

---

① 紫霞《观剧诗》中有"春香扮得眼波秋,霞影衣纹不自由。何物龙钟李御使,至今占断剧风流。"即指《春香歌》。

唱剧,在舞台上演唱。①"

从形式上分析,《春香传》与中国有着诸多不解之缘。《春香传》现存各种形式的版本有几十种之多,先后出现过的朝文本有:全州土版《烈女春香守节歌》、京(即汉城)版《春香传》和《小春香歌》、《谚文春香传》、《广寒楼记》等。汉文本有:《水山广寒楼记》、《汉文春香传》、《古本春香传》等。在公元19世纪末至20世纪初朝鲜文坛出现的新小说中的桃色本有:《狱中花》、《狱中香》、《狱中佳人》、《乌鹊桥》等。此外,还有许多流传于民间的手抄本。不同版本的《春香传》尽管创作时代不一,体裁形式各异,有小说、有"潘索里"、有唱剧等,但是以汉文书写的占了相当大的比重,具有明显的中国色彩。

此外,全州土版《烈女春香守节歌》是大约在公元19世纪初叶出版的一部由小说加工而成的说唱本,后以《春香传》为名正式出版。在这部最具古典小说风格的本子里,叙述故事的方法与中国古典小说如出一辙。中国话本小说中间常常用一些诗词或赋赞来评判人和事物,名曰:"有诗为证"、"正是"、"又道是"、"俗话说"、"诗曰"、"赞曰"之类。《春香传》也采用了这种体制形式来评价事物,以表现作者的爱憎感情。其行文中间使用"正是"、"但见"、"诗曰",以及一些诗词、赋赞,多达21处,其中在小故事之后出现的对人物和事件作出评价的有9处;描写人物面貌动作的有4处;描写景物的有5处。

朝鲜文学史家曾指出:"我国倡优,俗为唱夫,亦曰广带,以春阳打咏为第一调。而湖南谚传,南原府使子李道令昵童妓春阳,后为李道令守节。新使卓宗立杀之。好事者哀之,演其义为打咏,以雪春阳之冤,彰春阳之节云。"②朝鲜语"春阳"与"春香"发音极近,口耳相传时,"春阳"讹传为"春香"。而"打咏"即"打令"是古代朝鲜说唱

---

① [韩]赵润济:《韩国文学史》,北京:社会科学文献出版社,1998年,第386页。

② [韩]赵润济:《韩国文学史》,北京:社会科学文献出版社,1988年,第386页。

台本的一种表现技法,即唱剧。其实"打令"一词也源于中国。它是中国古代一种音乐游艺术语。

唐代文人雅士中雅好行酒令,其中最为歌舞化的一类酒令名"抛打令"。行时宾主环坐,先用香球。花枝或杯盏巡传,近杀拍曲骤急促时有嬉戏性抛掷,中者须持香球或花枝歌舞,以佐酒宴之欢。"抛打令"常简称为"抛令"或"打令"。宋时"打令"已不局限于行酒令,而有了更广泛的意义。说某曲可用作"打令曲",说某"优伶家犹用手打令"等。至此,"打令"一字已有打拍、合曲的含义。在合乐的歌词即长短句中,"令"又是早期词调的通称,许多词调都可以加上"令"字。民间说唱中,大量的"令"曲,如"十六字令"、"如梦令"、"缠令"、"四片太平令"等,正是在这一意义上的沿用。宋代的歌令讲唱,主要以鼓板伴奏,或加一两件弦乐乐器,用以说唱爱情故事和历史战争题材。以鼓板伴奏演唱的内容,无论是否讲故事,所撰之辞皆称为"鼓子词"。赵令畤(1051~1134)咏唱张生和崔莺莺故事的12首《商调蝶恋花》鼓子词,已可见从传奇向说唱文学过渡并最终形成杂剧的过程。

朝鲜唱剧雏形期的"打令"也是打拍歌曲、讲唱故事的一种表演,而失去了打酒令的意思。但是,无论中国宋代的歌令讲唱,还是朝鲜的"打令",在娱人功能上,仍多用于酒宴演出,以助酒兴。无论是在宋元宫廷,还是豪门旺族的酒宴上,都要有助兴的歌令讲唱、歌舞表演,唱剧的出现也是适应朝鲜上层社会的这种需要。当然,中国的市井、勾栏、瓦舍演出,与朝鲜民间的"潘索里"演唱,观众也都是边饮食边观赏的,只有审美层次之分,而无演出本质的不同。早在高丽朝初年的文宗年间,宋朝输入过"抛球乐"等教坊乐歌舞戏,而"抛球乐"正是唐代酒令"抛打令"中最常用的曲子。在《朝鲜艺能史》一书中就明确指出,"抛球乐"表演是为了"在宴会上助酒兴"的。[1]

---

[1] 翁敏华:《中国戏曲》,上海:上海古籍出版社,1996年,第122页。

由此可见,《春香传》在形式上,无论是以汉文字为载体、文体的叙述范式,还是中国唐代的"抛打令",宋代的歌令讲唱,都对朝鲜的表演艺术产生过影响,对朝鲜唱剧的形成发生过直接或间接的作用。

从内容上分析,《春香传》从民间传说故事过渡到近代较为完备的小说和戏剧,与中国小说和戏剧的影响也是分不开的。它遵循朝鲜民间小说和戏剧铺衍情节的传统结构:结缘——苦行——显达——幸福,即主人公李梦龙和春香一见钟情,好事多磨的苦恋;守贞经历,到终成眷属的爱情结局;最后交代了他们"共享富贵荣华"的幸福等等,这与中国古典传统的才子佳人小说和戏剧模式别无二致,《西厢记》即如此。再从布局和体例方面分析,中国话本小说和戏剧在正文之前一般都有"楔子",卷首冠以诗和词,或一两个小故事,或者一段不闲的闲话,这些内容都和作品主题思想有某种内在的逻辑联系。《春香传》和《西厢记》一样,卷首就有"楔子",开篇也写了一段闲话,然后引出主要故事。

《春香传》中,公子李梦龙初见春香时,是在广寒楼上见到她在草坪上荡秋千。才子与佳人,邂逅相遇,情有所钟。李梦龙第二次见到春香,二人含情脉脉,相对无言,心交神往。这对多情男女就这样暗定了终身。这部分情节的铺陈描写,和唐代元稹(779~831)的传奇小说《莺莺传》和《西厢记》的前一部分中莺莺的性格和动作非常相像,可以发现明显的模仿痕迹。只是《春香传》中的相应部分更为细腻,说明其作者在原作的基础上,进行了新的艺术加工。

《春香传》的故事核心和《西厢记》一样,在早期流传时是以悲剧告终的。但是,朝鲜人民不愿看到春香之死,更不愿让残害人民的封建暴吏逍遥法外,在中国才子佳人小说和喜剧结局的启发下,为适应人们的审美心理需求,经过文人不断加工润色,增添了清官惩处暴吏的情节,使情种烈女和男主人公得以大团圆。另外,还叙述了男女主人公的"后事",即春香苦尽甘来,过上夫荣妻贵的幸福生活。这种结束故事的方法在中国话本小说和戏剧中是常见的模式。

《春香传》不仅因袭了中国话本小说和戏剧的这种形式，而且在某些词句的运用以及修辞方法的使用上也和话本小说相仿。它使用的近于程式化的套语，都是描写主人公如何官高、夫人如何荣显、子孙如何繁盛等"好结果"的"后话"，包括描写男女主人公时所用的赞语也和中国话本小说以及戏剧如出一辙。

　　《春香传》这部最具古典小说风格的说唱本中，还引用了不少中国书籍，主要有：《中庸》、《大学》、《论语》、《孟子》、《诗经》、《书经》、《周易》、《古文观止》、《资治通鉴》和《千字文》等。引用的人物、典故、传说主要有：黄帝战蚩尤，尧、舜、禹治世，周文王、武王之道，伯夷、叔齐饿死首阳山，苏秦、张仪的纵横六合，秦始皇统一天下，汉高祖刘邦，楚霸王别虞姬，王昭君出塞，苏武与李陵在匈奴，诸葛亮借东风，唐明皇与杨贵妃，牛郎织女等。还引用了十多位中国诗人的名句，其中包括：李白的《登庐山五老峰》、白居易的《长恨歌》、杜牧的《清明》、柳宗元的《江雪》、贾岛的《寻隐者不遇》、岑参的《春梦》、程灏的《春日偶成》等。《春香传》深刻地反映了中、朝文学之间的密切关系，以及朝鲜小说和戏剧艺术受中国古典文学影响的程度之深。

　　公元18世纪，朝鲜官方曾下令禁止中国小说输入，但是，当那些"对中国通俗文艺怀着顽固的警戒心态的朝鲜正统读书人在抵制通俗文学的时候，一些来往于中国与韩国之间的使臣们都对中国的通俗文艺产生了兴趣。他们偷偷地把那些评话小曲打在行装中，带到了东国"。[①]

　　据公元19世纪初的朝鲜学者李圭景（1788～?）在其《五洲衍文长笺散稿》一书中的统计，传入朝鲜的中国通俗小说和戏剧主要有：《齐谐记》、《虞初志》、《列国志》、《酉阳杂俎》、《封神演义》、《宣和遗事》、《水浒传》、《续水浒传》、《西厢记》、《桃花扇》、《红楼梦》、《续红

[①] ［韩］赵润济：《韩国文学史》，北京：社会科学文献出版社，1988年，第187、188页。

楼梦》《聊斋志异》等。由此看来《春香传》在由小说、"潘索里"演化为唱剧的过程中,吸收诸多的中国文化遗产是不足为奇的。

  1954年,朝鲜作家同盟出版社,以全州土版《烈女春香守节歌》为底本,进行整理、修订、校注,以《春香传》为名出版。后改编成唱剧、话剧演出,并两次拍成电影。中国作家出版社于1950年依据朝鲜作家同盟出版社出版的《春香传》版本,由陶冰蔚、张友鸾译成中文出版,首次发行45000册,影响广泛。继后,中国的越剧、京剧、评剧等剧团,又陆续演出了《春香传》等剧幕。1956年,朝鲜国立民族艺术团在中国演出歌剧《春香传》受到热烈欢迎。1963年,中国为庆祝朝鲜解放十五周年,举行了朝鲜电影周,所放映的《春香传》再次掀起中国人民与朝鲜人民友好的热潮。

第6讲:日本文学与《源氏物语》

一、日本文学

  日本古代文学自出现书面文学开始,至公元1868年明治维新止,已有1000多年的历史。其大致可以分为奈良、平安、镰仓、室町和江户等5个时期。

  大约公元前后,狭长的日本列岛上散居着100多个氏族部落,他们纷争不止。公元4世纪中叶,在大和地方(今奈良县部分地区)兴起的强大豪族天皇氏逐渐统一了日本,完成了由氏族社会向奴隶社会的过渡。从此,"大和"成为日本民族和国家的代称。

　　日本古代原本没有文字,在汉字传入之前,仅有以语言为媒介的神话、传说和歌谣等口传文学。据载,公元3世纪末汉字由"归化人"(即在日本定居的汉人)以朝鲜半岛为中介桥梁传入日本,公元6世纪左右日本人已能普遍使用一定数量的汉字。到推古天皇(593～628)时,日本已开始利用汉字作为记录语言的工具,为书面文学的产生准备了条件。

　　奈良时期(710～793),日本最早的书面文学开始出现,代表作品有《古事记》、《日本书纪》、《风土记》、《怀风藻》和《万叶集》等。

　　《古事记》成书于712年,分为3卷。上卷内容有开天辟地、创造国土、日月起源、人类生死的起源、谷物和火的起源等；中卷主要记述了自首任天皇神武至应神天皇的15位天皇的皇族传说和征伐传说；下卷的记述始于仁德天皇,止于第一个使用年号的推古天皇,主要记载了这期间与这18位天皇有关的传说,其中访妻、恋爱、夫妻爱情等浪漫内容很多。

　　《日本书纪》成书于720年,一般认为是模仿中国的《汉书》及《后汉书》而修的正史《日本书》。因只撰写了"日本书"中的"帝王本纪"而得名。《风土记》约成书于713年至733年,是根据中国把地方志称为"风土记"而命名的。这两部作品的文学价值虽不及《古事记》大,但其神话传说的内容有不少是罕见而且是极为珍贵的。

　　《怀风藻》(751)是日本现存最早的汉诗集。共收入64位诗人的116首汉诗,其中除7首七言诗外,均为五言八句诗。主要反映了君臣唱和、应诏侍宴、从驾等宫廷生活,此外也有"咏物"、"咏美人"、"怀乡"等题材的诗。从诗句中大量引用的《论语》、老庄等语句来分析,儒家思想、老庄思想、竹林清谈等,都已被时人所融摄,表现形式上则受《昭明文选》、《玉台新咏》和初唐诗歌等的影响。

　　日本现存最早的和歌集《万叶集》标志着这一时期文学最高成就。《万叶集》是日本的第一部和歌总集。为了与用汉字写的诗歌(汉诗)相区别,日本人将用大和文字写的诗歌称为"和歌"。《万叶集》在日本文学史上的地位,相当于《诗经》在中国文学史上的地位。《万叶集》中的著名诗人有柿本人麻吕(约662~约708),他的《别妻歌》将夫妻间难分难舍的情愫描摹得惟妙惟肖,至今仍在日本民间传诵。还有大伴旅人(665~731)和大伴家持(718~785)父子。最重要的是山上忆良(660~733),他的代表作《贫穷问答歌》开创了反映下层民众生活的新领域。

平安时期(794~1192),由于假名的出现,日本文学在模仿汉诗汉文的过程中,开始出现独立的具有民族性的作品,如物语类作品等。

平安朝初期,受7世纪后期"修史"风气的影响,汉文文学仍有过一段辉煌的时光。贵族文人编纂了许多敕撰的汉诗集或诗文合集,如著名诗集《凌云集》(814)、《文华秀丽集》(818)、《经国集》(827),诗文集《都氏文集》(879)及空海(744~835)的《性灵集》、《文镜秘府论》等。但是随着假名在诗歌领域的率先使用,汉诗的正统地位开始动摇,和歌复兴起来。从第一部和歌赛诗集《在民部卿家歌合》(884~887)计起,至平安末期止,先后出现了《宽平御时后宫歌合》(889~894)、《新撰万叶集》(893)、《古今和歌集》(约905)、《山家集》(约1190)等,大约20部和歌集。

《古今和歌集》(《古今集》)是日本最早的敕撰和歌集,由纪贯之(868~945)等人奉醍醐天皇的诏命而编撰。《古今集》共20卷,前10卷主要歌咏四季的变化,11卷至18卷主要歌咏人的"恋"和"哀伤"等,19卷是长歌、旋头歌、俳谐歌等杂体诗,20卷是歌谣。这些和歌填补了《万叶集》至《古今集》之间和歌创作的空白。《古今集》虽有"万叶"遗风,也有部分优秀之作,但大多缺乏万叶和歌的生气,过于追求典雅、藻饰,缺乏真情实感,多表现宫廷贵族情趣。

平安朝出现的散文文学,绝大多数出自女性之手,以致形成一股女性创作散文的热潮。当时贵族男子普遍崇尚汉文,沿用汉字写作,而对假名文学相当蔑视,更不屑于用假名创作散文。而素有文化教养的女性,则认为假名便于抒发思想感情,让人倍感亲切。尽管第一部假名散文作品《土佐日记》(935)的作者纪贯之是男性,可是他仍要假托女子口吻表述。一般也认为该书应属女性文学范畴。第一部真正的女性散文作品《蜻蛉日记》(约995)的作者是出身中层贵族的右大将道纲之母,她忠实地记录了自己痛苦的内心经历,表达了自己强烈的爱憎情感。从此,日记文学为女性所青睐,和泉式部的《和泉式部日记》(约1004)、紫式部的《紫式部日记》(约1009)、菅原孝标之女的《更级日记》等一批女性日记相继出现。这些日记细腻地描述了主人公被爱、婚姻、生产、被弃、丧夫等一系列变故,真实地道出了主人公陶醉、哀伤、嫉妒、孤寂等纤细丰富的内心感受,不仅形成一个独特的艺术表现领域,而且成为后世私小说文学的滥觞。

平安时期女性散文文学的另一重要体裁是随笔。清少纳言(约966～1025)的《枕草子》是随笔文学的第一作。作者曾是平安中期一条天皇时的宫中女官,因精通汉学、和学,侍奉皇后定子的学习。她以敏锐的感受力,尽情抒发了自己对周围事物的体察与观感,涉笔成趣。文中既有列举"山"、"川"一类的景物描绘,有记录宫廷生活见闻的日记,也有一些随感录,表现出女性文学特殊的美学追求。

平安时期散文创作的高度发展,形成了最有代表性的"物语文学"。它是在汉文传奇小说影响下产生的一种文学体裁,在发展过程中,它不断地汲取了民间文学中的素材和营养。第一部物语文学作品《竹取物语》就是在唐传奇的刺激下,并取材于《浦岛子传》和《羽衣天女》等民间传说而写成的。《竹取物语》约成书于公元9世纪末至10世纪初,作者不详。故事叙述月宫天女辉夜姬下凡帮助一个以伐竹为业的老翁,最后在拒绝了皇子、大臣等5个贵族的求婚后,又返回月宫的经历。揭示了作者对贵族阶级极其尖锐的嘲弄和讽刺。公元10世纪中叶,以和歌为中心内容的《伊势物语》问世。它由125个短篇汇集而成,每篇都以"过去有一位男子"的恋爱为线索展开叙述,并插入一首表现男主人公的和歌。据说,这位主人公即"过去有一位男子"中的男子,影射沦落为城市平民的贵族放浪诗人在原业平,书中所描写的是他一生悲欢离合、颠沛流离的遭遇。

用假名写成的《竹取物语》和《伊势物语》,开了假名物语文学的先河。此后,物语文学沿着以《竹取物语》为代表的富有传奇色彩的物语,和以《伊势物语》为代表的以和歌为中心的物语这两条道路发展而去。真正摆脱上述两种物语文学短篇小说的性质的,是成书于公元10世纪中期的《宇津保物语》和成书于11世纪初的《源氏物语》。就内容所涉及的深度和广度而言,这两部作品标志着物语文学已经发生了质的变化。《宇津保物语》共20卷,是日本最早的长篇物语。这部场面复杂、结构欠完整的长篇物语,对物语文学既有继承,又有创新,着眼于现实,从描写传奇神怪转而走上现实主义道路,客观地描绘了日趋分化和崩溃的贵族社会的真实面貌,这是以往物语文学难以比拟的。《源氏物语》则是一部思想内容深刻、艺术形式完美的长篇杰作,不仅足以代表物语文学的最高成就,而且堪称世界文学史上的珍品。

平安朝后期,传统的物语文学出现了颓势。相继成书的《狭衣物语》、《滨松中纳言物语》、《女扮男、男扮女物语》、《堤中纳言物语》等,或一味模仿《源氏物语》,或表现颓废内容,文学价值都不高。但是这一时期也出现了两种新的文学体裁,即"历史物语"和"说话文学"。

日本古代历史都是用汉文写成的,而历史物语则打破这种传统,用假名撰写历史,开山之作为《荣华物语》(11世纪末)。此书以编年体记述了宇多天皇至堀河天皇宽治六年(1092),约200多年间"摄关"政治的情况,用赞赏的态度缅怀了藤原道长一家的荣华,犹如一场"未醒的酣梦"一样,令人哀惜。另一部历史物语《大镜物语》(约12世纪初)模仿中国《史记》的纪传体,记述了藤原氏摄关政治全盛时期(850~1025)的历代帝纪和藤原氏一族显赫人物的列传。与《荣华物语》形成鲜明对比,《大镜物语》以一种新的戏剧性的对话形式,揭露了"摄关政治"幕后的权势之争。

"说话文学"的代表作为编撰于12世纪前半期的《今昔物语》。

此书共 31 卷,收有 1000 余篇短小的故事。1 卷至 5 卷为天竺(印度)编,6 卷至 10 卷是震旦(中国)编,11 卷至 31 卷是本朝(日本)编。印度编和中国编的大部分是取材于佛典和汉籍的佛教说话;日本编的前半部分是佛教说话,后半部分是世俗说话。虽然世俗说话只占全书的三分之一(22 卷～31 卷),但由于它反映了平安末期新兴武士阶级的面貌和农民、渔夫、游女、盗贼、乞丐等世俗人物的生活,所以具有与描写贵族阶级生活截然不同的文学价值。这部作品的出现,昭示了贵族文学日薄西山的颓势和新文学待机勃发的胎动。

　　镰仓时期(1192～1333)和室町时期(1338～1573)的文学,形式多样。在武士集团建立镰仓幕府到室町幕府的近 400 年的统治之后,又有近 30 年的战乱。这一时期反映武士生活的文学成为主流,平民文学也开始萌芽。

　　镰仓时代,武士集团掌握了国家实权,贵族受到沉重打击。而对战乱、饥馑、地震等天灾人祸造成的混乱局面,有的贵族文人单纯追求感官的陶醉,希图在精神上获得颓废美的享受,有的贵族文人则感到世事无常,逃离尘嚣而遁世出家。前者因守前人的贵族文学传统,在和歌创作高潮迭起之中推出《新古今和歌集》;后者则写出以无常为基调的隐遁者的随笔文学。

　　《新古今和歌集》是奉第八十二代天皇后鸟羽院(1180～1239)之命于 1201 年编撰、1205 年完成的,后又进行了增补。全书共 20 卷,收入从"万叶时代"到"新古今时代"的和歌近 2000 首,重点是新古今时代(当代)的作品。其中收入作品较多的诗人有西行法师(1118～1190)94 首、慈圆(1155～1225)79 首、藤原良经(1169～1206)79 首、藤原俊成(1114～1204)72 首、藤原定家(1162～1242)46 首、藤原家隆(1158～1273)43 首等。他们以和歌作为表现自己内心困惑与迷惘的艺术形式,从中获得深刻的反省和新的觉醒。但是这些和歌已不再是直接从纯朴灵魂深处迸发出的感情流露,而是"将没有看见的世事,依稀浮现出来"的一种唯心的、感伤的生活气氛的象征，形成一种被称为"幽玄"的美学情调。

隐遁者的随笔文学代表作主要有鸭长明（1153～1216）的《方丈记》（1212）和吉田兼好（1283～1350）的《徒然草》（1330～1331）等。《方丈记》篇幅不长，日语约8000字，分为5节，以富于思考的散文从人生虚幻写起，继而描述了大火、饥馑的惨景以及社会苦难，最后以他出家所居的方丈为中心，描写隐遁之乐。《徒然草》有上下两卷，分为243节。内容涉及自然的美、人世的污浊、人生心理趣味等许多问题，核心是人生无常，流露出抚今追昔的消极情趣。但书中也有一些短小精辟的寓意性的故事传说，表明作者的理性思考。

镰仓、室町时代最有代表性的文学是军记物语。这一时期占统治地位的武士集团是通过激烈的战斗登上政治舞台的。所谓"军记物语"，指以战争、战斗事实为中心题材，描写新兴武士集团军事生活的叙事文学作品。一般认为，最初的军记物语作品为成书于公元13世纪30年代的《保元物语》和《平治物语》。前者写的是历史上的"保元之乱"（1156），后者写的是"平治之乱"（1159）。据推断，这两部可能出于一人之手的作品都如实、生动地再现了新兴武士们的刚毅、勇猛，洋溢着一种豪迈、悲壮的时代气息。

军记物语中最杰出的代表是《平家物语》。这部约成书于1219年至1240年间的作品，其核心故事最早由身着僧装的盲艺人琵琶法师边弹琵琶边唱，被称为"平曲"。后经过很多人的增补、修改才逐渐定型。现行《平家物语》共12卷，从1132年平清盛（1118～1181）之父平忠盛在鸟羽上皇时第一次被允上殿、位列公卿开始写起，至1191年平清盛之女、高仓大皇后建礼门出家而死止，全面描写了平氏一族60年的盛衰史。这部史诗真实地再现了平安朝末期新兴的武士集团东国源氏一族与西部平氏一族，为争夺政权所进行的殊死斗争，以栩栩如生的人物形象表现了武士集团中的佼佼者，在初登历史舞台时那种蛮勇粗犷、自信向上的精神面貌，反映了勃兴的武士集团必将战胜中央贵族势力的时代本质。同时，作品中贯穿着"诸行无常"、"盛者必衰"、"祈求净土"等佛教净土思想。《平家物语》采用编年体和纪传体相结合的叙述结构,和汉混用和散韵相间的文体,以及说唱文学式的生动描述,不仅对后世文学语言的发展有很大影响,而且极大地丰富了后世文学艺术的创作素材。

继《平家物语》之后,军记物语又有《太平记》(约1370)、《曾我物语》(约1334~1392)、《义经记》(约1420)等问世,其中以《太平记》较为出色。这部长达40卷的巨著,主要描写了镰仓幕府崩溃到室町幕府建立前后约半个世纪的战乱。但它已经缺少《平家物语》中所表现出的那种企图创造新时代的英雄气概,这表明军记物语的创作时代已近尾声。

镰仓、室町时代后期,由于手工业、商业在一些城镇得到发展,开始出现町人,即城市平民。文学也由描绘贵族生活,转而通过弹唱、说书、舞台表演等艺术形式,表现平民大众的思想感情,出现了连歌、俳谐、御伽草子、能乐、狂言等新的文学形式。

连歌是平安朝中期兴起的由二人对咏一首和歌的游戏,盛行于宫廷内部各贵族之间,镰仓、室町之交逐渐盛行,发展成为平民大众所喜爱的文学样式。在连歌取代不断衰微的"新古今"和歌的过程中,二条良基(1319~1388)起了推波助澜的作用。他编撰的连歌集《筑波集》(1356)长20卷,是第一部上起奈良时代、下迄编撰时代的连歌选集。他的连歌理论论著《筑波问答》主张:"有志于此道之人,必须先进入'幽玄'之境地,然后方可有成。"对后世连歌的发展作出积极贡献。自良基之后,人们不再将它视为和歌的游戏及末流,而是给予了更高的文学地位和评价。室町时代,梵灯庵(1349~1433)、心敬(1406~1475)、宗祇(1421~1502)等著名连歌诗人将连歌创作推向了顶峰。但这时的连歌已不再是二人合咏的"短连歌",而是多人合咏的"长连歌"。

室町时代末期,作为连歌的余兴,俳谐连歌兴旺起来。俳谐是诙谐、滑稽的意思。俳谐连歌主要想用平易的语言来描写诙谐洒脱的题材,其先驱山崎宗鉴(1465~1553)编撰了第一部俳谐连歌集《犬筑波集》(约1528~1532)。集中取材对象是平民及其生活,它不再表现连歌的辞藻和技巧,而是注重表现植根于生活的真正的诙谐。这种具有平民文学意义的创作使俳谐最终脱离连歌而自成一体。宗鉴写出《犬筑渡集》,另一位著名的俳谐连歌诗人荒木田守武(1473～1549)写出《独吟千句》,为后世俳谐的定型与发展作出积极贡献,二人均有"俳谐始祖"之称。

御伽草子是室町时代出现的大众小说的泛称,是配有插图的故事文学作品。描写对象和读者对象包括了贵族和平民。内容包括恋爱、神佛、武士、庶民、志怪、外国历史传说等题材。其中《文正草子》流传广泛。主人公文正虔信宗教,为人正直,靠熬盐致富。贵族公子为向他女儿求婚,只好装扮成身份低贱的商贩。小说除宣扬宗教对人生的影响外,表达了平民想利用致富手段和贵族分庭抗礼的渴望。其他草子如《懒太郎》中同名主人公懒惰但正直,后因擅长和歌而受到重用,成为一名中将;《一寸法师》写身材只有一寸高的小和尚因从鬼的手中得到宝槌而致富的故事;《戴钵的少女》写一少女因头戴临终母亲的一只钵而得到幸福的传说;《浦岛太郎》中的同名主人公被所救神龟带入龙宫作了3年客,归来后人间已经过了7代。这些作品民间文学色彩都很浓,充分表现出来自庶民的朴素的浪漫情趣。

能乐又称为"能"、"猿乐"、"猿乐能"。它源于中国的散乐,后吸收了诸多民间歌舞表演形式,形成融音乐、舞蹈、念、唱、做、服饰、面具及独特的舞台装饰为一体的综合性舞台艺术。这种颇具代表性的日本古典戏剧在镰仓、室町之交逐步发展起来,经室町时期的能乐大师观阿弥(1333～1384)和世阿弥(1363～1443)的努力,能的演出程式和剧目基本定型。内容可分为5类:胁能戏,如《高砂》、《竹生岛》等;修罗戏如《田村》、《八岛》等;假发戏,如《东北》、《井筒》等;杂类戏,如《三井寺》、《隅田川》等;尾能,或称"鬼畜戏",如《罗生门》、《红叶狩》等。主人公主要有神灵、武士的亡灵、戴假发的女性、武士、狂女和鬼怪等。内容多取自《伊势》、《源氏》、《平家》等古典物语,也有取材现实的世俗剧。能的风格庄严、凝重,富有象征意义。

世阿弥在能乐上的卓越贡献,使他在日本戏剧史上占有重要地位。他既是能的唱词(谣曲)的作者,又是能的演员,而且是能的理论评论家。他毕生创作了约150出剧目,占现存所有能剧目240出的半数以上。代表作有《高砂》、《熊野》、《忠度》、《井筒》等,取材中国题材的剧目有《白乐天》、《邯郸》、《西王母》等。世阿弥关于能剧的理论著作,绝大多数以秘传书的形式传世,现已发现23部。重要的有《花传书》、《至花道》、《花镜》、《能作书》、《却来花》等。内容涉及戏剧美学、戏剧批评、戏剧与观众、编剧与表演等。他主张能剧艺术要达到"花"和"幽玄"的境界。"花"是指能的演出要使观众倍感美的艺术效果;"幽玄"则指寓质朴刚劲于幽雅、玄妙之美。这些著作,数百年来一直被世人奉为圭臬。

狂言是与能同时产生的以科白为主的笑剧。其风格滑稽、轻松,有一定的讽刺性。狂言按主角类型划分,可分为神佛类,大名(地主、武士等)类,新娘新郎类,鬼、僧、盲人类等。代表作《两位侯爷》、《侯爷赏花》、《附子》等,都嘲笑了统治者的愚蠢。在戏剧冲突中,一般都以主人的失败和仆人的胜利告终,充分反映了当时"下克上"的时代精神。作为平民力量高涨的产物,狂言深受下层民众的喜爱。

江户时期(1603~1867),德川幕府统治了全国。统一的局面促进了经济的发展,各个封建领主所在地发展为大小不同的城镇,室町时代出现的町人已成长为一个新兴的阶级。这些商人和手工业者既有金钱财富,又有闲暇时光,注重享乐,为他们服务的町人文学应运而生,成为这一时期占统治地位的文学。

江户初期,俳谐已经脱离了连歌,有了独立性,并受到上层市民、富农和武士的欢迎,形成俳谐中兴的盛况。被誉为"俳谐中兴之祖"的松永贞德(1571~1653)及门下弟子野野口立圃(1596~1669)、安原贞宝(1609~1673)、北村季吟(1623~1705)等约40人,大力提倡俳谐,人称"贞门俳谐"。贞德认为"俳谐就是每句皆用俳言咏成的连歌"。俳言是指不为和歌或连歌所采用的俗语、汉语和现代语。可惜这种以俗带雅的俳谐并未能充分反映平民诙谐的生活趣味,而是注重语言自身的滑稽性,因而缺乏真情实感。贞德编撰有《新增犬筑渡集》(1643)俳谐集和俳谐理论书籍《御伞》(1651)等。贞门俳谐由于法则烦琐,语言技巧比较单调,行世约50年左右便让位于以西山宗因(1605~1682)及其弟子田代松意(生卒年不详)、井原西鹤(1642~1693)等为代表的谈林派俳谐。他们厌弃贞门俳谐的陈腐、呆板的教条,提倡清新泼辣、自由奔放的风格,用语更为通俗。宗因的俳谐集有《西翁十百韵》(1673)等。

元禄时期(1688~1703),松尾芭蕉(1644~1694)在苦学贞门、精研谈林等诸家俳谐的基础上,摆脱了贞门的洒脱与谈林的滑稽,另辟蹊径,将"真诚"的感情注入"俳谐",独自开创了闲寂、幽雅的蕉风俳谐,成为一代俳谐之宗匠。其作品多追求大自然的美和恬淡静寂的生活情趣,但也不乏诉说农民苦境及微弱的愤世之声,这都得益于他淡泊、风雅的情趣,安贫乐道的生活态度,以及出游旅行、目睹人世艰辛的生活体验。其作品中表现出的"余情"与"纤细"之美,实质上是中古日本和歌、连歌中的"幽玄"美的延续,芭蕉堪称是中古日本诗歌美学的集大成者。其代表作有《俳谐七部集》(1684~1698)及俳文游记《书箱小文》(1688)、《奥州小路》(1694)等。

俳谐在松尾芭蕉的笔下才正式进入艺术领域。因此,他被后人尊为"俳圣"。"俳"在这里是指"俳谐"。芭蕉的门人有千人之多,但他逝世后,几乎没有人能够继承他的风格,虽经天明(1781~1789)与谢芜村(1716~1783)等人的大力复兴,仍未能阻挡俳风日趋低下的走势。直至明治时期正冈子规(1867~1902)对沿袭下来的俳谐进行革新,并赋予新的艺术生命后,俳谐改以俳句风靡天下。俳句有17个音节,虽然极其短小,却具体表现了作者刹那间的感受。它多用暗示、比喻和象征的手法,含蓄、凝练地表现一种淡雅、静寂和隽永的意境。作为日本民族一种最短的诗歌形式,它至今仍为日本人民所喜爱,并逐渐在世界上产生影响。

江户时期之初,德川幕府的文治政策和市民对文学艺术的渴望,成为"假名草子"的催生剂。这种用假名写成的娱乐性读物,由于适合平民的欣赏水平而深受欢迎。这些内容繁杂、种类多样的假名草子，实际只是室町时代御伽草子的发展。因此，在风行了80余年之后，即让位于浮世草子———一种正面描绘生活在浮世(即町人生活的现实社会)中的形形色色人物的文学。浮世草子已经具有了"近世小说"的性质，其代表作家为井原西鹤(1642～1693)。

西鹤的浮世草子主要反映了町人的"好色"生活和经济生活，也有涉及武士生活和民间传说故事的。描写町人"好色"生活的作品主要有《好色一代男》(1682)、《好色一代女》(1686)、《好色五人女》(1686)等。这类又称为"好色物"(以描写男女情欲为主题的小说)，不仅描写了妓女和嫖客之间的情事，也叙述了不少正常的爱情故事，是当时町人用寻欢作乐的消极方式反对封建压迫与束缚等心态的具体反映。描写町人经济生活的作品主要有《日本永代藏》(1688)、《世间胸算用》(1692)、《西鹤织留》(1694)等。《日本永代藏》又译为《致富奇书》，由20到30个短篇组成。它着重描写江户时期大阪町人的一些发迹史，以及町人在经济生活中既是创业者、又是享乐者的思想意识，堪称町人生活的百科全书。

江户时代盛行一种被称为"净琉璃"的木偶戏。它起源于室町时代中后期，因讲述《十二段草子》(别名《净琉璃物语》)中的女主人公净琉璃姬而得名。江户时代写净琉璃剧本最有名的作家是近松门左卫门(1653～1742)。其剧本主要以历史和当代生活为题材，其中成就最大的是以町人生活为核心的爱情悲剧"心中物"(情死剧)。代表作有《曾根崎心中》(1703)和《心中天网岛》(1720)等。这些作品取材于当时町人社会实际发生的悲剧事件，主要反映了町人社会的下层人物既身受封建身份制束缚，又受商业资本压迫的痛苦，他们在维护恋爱自由、求生不能的情况下，只好男女双双殉情以求解脱。这些悲剧充分揭露出江户时代町人在人性、人情和义理等方面的矛盾心态。

以松尾芭蕉、井原西鹤和近松门左卫门为代表的"元禄文学"，使町人文学达到了辉煌的顶峰。此后，由于町人逐渐沉迷于享乐的旋涡,文学也随之走上强调娱乐性的轨道。一种被称为"戏作文学"的作品大量涌现,以适应当时町人的生活情趣和美学意识,如上田秋成(1734~1809)的短篇小说集《雨月物语》(1786)、恋川春町(1744~1789)的配图小说《金金先生荣花梦》(1775)、山东京传(1761~1816)的"洒落本"代表作《通言总篱》(1787)、曲亭马琴(1776~1848)的长篇小说《南总理见八犬传》(1814~1842)、式亭三马(1776~1822)的"滑稽本"《浮世澡堂》(1809~1812)、十返舍一九(1762~1831)的"滑稽本"《东海道徒步旅行记》(1802)、为永春水(1789~1843)的人情小说《春色梅儿誉美》(1832)等。至于等而下之的作家更不可胜数,他们大都将文学视为游戏笔墨,因而被称为"戏作者"。其文学成就不及元禄时期的作家,随着江户幕府统治的衰落,町人文学也显得缺乏生气了。

二、《源氏物语》

紫式部因《源氏物语》而享誉世界,《源氏物语》因出自女性之手,成为日本平安时期乃至整个日本女性文学史上的扛鼎之作。紫式部以女性特有的细腻心理表白使《源氏物语》成为日本传统文学的集大成者,并成就了日本专门研究《源氏物语》的"源学"的形成。

《源氏物语》的作者是紫式部(约978~约1015)。紫式部何许人是日本"源学"中探讨的重要问题。据产生于平安朝末期的《宝物集》(约1198)卷4载:"紫式部以虚言作《源氏物语》,获罪坠入地狱。"学界普遍认为作者即紫式部,其本名不详。据说,因其父曾官居朝廷"式部丞"、"式部大丞"而得名"式部"。她侍奉一条天皇中宫藤原彰子时,曾被称为"藤式部"。改称"紫式部"的原因有多种说法,一说由于《源氏物语》又名《紫物语》之故,一说由于《源氏物语》中对主人公之一的源氏之妻"紫上"描写出色,另一说是因其居住在紫野云林院一带而得名等等。

紫式部出身于名门望族藤原世家。式部的家系历代为官，职有升迁，位有高低，其父亲一度被重用为式部大丞，但为官已呈衰落之势，可是家风仍守书香门第之传统，文人辈出。其祖父、外祖父、父亲、叔父、兄长等，都是敕撰集歌人。父亲藤原为时兼长汉诗与和歌，对中国古典文学颇有研究，成为一条朝屈指可数的汉诗人。紫式部幼年丧母，和姐弟一起，由深谙文学的父亲养育成人。她天资聪慧，才学过人。其父曾叹息说："可惜她没生为男子，这是最大的不幸。"没料想她竟然取得了男子难以企及的文学成就。

紫式部约在20岁时就嫁给了40有余、有数房妻妾的山城守藤原宣孝，婚后第二年生了女儿贤子。婚后第四个年头，宣孝病亡。据说，年轻寡居的式部在抚养女儿贤子的不安与忧郁中开始写作这部物语。她写作的部分内容逐渐流传到式部的活动范围以外，人们开始认识到她体现在作品字里行间的卓越才华。不久，她应召入选宫中，侍奉藤原道长的女儿、一条天皇的中宫彰子。由于她通晓《日本书纪》而受到一条天皇的称赞，并让她向中宫讲授《白氏文集》。宫中的生活优越、平静，但又单调、乏味，这期间她根据在宫中的所见所闻和感受见解，继续从事《源氏物语》的写作，并将其作为书的主体部分。

她在宫中供职期间，还写了《紫式部日记》，以记述宫廷礼仪为中心，记录了宫中的见闻，流露出作者对现实的不安、忧愁和苦恼的心理。根据日记中的和歌曾被《后拾遗和歌集》(1086)及以后的敕撰集所收的情况分析，可以认定为紫式部所作。《紫式部日记》中有3处《源氏物语》为其所作的记载，可是否出自一人之手，历来多有争议。截至目前，尚无人用充分的材料证明《源氏物语》非紫式部所作。此外，她还著有《紫式部集》、和歌等。

《源氏物语》是一部卷帙浩繁的作品，成书于1001年至1008年，被认为是世界上最早出现的长篇小说。全书出场人物有三四百人，其中以主人公光源氏50余年的跌宕生活（出生、升迁、失意、荣华、晚年）为经，以数十个命运各异的贵族妇女生活为纬，织成一幅五光十色、绚烂多姿的画卷。

作品反映的是平安时期宫廷贵族及整个贵族阶级生活的全貌。贵族凭借庄园制经济，从全国搜刮了大量的财富，过着极其奢侈、放纵的生活。他们为了争权夺利、巩固自己的特权地位，玩弄阴险、肮脏的宫廷阴谋。在私生活方面，他们披着文雅、风流的外衣沉湎于歌舞管弦和声色犬马的享乐之中。然而他们的精神世界却十分空虚，稍一失意，便悲观厌世。这种权势与爱欲构成了大贵族们生活的双重奏，而纤弱虚无的情绪则成为大贵族们精神生活的主调。

《源氏物语》共54卷（帖），约80多万字。前40卷写源氏50多年的一生，第41卷只有卷名，无本文，暗示源氏之死，第42~44卷是承前启后的过渡，最后10卷写源氏之子薰大将的情欲生活造成的悲剧。由于故事主要发生在宇治这个地方，所以又称"宇治十帖"。薰君与另一青年皇子争夺一个贵族少女浮舟，浮舟走投无路，欲投河自尽，但被救起，于是落发为尼，了此残生。

《源氏物语》通过对源氏一生政治上的沉浮、毁誉以及他一生渔色追欢的描绘，展示了平安时期宫廷贵族的错综复杂的权势之争、各贵族门第之间聚合离散、力量的消长，特别突出地揭露了宫廷大贵族糜烂的男女关系，真实地反映出公元8世纪末至12世纪平安时期上层贵族政治上的腐朽和精神上的堕落，揭示出整个平安贵族走向没落的必然命运。

作品中的主人公光源氏，是平安时期大贵族的典型。他是个庶出的皇子，出生不久，其母桐壶更衣虽然受到天皇宠爱，但地位低下，无权势背景，受其他妃嫔嫉妒与排挤，郁郁寡欢而死。光源氏美貌多情，技艺精通，受到天皇（桐壶帝）的宠爱，被赐姓源氏。在12岁成人后，源氏娶左大臣女儿葵上为妻，自此有了政治靠山，担任了近卫中将。从17岁起他就逐走猎艳于裙钗之间，被他沾惹的多是中等贵族的女子或地位下降的大贵族女子，其中有家臣的年轻寡妇，有已故皇太子妃，也有作为政治牺牲品的皇帝女儿，有被他收养后纳为正妻的少女，也有作为父亲进阶的垫脚石，不一而足。他21

岁晋升为近卫大将，逐步在宫廷取得权势。但当其父让位给源氏之兄时，由于其是右大臣之女所生，左大臣及光源氏一派失势。再加上他与右大臣弟之女发生不正常关系，遭到排挤，政治上失意，隐退到须磨，后到明石。两年后其兄退位，源氏和其后母（藤壶女妃）的私生子继位，他东山再起，被赦免回家任内大臣，扶摇直上又做了太政大臣。他40岁时权势大盛，荣华绝顶，修建了6条院大宅邸，将他过去结识过的10多个妇女尽收其中，过着所谓"风雅"生活。其兄（异母）退位的朱青帝畏其权势将最小的女儿女三宫嫁给他，他周旋于她和正妻紫上之间，深感苦恼，女三宫又与他人生下一子，他联想到自己更加痛苦。后女三宫削发为尼，紫上心力交瘁而死，他不久也死去了。后10卷写其子薰君之事。

　　源氏之死预示着"摄关"政治由盛及衰，以及整个平安贵族由于政治腐朽、精神空虚而必然没落的命运。主人公源氏的形象是被美化的，作者笔下的他是多情善良的美男子，而且用情专一，才华横溢。紫式部由于贵族阶级的局限，不可能从正面否定源氏这个贵族阶级的代表人物。她身为宫廷女官，希望保住地位，升迁更好；但是由于她的臣仆地位，非正妻的身份，她冷静内向的性格，都使她心明眼亮，自然而然地把同情倾注到同病相怜的贵族妇女身上，特别是那些属于中等贵族阶级的妇女身上。正因为如此，围绕光源氏周围的许多贵族妇女的形象才更加生动，读者也因此了解到没有哪个时期像平安时期的贵族妇女那样成为统治者最无情、最丑恶的争权夺势的斗争工具，成为最公开、最无耻的玩弄对象，这也是这部作品真挚动人的力量所在。通过《源氏物语》所刻画的这些妇女恍如一面镜子，既照见了贵族阶级的丑恶嘴脸，也看到这个阶级走向灭亡的必然命运。

　　这些贵族妇女，无论身份高贵的皇女、妃嫔，或是地位平庸的中等贵族家庭之女，在贵族一夫多妻的制度下，在当时特殊的婚姻习俗下——结婚不组成家庭，婚后，除非男贵族愿将女方迎到家中，否则妇女们留守父母家中，生活充满怨恨和痛苦。她们生养在深闺宫闱之中，为乳母、侍女所围绕，不能与陌生男子相见，甚至不能与家中的成年男子相见。当时"见"与"相见"这个词就意味着男女之间的关系。男贵族要千方百计、捕风捉影地到处寻求他猎奇求爱的对象，往往要通过贵族妇女的身边侍女送来求爱的书信与和歌，而妇女为不失掉贵族妇女们所应具备的"高贵教养"，无论是否愿意都必须用"和歌"作答，一旦两人关系确立，男贵族只能趁夜未明而归。这种习俗，使男女贵族间的关系蒙上一层神秘色彩，在双方结合后，由于男贵族不只保持对一个妇女的关系，结果她们只能在毫无幸福、自由，唯有嫉恨、懊恼的悲叹中度日，不是忍气吞声、郁闷了却残生，就是落发为尼成为一个活着的死人。作品《帚木卷》中构思了"夜雨品评"一情节。一个梅雨淅沥的夜晚，源氏与其他贵公子们在宫中值宿，为排遣长夜的无聊，他们各自讲了自己的爱欲经历，发表了对贵族妇女的看法，既是贵族渔色猎艳的卑微心理的自我暴露，又是当时贵族妇女地位处境的真实写照。作者借源氏妻兄头中将之口，说出如下一段话："如果其人出于高品之家，就会娇生惯养；唯有出于中品之家的女子，她们各自的性格、各自的风致，显露得很清楚，其间优劣，千差万别；至于下品之家的女子，则不足污耳了。"寥寥数语把当时贵族妇女的悲惨处境暴露无遗，她们通通是源氏爱欲享乐的牺牲品。

　　源氏第一个结识的妇女是空蝉，她是年老地方官伊予介的后妻，其子纪伊守是源氏家臣。一次源氏为"躲灾"到纪伊守家中，窥见空蝉，闯入其内室。以后源氏不能忘情于空蝉，可是空蝉考虑到身为人妻的身份，克制了自己的恋情，不再给源氏可乘之机，但空蝉对身份高贵而又年轻貌美的贵公子的钟情又抱有"恨不相逢未嫁时"的矛盾心理。源氏万般纠缠却受到严拒，这种感情只不过是他以后泛爱主义的最初流露，却给空蝉留下终生的痛苦。

　　夕颜是屡遭损害的贵族妇女。她原是左大臣之子头中将（源氏妻兄）的爱女，并育有一女，但无靠山，受到有权势的正妻（右大臣之女）威胁，便不辞而别，躲藏起来。一次源氏微行到乳母家，在隔壁意外地发现了她,从此便与夕颜结识。两人都隐瞒了自己的身份,时常相会。一个中秋夜,源氏将夕颜带到一片荒废的宅邸中。源氏结识过的贵族寡妇六条御息所由于怨恨源氏用情不专,"生魂"突然出现在夕颜枕前,夕颜暴亡。她是个在源氏轻率行动中结束了年轻生命的柔顺女子,也是一夫多妻制下的可怜牺牲品。

至于寡妇六条御息所,她16岁进宫,作了前太子妃。20岁时前太子死去,她孀居。24岁时源氏与她结识,当时源氏只有17岁。最初她不肯轻易俯就,一旦委身于源氏,就把全部爱情倾注其身,增加了她的懊恼与痛苦。一次坐车外出与源氏正妻葵上争路,受到羞辱,愤恨不已,特别是当她得知世间传说她出于嫉妒怨恨,经常"生魂"出壳,到源氏所钟爱的女子身旁去作祟时,她感到无地自容。为铲除和源氏相识造成的痛苦,她宁愿陪伴做"斋宫"的女儿到遥远的伊势去。36岁时回京,不久重病而死,死前还落发为尼。临终前将自己的女儿托付给源氏,悲叹地恳求源氏不要触动她的孤女,不要像折磨她那样,再折磨她的女儿,话说得异常沉痛。这是作者对妇女悲惨命运的最深刻认识。

藤壶中宫是先帝的女儿,13岁入宫,做了源氏父亲铜壶帝的妃子。那时源氏8岁,自幼就听说藤壶的姿容,酷肖亡母,从而就对她产生了恋慕之情,源氏18岁趁藤壶出宫养病,买通侍女,与其发生了暧昧关系。藤壶当即怀孕,生下皇子后继承帝位,为冷泉帝。藤壶和源氏乱伦,冷泉帝出生,加之铜壶帝对她格外宠爱,使她内心充满苦恼与内疚。铜壶帝死后,源氏又来纠缠,她既需要源氏做她所生之子的后盾,又惧怕纠缠,流露隐私,苦恼之余削发为尼,以断绝源氏对她的疯狂纠缠。藤壶各方面都很圆满,但作为上层贵族妇女的她也逃脱不了一般妇女的共同命运,在男贵族恣情纵欲的行为面前,也只能是个任人摆布的可怜虫,矛盾的思想折磨着她,逼她走上最后一条解脱之路——出家为尼。

上层贵族妇女三宫是门阀政治婚姻的牺牲者的典型。她是源氏异母兄朱雀帝的女儿。朱雀帝退位后,准备出家,对女儿的婚事委决不下,在"择婚"问题上迟疑不决,想把她嫁给冷泉帝。但冷泉帝身边妻妾已满额,其他求婚的贵公子门第还不够高贵,最后还是将女三宫嫁给权势显赫的源氏,此时他年已40,而女三宫只有十四五岁。婚后几年,一向对女三宫有恋慕之情的柏木(源氏已故正妻葵上的侄儿)说服了女三宫的侍女,偷偷将他带到女三宫内室。面对这意外事件,女三宫只能为命运的捉弄感到深深悲哀。源氏发现私情后,柏木因恐惧郁郁而死。女三宫生下柏木的孩子后,感到源氏的冷淡,经常怀念她出了家的父亲——朱雀帝。其父闻讯赶来,当夜亲手为她落了发,成为未死不活的人。当初源氏和藤壶私通,没有给他带来任何不良后果,反而使他地位日益荣耀,私生子冷泉帝得知出生秘密后,甚至要把帝位让给源氏。而女三宫与柏木私通,尽管她贵为内亲王,但她在求爱面前完全不自主,而且由于她是妇女,就受到严厉的惩罚。

《源氏物语》里的所有贵族妇女,无一不受到男贵族的侮辱,她们用"宿世业缘"的观念来麻痹自己,用"出家为尼"来否定自己,用"投河自尽"(后十贴女主人公浮舟)来表示消极反抗。事实上这部作品的真正价值,正在于塑造了这些妇女的形象,使人能透过这些妇女形象清楚地认识到平安贵族阶级的腐朽、丑恶,具有深刻的批判精神。

《源氏物语》具有鲜明的艺术特色。首先,精细刻画人物性格。尤其注重用心理描写的方法表现出人物性格,作者不仅利用对话、梦境等手段来刻画主人公源氏,那些贵族妇女的内心活动也被刻画得淋漓尽致。此外,作者还利用环境描写来渲染、烘托气氛,形成"王朝物语"所独具的人事与自然交融的浓郁的抒情风格。

其次,结构的缀联形式。全书54卷(帖),每卷可独立成篇,但又连绵不断,将光源氏祖孙三代的生活片断缀联成一部生活史。这是早期长篇小说的特点。全书语言典雅、华丽、优美、丰富,文中插入大量抒情诗歌,如和歌、古代名歌、汉诗等,加强艺术感染力。

《源氏物语》的古典美对日本后世文学影响深远。

第7讲：越南文学与《金云翘传》

一、越南文学

越南和中国是山水相连、传统相近的邻邦。远在周秦之际,中国的东南部及南部地区生活着一个支系繁多的民族,史称"百越"族。其中的瓯越和骆越两支,即为今日越南民族的主要组成部分。当时他们居住的地区被称为"交趾"或"交州",居民以渔猎和农业为生。秦始皇于公元前221年统一全国后,在今越南地区设置了南海、桂林、象郡。公元前112年,汉武帝在南方设置九郡,其中交趾、九真、日南三郡即在现今越南北部和中部地区。从此,越南正式纳入了中国封建王朝的版图,开始了越南史称的近千年之久的"北属时期"。

这一时期,越南的主要文学成就是民间口头文学,如神话故事、民间传说、寓言谚语和民歌民谣等。其内容反映的是普通人生活的真实面貌。早期神话故事内容丰富,有解释开天辟地的《天柱神》;有反映民族起源的《鸿庞纪》;有描写和自然斗争的《山精水精》;有希望多创造物质财富的《稻谷神》、《火神》等;还有表现民族精神的《金龟传》、《雍圣传》;有反封建意识的《癞蛤蟆告玉皇大帝》,以及反映民俗风情的《槟榔传》、《薄持蒸饼传》等。目前能见到的这些传说的最早记录多收在《岭南摭怪》、《交州外域记》、《大越史记全书》等书中,都是用汉文记录的,可能与原文有出入。这些神话传说与中国有些神话传说有类似之处,如《天柱神》与《盘古神话》、《鸿庞纪》与《柳毅传》、《金龟传》与《龟化城》的传说故事等。

越南早期民歌民谣大部分是以生产劳动、自然风景、男女爱情为题材,是越南人民生活的真实写照。其内容丰富,形象鲜明,感情真挚,语言生动,词汇丰富,又富于音乐性,很适宜歌唱。因此,它是民族文学的源头,对后世诗歌影响极其深远。民歌民谣是越南民族的"土特产",但经过口耳相传和后人的增删与加工,也有与中国俗语相近的文学表达,如越南的一首歌谣中写道:"贫困暂居市场旁,姑亲表舅不上门。富豪远住老挝国,虎叼蛇咬也来问。"或者"有钱宾客满堂堂,贫穷近亲躲一旁",就与中国的"贫居闹市无人问,富在深山有远亲"很近似。再如越南歌谣中也常用赋比兴的手法,有歌谣写道:"雨水从庭院中流过,/瞬间即逝;/少女嫁了个白头翁,/度日如年。"这位妙龄少女见到了雨水、庭院,马上联想到自己的青春年华如流水一样,满心的不如意溢于言表。

越南民间口头文学由于没有文字记录,在流传过程中,它们不断被增添、删节,打上不同时代的烙印,致使许多作品产生的历史背景和确切时代呈现出模糊状态。

中国唐前时代,交趾地区生产力低下,与中原相比各方面还很落后。中国封建王朝对它实行"书同文"、"车同轨"、"行同信"的政策,因此汉文化也传入该地区。锡光、任延、士燮等太守是传播汉文化的先驱,他们不仅教民礼仪、嫁娶,开办学校,还派遣张重、李进、阮琴等交趾士子到中原学习汉语。后李进代贾琮为刺史,阮琴以文辞入仕中原。此外,由于当时中原战乱频仍,许多知名之士避难到交州,这也促进了汉文化的传播。到了唐代,交趾派往中原学习者更多,不少人为唐朝命官,其中最有名的当推官至宰相的姜公辅。据《新唐书》卷152《姜公辅传》载:"姜公辅,爱州日南人。第进士,补校书郎,以制策异等授右拾遗,为翰林学士……公辅有高才,每进见,敷奏详亮,德宗(唐德宗,780~805)器之。"他的汉文造诣很深,写有著名的《白云照春海赋》。洋洋千言，铺陈写意，气象万千，把人引入无限遐想的境地；辞藻华丽，声韵优美，句式整饬，具有中国汉赋特色。此名篇被越南文士尊为"安南千古文宗"。继姜公辅之后，诗人廖有方曾中进士，任唐朝校书郎。他对汉语和汉文学颇为精通，《唐安南三贤佚文辑录序》评论他"为唐诗有大雅之道"。而且他常与柳宗元唱和诗篇，柳宗元有《送诗人廖有方序》、《答贡士廖有方论文书》。

公元939年，吴权建立起吴朝，结束了越南"北属时期"。越南第一次成为独立国家，但仍与中国保持藩属关系。越南王朝的一切建制皆仿中国，汉字还被定为全国通用文字，凡公私文牍，全部依照中国文体。因此，汉语文学非但没有减弱，相反在历代统治者提倡与鼓励下日渐发展。越南文学在这时期的突出特点是与中国文学关系密切。但初时的许多作品都未见于文献记载，目前能见到的不多。李公蕴建朝（974～1028）后，曾于1010年下诏迁都福地升龙（今河内），名为《徙都升龙诏》。这是越南至今尚存的最早的历史文献，也是越南书面文学的滥觞。全文200余字，以中国古代盘庚迁殷为本，以周王朝至成王三徙都为据写成。李太祖不仅运用了汉字、汉文的艺术表现形式，而且表现了与中国类同的思想内涵与感情色彩。他运用中国历史典故和越南当时形势进行比较，指出迁都的目的在于"为千万世子弟之计"，并不为"徇私己"。同时他还运用了中国古典文学中常用的隐喻、比附、稽古、用典甚至谦敬辞等，使其文采典雅秀丽。

此外，李朝还采取了一系列文化措施，如1018年派遣道清和尚到中国请《三藏经》。1031年，在全国建立很多寺庙，把佛教定为国教。同时，大力提倡儒学，于1071年在京都建立第一座文庙，塑孔子和周公像。1075年开科取士，翌年设国子监等。这些措施为汉语文学的繁盛创造了条件。从李太祖开始，皇帝大多能用汉文写作，许多贵族僧侣也善于吟诗作赋，但至今流传下来的仅有万幸（？～1018）、满觉（1052～1096）、圆照（999～1091）、空路（？～

1119)、广严(1121～1190)、妙因(1041～1113)等 26 位禅师的偈语和诗文。他们的作品并非只是传经布道,而是隐含对民族命运、社会问题、人生价值的关心。

万幸法师俗名李万幸。曾与其他朝臣一起拥立李公蕴建李朝,被封为国师。他在即将涅槃时,写了一首《示弟子》的诗:

> 身如电影有还无,万木春荣秋又枯。
> 任运盛衰无怖畏,盛衰如露草头铺。

这首短诗一方面宣扬了佛教虚无玄妙的观点,即世上万物既有也无,它们只是一个本体的千姿百态的表现;另一方面,又肯定自己修身的定力,并鼓励人们在变幻莫测、生死轮回的天道面前,要安然无畏,静观变化,要相信自己。

满觉大师俗名李长。仁宗在位时对他非常器重,常向他请教学问及国家大事。他仅留下一篇有名的偈文《告疾示众》:

> 春去百花落,春到百花开。
> 事逐眼前过,老从头上来。
> 莫谓春残花落尽,庭前昨夜一枝梅。

这篇偈文从宗教的角度来审视、阐述了佛教的哲理,世界是轮回变化、无限循环的。实际上,它客观地说明了人生哲理,对待生活要有积极的态度。"事逐眼前过,老从头上来"这是客观规律,"莫谓春残花落尽,庭前昨夜一枝梅"点出春残花尽之时自有梅花独放,这两句与宋代陆游的名句"山穷水复疑无路,柳暗花明又一村"有相同的意境,给人以新的信心和力量。同时诗中运用"春"、"花"、"梅"作比兴之物,将现实与遐想联系起来,十分贴切、自然。

越南封建制度在陈朝时期得到发展与巩固。对外三次击败元蒙军的入侵,增强了越南民族的自豪感。推崇儒学,实行开科取士,建国子监,这一切都促进了社会经济的发展。同时这些变化在文学上也得到反映。汉语文学在前朝盛行的基础上,加之陈朝各代皇帝的倡导,更是如鱼得水。太宗就能诗善文,并著有专集《太宗御集》,

其后圣宗、仁宗也都喜爱汉文学,几乎人人都有专集问世。但遗憾的是只有少数留传下来。

陈仁宗(1258~1308)在位时,运筹帷幄,团结军民,先后击败了元蒙军的三次入侵。他不仅是个皇帝,而且是位诗人,还是位僧人,曾开创了越南佛教禅宗四大支派之一的竹林派,自号"竹林居士"。他的作品很多,著有《仁宗诗集》、《大香海印诗集》等。现存《登宝山台》一诗颇具代表性。

> 地僻台逾古,时来春未深。
> 云山相远近,花径半晴阴。
> 万事水流水,百年心语心。
> 倚栏横玉笛,明月满胸襟。

这首诗将禅宗的奥妙哲理寓高山流水之中,文学功底深厚,文笔遒劲有力,意趣高远。在倚栏吹笛的意境中参透禅定,"万事如流水,心中求佛性"。微妙的禅旨(明月)充满胸臆。身为帝王,却能写出如此恬淡超脱的诗句,与他的佛家出世思想不无关系。

除了皇帝,文官武将也不乏以诗文著称者,如太子陈光启(1241~1294)的五绝《从驾还京师》、名将范伍老(1255~1320)的《述怀》诗,抗元蒙军的统帅陈国俊(1232~1300)的《檄将士文》等都是抒发民族豪情的佳作。翰林院学士张汉超(?~1354)的《白藤江赋》更是有口皆碑,至今仍为越南文学界广为传诵。全赋形象地描述了越南历史上几次有名的战役,用以歌颂民族英雄,敷陈其事,铺采锦文,托物言志,技巧娴熟,很精确地把握住了"汉赋"的特点。摘引如下:

> 赋曰:客有挂汗漫之风帆,拾浩荡之海月。朝戛舷兮沅湘,暮幽探兮禹穴。九江五湖,三吴百粤。人迹所至,靡不经阅。胸吞云梦者数百,而四方壮志犹阙如也。乃举楫兮中流,纵子长之远游。涉大滩口,溯东潮头,抵白藤江。是泛是浮,接鲸波于无际,蘸鸡尾之相缪。水天一色,风景三秋。渚荻岸芦,瑟瑟飕飕。折戟沉江……

此外，诸多名士们的作品都具有独特的风格：莫挺之（1284～1361）的《玉井莲赋》崇尚清高，把自己比作"太华峰头玉井之莲"，大有孤芳自赏的味道，得到人们赞赏而传诵至今。阮忠彦（1289～1368或1370）著有《介轩诗集》刊行于世，内容贯穿儒家精神，诗文对仗工整，声韵和谐。陈光朝（1287～1325）的诗则出世气息浓重。陈元旦（1325～1390）著述很多，有《冰壶玉壑集》传世，是一部"多感时寓物之作"。朱文安（？～1370）学识渊博，著有《四书说约》和《七斩疏》，遗憾的是都已失传，留下的诗篇气质高，意境深远，以性灵见长，在写景抒情之中，表现宁静的和谐美。如《日夕步仙游山松径》写道：

> 缓缓步松堤，孤村淡霭迷。
> 潮回江笛迥，天阔树云低。
> 宿鸟翻清露，寒鱼跃碧溪。
> 吹笙何处去，寂寞故山西。

除诗之外，这个时期还出现了一些史记和传记作品。黎文休（1230～1322）编写的《大越史记》，不仅是越南第一部史书，也是越南汉语文学的作品。《粤甸幽灵集》、《岭南摭怪》等传记作品收集了越南绝大部分的传说，具有鲜明的民族性和人民性，包罗了丰富的史学和文学资料，受到中国汉魏六朝志怪小说和唐代传奇的影响。

陈朝末年朝政腐败，胡季犛推翻了陈朝，建胡朝。此事引起中国明朝的干涉，但明朝在越南统治了20年（1407～1427）就被黎利起义军赶走，越南恢复了独立，建黎朝。黎朝皇帝采取开明措施，生产力得到发展，社会较稳定，因而文学也充满活力。黎初文人名士中特别值得一提的，是开国元勋阮廌（1380～1442），号抑斋。他是一位政治家、军事家、文学家，现能见到的作品有《平吴大诰》、《军中词命集》、《抑斋诗集》等。《平吴大诰》是他代表黎利写的布告越南全国百姓的开国文献，有很高的艺术价值和文献价值，被誉为"千古雄文"。

黎圣宗(1442～1497)在位时,国力蒸蒸日上,达到繁荣昌盛阶段,文学也获得相当大的发展。圣宗本人酷爱文学,与28位文臣组成"骚坛会",自任元帅,经常吟咏唱和,留下大量的汉语诗文,收集在《天南余暇集》中。其中多为歌功颂德和吟风弄月之作,写作技巧方面颇有成就,声律严谨,风格清奇,起到振兴一代文风的作用。他的《平滩夜泊》颇具代表性:

> 一规冰玉贴云端,漠漠平坡望目宽。
> 红叶山林龙雨霁,白苹洲渚鲤风寒。
> 船楼客若天边坐,水国人从镜里看。
> 老去道心乾不息,绝胜仙观太清丹。

公元16世纪初,朝政腐败,内部混战,社会动荡不安。这种动乱的社会现实在作品中得到一定的反映。文学却呈现出一派新气象。著名文人阮秉谦(1491～1585)著有《白云诗集》。阮屿(16世纪)模仿中国瞿佑的《剪灯新话》,写出了越南最早的汉语小说《传奇漫录》,并被后人誉为"千古奇笔"。它共有20个故事,篇篇都是引人入胜的散文,其中还穿插了不少委婉动听的诗句,结尾都附有简短的评论。不少故事让鬼狐幻化成文人学士来向统治者进谏,或通过它们化成的美女之口来攻击儒教的信条。此书的续篇《传奇新谱》在公元18世纪由段氏点(1705～1748)所作。段氏点还因把邓陈琨(1701～1745)写的汉文诗《征妇吟曲》译成字喃诗而出名。《征妇吟曲》是用汉文写成的长达477句的七言乐府诗。通过一位征妇如泣如诉的自述,说出了人们内心深处的愤懑,展示出在不义战火下越南人民的痛苦生活。作品被誉为"千古绝唱",并与段氏点的译作并驾齐驱,成为越南18世纪古典文学名著。这个时期,活跃在文坛上的还有大学者黎贵惇(1726～1784)。他共有30多部关于儒学、老子、佛学、史学、兵学的著述,其中汉文作品有《桂堂诗集》、《全越诗录》、《芸台类语》、《见闻小录》等,数量之多,涉及面之广,在越南文坛上是无以比拟的。此外,这个时期还出现了纪事、随笔、历史小说、游记等多种体裁的作品，如潘辉注(1782～1840)的《历朝宪章类志》，范廷琥(1768～1839)的《雨中随笔》，阮案(1770～1815)与范廷琥合写的《沧桑偶录》，黎有卓(1720～1791)的《上京纪事》。值得一提的是，吴时俶(1753～1788)等编写的《皇黎一统志》，名为史书，实为仿照中国古典作品写成的演义体历史小说。这些作品对人们了解越南历史、社会风俗，研究越南文学都有重要的参考价值。

综上所述，我们可以看出，在一段很长的历史时期内，越南汉语文学在文坛上的地位和影响是很大的，它对于越南民族文化的形成和发展起了积极的推动作用。

公元13世纪末，越南人民开始运用自己的文字——字喃记录文学作品。字喃的组成仍以汉字为基础，它利用中国造字法中的形声、会意、假借等方式，组成一种复合体的方块字。组成字喃的汉字，有的用来表音，有的用来表意。如汉字的"年"，字喃就写成"𢆥"，左面的汉字"南"表音，右面的汉字"年"表意。另外也有些是只借用汉字音，而不用其意的"借音字"。如字喃中的"没"，读古汉语中的"没"音，却是"一"的意思。

越南陈朝阮诠于陈仁宗绍宝四年(1282)，遵仁宗之命效仿韩愈用字喃撰写《祭鳄鱼文》，因此被赐姓韩。又因其"善为国语诗赋"，后人效仿用字喃写成的国音诗，又被称为"韩律"。韩律的体裁酷似汉文诗，且完全模仿唐诗的格律进行创作，因而又有"唐律"之称。自14世纪掌权的胡季犛带头使用字喃，并亲自将《尚书》中《无逸》篇译成字喃，将其定为皇族学习的教材以后，字喃作品的出现不绝如缕。最早出现的是以韩律写成的长篇叙事诗《王嫱传》、《林泉奇遇》、《苏公奉使传》。

越南的《王嫱传》基本上以元杂剧《汉宫秋》为主要蓝本，个别地方撷取了《西京杂记》的情节。由于受艺术表现形式的局限，主要精神实质并未有重大改动，但在故事情节的连贯性及人物对话的摹写诸方面，都与中国各种原本相去甚远。如《王嫱传》中，为突出王嫱在未出国界时上吊自杀，甚至让汉元帝在王嫱远嫁之前就与之产生爱情等。

《林泉奇遇》又名《白猿孙恪传》。这部叙述白猿化身为美女袁氏与书生孙恪之间悲欢离合的名著，是根据中国唐传奇《袁氏传》（《太平广记》为《孙恪》）改写而成。原作有孙恪和袁氏到飞来寺献玉环及袁氏归山的描写。改写后，加进了袁氏本为仙女，返回天宫后因留恋尘世而重新下凡与孙恪团聚的结局。《袁氏传》脱离尘世、皈依佛门的结局，表明唐传奇成于佛教盛行之时，传奇中多有弘扬佛法内容的风气。而《林泉奇遇》的大团圆结局说明越南人民在动乱的社会面前渴望世俗享受的审美心理需求。这个故事内核是早在南宋时就流行于广东的民间传说，历经数百年的转徙，遂成为越南文人笔下的素材，被写成字喃国音诗名篇。

《苏公奉使传》是越南无名氏所写的又一部著名韩律。它以中国汉代苏武出使匈奴、后被软禁19年的故事为蓝本，将其敷衍成诗。这部作品不仅受到自汉代以来就在民间广为流传的苏武牧羊故事的影响，而且更明显地撷取了班固《汉书·苏武传》中的素材，所不同的是《苏公奉使传》只写了苏武出使匈奴不辱使命的精神，至于他返回汉朝后的细节，就被忽略不写了。

大约从公元15世纪开始，为了打破音韵格律对人们表达新思想的束缚，文人学士又相继创造出"六八体诗"和"双七六八体诗"。用这两种诗体写成的作品，故事情节仍然取自中国通俗小说、诗词和戏剧文学等，可以发现它们和中国文学之间有难以割舍的血缘关系。

《花笺传》是阮辉似（1743～1790）根据中国明代小说《花笺记》和粤曲中的说唱体小说《花笺记》写成的。他写成此书之初，也题为《花笺记》，后经过其内兄阮善的修改，以及武大问的增饰润色，而成现在的长篇叙事诗规模。郑振铎先生在《中国文学新资料的发现》中指出："第八才子《花笺记》，此书为粤曲之一种，盖即弹词体之作品而杂以广东方言者。"他在《中国俗文学史》中进一步指出："广东最流行的是木鱼书……其中久负盛名的有《花笺记》。"这种俗文学随着广东华侨的移居,在越南广为传播,经过越南作家的移植和艺术再创造,不少名篇成了越南文坛上的佳作。

《金云翘传》又名《断肠新声》或《金云翘新传》,是越南一部家喻户晓的名著。其作者阮攸(1765~1820)生于书香门第、簪缨之家,曾两次奉命出使中国,是精通汉文的饱学之士。他可能在1813年至1814年出使中国期间,见过明末清初署名青心才人所作的才子书《金云翘传》,并深受启发。于是归国后将中国这部章回小说再创造成用字喃写成的六八体长诗,而仍命名为《金云翘传》。阮攸从韵文体小说的特点出发,对原作中某些累赘冗繁的情节进行了必要的删减修改,突出了主题,使人物形象更加鲜明。因此,越南的《金云翘传》虽然借用了中国同名小说的题材,但绝非是译作,也不是机械地模仿,而是重新构思和移植再造。它已成为成功地运用越南文学模式、具有越南民族风格、表现越南人民审美理想的一部越南名著。

越南另一部字喃长篇传奇《蓼云仙传》和《金云翘传》相同,也是一部源于中国小说的作品。这部深受越南人民喜爱的名著主要根据清初章回体长篇小说《忠孝节义二度梅》改写而成,并直接受到广东木鱼书《二度梅》和《杏元投崖》的影响。《蓼云仙传》和《忠孝节义二度梅》具有明显的源流关系,虽然两书中的人物姓名不同,但是主要故事情节相似。两书都分为两部分,前一部分都是讲落难男女邂逅相遇,情意缠绵;后一部分都描写多情女子因某种原因被迫嫁往异国和番。两书中的人物姓名虽然不同,但所宣扬的忠孝节义等儒家思想却是完全一致的。

越南的《玉娇梨新传》和《西厢记》两部作品都是李文馥(1785~1849)所著。其祖先是中国福建人,明朝的遗臣,因不甘仕清而移居越南定居。李文馥曾中举人,并在京为官。1831年,他受朝廷委派,曾护送过因风暴而进入越南海域的中国人回福建。1833年被派往广东,1834年又被派往中国。1841年出使中国,在去燕京途经广州时,曾与当地文士互相吟咏唱和,表现出很高的汉文学修养。

他的《玉娇梨新传》是根据中国清朝初年小说《玉娇梨》改写的字喃长篇叙事诗。《西厢记》是李文馥改写王实甫的杂剧《西厢记》而成，其中个别情节也参照了元稹的传奇《莺莺传》。李文馥先后多次到中国，从南到北，路经多地，加之他的汉文学造诣很深，把当时已传入欧洲的《玉娇梨》、已传入日本的《西厢记》移植到越南是不足为奇的。

公元18世纪至19世纪，一些无名氏字喃作品也假借中国文学的题材表达自己的爱憎感情。叙述潘必正与陈妙常恋爱故事的《潘陈》完全脱胎于明代高濂的传奇剧《玉簪记》。《佛婆观音传》又名《观音氏敬》，主要宣扬佛教的忍让、慈悲、博爱等精神和出世思想，这一作品来源于中国民间讲唱文学《龙图宝卷》。字喃长诗《芳华》所描写的女扮男装的坚强女性，和中国弹词《再生缘》中的孟丽君别无二致。

越南字喃文学兴起之时，正是中国文学样式齐备、内容纷呈的元明时期。它们或直接取材于中国文学，或受中国俗文学余波的影响，因而在明显的民族特色之中，也不同程度地表现出中国文学的精髓。字喃文学以独特的民族风格努力打破了汉语文学独霸文坛的局面，但仍未能完全脱离中国文学的影响，与中国文学保持着亲疏不一的血缘关系。

二、《金云翘传》

阮攸是越南家喻户晓的诗人，他使越南文学有了世界意义。他用汉文写的诸多汉诗集，尤其是以字喃写成的名著《金云翘传》，使越南文学在世界文学史上占有了一席之地。一些学者将其视为越南文学之父，不为过誉。

阮攸，字素如，号清轩，别号"鸿山猎户"或"南海钓徒"。他1765年出生于河静省宜春县（今属宜静省）仙田村一个名门望族、簪缨世家。其阮氏家族在黎朝(1428~1788)几乎是历代为官,同时,也有不少人在文坛上负有盛名。其中阮俨、阮侃、阮俟、阮僴等,都有许多汉文和字喃著作行世,形成"鸿山文派"①,为时人所注目。正是在这种文化氛围中,阮攸与仕途和汉文化结下不解之缘。

阮攸自幼聪慧,刻苦攻读,深通汉语言文学,19 岁(1784)参加乡试,中 3 场,从此步入宦途。1789 年,西山起义军北上,黎昭统逃遁中国。阮攸亦想追随而未能成行,只好回到妻子故乡太平。蛰居 10 余年中,虽与山水为伴,以狩猎为趣,但仍秘密地与妻兄阮俊组织了 3 次谋反,均未遂。1796 年,他听得阮福映在南方活动,欲去追随,因消息败露,被西山军拘捕 3 月余。获释回到故乡仙田,生活穷困潦倒。在其汉文诗集《清轩诗集》中,就有不少是他在太平、仙田两地颠沛流离生活的真实写照,宣泄了自己内心的痛苦与愤怒之情。1802 年,阮朝建立不久,阮攸勉强遵旨出任芙蓉知县。1803 年底升任常信知府。1804 年,他被派往镇南关迎接为阮世祖封王的中国清朝使臣。1809 年他升任广平营该簿官。在他的汉文诗集《南中杂吟》中,就描述了他不得已而为阮朝做官的痛苦心情。他欲学伯夷、叔齐不成,欲学屈原也不成,只得在诗中责怨命运。1813 年,阮攸升为勤政殿学士,并被派遣出使中国。这期间他写了许多有关中国题材的汉诗,收录在诗集《北行杂录》中。他借中国的历史人物和自然景观抒发了自己对阮朝暴政的种种不满。他极有可能是在这次出使中国时接触到才子佳人小说《金云翘传》,并深受启发。

1814 年,阮攸回国。1815 年升任礼部右参知,发表了与中国章回体小说同名的用字喃写成的六八体长诗《金云翘传》。1820 年,明命皇帝继位,他再次衔命出使中国,但未及启程即患重病,并拒不治疗,于该年 8 月 10 日去世。

---

① 因其祖籍鸿山(又名鸿岭)而得名,阮攸写有不少以鸿山代表故乡的汉诗。

公元18世纪末至19世纪初,越南文坛时兴一种风气,即将中国古典文学作品的题材进行创造性改编,如《西厢记》、《潘陈》、《二度梅》、《花笺记》等,都是这样出现的。阮攸于1813年至1814年出使中国期间,更深层次地接触到中国古典文学,对当时在清代流行颇广的"才子书"产生了浓厚的兴趣,其中极可能有《金云翘传》的原本。由于这部小说反映的中国明代封建社会的现实,在不同程度上与当时越南的社会状况颇为相似。所以,他就萌生了改编、翻新的志向,以达到借中喻越的目的。归国以后,他就借用中国章回小说《金云翘传》的素材,以具有民族特色的六八体诗的形式,发表了反映越南封建社会面貌,并熔铸了他大半生坎坷境遇的字喃《金云翘传》。陈重金(1882~1953)就曾明确指出:"《翠翘传》(指《金云翘传》)是一部非常好的文学作品,对当时的人情世故和各种情景都描写得淋漓尽致,刻画入微,而且文笔骚雅,用语趣味横生。按照今天的话来说,《翠翘传》确乎是我国的一部文学巨著。"①

阮攸的新作最初定名为《断肠新声》,其亲友范贵为其刻版印行时,更名为《金云翘新传》。出版后,颇得读者好评,从而染指研究者众多,书名亦随之有所更易。裴杞(1887~1960)、陈重金的注释本更名为《翠翘传》。诗人伞陀(阮克孝,1888~1939)的注释本则易名为《王翠翘注解新传》。1957年,越南民主共和国文化部普通出版社修订印行时,正名为《翘传》。越南民间通常称之为《翘传》,或仅称之为《翘》。《金云翘传》得名于作品中金重、王翠云、王翠翘3名主要人物。作品与《金瓶梅》、《玉娇梨》、《平山冷燕》等通俗小说的命名法一样,取其书中主要人物名字中的一个字,连缀而成。长诗自问世以来,颇受青睐,一时间,形成"唱翘歌声风靡全国"的景象。一部中国小说就这样经过阮攸的如椽大笔,变为"大越千秋妙词"。

越南《翘传》写明朝嘉靖年间的北京,家道中落的王员外有两个女儿翠翘、翠云和儿子王观。王观的同窗金重与翠翘邂逅,一见倾

---

① [越]陈重金:《越南通史》,北京:商务印书馆,1992年,第327页。

心。二人私订终身后,金重为奔丧,只好洒泪而别。不料王员外遭诬陷,父子下狱,翠翘决定卖身赎父,舍身救全家。结果落入火坑,被逼骗几度沦落青楼。最后,称霸南天的英雄徐海将她救出苦海。胡宗宪奉诏剿灭徐海,翠翘受假招安欺骗,徐海被杀。受胡宗宪之辱的翠翘投江自尽,被老尼救起。会试高中的金重在娶了翠云之后,又访得翠翘,最终得以大团圆。这首长达3254行的叙事诗,绝大部分篇幅是描写王翠翘好事多磨的坎坷遭遇,将它简称为《翘传》不无道理。

有关王翠翘的故事,在中国早有流传。最早见于明代茅坤(1512~1601)《纪剿徐海本末》及《附记》。书中对贪官胡宗宪诱杀徐海进行了美化,歌伎王翠翘为徐海侍女。此后同一题材的作品逐渐增加了故事性,但仍保持着传奇性散文的特点。明人王世贞(1526~1590)辑《续艳异编》中有《王翘儿传》;明人戴士琳(生卒年不详)写有《李翠翘传》;黄宗羲(1610~1695)辑《明文海》中,也写了王翠翘事;明末清初余怀(1616~1693)又写了《王翠翘传》;在清初张潮(1650~?)编辑的传奇小说集《虞初新志》(1683)卷8中,曾收有余怀的《王翠翘传》,其取材颇近《纪剿徐海本末》之《附记》,既近演史,又有不少艺术加工的成分。另外,明人梦觉道人辑《幻影》(1643)第7回《生报华萼恩,死谢徐海义》,以及明崇祯年间(1628~1644)周清源通俗小说集《西湖二集》卷34《胡少保平倭战功》中,均有徐海、王翠翘两人的故事内核。在胡旷《拾遗录》残篇《王翠翘传》里,人物和情节的描写已近于《金云翘传》的雏形。明末清初的青心才人在吸收前人上述成果的基础上创作了《金云翘传》。此后,清康熙年间(1662~1722)叶稚斐(生卒年不详)参考王翠翘故事编了传奇《琥珀匙》;清代中叶,夏秉衡(1726~1774?)依据小说《金云翘传》又写了传奇《双翠圆》等。

明末清初、清中期流行的诸多有关王翠翘的作品中,唯有青心才人的章回小说《金云翘传》情节比较丰富完整。但是由于受清代文字狱、禁书运动等的影响,在民间广为流传且有影响的小说《金云翘传》存留下来的版本并不多,主要有本衙藏版本、啸花轩刊本、谈惜轩刊本等。据《舶载书目》著录,《金云翘传》早在1754年就传入日本,现知有一本收藏在浅草书屋。书系残本,只有前4回,每半页10行,每行25个字,字体古拙。每回开头的词和中间的诗有缺失,语言和情节都较为简略。此书在清乾隆年间即已传入日本,可见在清初已相当流行。《翘传》的作者阮攸1812年至1814年出使中国时,正是《金云翘传》在中国广为流传的时期,阮攸见到这部小说,由于喜爱而产生再创造的欲望,亦在情理之中。中国现代戏剧史家蒋星煜先生就曾指出:"越南古典名著长诗《金云翘传》是越南诗人阮攸于19世纪初叶根据中国小说《金云翘传》并参考了传奇《双翠圆》写作而成的。"[①]越南学者也有如此共识。前越中友协会长裴杞先生曾指出:"越中言语文字关系,经几千年历史,越南古典六八体文艺,如《潘陈》、《花笺》、《二度梅》等传,皆从中传译出;《翘传》,作者依据中传青心才人内容,运用中国丰富绮丽文料,构作一种越中浑化巧妙文艺,成古典文艺诸杰作中之一,大得传诵、赞赏,而大众普遍,即今日越南文学界在研究和分析的作品。"[②]

《金云翘传》是何时传入越南的?阮攸又是何时写成《翘传》的?中越学者对这两个问题有不同的观点。有些学者认为,在阮攸的汉写本《翘传》问世以前,已有越南人读过中国的《金云翘传》一书。也有些学者认为,无论《翘传》创作于出访前、出访后,还是出访期间,他一定读过《金云翘传》并受到启迪。无论如何也难以否定《翘传》与《金云翘传》的关系,实际也是阮攸和中国文化的关系。可以想见,在阮攸生活的时代,以《金云翘传》为主的有关王翠翘的口头或书面作品传播到越南的一定不少,改编者也一定大有人在,不可否认的是,只有阮攸的《翘传》以其独特的艺术魅力征服了广大越南读者,而且经受了时间的考验。至今它已有中、英、法、德、俄、日、捷克

---

① 蒋星煜:《中国戏剧史钩沉》,郑州:中州书画社,1982年,第263页。
② [越]阮攸:《金云翘传·序言》,北京:人民文学出版社,1959年。

等多种文字的译本,成为蜚声世界文坛的名作。其作者阮攸,也于1965年被世界和平理事会推举为世界文化名人。

阮攸的六八体长诗《翘传》和青心才人的章回小说《金云翘传》相比,不仅在主要故事内容上,甚至连人名和地名等也基本相同,但它并不是翻译作品,而是富有民族特色的创新之作。作者成功地运用了现实主义的创作方法,将19世纪初的越南社会现实,经过恰到好处的剪裁,天衣无缝地镶嵌在《翘传》这幅巨大的历史画框之中。它所描绘的浓郁的时代色彩、扣人心弦的时代强音,颇能满足历代越南读者的审美心理。正如越南著名作家怀青(1909~1982)的评价:"什么是《金云翘传》(《翘传》)的艺术价值呢?我们认为就是再现了当时的生活,而且创造了一个真的社会。"这个"真的社会"就是越南的真实社会,越南读者从中发现了自我。

阮攸在《翘传》的细部,对《金云翘传》进行了增添与删削,使得新作在表现形式、创作风格、人物塑造和语言风格等方面,都与原作《金云翘传》表现出某些本质上的不同。

《金云翘传》以话本形式问世,共20回。除第1回卷首作为引子的右调《月儿高》一词以外,只有因情节发展的需要,个别人物缘情而发才吟诵的一些诗词,其余大部分都是以比较口语化的散文来叙述的故事。《翘传》则是以六八体长诗形式写成的韵文小说,没有散文式的描写。《金云翘传》分回标目,段落整齐、首尾完整,比较注重情节发展的内在逻辑联系,便于间歇性阅读。小说语言个性化、口语化,通俗易懂,富有可读性。《翘传》故事的载体六八体诗是越南抒情叙事的重要文学体裁。它既能吟唱咏叹,又可配管弦,虽句式为六八体,但诗的长短不限,可写成千行以上的长篇叙事诗。这种诗体尤为适于写景抒情,或描摹人物心理,语言精练,富于形象化,具有一定的节奏感,韵律生动可感。

阮攸从《翘传》诗体小说的特点出发,对章回小说《金云翘传》中的某些累赘与冗繁的情节进行了合理的删减修改。原作20回中,仅围绕翠翘卖身赎父这一情节,就用了整整3回的篇幅(第4回~

第6回),约占全部小说的七分之一,从布局谋篇来看,略显冗长。阮攸在《翘传》中仅用了70余行诗,就将事情发展的脉络交代得清清楚楚,只占全篇的四十分之一。原作在描写宦姐的阴险毒辣时,几乎用了整整3回的笔墨(第13回～第15回),使作品主题显得游离。而在《翘传》中,相关描写却十分简练:

（翠翘)越看情难耐,百结悉肠似乱丝。
威严下,只有听从指使,
站在梅花厅里,俯首无词。
束生见状,魄散魂飞,
暗想翠翘因何至此?个中曲折,
细想下,自己中计无疑!
鹦鹉前头不敢言,只有暗中垂泪。

寥寥数语,宦姐心狠手毒,貌似芙蓉、心如蛇蝎的性格,跃然纸上。面对翠翘,束生相见不敢说的心情神态,也有绘声绘色的摹写。其他如束生赎翠翘出青楼,胡宗宪的使者数次诱降徐海等次要情节,原作中也费了不少笔墨,而《翘传》则都用几句诗轻轻带过。至于原作中鸨母秀婆向翠翘口授"七情八艺"等妓女功夫的大段详细描写,以及翠翘和楚卿同居等有淫秽之嫌的描写,阮攸出于越南社会的实际情况,或回避不写,或浮掠而过,删减得体。表现出作家在吸收中国文化时的一种选择态度。

作品中的徐海原是中国的历史人物。在最初茅坤的《纪剿徐海本末》中,被写成"逆贼"、"盗寇"。后青心才人将他描绘成一个草莽英雄:"开济豁达,包含宏大。待富贵若弁毛,视俦列如草莽。气节迈伦,高雄盖世。深明韬略,善操奇正。"阮攸不仅继承了这种写作基调,而且进一步发展,完全略去了徐海勾结外国少将和破坏人民生命财产那一面,将他塑造成更为理想化的英雄人物。写他生得"虎须、燕颔、蚕眉、阔肩膀,体貌轩昂,雄姿英发,精通拳棍,更兼才略高强,顶天立地男子汉。他名唤徐海,原在越东生长。"青心才人描述徐海的经历,"早年习儒不就,弃而为商,财用充足,最好结交朋友"。阮攸将这些删除之后,将他改写成为"惯在江湖间,恣意流浪,半肩琴剑,一把桨,漂过高山与海洋"的云游豪客,完全是个走南闯北的豪侠英雄。

青心才人笔下的徐海,具有江湖绿林好汉的行为与气质,始终流露出一个草莽英雄的粗野、豪爽的神态。而阮攸则在《翘传》中,重点突出地描写了徐海立霸南天的英雄气概:

> 纵横吴楚称王。
> 如今低头就缚,
> 降臣面子无光。
> 衣冠成扫地,
> 公侯赐爵,奔走趋跄。
> 怎比独霸边疆,
> 说不定认弱认强。
> 嘘气震摇天地,
> 更无人居我上。

一个叱咤风云、顶天立地的英雄耸立在人们面前。他既不愿为降将而臣服,更不愿与朝官为伍,只想独霸一方,乐得桀骜不驯地生活在世上。

两位作者都描写了徐海驰骋疆场、所向披靡的英勇,也涉笔他对翠翘的几分柔情。阮攸接受了青心才人的写法,在长诗中也对徐海和翠翘之间的缠绵情意进行了恰如其分的渲染,使徐海的形象更为丰满生动。当徐海和翠翘结成百年之好以后,青心才人仅以平淡的笔调写道:"徐海与翠翘处凡五月,乃别翠翘而去。去三年杳无音信。"而阮攸在《翘传》中则描述道:"香火情缘,半载光阴又逝,徐海心头,撩起四方壮志。"虽笔墨不多,却将胸怀大志、不沉湎于儿女情长的英雄本色尽情点染。

中越各书中对徐海之死的描写也略有不同。余怀在《王翠翘传》中，写徐海因兵败惊慌失措而投河自尽，其尸体被官兵捞起砍头，这自然是在有意贬低他反叛朝廷的行为。青心才人的小说则改为，徐海因中计而被官兵围困，他依旧英勇抵抗，身中数枪仍在厮杀，勇不可当。最后被乱箭射得体无完肤，长叹而死，立而不扑。阮攸在处理这一重要情节时，更具新意，以客观的、赞扬的笔调描写了徐海的殒命：

> 徐公阵前殉难，
> 仍然意气轩昂。
> 英灵宛在，
> 遗骸直立不僵。
> 恍似一柱擎天，
> 哪怕千斤击撞。

小说《金云翘传》第3回"两意坚蓝桥有路，通宵乐白璧无瑕"中，主要写金重与翠翘深夜相聚一事。翠翘与金重情爱日深，这又是第一次幽会，内心甚喜。为表示她对金重的爱慕与敬重，愿操琴助兴。青心才人虽以艳词丽句对这一细节进行细致描述，但淡而无情，不露声色："因轻抒柔臂，转移玉轸，斜飞纤指，拨动冰弦。初疑鹤唳，继讶猿啼，忽缓若疏风，忽急如骤雨。再拨再弹，而音韵凄婉，声律悠扬，如怨如慕，如泣如诉。"阮攸在摹写翠翘琴声时，不再是空洞的词句，而运用形象的语言，词清句雅，奔流兼涌，有如白居易在《琵琶行》中对琴乐之声那种带有实感性的描绘，使人如闻其声：

> 一曲"楚汉相争"，
> 联想铁马金戈，奔腾交响。
> 续弹司马相如"凤求凰"，
> 听者谁能不感伤？
> 调转嵇康"广陵散"，
> 流水行云韵味长。
> 曲终为奏"昭君怨"，

只觉恋主思乡两断肠。
清音似天边鹤唳,
浊声如飞泉激响。
缓调比清风拂拂,
急拍像骤雨浪浪。
灯焰摇摇光暗,
听客啊,坠入梦中惆怅。
禁不住抱膝长嗟,忽而低头无语,
忽而双眉愁锁,忽而慷慨激昂。

《翘传》这一细节的描写,不仅表现出作者善于吸取前人的经验,擅长去短取长、不惜刀削斧凿的雕琢之功,而且以大量熟知的汉文学典故进行形象具体的比拟,使琴乐之声不绝于耳,反映出作者卓越的再造神功。

阮攸还善于将中国汉语的典故和汉字融入字喃诗中,使语句意蕴更为深刻。在《翘传》中,有时直接袭用谚语,如:"心腹相知"、"儿女情长"、"彼啬斯丰"、"梅风骨"、"雪精神"、"霜印面"、"雪披身"等;有时引用成语典故以表其意,如:"金乌玉兔"、"合浦珠还"、"金马玉堂"、"河东狮吼"等;有时活用中国诗词名句或修辞方法,如:"鸡声茅店月,人迹板桥霜"(温庭筠《商山早行》),"蓝田日暖玉生烟"(李商隐《锦瑟》),"枝迎南北鸟,叶送往来风"(薛涛《句》)等。也有将汉语句子意译后使用的,如:汉语中的"才命相妨",被意译为"才命两相妨";唐人崔护《题都城南庄》中诗句"人面不知何处去,桃花依旧笑春风"则被改为"望月的人何往?前后凄清冷落,唯有桃花依旧笑人忙"等。阮攸借用得很巧妙,将如此众多的汉语言词汇与越语结合得十分自然、贴切,读后并无晦涩之感。越南人民已将《翘传》中的语言视为能够表达自己思想感情的重要媒体,从中将有益的成分为己所用。正如越南当代诗人阮廷诗(1924~)对《翘传》语言的高度评价:"阮攸运用的语言是纯粹越南语的典范,还没有人超越它。"①

　　阮攸为文的一生都与中国、中国文化、中国文学密切相关。他对中国情有独钟源于他早年对以儒释道为核心的汉学的广泛涉猎与深刻研究。这种影响潜移默化地贯穿了他的一生。为官,他既有维护正统、忧国忧民、"用之则行,舍之则藏"等儒家思想,又有避祸保身,寄情山林,享"猎户"、"钓徒"之乐的佛老出世思想;为文,则可以发现他对中国的历史、地理、哲学、宗教、习俗的深刻了解,尤其是对中国文学艺术的浓厚兴趣和湛深研究。这一切已形成他文化心理结构中的"中国情结",并在他的人生之旅中起到某种难以替代的作用,其名作《翘传》就是这种"中国情结"的形象化表现。

第8讲:印度文学与《沙恭达罗》

一、印度文学

　　印度中古文学成就主要有戏剧、文论和叙事故事等。印度古代的戏剧从内容到形式都对世界文学有重大贡献,代表了当时戏剧的最高水平,特别是题材内容,它比古希腊描写神话传说题材的悲剧前进了一大步。

---

① 郁龙余:《东方文学史》,西安:陕西人民出版社,1994年,第283页。

1901年在南印度寺庙中发现了13卷剧本,有名的是《惊梦记》。作者跋娑是公元二三世纪的作家。内容写弱国小王优填王受侵略,大片土地流失,有臣献计,只有和邻国联姻,答应娶莲花公主,才能共同抵御外敌。但优填王不同意,因他已有妻子仙赐,二人感情很好。因国家灾难不减,大臣说服皇后仙赐,设计烧毁宫殿,对外宣称大臣和仙赐都被烧死,实则二人逃到邻国,仙赐后来作了莲花公主的侍女,优填王虽不忘旧情,但还是娶了莲花公主。仙赐眼见自己的丈夫又娶他人,心中百感交集,几次都避开他。一次她被优填王误认为是公主,上前侍奉,听优填王在梦中还是呼唤自己的名字,就惊恐地逃走了。后来优填王战胜敌国,并下令寻找仙赐,公主发现自己的侍女很像仙赐,于是真相大白。剧中虽写爱情,但更突出地写在国家安危之际以责任牺牲感情的大义。这比一般爱情剧高出一筹,在心理刻画上也颇有特色。

公元二三世纪首陀罗迦的《小泥车》是一部描写现实的世态剧。暴君八腊王的统治极度黑暗,其小舅蹲蹲儿企图霸占年轻貌美的妓女春军,但春军早已爱上穷商人善施。蹲蹲儿得不到春军的垂青,恼羞成怒,将她勒死在花园里,又恶人先告状将罪行嫁祸给春军的情人善施,妄图谋财害命。善施被判刑后,八腊王又改判善施斩刑。在刑场,被僧人救活的春军及时赶到,揭穿了蹲蹲儿残害妇女、诬陷好人的罪行,为善施申了冤。此时起义军斩了八腊王,推翻了他的残暴统治,善施被人民拥戴作了皇帝,宣布春军为自由人,最终善施和春军结合。《小泥车》以善施儿子玩的小道具为名。这明显是反映现实斗争的"社会剧"。剧中有两条线索,一条是春军和善施的爱情线索,这是明线;另一条是人民揭竿起义的暗线。二条线索相辅相成,相得益彰,由悲转喜的关键是起义的胜利。善施和春军的不幸是黑暗的统治造成的,他们的幸福是起义胜利的结果。整部作品歌颂爱情和人民起义的主题异常鲜明,它用人民起义的胜利说明正义,让强大的民意力量最终战胜不义和暴虐,这种观念在古代是很难得的。

印度文论的成就也很突出。古代印度从公元后就开始有了文论著作,先后有《舞论》、《诗镜》和《诗庄严论》等。《舞论》是早期戏剧之作的经验总结,舞不是指舞蹈,而是指戏剧、表演,书名也可译为《剧论》。它规定了戏剧的形式、角色种类、演出的具体技巧和场地等要求。《诗镜》和《诗庄严论》是讨论文体和修辞的。有人讲世界上古今文论有三大体系,中国、古希腊和印度。这三种体系各有特点,从方法到内容都不相同。中国文论是评点式的,内容精炼,不系统,带有印象式的,比较注重直观欣赏。如脂砚斋评《石头记》、金圣叹评《水浒》等。西方是从亚里士多德开始的通过概念、判断、推理,用演绎和归纳的方法分析文艺现象,至今仍在沿用。西方是综合性的。印度有守则性质的硬性规定,连眼神、姿势、一招一式都有规定。

公元 5 世纪至 6 世纪,古印度出现了独步世界的故事文学《本生经》和《五卷书》等。

佛经是佛教经典,是佛教徒用来宣扬佛教教义的工具。为了吸引广大民众,佛经常常采用通俗的寓言故事或生动的譬喻阐发教义,文体有散文体、韵文体和散韵杂糅体等形式。因此,佛经中含有文学因素或带有文学色彩就成了很自然的事情。佛经中最具有文学性的作品主要有《本生经》、《百缘经》、《天譬喻经》、《妙法莲华经》、《贤愚经》、《杂宝藏经》和《百喻经》等。

佛经中的故事洋溢着古代印度人民所崇信的几种基本道理,最主要的是和平、牺牲、慈爱、诚信、忍让、平等、无私、克制贪欲、禁戒残暴等。这些故事无不表现出较高的语言艺术水平,朴素中透出哲理,单纯中含有深邃。如果除去其宗教附会的部分,则更会使人倍感精彩。在现存的佛经故事中有不少是广大人民创造的,长期流传在民间,颇能反映他们的爱与恨、祈求与希望。其中,又以《本生经》的故事最具代表性。

《本生经》又译作《佛本生故事》,是一部内容浩繁的寓言故事集,也是世界上最古老的寓言故事集之一,主要讲述佛陀释迦牟尼前生的故事。按照佛教的说法，释迦牟尼在成佛之前，只是一个菩萨，还跳不出轮回，他必须经过无数次转生才能成佛。他曾是国王、王子、婆罗门、商人、妇人、大象、猴子、鹿等等。每一次转生便有一个积德行善的故事。这就产生了所谓"佛本生故事"，现存547个，收集在巴利文经藏《小尼迦耶》中，是其第10部经。

《本生经》中的故事都有一个固定的模式，即每个故事都由5部分组成：一是今生故事，交代佛陀讲述故事的身份、地点及缘起；二是前生故事，简述佛陀前生故事的具体内容；三是偈颂，穿插在散文叙述中，有总结性质或描述性质的诗；四是注释，对偈颂中词语含义的解释；五是对应，将前生故事中的人物与今生故事中的人物——对应。如《摩尼克猪本生经》，今生故事讲述一个比丘受一个少女引诱，佛陀得知后告诫他说："她是你的祸根，甚至在你前生，你就成了她结婚筵席上的佳肴。"佛陀接着简述前生故事，菩萨曾转生为一头牛，名叫大红。其弟名叫小红。兄弟俩干了家中所有牵引拖拉的重活。主人的女儿即将结婚时，喂养了一口名叫摩尼克的猪。小红问大红："这家重活都是咱俩干的，主人只给我们稻草、麦秸吃，而这口猪却吃牛奶粥。"大红安慰小红说："主人是给女儿办喜事才喂养它的。"不久，主人宰杀了摩尼克猪，献给庆贺婚礼的客人吃。在叙述这个故事当中有一首偈颂："勿羡摩尼克，它吃断头食；你嚼粗草料，此乃长命食。"这道偈颂下面有一连串词义注释。故事的最后部分是对应，即佛陀指出前生中的摩尼克猪是现在这个受诱惑的比丘，主人的女儿是现在的这个少女，而小红是阿难（佛陀的弟子），大红是佛陀本人。

所谓"佛本生故事"实际上绝大部分是长期流传于印度民间的寓言、传说、故事、童话和传奇。佛教徒将其采集起来，按照上述固定的模式进行改造加工，给每个故事加上头尾，然后指出故事中某人、某神、某动物是佛陀前生，并以偈颂点出佛家要说明的主旨。佛本生故事采用散韵杂糅文体，通俗易懂，幽默易记，风格质朴，从内容上可以分成以下几类：

一类歌颂菩萨的睿智与法力。佛本生故事由于都是简述菩萨如何转生的,因此几乎每篇故事都程度不同地歌颂佛陀的智慧、知识、英明、悟性、道德、胸怀、情操、大度、魄力等。此外,还时常歌颂他们所具有的神通广大和奇异的力量。如《真理本生》中转生为商队长的菩萨,利用聪明才智带领商队走出5种险境,并高价卖掉货物返回故乡。再如《芦苇饮本生》转生为猴王的菩萨,他以神异的力量使芦苇节打通,8万猴子以芦苇为吸管饮到有水妖看管的莲花池水。

另一类宣言平等、博爱,小人物可以战胜大人物。在这类故事中,菩萨往往转生为某一小人物或弱小的动物,而压迫者、欺骗者则往往没有好下场。如《箴言本生》中转生为婆罗门的菩萨,他从水中救出落难的王子、蛇、老鼠和鹦鹉。忘恩负义的王子得到报应,而菩萨转生为国王后仍与3个动物和睦友爱地度过了一生。再如《猴王本生》中转生为猴王的菩萨,每次都要先跳到一块石头上才能再跳到水中岛上。一条鳄鱼想得到猴王心上的肉,就伏在石头上等待机会,但猴王依靠智慧战胜了鳄鱼。又如《鹌鹑本生》中转生为象王的菩萨,对待小动物非常仁慈,而一头傲慢的大象随意踩死小鹌鹑。于是老鹌鹑为了复仇,联合了乌鸦、苍蝇和青蛙。乌鸦啄瞎了大象的眼睛,苍蝇在那儿产了卵,被蝇蛆折磨得焦渴难耐的大象在找水喝时,被青蛙引向悬崖,跌落山崖而死。

还有一类提倡经商发财,合理致富。佛教重视种姓平等,尤其得到吠舍种姓的支持。吠舍主要从事手工业和商业,他们在政治上和军事上无力与婆罗门和刹帝利抗争,于是就将自己的聪明才智完全用于商业活动之中。所以,佛本生故事中有许多描写的是经商题材,充满浓厚的商业气息。如《真理本生》、《小商主本生》、《奸商本生》、《果子本生》、《伊黎萨本生》等。这些故事中的商人,有的冒险经商,大智大勇,获利而归;有的指导他人,由穷变富;有的唯利是图,受到惩罚等等。

佛本生故事中,有的讽喻当时的统治者,嘲笑神仙和婆罗门,批判自私残暴、欺诈虚伪等行为,有的歌颂团结友谊、知恩图报、忠贞不渝等品德。当然,由于阶级和时代的局限,也有少数故事鼓吹消极的宿命论,宣扬逆来顺受、绝对忍让,污蔑、轻视妇女等,产生了消极影响。

佛本生故事随着大乘佛教的传布,首先传入中国,再由中国传到日本、朝鲜、越南。小乘佛教首先传入斯里兰卡,其后又传入缅甸、泰国、老挝、柬埔寨、印度尼西亚等国。近几十年来,许多欧洲国家的学者也从事佛本生故事的研究,并将其译成德文、英文等多种欧洲语言。佛本生故事传入中国,对中国文学、戏剧、绘画、雕塑等,都产生了极其深远的影响。

《五卷书》是古代印度一部非常著名的寓言和童话故事集,原文是梵文。公元6世纪中叶,一个名叫白尔才外的医生受波斯萨珊王朝国王艾奴·施尔旺之命,将这部书译成波斯巴列维文,书名取自《五卷书》第1卷中的两只豺狼迦罗陀迦和达摩那迦的名字。公元570年前后,叙利亚(一说伊朗)的一名基督教徒,又将此书从巴列维文译成古叙利亚文,仍以两只豺狼的名字为书名,这个译本目前只留有残本。公元750年前后,伊本·穆格法又将此书由巴列维文译成阿拉伯文,仍沿用原书译名,取名《卡里莱和笛木乃》(即原两只豺狼迦罗陀迦和达摩那迦的变音)。

因为时代久远,人们口耳相传的文学流播广泛,所以《五卷书》的版本很多,原貌怎样,现已无法推断。公元1199年,印度一个耆那教的和尚补哩那婆多罗受大臣苏摩之命,根据已有的一些《五卷书》的本子编撰成所谓"修饰本",即现在流行的版本。《卡里莱和笛木乃》因在公元8世纪中叶即已译成阿拉伯文,底本肯定不是《五卷书》的"修饰本",无论就两书中相同的数字进行比较,还是对《卡里莱和笛木乃》中的故事进行具体分析,都可以发现二者之间存在很大的差异。正如季羡林先生所指出的:《卡里莱和笛木乃》"不是一个纯粹的译本"①,而是译著者伊本·穆格法在原作的基础上增删、改编、再创作的一部新作品。恰如美国现代著名翻译理论家奈达所指出的:"翻译不仅是一种艺术、一种技巧、一种文学的再创作,而且是一门科学。"②伊本·穆格法就是科学地重新描述了他理解的《卡里莱和笛木乃》里的寓言和哲理,给人以借鉴后的再创新的艺术感受。《五卷书》通过阿拉伯文的《卡里莱和笛木乃》而传遍世界,并对世界各国文学包括中国文学产生了巨大而深远的影响。

印度在公元6世纪至7世纪出现了用梵文写成的早期古典小说,有苏般度的《仙赐传》,檀丁的《十王子传》,波那的《迦丹波利》、《戒日王传》等,它们在内容上基本反映的是市民的情绪,形式上初具规模,但稍嫌粗糙,不够成熟。公元7世纪后,伊斯兰民族的侵略使印度基本处于异族异教的统治之下,梵文走上追求辞藻华美、文风雕琢的道路,脱离了时代和人民,逐渐衰亡,代之而起的是印地语、孟加拉语、乌尔都语、泰米尔语等地方语文学。

伊斯兰教的不断浸润使印度教和伊斯兰教间的冲突越来越深化,双方内部都逐渐出现了变化。其主要表现为印度教的虔诚运动和伊斯兰教的苏菲主义。起始于公元6世纪至9世纪的南印度虔诚运动,经过罗摩奴阇(1017~1127)、罗摩难陀(1356~1467)等人的推动,到15世纪在印度北方也迅速发展起来。虔诚运动主张宗教之间平等,消除相互间的隔阂;提倡同一宗教内部一视同仁,取消高等种姓对低等种姓的歧视;不可接触者可以享受膜拜大神的权利;认为个体灵魂通过虔诚都可以达到与神结合的目的。印度教低等种姓不堪高等种姓的压迫,纷纷皈依伊斯兰教。虔诚运动终于形成一股强大的社会思潮,得到广大印度教徒,尤其是低等种姓的拥护。崇拜罗摩和黑天的毗湿奴教派就是在虔诚运动中渐渐形成的。

---

① [阿拉伯]伊本·穆格法:《卡里莱和笛木乃》,林兴华译,北京:人民文学出版社,1959年,第1页。
② 中国对外翻译出版公司编:《外国翻译理论评介文集》,北京:中国对外翻译出版公司,1983年,第51页。

这一思潮对印度文学创作产生了巨大而深刻的影响,以致后世的文学史家将这一时期的文学称为"虔诚文学"。虔诚文学是印度在公元13世纪至17世纪文学的主流。在此期间印度出现了大批具有重大影响的诗人和作家,主要有印地语的格比尔达斯、加耶西、苏尔达斯、米拉巴伊、杜勒西达斯;孟加拉语的钱迪达斯;马拉提语的埃格那特;古吉拉特语的那尔森赫·默赫达等。与虔诚文学相呼应的苏菲派文学则主要出现在受波斯、阿拉伯文学影响的乌尔都语文学中。在众多虔诚文学作家中,最重要的是印地语的四大诗人格比尔达斯、加耶西、苏尔达斯和杜勒西达斯。

格比尔达斯(15世纪)出生在贝拿勒斯一位低等种姓的织布匠家中,他本人也是织布匠。由于他出身低微,没有受过正规文化教育,他的诗都是口头创作,由他的弟子记录而流传下来。各种传本的容量差异很大,多者几千首,少者数百首。现在编订的《真言集》分"见证者"、"短曲"、"短诗"三部分。他的作品有不少是批判印度教和伊斯兰教的。如有一首诗是这样鞭挞婆罗门和印度教的:

听婆罗门的教言,好比是上了贼船;
坐船的人看不见,任它拖到哪一边。

除了阐述自己的宗教观,他还有不少诗是写社会问题的,揭露各种丑恶现象,并认为金钱是万恶之源,须像对船里进的水一样,及时将其清出。还有一些诗是宣扬神秘思想和悲观论的。格比尔达斯的诗通俗易解、明白如话,在广大劳动人民中有广泛的拥护者。他的处世哲学是修身养性,不贪色欲,不吃酒肉,不生气骄傲,不干坏事,不违师命。所以他被许多人称为"贤哲诗人"或"修士诗人"。

加耶西(1493~1542)出身于北方邦的一个农民家庭,一耳失聪,一目失明,早年父母双亡,生活贫困。他生于伊斯兰教家庭,但随印度教修行者四处云游,对宗教不怀偏见。加耶西的作品传说有20多种,现存仅3种,其中以长篇叙事诗《莲花公主传》最为著名。

这部长诗共分 58 章,1.1 万多行。主要叙述了狮子国莲花公主伯德马沃蒂和基道尔的王太子宝军的生死爱情故事。这是一部爱情悲剧,不是一般意义上的艳情诗,具有深刻的社会意义和艺术感染力。莲花公主和宝军代表纯洁的爱情,德里皇帝代表邪恶势力摧残爱情。加耶西在继承传统的基础上,汲取民间文学精华,使这一主题在封建社会有了普遍性。

苏尔达斯是印度中世纪最伟大的诗人之一。一般认为他是北方邦人,青少年受到宗教大师瓦拉帕的赏识。苏尔达斯双目失明,特别崇拜毗湿奴的化身之一黑天。他的作品有三部,《苏尔诗海》是其诗歌全集。这些诗歌除一小部分是叙事诗之外,大多数是抒情诗,中心内容是歌颂大神黑天,全诗篇目顺序与梵语《薄伽梵往世书》相仿。所以,有人认为《苏尔诗海》是《薄伽梵往世书》的印地语编译本。诗人在《苏尔诗海》中突出了黑天的牧童形象。黑天具有超凡神力,为百姓降妖消灾,代表着劳苦大众的希望与理想。这就是几百年来《苏尔诗海》的内容在印度家喻户晓,牧童黑天的形象深受喜爱的原因。

在印度有一种说法:苏尔达斯是太阳,杜勒西达斯是月亮。这足以说明这两位诗人在中世纪印度的影响。杜勒西达斯(1532~1623)的影响实际上比苏尔达斯大得多。原因是由他塑造的罗摩形象拥有越来越多的信徒。杜勒西达斯的地位随着罗摩地位的提高而不断提高。在印度教信徒的心目中,他不仅是诗人,而且是一位神,许多寺庙中都供奉着他的神像,甚至还有专门供奉他的寺庙。

杜勒西达斯是北方一位农村婆罗门的儿子。出生后不久,父母双亡,自幼沿街乞讨,受了不少磨难。后来,随师到贝拿勒斯学习梵语和印度教经典。其作品有 12 种,如《罗摩功行之湖》、《谦恭书》、《歌集》、《双行诗集》、《黑天歌集》等,其中以《罗摩功行之湖》(有金鼎汉中文译本问世,1988 年人民文学出版社出版)最负盛名。

印度自蚁垤的史诗《罗摩衍那》问世以后,两千年间曾有数不清的方言改写本和编译本问世。然而,其中最成功、影响最大的是杜勒西达斯的《罗摩功行之湖》。可以说,《罗摩功行之湖》在印度人民心中的实际影响,要比梵文的《罗摩衍那》大得多。也就是说现在印度教中的罗摩偶像,完全是虔诚文学塑造的,主要得力于杜勒西达斯的《罗摩功行之湖》。

杜勒西达斯在翻译和增删撰写过程中参考了《罗摩衍那》及其另一个改写本《神灵罗摩衍那》。《罗摩衍那》分7篇,译成汉语有7万多行。《罗摩功行之湖》也分7篇,但容量缩小了,译成汉语有1.6万多行。《罗摩功行之湖》的基本故事与《罗摩衍那》相仿,但是在许多情节上作了重大修改。这种修改的指导思想是进一步增强罗摩的神性,使其在道德上更加完美无缺。这种翻译不是简单的语言转换,而是在原作基本框架基础上做的道德完善,是一种"创造性背叛"。

《罗摩功行之湖》刻画人物十分成功,罗摩在印度人心目中既是神明又是朋友,拥有广泛的崇拜者和拥护者。《罗摩功行之湖》被印度人视为文学的典范、生活的宝库、道德的榜样和宗教的经典。印度前总理英迪拉·甘地说得好:"杜勒西达斯的《罗摩功行之湖》是印地语文学中最伟大的成就。它不仅是当时一切优秀作品的代表,而且对后来的文学产生了极大的影响。这部伟大的长诗对印度人民、印度语言和印度文学都有极为深刻的影响。"

此外,波斯语诗人阿密尔·霍斯陆(1253~1325)创作了独具特色的50多部诗集。乌尔都语文学中以苏达(1713~1780)、密尔(1722~1810)、达尔德(1721~1785)等人为代表的"德里诗派",为印度中古后期的文学添增了亮色。

二、《沙恭达罗》

迦梨陀娑是印度中古文学史上最杰出的诗人和剧作家,古典梵剧《沙恭达罗》是其代表作。他生前即已成为当时的"宫廷九宝"之一,身后其作品广为流传,享有世界声誉。1956年,世界和平理事会将他列为世界十大文化名人之一。

迦梨陀娑约生于公元4世纪中叶至5世纪中叶,是印度古代的伟大诗人。几乎和印度古代文学史上的所有作家一样,人们对他的生卒年月、生平活动几乎是一无所知,至今仍无定论。为大家所接受的是他生在笈多王朝(公元4~6世纪),此外,有一些与他有关的传说:迦梨陀娑是个婆罗门的儿子,幼年父母双亡,由一个牧羊人把他养大。后来他同一位公主结婚。因为他出身卑微(牧羊人之子),公主极以为耻。他没有办法,就去向女神迦梨祈祷。女神加恩赐给他智慧,他于是一变而成为大诗人、大学者。因此人们称他为"迦梨陀娑"(迦梨女神的奴隶之意)。现在一般认为他是笈多王朝超日王的文艺"九宝"之一,是位宫廷诗人。但他能站在较为开明的立场进行创作,一面肯定笈多王朝的统治,一面也对人民持有一定的同情。他的作品据说有很多,至今流传下来较为可靠的,大约有5部。剧本有《沙恭达罗》、《优哩婆湿》,抒情诗《云使》,叙事诗《鸠摩罗出世》、《罗怙世系》。《沙恭达罗》是代表作。

《云使》是一部长篇叙事诗,分为"前云"和"后云"两部分,共115颂。主要讲述玩忽职守的药叉被贬谪到南方的山中以后,由于与爱妻分别数月,心中凄然。雨季北行的雨云更激起他的相思之情。他托雨云带去自己对爱妻的眷恋与爱意。诗人将抽象的情意概念化为具体可感的意象——"云",并以此来表情达意,传递了自己的生命情怀,令人难忘。尤其在"后云"中,诗人用清新俊逸的笔调,绘声绘色地写出了药叉向雨云描绘爱妻居住地沿途的秀丽景色,以及她的婀娜美丽,倾诉出了药叉对远方妻子炽烈的相思之情。诗句中充满了饱尝爱情甜蜜后因离别而产生的痛苦愁绪,极富艺术感染力。由于《云使》高超的艺术成就与奇特的想象,开创了一代新的诗风。因此,后继模仿者很多,曾一度出现了"信使诗热",主要有《风使》、《月使》、《鹦鹉使》、《蜜蜂使》、《天鹅使》、《杜鹃使》、《孔雀使》等。这些以自然现象或动物等为诗歌意象的表现方法,极大地丰富了印度古典诗歌的表现力和美学内涵。

迦梨陀娑在自己的作品里叙述印度的历史,增强民族自豪感,促进了国家的统一,歌颂了世代以武功统一天下、保卫国家的君主,同时也指责了那些荒淫无道、专横暴虐的昏君和各色各样的上层贵族和婆罗门。在他笔下也出现了下层被压迫的人物,有宫女、渔夫、手艺人,由于诗人的同情,这些人物往往被描写成具有机智、勇敢、善良的品质。尤其他笔下的妇女形象,更突出反映了他的进步倾向:她们外貌美丽,内心世界丰富,性格突出,都能为自己的权利和幸福去努力和斗争,达到了惊人的完美程度。另外,他在作品中热情歌颂了美丽的大自然,在诗人看到现实矛盾时,就把自然作为与现实对立的和谐、纯朴的理想境界加以描绘,强调人性与自然的结合,认为只有在自然环境中成长起来的人才具有正直纯朴的品质。他的作品从总的倾向来看,既表达了人民的某些愿望,又不得不为帝王和神仙歌功颂德,在揭露现实矛盾最深刻之处时,往往以神话为假托冲淡矛盾。

《沙恭达罗》的故事原型曾见于史诗《摩诃婆罗多》中的《初篇》,也曾见于《莲花往世书》,但是情节都很简单,没有《沙恭达罗》完整。《沙恭达罗》不但情节更加完整,而且突出了男女爱情的主题,特别是对沙恭达罗的悲剧命运赋予一定的社会意义,表现出作者丰富的想象力,寄托了作者对美好生活的向往。

国王豆扇陀出城打猎,担心惊扰仙人,只身潜入静修林。他偷看到静修女沙恭达罗的美貌,想占为己有,但他的权力控制不了静修林。沙恭达罗对他虽有好感,可是惧怕静修林的清规戒律,不敢贸然和她亲近(第一幕)。豆扇陀的随从看出了他的不良居心,并对他加以劝诫,但国王不听劝阻,假称保护静修林,再度进入静修林。天真的沙恭达罗,在他表明国王的身份后当然有怀疑,但禁不住国王的诱惑,采用"干闼婆"的方式结合。国王如愿以偿,后来留下指环作为日后认亲标记,就离开了。由于沙恭达罗对国王的眷恋之情,得罪了苦行仙人,受到诅咒;豆扇陀国王失去记忆,不来迎娶。

怀孕的沙恭达罗被迫去王宫认亲,不料在途中祭水时把戒指掉入水中。豆扇陀实为迫于压力,表面是失去记忆,不肯相认。沙恭达罗大胆责骂他不念旧情,在国王不留、静修林不收的走投无路的情况下被天女接走。掉入水中的戒指被渔民打鱼时所获,他献给国王。豆扇陀忆起前情,追念沙恭达罗。最后天帝因陀罗同情,显示奇迹,约他上天平乱,归途认下母子。他们的儿子就是伟大的婆罗多。

人物形象分析:沙恭达罗是个光彩夺目的形象,是作者心中理想女性的化身。她天真无邪,温柔多情,刚烈勇敢,不忍凌辱。沙恭达罗在静修林这种远离尘世的美丽、恬静的自然环境里长大,热爱自然,秀色天成,非常纯真,完全不了解人世间的诡诈。她初见豆扇陀就产生了好感,听到他的甜言蜜语就产生了爱情。她非常聪慧,一再试探国王对爱情的态度,唯怕落到后宫三千粉黛始乱终弃的结局。当她一旦以身相许,就以极大的勇气冲破静修林的清规戒律,不顾一切后果地用干闼婆的方式结了婚,以追求自由幸福的爱情生活。她因思念国王而遭到仙人的诅咒,国王不记前情,当她明白自己上当受骗后,她谴责曾经信誓旦旦的国王是骗子,是卑鄙无耻的人,是一口盖着草的井。她有勇气谴责豆扇陀的负义,却没有勇气和他决绝。在天境相认时,还为国王开脱,归因于先人的诅咒。她虽不是个叛逆的女性,也绝不是一味屈从的女奴,而是个受侮辱迫害又有不满情绪的善良的妇女典型。

国王豆扇陀是个矛盾的形象。他有二重性,既是个喜新厌旧、玩弄女性、始乱终弃的国王,又是个对沙恭达罗有真挚爱情的情种。实际上,作者对他既有美化又有讽喻,是通过歌颂与揭露相结合而塑造的一个形象。他爱沙恭达罗,不过是寻欢作乐,逢场作戏。是"厌恶了枣子的人想得到罗望子",所以一旦他的欲望得到满足,就把山盟海誓抛到九霄云外去了。至于他被写成见到戒指不忘情于沙恭达罗,并思念甚深的桥段,则明显有作者把自己对爱情和婚姻的理想,寄托到现实中国王豆扇陀身上的痕迹。这种矛盾是作者无论如何也摆脱不掉的,读者虽然被豆扇陀的挚情所感,而实际上这样的封建君主是根本不存在的。

《沙恭达罗》的艺术成就：

首先，婉而多讽，含而不露。国王始乱终弃，诗人不敢尽情揭露，以神话的方式即信物的丢失为国王开脱，这是借助神话的形式对国王进行批判，显现了作者独特的艺术匠心。

其次，结构上的独特性。戏剧结构采取了现实情节与神话情节相结合，而以现实情节为主的方式。既展示了现实生活，揭露了矛盾，又寄托了作者的理想。情节安排很严谨，一环扣一环，把仙人诅咒应验、戒指失而复得作为重要环节，干闼婆结合的方式进一步突出爱情的主题，刻画了人物性格。

再次，剧本善于用不同的境界和手法来衬托刻画人物。静修林的环境更具有自然性，便于刻画沙恭达罗的单纯质朴。宫廷环境更具社会性，便于揭示豆扇陀的专横无理和荒淫无耻。仙界则摆脱了自然界和社会关系的束缚，便于表现作者的理想和愿望。剧本还通过人物的动作和语言，揭示人物的内心世界。在静修林豆扇陀与静修女们的问答中，表现出他内心的活动。

最后，语言优美、生动，表现人物感情贴切，描写景物带有浓郁的抒情性。沙恭达罗离别静修林时的矛盾感情表现得非常细腻，她既希望看到夫君，又对同伴和故居恋恋不舍，甚至花木鸟语无不牵扯她的肝肠。不同身份的人物持不同的语言，国王和神仙说雅语梵文，妇女和丑角说俗语。即使妇女是皇后、丑角是婆罗门也要说俗语。

在印度，《沙恭达罗》剧有很多方言译本，里面的许多诗句，人们都能背诵，直到最近还有人用梵文上演。这个剧本于1789年被译成英文，1791年译成德文，歌德的杰作《浮士德》中之《舞台上序剧》就是受《沙恭达罗》剧序幕的影响。席勒曾写信给威廉·封·宏保特说："在古代希腊，竟没有一部书能够在美貌的女性温柔方面，或者在美貌的爱情方面与《沙恭达罗》相比于万一。"《沙恭达罗》剧的剧情在800年前传到中国，近代注意《沙恭达罗》的第一人是苏曼殊。1959年季羡林有译本，并被改编为戏剧上演。

第 9 讲:阿拉伯文学与《一千零一夜》

一、阿拉伯文学

中古时期阿拉伯文学,初时指阿拉伯半岛地区的文学,以后主要指阿拉伯帝国区域内的文学(含阿拉伯人占领西班牙南部后形成的"安达卢西亚文学")以及后继蒙古人和土耳其人统治该地区时的文学,时间大致从公元 5 世纪到 18 世纪末。

公元 5 世纪至 6 世纪,阿拉伯半岛的贝都因人过着游牧生活,部落之间常常为争夺水草发生冲突和战争。公元六七世纪之交,部落开始形成族群式的小王国。在伊斯兰教创建之前,主要有希木叶尔王国、纳巴泰王国、巴尔米拉王国、希拉王国和安萨王国等。西北部红海岸边的汉志地区,自古就是东西方的通商要道。麦加和麦地那是该地区的重要商业中心。西南部的也门地区素有"阿拉伯半岛皇冠"之称,是贸易的中转站,先后建立过萨巴、希木叶尔等王国。但这两个地区不断受到拜占庭帝国和波斯等大国的入侵和掠夺,地区内部贫富日益悬殊,人际关系渐趋紧张。内外交织在一起的矛盾使半岛上的人们迫切需要建立一个统一的强大国家。在这种情况下,思想上体现这种统一要求的一神教——伊斯兰教便应运而生。

穆罕默德(570～632)是伊斯兰教创始人。610 年前后,他参照犹太教和基督教教义,破除了当时盛行的多神教信仰和偶像崇拜,把原来古莱氏部落的主神安拉奉为唯一的神,他自称是安拉的使者。为免遭麦加古莱氏部落贵族的迫害,622年他带领部分信徒迁居麦地那。该年被定为伊斯兰教历元年,标志着伊斯兰教正式诞生。穆罕默德把伊斯兰教建成一个武装的政治实体,进行圣战,终于在630年返回攻占麦加,把它定为伊斯兰教的圣地。此后,他又征服了阿拉伯半岛的其他地区。到632年他去世时,一个以伊斯兰教为共同信仰、政教合一、统一的阿拉伯国家已大体形成。

穆罕默德之后,是四大哈里发时期(632～661)。"哈里发"指穆罕默德事业的继承人,中古阿拉伯将国家首脑称为"哈里发"。起初的四大哈里发均由穆斯林选举产生。第二任哈里发欧麦尔(634～644在位)先后征服拜占庭帝国统治下的叙利亚、巴勒斯坦和埃及,占领了从波斯湾到高加索、从伊拉克到波斯本土的广大地区,为阿拉伯帝国的建立奠定了基础。661年,倭马亚家族出身的叙利亚总督穆阿维亚即位,定都大马士革,建立了倭马亚王朝(661～750),此后哈里发改为世袭。王朝再次发动大规模的对外战争,到8世纪中叶,建立起版图包括阿拉伯半岛、西亚、中亚、北非和西班牙等地的横跨亚、非、欧三大洲的大帝国。伊斯兰教也随之传布各地。

750年,倭马亚王朝被推翻,阿拔斯王朝(750～1258)建立,首都迁至巴格达。王朝建立后最初一百年是阿拉伯帝国的极盛时期。以后盛极而衰,1258年,蒙古人攻陷巴格达,帝国灭亡。1258年至1798年,该地区先后为蒙古人和土耳其人所统治。

伊斯兰教的建立和传播、阿拉伯帝国的形成与发展,主要依靠和平和战争这两种方式,促进了文化的交流与融合。阿拉伯人在对外贸易和征战中,在传统文化的基础上,接受了诸多民族先进文化的影响,并加以创新,创造了阿拉伯的新文化。该文化迅速崛起,跨入世界先进文化的行列。阿拉伯成为中古亚非地区三大文化中心之一。阿拉伯文化是帝国境内各族人民共同创造的,采用阿拉伯语表达,具有伊斯兰教的特点,所以又称为"阿拉伯—伊斯兰文化"。

阿拔斯王朝初建的100年间,即公元8世纪中叶到9世纪中叶,为了学习和研究外国古典文化遗产,在哈里发的倡导和支持下,帝国境内出现了"百年翻译运动"。来自各地的翻译家集中在巴格达的"智慧宫",将亚里士多德、欧几里得、托勒密等人的著作译成阿拉伯文。在此基础上,阿拉伯学者开展了大量卓有成效的研究工作,在天文、数学、医学、哲学等领域都取得了辉煌成就,在世界上曾长期处于领先地位。

阿拉伯帝国地跨东西方,是东西方文化交流的重要桥梁。它通过翻译希腊、罗马著作,把西方文明介绍到东方,又通过经商等途径把中国四大发明、印度的数字和十进位法等传入西方。阿拉伯对欧洲文化的贡献,还在于它通过翻译保存了古希腊文化,又通过西班牙、西西里岛等地传回欧洲,促进了欧洲文化的发展和文艺复兴运动的兴起。阿拉伯文学就是在基础广博、丰富多彩的阿拉伯文化的基础上形成、发展起来的。

从公元 5 世纪末到伊斯兰教诞生之前(475～622)这段时期,历史上叫作"贾希利叶时期"(即蒙昧时期)。诗歌是该时期阿拉伯文学的主要形式,其主要题材是"卡色达"。它具有特定的格律和结构,一般长 20 至 100 余行,通篇有前后一贯的尾韵。7 篇"悬诗"是卡色达体长诗中的瑰宝,被视为阿拉伯诗歌的典范。相传,当时在麦加附近的欧卡兹每年都要举行一次赛诗会,评出的优胜作品,用金水写在布上,悬挂在"克尔白"天房的墙上,供大家品评鉴赏,故称为"悬诗"(阿拉伯语称作"穆阿葛莱特"),后由古诗收集家哈马德·拉维叶(649～772)搜集成册,成为后世阿拉伯人诗歌创作的圭臬。

在 7 篇悬诗中,最优秀的当推乌姆鲁勒·盖斯(约 497～520)的作品。他诗才出众,被称为"众诗人的旗手"。盖斯的悬诗长 81 行,先有一段"纳西勒"(即情诗)作为前奏曲,从凭吊情人故居开始,物是人非,触景生情,回忆他对少女娥奈宰的爱恋和两人邂逅。从此开创了以情诗为序曲的阿拉伯古典长诗的叙事模式。这首诗真实反映了游牧人的生活和感情,也表现了诗人放荡不羁的个性。盖斯被公认为阿拉伯诗歌的开创者,对后世诗歌有很大影响。

伊斯兰教初期和倭马亚王朝时期(622～750),诗歌仍然是阿拉伯文学的主要形式,只是具有强烈的宗教和政治色彩。主要诗人有哈桑·本·萨比特(?～674)、艾赫泰勒(约640～708)、法拉兹达格(641～733)和哲利尔(653～733)。后三人的讽刺诗、辩驳诗蜚声文坛,影响极大,被并称为"倭马亚王朝三诗王"。

在这时期,在汉志地区的繁荣都市麦加、麦地那等处,流行一种新的恋爱抒情诗体——"厄扎尔"。它脱胎于"卡色达"的爱情前奏曲"纳西勒"并独立而成。其主要代表是麦加诗人欧麦尔·本·艾比·赖比阿(644～711?),他出身于名门望族,为人风流倜傥、放荡不羁。他的情诗反映了骄奢淫逸、沉湎声色的市民生活。他的诗语言流畅、韵律轻松、活泼,便于传唱。诗人盖斯·伊本·穆拉威特·阿米里叶(?～677)对后世的影响,源于他在诗中表达了对少女莱伊拉(意为"莱伊拉的情痴")的爱慕之情。后来由此产生的传说,成为阿拉伯文学和波斯文学的一个著名题材。

这一时期,阿拉伯散文主要成就是《古兰经》。它大约是穆罕默德去世后19年(650)编定的。它不仅是伊斯兰教的经典,而且是阿拉伯文学史上第一部散文巨著。它对阿拉伯乃至亚洲广大地区的政治思想、社会生活、文学艺术都产生了深远的影响。

阿拔斯王朝时期是中古阿拉伯文学最繁荣的时期,特别是王朝的最初一百年是阿拉伯文学的黄金时代。诗歌仍然占有突出地位,并且有所创新和发展。

诗人艾布·努瓦斯(762～814)是阿拔斯王朝初期的著名诗人,后因写颂诗得宠而成为宫廷诗人。他传世的诗作有1.2万多行,在各类题材中以饮酒歌最为有名,故被称为"酒诗魁首"。他思想自由,反对宗教禁欲,表达了追求个性解放的愿望。他放荡不羁,主张尽情欢乐、享受人生,但又借酒消愁,委婉地表达对社会的不满,他在《酒之歌》中写道:

> 当我醒时,每一刻都是诅咒与穷苦,
> 当我醉得东倒西颠时,我却是富人。

他的诗歌热情奔放,清新流畅,突破了传统诗歌的题材和形式,他对后世影响很大。

艾布·泰伊卜·穆太奈比(915～965),原名艾哈迈德·本·侯赛因,被誉为"中古阿拉伯诗坛的泰斗"。他出身贫寒,少年时曾与牧人为伍,学会击剑和骑术,性格豪爽。他擅长写颂诗、挽诗、讽刺诗、爱情诗和哲理诗等。内容反映了他清高、自负的性格及个性解放的要求,具有反叛精神。他在诗中写道:"我不愿生时得不到赞扬,而死后即遭遗忘。我寻求荣耀,不管它在地狱;抛弃屈辱,即使身在天堂。"他的诗富于哲理性,不少诗句成为脍炙人口的格言和警句。在艺术上,他在继承古典诗歌传统的基础上有所创新,成为阿拉伯诗歌革新的倡导者和先驱。

艾布·阿拉·麦阿里(973～1057)以哲理诗见长,他幼年因患天花双目失明,流传至今的主要著作有:诗集《燧火》、长诗《鲁祖米亚特》和散文作品《宽恕书》。《鲁祖米亚特》表达了他对宗教、社会、宇宙、人生等问题的看法,流露出悲观主义情绪。《宽恕书》是用书信形式写成的,内容描写学者伊本·格利哈游历天堂、地狱的故事。它篇幅宏大,想象奇妙,构思新颖,思想深刻。有评论认为,《宽恕书》"对但丁的《神曲》产生了决定性的影响"。麦阿里的作品充满哲理,被誉为"哲学家诗人和诗人哲学家"。

公元8世纪初到15世纪末,阿拉伯入侵并统治了西班牙南部地区,阿拉伯文学在该地区得到发展,被称为"安达卢西亚文学",成为阿拔斯王朝时期文学的组成部分。公元9世纪,安达卢西亚诗人在阿拉伯传统诗歌的基础上,吸收了西班牙民歌的长处,创造了一种更适合吟咏、弹唱的新诗体"彩诗",阿拉伯语称为"穆瓦舍赫"。这种诗体形式灵活、多样,便于诗剧、史诗的写作,为人民所喜闻乐见。彩诗从西班牙传至阿拉伯,在各地广为传播。

阿拔斯王朝时期,散文进一步发展,有书信、游记、论说文、故事和玛卡梅体韵文故事等多种形式。伊本·穆格发(724～759),是王朝初期著名散文家、翻译家。他生于波斯,既受波斯文化熏陶,又有广博的阿拉伯文化知识。他不满阿拉伯统治者对非阿拉伯人的歧视和压迫，主张社会改革。他后来在统治集团内部互相倾轧中受牵连，以"伪信罪"被哈里发曼苏尔杀害。他的《小礼集和大礼集》是一部行为、道德、哲理方面的箴言集，表达了作者的社会政治理想和道德改良观点。寓言故事集《卡里莱和笛木乃》是他的代表作，全书共15章（有的版本为16章），它源于印度的《五卷书》。大约在公元6世纪中叶，《五卷书》被译成古代波斯巴列维语，在翻译过程中有所增删。750年前后，伊本·穆格发又把巴列维语译本翻译成阿拉伯文，再次进行了大胆增删和改编。所以，《卡里莱与笛木乃》不是一部单纯的译著，而是以《五卷书》的故事为基础进行加工和再创作的一部译、著并重的作品。作品序言中谈到其目的是"用各种形式表现动物的思想，借此映射帝王的心理，帝王能用这本书规劝自己，胜过普通消遣"。可见，作者想通过寓言故事劝诫统治者，阐发他治理国家的主张。《卡里莱与笛木乃》对世界文学产生了巨大影响。它的德文译本作者佛尔夫说过："除了《圣经》以外，这部书要算译成全世界各种语言最多的了。"

贾希兹(775～868)也是该时期的一位著名散文作家。他本名阿慕尔·本·巴哈尔，贾希兹是他的别名，意为"凸眼"人。由于他刻苦学习，成为知识渊博的著名学者。他的《吝人传》刻画了各种吝啬鬼的形象，是阿拉伯古典故事文学的代表作之一。他的《修辞与阐述》论述修辞的标准与途径，是阿拉伯文学批评史上的重要著作。《动物志》是他的代表作，共分7卷，描写各种动物的特征、习性，记录了大量动物故事和传说，还穿插了许多诗歌、格言和轶事。贾希兹是百科全书式的作家，善于将各种文化有机地融合在一起。他使哲学和科学带上文学色彩，并继伊本·穆格发之后，开创了一种叫作"艾达卜"的新文体，以生动活泼、富有风趣的形式传授知识，进行教育。这种文体对后世影响很大。

阿拔斯王朝中期出现了玛卡梅体散文作品，即用带韵的散文写的故事。"玛卡梅"原意为"集会"、"聚会"，引申为在聚会场所讲述的故事,类似中国古代的"话本"和近代的"评书"。白迪阿·宰·赫迈札尼(969~1007)是玛卡梅故事的奠基人。相传他写过400篇故事,流传下来的只有52篇。各篇故事内容互不相关,但都有一个共同的主人公——聪明的流浪汉艾布·法特哈·伊斯坎德里,并由同一个说书人伊萨·本·希沙姆讲述类似系列短篇故事。故事主要讲主人公在流浪途中常常陷入绝境,但由于他机智老练,总能用玩笑和欺骗手段摆脱困境。这些故事反映了当时知识阶层的艰难处境,披露了当时社会的不良风气,流露出对社会的不满。继赫迈札尼之后,哈里里(1054~1122)模仿他的前辈创作了50篇玛卡梅故事。玛卡梅故事是阿拉伯古典小说的雏形,历来有不少阿拉伯作家模仿这类体裁进行创作。这两位作家的玛卡梅故事很早就传到欧洲,并被译成多种文字。有人认为"西班牙流浪汉小说,如《小癞子》,实际是受阿拉伯《玛卡梅韵文故事》影响的产物"。

阿拉伯人从生活和战争中积累了许多故事素材,还借取和翻译其他民族的故事文学,形成了具有本民族特性和价值的故事文学。其中最著名的有两部,一部是享誉世界的阿拉伯民间故事集《一千零一夜》,另一部是长篇故事《安塔拉传奇》。他们都由民间故事整理加工而成,前者主要反映阿拉伯城市生活,后者则是古代阿拉伯沙漠部落生活的写照。

一般认为,《安塔拉传奇》是公元9世纪阿拉伯说书人艾绥迈伊根据民间传说整理的,到公元10世纪由尤素福·本·易司马仪加工增补成书。传奇的主人公安塔拉虽是历史上的真实人物,但作品有不少虚构成分,带有强烈的感情色彩。作品把他描写成一个理想的骑士,力大无比,勇敢非凡。初期他因出身低微而备受歧视,在爱情上不得志。但他最终冲破了血统、门第、等级观念的束缚,成为众望所归的英雄,被尊为"骑士之父",也赢得了堂妹阿卜莱的爱情。安塔拉这个为自己部落和民族献身的英雄,唤起了阿拉伯人的民族自豪感,也给受压迫的下层人民带来希望,因而引起人们的强烈共鸣。

伊本·图菲勒(？～1185)是出生于西班牙安达卢西来的阿拉伯作家、哲学家。其代表作是《哈伊·本·耶格赞的故事》。通过一个王族私生子独自在孤岛上生活的经历，强调理智的作用，否定人们对世俗利益的追求，宣扬伊斯兰教苏菲派神人合一的神秘主义观点。小说被译成多种文字，17世纪传入欧洲，后可能影响了《鲁滨孙漂流记》的创作。

中古阿拉伯的最后一位大诗人是蒲绥里(1212～1296)。他的宗教诗篇《斗篷颂》赞颂先知穆罕默德的功德业绩，在伊斯兰世界具有广泛影响。它被译成世界上的多种文字，1890年被译成中文，名为《天方诗经》。

阿拔斯王朝灭亡之后，还产生了一些有影响的作家，伊本·白图泰(1304～1377)就是其中之一。他生于摩洛哥，是阿拉伯著名旅行家和游记作家。他的《伊本·白图泰游记》是阿拉伯游记文学中的代表作之一。他先后三次出游，行程12万公里，历时28年，到过中国、印度、俄罗斯、西班牙等亚、非、欧三大洲许多地方。游记中既有真实的记载，又穿插了许多奇闻轶事，富有文学性。游记记述的各国的风土人情，对研究各国文化史和社会史有重要参考价值。

阿拉伯文学通过各种途径传到西方，对欧洲文学，尤其是诗歌、小说、寓言的发展产生过较大影响。但丁的《神曲》、薄伽丘的《十日谈》、乔叟的《坎特伯雷故事集》、西班牙的流浪汉小说《小癞子》和塞万提斯的小说《堂·吉诃德》、法国普罗旺斯诗歌和拉封丹的寓言等，在题材、内容、结构、风格等方面，都曾不同程度地得益于阿拉伯文学。

二、《一千零一夜》

《一千零一夜》是阿拉伯中古时期最优秀的文学作品，是一部著名的民间故事集。它曾被高尔基称为世界民间文学创作中"最壮丽的一座纪念碑",在世界文学史上享有极高的声誉。

《一千零一夜》是1704年法国人迦兰(1646~1715)将其译成法文时的名称。后来有人转译为更具异域色彩的《阿拉伯之夜》。许多英文译本也多以《阿拉伯之夜》命名,到了中国翻译者的笔下,《阿拉伯之夜》的书名又被转译为具有中国文化色彩、便于中国读者理解的《天方夜谭》。

《一千零一夜》成书的时间大约是在公元八九世纪之交,至公元16世纪,其早期形式主要是流传在阿拉伯、波斯、印度、埃及、希腊、罗马、希伯来,乃至中国的民间故事。其在成书过程中,主要有3个故事题材来源:第一是波斯和印度,《一千零一夜》的早期形式是波斯故事集《海沙尔·艾弗萨纳》,即《一千个故事》,它是核心和框架。据考证,《一千个故事》可能来自印度,是由梵文译成古波斯文,最后译成阿拉伯文的。第二是伊拉克,即以巴格达为中心的阿拔斯王朝(750~1258)时期流行的故事。第三是埃及,即麦马立克王朝(1250~1517)时期流行的故事。这种种故事题材在成书过程中,经过了阿拉伯人的消化和再创作。本书不仅深深地打上了阿拉伯帝国时代的烙印,而且反映了广大阿拉伯人民对周边国家和地区的人民生活状况的了解和想象。《一千零一夜》最终成为阿拉伯民间文学的一座里程碑式的作品,说明阿拉伯人民勇于吸纳周边地区民间文学素材的气魄和胸怀。

《一千零一夜》中的"真实的生活基础"就是书中所展示的中古时期阿拉伯的社会生活那一幅幅真实生动的画面,就是栩栩如生呈现在读者面前的当时各个阶层人们的生活场景、风俗习惯。《一千零一夜》成书的年代正值阿拉伯人建成横跨亚、非、欧三大洲的伊斯兰大帝国时期,因此书中的故事背景广阔,涉及这三大洲的许多国家和地区。它还通过"幻想的、超自然的境界",来曲折地反映现实,反映阿拉伯人民对理想生活的渴望,对美好事物的向往。

《一千零一夜》不仅展现了丰富多彩的社会生活,而且体裁多种多样,人物形形色色。它的体裁主要是神话传说、格言谚语、童话寓言、轶事掌故、战争历史、训诫箴言等,当然最多的还是故事,其中包括爱情故事、冒险故事、神魔故事、谐趣故事等等。它的人物上至帝王将相、富商大贾、少爷小姐,下至脚夫渔翁、医生裁缝、强盗窃贼,各阶层人物应有尽有。此外还有神魔天仙、猴子蛇女、鸟兽之王等。这些内容包含在全书134个大故事里,如果连同它们所套的小故事,最多的总共有264个故事(因版本不同而数字略有出入)。

《一千零一夜》中的故事,就总体而言,字里行间充满了宣扬真善美、抨击假恶丑的民主精神,贯穿了正义战胜非正义、真理战胜谬误的人文主义精神。整个内容都在赞颂人民在与邪恶势力斗争中所表现出的惊人智慧和才能,揭露了统治者贪婪丑恶的本质,热情讴歌了青年男女之间正当、纯洁的爱情,反映了广大人民普遍置身其中的艰苦环境,尤其是商人经商冒险的生活。全书洋溢着乐观通达、积极向上的时代气息。

《一千零一夜》的"引子",即第一个故事《国王山鲁亚尔及其兄弟的故事》在全书具有重要意义。首先,该故事写宰相之女山鲁佐德为拯救无辜的穆斯林姐妹免遭国王的屠杀,不顾个人安危,自愿嫁给国王,连续讲了一千零一夜的故事,终于使国王悔悟,促使他放弃了残忍的报复行为。故事集也由此而得名,当然它实际上并没有这么多故事。按阿拉伯人的语言习惯,在100或1000的数字之后加上1,以表示数字之多,并非实指。其次,这个故事不仅在结构上有联结所有故事的作用,而且也是全书所有故事内容的一个纲。提纲挈领,纲举目张,全书的主题一目了然。国王山鲁亚尔残暴荒淫,草菅人命。勇敢的女性山鲁佐德挺身而出,以柔克刚。最后正义战胜非正义,善良战胜邪恶。山鲁佐德的胜利,表明阿拉伯人民的机智勇敢和鲜明的是非观念。

《一千零一夜》在上述大框架内,描写了很多的故事,主要有爱情婚姻、经商冒险、贫富悬殊、神魔幻化等主题,全面反映了阿拉伯中世纪社会的民族、宗教、理想等问题,妙趣横生,动人心魄。

《一千零一夜》有关爱情自由、婚姻幸福的描写,占了很大的篇幅,不论写王子公主之恋、商人王妃之恋、穷人贵族之恋,还是写凡人仙人之恋,都那么引人入胜。不少故事的男女主人公突破了国家、民族、宗教、贫富、地位的界限,跨越了天上、地下、海上、陆上、仙界、人间的障碍,深刻反映了阿拉伯人民心目中正确、进步的爱情观,充分表达了青年男女之间有情人终成眷属的美好愿望。

中古时期的阿拉伯,一夫多妻制因伊斯兰传统而不受谴责。广大妇女身受封建制度、宗教戒规和夫权的多重压迫与束缚,地位极其低下。在这种情况下,男女之间很难有称心如意的婚姻和自由平等的爱情。针对这种黑暗的现实,不少故事否定了以男子、丈夫为中心的封建家庭标准,抨击了符合男权需要的封建伦理道德,歌颂了以真挚爱情为基础的婚姻,赞扬了男女双方对爱情的专一与挚诚。《努伦丁和玛丽亚的故事》热情讴歌了玛丽亚对爱情忠贞不渝的性格。玛丽亚原是希腊国王之女,虽沦为奴隶,但仍从主人那里争得自主选择买主的权利。在奴隶市场上,她嘲弄了那些企图占有她的人,而对身无分文的埃及商人之子——俊美的努伦丁则一见倾心。他们两人克服了许多困难,才得以幸福地生活在一起。《白第鲁·巴西睦太子和赵赫兰公主的故事》中的海石榴花,原是海洋里的一个公主。她向往陆地,于是毅然走出大海,与陆地上的国王余赫鲁曼结为夫妻。她坦诚而又真情地对国王说:"如果不是因为你爱我,把整个心都给了我,那我是不愿跟你在一起待上一个钟头的。"

在《一千零一夜》数不清的爱情故事里,《巴士拉银匠哈桑的故事》最出色。银匠哈桑偶然窥见仙女买那伦·瑟诺玉的美貌后,思念成疾,后来两人结为夫妻。当仙女瑟诺玉因思乡而携子飞回瓦格岛以后,哈桑为了寻找妻儿,闯过七道峡谷,渡过七片大海,越过七座高山,走过无人能生还的布满飞禽、走兽、鬼神地带,来到瓦格岛救出妻儿。而瑟诺玉也忠于爱情,顽强地承受了其父(神王)、其姐(女王)的无情折磨,最后毅然抛弃神仙世界的享乐生活,与哈桑重返人间。这个故事不仅表现了哈桑和仙女对爱情的执着追求,而且进一步写出了青年男女要实现爱情自由、婚姻自主的幸福理想,就必须勇敢地反抗各种压力,并同邪恶势力作坚决的抗争,这在当时的社会历史条件下是难能可贵的。

《一千零一夜》中另一类重要内容,是写了不少反映商人生活和海外冒险的故事。中古阿拉伯帝国横跨亚、非、欧,交通便利,城市繁华,商业繁荣,贸易发达。其首都巴格达是当时世界上著名的城市。以它为中心,阿拉伯商人和航海家积极从事扩展商贸的活动。他们冒险远航、为利经商的精神,反映了发展时期的阿拉伯人渴望富有的普遍心理。

中古时期的阿拉伯帝国,正处于蓬勃发展时期。海外贸易既促进了阿拉伯帝国的经济繁荣,也满足了上层贵族的物质需要,因此,商人受到社会的普遍尊重与羡慕,经商发财致富受到帝国的支持和保护。许多反映商业城市经济、市场体制和规则、发财致富心态的故事,以及富有生活情趣的城市商人生活和为寻求财富冒险远航经商的经历,都反映在作品里。《商人阿里·密斯里的故事》写一个富商的儿子阿里·密斯里把家产荡尽后外出流浪。他不怕鬼神,敢于在巴格达一处经常闹鬼的凶宅里过夜,结果发现了大量的藏金。他全家尽享荣华富贵。这个故事不仅反映了商人渴望冒险发财的心理,而且表现了他们为了钱财天不怕、地不怕的行动。这在当时具有积极意义。

《一千零一夜》里这种题材的故事很多,最具代表性的当数《辛伯达航行旅行的故事》。辛伯达生于富商家庭,自幼就懂得经商赢利的道理。他幻想着航海旅行、冒险经商、发财致富,于是他成了积极发展海外贸易的商人。他先后7次航海旅行,远涉重洋,最远到达印度和中国。虽然他每次归来都发了大财,"拥有的财产,比先父遗留下来的有过之无不及"。但过不了多久安宁舒适的生活,在发财的欲望、致富冲动的怂恿之下,他就又扬帆出海,开始了又一次的冒险旅行。虽然他每次远航都是那么惊心动魄,死里逃生,但他从不胆怯,而是相信自己能够驾驭生活,能够依靠自己的顽强毅力和超人的智慧克服一切艰难险阻。也就是说没有什么困难能够阻挡他去冒险发财,哪怕有时只剩下他孤身一人。他坚信人的幸福与地位"是从千辛万难、惊险困苦的奋斗中得来的"道理,因此,他成了一个永不疲倦的冒险家。

书中辛伯达这一形象表现出的永不满足的顽强进取精神、如饥似渴地探索新知的思想,体现了中古阿拉伯帝国时代新兴商人创业的本质特征,在当时具有积极意义。辛伯达在不断积累物质财富的过程中,也积极探索新知识,探求新世界,开发新航路。这些精神面貌正是阿拉伯帝国上升时期朝气蓬勃的时代风貌的真实写照。

《一千零一夜》中还大量描写了生活在社会底层的脚夫、渔夫、理发匠、仆人等,并通过描述他们的生活境遇,反映广大人民的悲惨处境。与此相对照的是,书中也写了众多为富不仁的上层贵族和统治阶级,他们过着花天酒地、挥金如土的生活,从而对当时封建的阿拉伯社会贫富悬殊、财富不均的黑暗世道发出不平之鸣。不仅如此,有些故事还深刻地揭示出人民苦难的根源,批判的矛头直指统治者,甚至是哈里发。

中古时期的阿拉伯大帝国版图不断在扩大,不断对外进行侵略和扩张的结果是耗费了大量的资金,原始资本积累进行缓慢,这势必造成贫富不均的现象,而统治阶级又歌舞升平,长期过着骄奢淫逸的生活,广大人民必然生活在水深火热之中。《三个苹果的故事》中的老渔翁过着穷困潦倒的生活,却无人同情。《渔翁的故事》里的老渔翁,家中"景况萧条,生活困难"。他终日"在死亡线上奔波",却依然"发觉衣食的来源已经断绝"。他终于明白了"衣食不是专靠劳力换来的","这个人辛勤打鱼"却一无所得,"那个人坐享其成"却可以完全不劳动。《辛伯达航海旅行的故事》里的穷脚夫辛伯达,"以搬运糊口,境况窘迫,生活十分贫困"。他"疲于奔命,终日出卖劳力,生活越来越离奇,压在肩上的重担,总是有增无减"。这些生活在社会底层的穷人,生活真是苦不堪言。

与此形成鲜明对照的是,统治阶级、贵族"横征暴敛,刮削民脂民膏",过着穷奢极欲的生活。在《死神的故事》里,三个国王有的"骄傲自满,好大喜功",有的"尽情享受那些数不完、用不尽的财富",有的"非常权威非常暴戾",不论他们生时怎样的骄横而不可一世,到头来死神都不会放过他们。这死神实际就是人民意愿的体现者,就是正义的化身。那些国王(哈里发)"在宫中囤积世间应有尽有的各种物品,专供自己挥霍、享乐之用"。据史载,825年,麦蒙哈里发和宰相的女儿结婚时,有1000颗硕大的珍珠,有珍珠和蓝宝石装饰的金席子,有200磅重的龙涎香烛等。可见当时国戚王亲、显贵高官们过着多么奢侈繁华的生活。

《一千零一夜》中还有不少描写神魔幻化的故事,其中不少篇目无论在思想还是艺术上都达到了很高的境界。《阿里巴巴和四十大盗》中的阿里巴巴虽然一贫如洗,偶然发现强盗藏匿赃物的山洞,靠着魔语:"开门吧,芝麻芝麻!"获得了大批珍宝,但却不占为己有,表现了普通人民无私、机敏、勇敢的优秀品德。在《渔翁的故事》里,老渔夫打鱼时碰到了嗜血成性的魔鬼,但他利用自己的智慧,征服了魔鬼,并驱使它为自己服务,表现了人们要战胜一切妖魔鬼怪的大胆幻想。此外,《阿拉丁和神灯》中的神灯,一经擦拭就可以满足占有者的所有要求,令人耳目一新。在《巴格达窃贼》里,主人公虽然是个"贼",但他却利用飞毯获得自己的自由和幸福。《乌木马的故事》中能够载人自由飞翔的乌木马,最后为男主人公赢得了爱情。这些神魔幻化的故事,表现了古代阿拉伯人民企图以自己的力量战胜邪恶、获得幸福生活的迫切愿望。

《一千零一夜》的成书经历了漫长的近8个世纪的时间,虽然是故事集,但必然要经受封建文人的润色与改造,因此书中不乏带有时代特色的、宗教局限性的落后思想。但正是因为书中洋溢着积极向上的民主性的精神,才使这部文学巨著成为全世界各族人民喜闻乐见的作品,使广大读者得到审美享受。

《一千零一夜》的艺术成就在阿拉伯文学史上非常突出。在此书之前,诗歌和散文是阿拉伯文学的传统形式,文人们也不大注重塑造人物，而《一千零一夜》不仅将民间故事这种文学体裁推向一个高峰，而且塑造了许多栩栩如生的人物形象，从而使这部文学名著得以广泛流传。

《一千零一夜》的艺术性很高。其中最重要的艺术特点是全书充满了浓郁的东方情调和大胆的浪漫幻想。而这种情调和幻想又有坚实的现实基础，因此全书形成一幅幅富有东方风情的现实与幻想相结合的五彩画卷。书中既有戴缠头的波斯商人，蒙面纱的阿拉伯女郎，威武的穆斯林战士，公正的以色列法官，沉湎于酒色的哈里发，洋溢着麝香、龙涎香气味的市场，店铺里闪闪发光的珍珠翡翠，也有海岛般的大鱼、遮住太阳的神魔、能吞大象的巨蟒、随意取物的马鞍袋、直飞天际的乌木马、载人遨游的飞毯、能创造奇迹的神灯、解救危难的魔戒等等。它丰富生动的想象、大胆荒诞的夸张、曲折神奇的情节、人神魔兽的矛盾纠葛，将中世纪阿拉伯丰富的社会生活和光怪陆离、充满幻想的神话世界巧妙地融合在一起，营造出一个令人目不暇接的心向神往的世界。

《一千零一夜》另外一个重要的艺术特点是框架式结构全书的方法。全书以宰相之女山鲁佐德给国王讲故事开篇。将所有的故事都安排在这一个大框架之内，然后大故事套小故事。由一个故事引出另一个故事，层层叠套，上下衔接，前后呼应，形成一个连续不断又紧密相通的艺术整体。如《驼背的故事》引出4个枝节横生的小故事，这4个小故事又引出6个更小的故事，情节离奇，峰回路转，围绕中心，连续反应，回味无穷。每当夜幕降临，山鲁佐德就开始讲故事，故事渐入高潮，听者情绪也渐入佳境，正当故事讲到最精彩处，晨风吹起，东方露出了黎明的曙光，山鲁佐德戛然止声，令听者欲罢不忍，令读者爱不释手。这种框架式结构故事的方式，可以激发读者的兴趣和想象力，增加美学韵味，充分体现了民间文学的色彩。

《一千零一夜》的另一大艺术特色是诗文并茂、散韵结合的表现手法。全书以通俗易懂的白话为叙事写景的主要手段，并吸收了大量民间口语,使行文优美、流畅,充满日常生活气息。阿拉伯民族是个具有诗歌传统的民族,写诗唱诗,以诗写景状物,以诗抒情言志。全书以白话文为主,在叙述过程中,常常穿插一些故事人物的吟歌和吟诗,总计1400余首,这些诗歌既抒发了人物强烈的内心感受,又进一步突出了所要强调的主题,使全书的故事更加生动感人。

《一千零一夜》以其独特的艺术魅力流传到世界各地。其故事内容对西方许多国家的文学、音乐、戏剧、绘画、雕刻等,都曾产生过影响。莎士比亚的戏剧《终成眷属》、莱辛的诗剧《智者纳旦》、塞万提斯的小说《堂·吉诃德》等作品中,都能发现受其影响的蛛丝马迹。其结构故事的方式可以在薄伽丘《十日谈》、乔叟的《坎特伯雷故事集》等作品中找到模仿的影子。《一千零一夜》里的典故、词语等,更是成为许多国家人民耳熟能详的生活素材。

第10讲:波斯文学与《列王纪》

一、波斯文学

中古波斯的历史一般可界定为公元7世纪中叶至18世纪初。但是,在文学史上,中古波斯文学的成就通常集中体现在公元10世纪至15世纪这一黄金时段的作品里。公元7世纪至10世纪的波斯文学材料大多散佚,公元15世纪至18世纪初的波斯文学作品成就又显得平淡无奇,而只有公元10世纪至15世纪这500年古典时期的文学却异常丰富,名家名作如雨后春笋,此起彼伏。

古典时期的波斯文学繁荣昌盛,然而,这一历史时期的波斯人民却灾难深重。他们在腥风血雨的千年历程中遭受种种磨难:血腥的战争给他们带来死亡和悲痛;动荡的社会使他们畏惧和战栗。这一时期的诗人用诗性的语言谱写了这个时期波斯人民不幸与悲哀的心曲。

波斯古国素有"诗之国"的赞誉。其文学成就主要在诗歌方面。中古波斯文坛涌现出一批享誉世界的诗人。在他们众多的诗作里,从字里行间让人感受到的是一种特殊的美学韵味。中古波斯诗人在青年时代大多都已崭露头角,凭着天赋与才华,以优美的诗歌征服了世人。他们由于受到王公贵族的青睐而衣食不愁,可是到了晚年江郎才尽之时,却又大多遭受冷遇,甚至穷困潦倒,沿街乞讨。由于个人身世的坎坷,他们对民族苦难的体味也格外深切。人民所蒙受的种种不幸与痛苦致使他们不约而同地谴责世道的险恶。一方面高亢悲愤之情溢于言表,另一方面又因无力回天而凄婉慨叹。因此,中古波斯诗人几乎每个人都写过酒的颂歌,这不仅是民俗民风所致,而且还在于酒能使人解愁、泄愤、狂饮、超脱。

这种悲慨的美感特征不仅是特定历史时期深刻社会内容的诗意表达,同时还与宗教信仰有着密切的关联。中古波斯诗人借诗的创作激发心中的想象,在信仰的道路上摸索,又企望找到可以寄托理想的精神家园。他们内心矛盾又纠结,既真诚地期望能有一个主持正义、扬善惩恶的上苍,又怀疑是否真有一个明察秋毫、全知全能的救主。

正是这种与宗教的复杂关系,绝大多数中古波斯诗人都不同程度地接近了泛神论和神秘主义。当然,他们的泛神论和神秘主义倾向并非仅仅来源于他们自身的内在感悟与思考,传统的泛神论思想与中古盛行的苏菲主义也给予了他们极大的影响。古代琐罗亚斯特教的教义中既有神秘主义的因素,也不乏泛神论的因素。到公元9世纪,巴亚齐德·比斯塔米和塔拉兹分别把"寂灭"与"永存"的观念融入苏菲学说，使泛神论与神秘主义杂糅一体，并因此影响了整个中古波斯社会。一些诗人本身就是神秘主义的思想家，致使诗歌与宗教神秘主义自然结合。但是，不管是诗人的内在感悟，还是宗教的外在影响，泛神论与神秘主义都不能从根本上消除中古波斯诗人悲慨的心态。于是，这种美学韵味在波斯文学作品中形成迥异的倾向。即以悲观的思想为其主要内容，以豁达的精神为其表现形式。这两种倾向时而交替出现，时而相融汇合，贯穿于中古波斯文学的发展之中。

中古波斯文学在这种悲慨的美学氛围中孕育了一批优秀的诗人，使波斯文学能够立于文学之林。

鲁达基(858～941)历来被人们视为中古波斯诗歌的奠基人。其原因在于，无论是在思想内容上，还是在艺术形式上，鲁达基都开创了这一历史时期波斯文学的先河，因此又被称为波斯文学史上的"诗歌之父"。

鲁达基一生的诗歌创作相当丰富，据说有10万行(一说130万行)。可惜年久失传，现仅存804联(双行)。他灵活地运用颂体诗、抒情诗、叙事诗、四行诗等诸多波斯诗歌的表现形式，充分表达了诗人的各种情感和人生态度。从现存的诗作看，鲁达基诗歌的最大特点，是在深深的怀旧思绪中，将昔日的锦华与今日的凄清作痛彻肺腑的对比，表现出深沉的感伤色彩。他的代表诗作《老年怨》最醒目地体现了这一特点。"为什么如此不幸？"诗人一开始就提出这个问题，回答是："并非时运倒转，/也非年华已尽；/告诉你吧：/这是苍天的规定。"这应该是一种公正的自答。时光的流失必然会裹挟过去所拥有的某些东西，韶华难留，青春不再，这是自然的规律。难能可贵之处在于诗人并非将其生老病死的人生规律视为"时运倒转"的偶然原因，而是将其纳入宇宙运动。"宇宙——/总是这样循环旋转；/它的规律——/就是不停地运动"。诗人在思考人生变化时仍有对生命的执着和眷恋。

因此，从鲁达基诗歌所表达的思想内容看，他从个人的切身体验中引出了对人生命运的见解,其中所蕴含的无奈思绪正与那个时代的普遍精神感受相契合。从这个意义上看,鲁达基引导了中古波斯诗人的创作方向,也为中古波斯诗歌定下了基调。因此,伊朗文学史家公认鲁达基为"波斯诗歌之父"名符其实。

鲁达基之后,中古波斯诗坛开始出现异彩纷呈的繁荣景象。接踵而至的大诗人是菲尔多西和海亚姆。前者推进了由鲁达基改造定型的叙事诗创作艺术,写下了卷帙浩繁的史诗《列王纪》;后者则拓宽了四行诗的表现内容,使之在艺术上更臻完美,以"柔巴依"的形式推动波斯文学走向世界。"柔巴依"又称为"鲁拜",它是波斯语的音译,意即"绝句"、"四行诗"。"柔巴依"这种传统的波斯古典诗歌形式,基本特点是每首四行独立成篇,有独特的韵律,每首一二四行或四行全部押尾韵,每行由5个音组构成。由于其形式短小精悍,易吟易记,很适于表达诗人瞬间的思想感情,因此,"柔巴依"的内容多属于哲理抒情诗一类。海亚姆继承和发扬了鲁达基的四行诗,对它进行了更加细致的艺术加工,完善和发展为"柔巴依"。他用这种自由奔放的抒情诗体,淋漓尽致地表现了自己哲学家般的痛苦思考,对社会不公的深刻抨击,对宗教信仰的迷惘困惑。

欧玛亚·海亚姆(1048～1123),因知识渊博、才华出众被引进苏丹宫廷,在那里专心从事科学研究。后来海亚姆失去庇护,被逐出宫廷,从此过着颠沛流离的生活,一度曾靠替人算命度日,晚年在贫病中死去。这样的生活经历使诗人的目光移向民间,把昔日酬酢唱和的清歌曼曲换成了凄楚动人的悲歌愤词。诗人更多地关注黎民百姓的生死疾苦,抨击王公贵族横征暴敛、草菅人命。中古波斯诗歌终于突破贵族化的樊篱,开创了一个平民化的局面,海亚姆功不可没。在他的四行诗中,有对贫富悬殊、黑白颠倒的不公平世道的愤懑之情;有对善恶不分,是非难辨的抗议之辞;有对现实苦难的生动描绘,对愁苦无告的下层人民深切的同情。同时也针锋相对,直言不讳地对宗教神学提出非难与质疑。

海亚姆的一生处在塞尔柱王朝统治下社会动荡不安的年代里,

虽然阿拉伯对波斯的统治在当时已名不副实,但波斯人毕竟仍是隶属于阿拉伯的下等人。统治阶级的腐化奢侈、鱼肉百姓,引起社会普遍不满。作为一个爱国爱民的诗人,海亚姆忧心忡忡。他不相信世俗宗教的神学说教,但历史与现实又未能提供他解释社会不公、批判丑恶现象的武器。因此,在他的诗中只有怨,只有愤,只有疑问,而没有答案。这种无法调和的矛盾导致了海亚姆思想上的悲观主义。在他的诗中随处可见抒发悲慨之气的诗行,虚无的色彩比鲁达基有过之而无不及。这种悲观主义以及由此衍生的颓废情绪在日后其他波斯诗人的作品中都不同程度地存在,个中原因不能排除海亚姆深刻的影响力。海亚姆的"柔巴依"在五四新文化运动时期即已传入中国,有学者认为可能与唐代的绝句同出一源。

继后,波斯诗坛又涌现大诗人内扎米(1141～1209)。内扎米以他杰出的叙事诗为中古波斯文学增添异彩。他的代表作诗集《五卷诗》堪称东方叙事文学的优秀之作。包括《密室宝库》、《霍斯陆和西琳》、《蕾莉与马杰农》、《七美人》、《亚历山大故事》5部叙事诗。其中《蕾莉与马杰农》影响最大。它描写不同部族的男女主人公由于周围人的非议和责难,最后双双殉情而死的爱情悲剧。因此有"东方的《罗密欧与朱丽叶》"之称。

公元12世纪下半叶,苏菲文学开始跃上波斯诗坛。"苏菲"源于"羊毛"一词,因当时修道者穿白色粗羊毛衣衫而得名。他们追求忘我、禁欲、苦行的内在思想与其外在的形象相一致。"苏菲"自成一派,为伊斯兰教内部神秘主义思想派别。其渊源可追溯至公元8世纪女圣徒拉比亚(717～801)。她自称梦会先知穆罕默德,并得知要与真主合一,必禁欲克己,弃绝尘念,不以索取为回报,无私挚爱真主。这种通过自身修行、直接与主交汇的神秘主义思想,在战乱频仍、民不聊生的年代,易被人们接受,不少诗人也深受影响。另一方面,苏菲派长老为了传播、普及教义的便利,常假借诗歌形式宣扬苏菲思想和神秘主义哲学,因此,逐渐形成了苏菲文学。从公元12世纪初到13世纪末,诗人萨纳伊(1080～1140)、阿塔尔(1145～

1221)和莫拉维(即鲁米,1207~1273)的出现,使苏菲诗歌创作达到了高峰。

萨纳伊全称阿布马杰德·马杰杜德·萨纳伊,早期苏菲诗人代表之一。他青年时代即为宫廷诗人。在他的《萨纳伊诗集》中,他将自己刻画成一个清心寡欲、与世无争并专注于精神修炼的虔诚的苏菲修道者。阿塔尔的代表作是《百鸟朝凤》,他以百鸟寓指苏菲派教徒,以朝凤旅途的艰辛比喻信徒修行的磨难。书中讲述众鸟历尽千难万险寻找凤凰终未果,此时剩余的30只鸟才醒悟他们就是凤凰。阿塔尔以此显示苏菲派的教义:只要虔诚信奉,刻苦修行,便能与真主合一。真主就存在于每个信徒心里。

莫拉维被公认是苏菲神秘主义诗歌的集大成者,苏菲派叙事诗创作到莫拉维时达到顶峰。他创作了一部抒情诗集和六部叙事诗集。他1273年撰述的巨著《神圣的玛斯纳维》,约52000行,影响深远。这部叙事诗集分6卷,主要以譬喻、寓言、民间故事、历史传说的形式阐述了苏菲思想和教义。例如,叙事短诗《店家和倒翻油瓶的鹦鹉》,鹦鹉倒翻了油瓶,主人一气之下拔光它的羽毛,鹦鹉也不再饶舌学话。一天,来了个僧人,鹦鹉突然开口:"秃子,是哪一个把你的头发夺去,莫非你也在哪儿不小心倒翻了油瓶?"众人大笑。在叙述了这个短小有趣的故事之后,诗人告诫读者:

> 我们判断他人的事时任凭己见,
> 所以世界就在黑暗中徘徊不前。
> 为了要能戒除贪欲、劣性和恶习,
> 我们本可以和先知圣人们相比。

也就是说,要能明察是非、杜绝荒谬,必须"戒除贪欲、劣性和恶习",这样才能与先知圣人一样,与真主同在。这无疑是苏菲派神秘主义的思想观念的体现。《神圣的玛斯纳维》被誉为"知识之海",是苏菲派公认的稀世宝典。

苏菲文学汇集了大量波斯的民间故事、寓言、警喻、传说、轶闻,为保存和传播这些文学遗产起到了积极作用。它在艺术上也相当精辟纯熟，为中古波斯文学增添了异彩。尤其是在蒙古人入侵之后，大批波斯诗人逃散，是苏菲派诗人使诗坛增添了生气。但是，它毕竟是一种宗教文学，所借用的艺术手段也囿于象征与寓意，因此苏菲诗歌难以成为中古波斯文学的主流。真正承续传统，继往开来的诗人，还属13世纪的哲理诗人萨迪。

萨迪(1208~1292)是中古时期波斯的伟大诗人，也是世界文学史上的骄傲。他在伊朗人民心目中享有崇高的地位，历来被称誉为"诗人"、诗人之"先知"。然而，有关萨迪生平的资料却留存很少。据说他创作丰富，写有诗歌与散文20余种，但至今只见部分抒情诗、几篇颂诗以及两部代表作《果园》和《蔷薇园》。萨迪写的诗歌有颂歌、挽歌、哀歌、波斯诗歌、四行诗、对句、格言诗等多种形式。他将其中的抒情诗、颂歌和爱情诗编纂成抒情诗集《库里亚塔集》。萨迪的代表作《果园》(1257)和《蔷薇园》(1258)是两部宣传道德规范和行为准则的教育性作品。作品问世后，不胫而走，人们争相传抄、刻印，一时洛阳纸贵。萨迪的抒情诗感情充沛、想象丰富，描写酷爱自然的情愫和对美好爱情的向往，被公认为波斯抒情诗的顶峰。

哈菲兹(1320~1391)是抒情诗大师，在本国和世界上都享有极高的声誉。他20多岁时显露出过人才华，通晓阿拉伯文，熟背《古兰经》，又善于赋诗，因此深受君主、贵族的宠爱。巴格达和德里的君主就曾千方百计地邀请他去做自己的宫廷诗人。但是，诗人晚景凄凉，成了靠乞讨度日的托钵僧，最后在贫病交加中死去。青年得志、中年得意、晚年不幸的人生道路最容易引发出人生的喟叹，因此，宣泄人生的感慨是哈菲兹抒情诗的一大特色。哈菲兹在自己的诗中曾多次提及中国的麝香和画工，可见他对中国文化有较深入的了解。

公元15世纪，波斯文学繁荣时期的最后一位诗人是贾米(1414~1492)，又名加米、查米，全名是怒拉丁·阿卜杜拉赫曼·贾米。他著有许多波斯语和阿拉伯语的诗歌和散文。著名的叙事诗《纳夫哈特·阿朗丝》(1478)描写苏菲派各教长的生平事迹,是极其珍贵的历史资料。其主要作品还有《七卷诗》(又名《七宝座》),其中4卷论述神学,3卷是叙事诗。他的叙事诗主要模仿内扎米,散文著作《春园》则模仿了萨迪的《蔷薇园》。他不仅深受国内人民敬重,而且在印度、土耳其、阿富汗和中国西部地区也有一定的影响。

二、《列王纪》

菲尔多西(940~1020?)以代表作《列王纪》闻名于世,国际学术界公认他是"东方的荷马"。在中古波斯文学史上,是他首次尝试以达里波斯语进行叙事诗创作,并取得了辉煌的成就。他是波斯古典文学史上的"四大柱石"(菲尔多西、莫拉维、萨迪、哈菲兹)之一。如果说鲁达基以绚丽多彩的抒情诗为中古波斯文学的发展打下了坚实的基础,那么菲尔多西则在叙事诗方面为后人树立了一座里程碑。

菲尔多西原名阿卜尔·卡塞姆·曼苏尔·本·哈桑本·沙赫夫沙赫,出生于霍拉桑省的图斯城郊一个没落的贵族家庭。菲尔多西为其笔名,意为"天上乐园"。菲尔多西自幼受到良好教育,颇爱好诗歌艺术。成人后又对历史、神学和哲学感兴趣,并能熟练地掌握阿拉伯语和中古波斯语(即巴列维语)。在潜心钻研古代史籍的同时,他常到民间采风,寻访历史传说,考察古代遗迹。为写作《列王纪》(又称《王书》)积累了丰富的资料和创作素材。一般认为,《王书》创作于公元10世纪80年代,即菲尔多西40岁前后,成书于公元11世纪初。他临终前作了最后一次修改,创作过程前后经历了35年。

菲尔多西完成《王书》创作之后,依循中古波斯诗人的传统习惯,将史诗献给当时统治霍拉桑的伽色尼王朝国王玛赫穆德,但是却遭到国王的冷淡拒绝。菲尔多西不得不远走他乡,四处流浪。他先到了赫拉德(今叙利亚境内的阿勒颇),后到黑海附近塔巴列斯坦各地城镇漂泊,以后又流亡巴格达,晚年归返故乡。

菲尔多西逝世后,穆斯林寺院教长不允许其遗体葬入穆斯林公墓,朋友们只能将诗人草葬在他宅内的园子里。1934年,伊朗全国为菲尔多西诞生一千周年举行盛大纪念活动(当时人们认为菲尔多西诞生于934年,后证为940年),并把旧墓地改建为菲尔多西陵墓,将他出生的城市改名为菲尔多西城。

一般认为《列王纪》是菲尔多西耗时35年的呕心沥血之作。其实早在他年轻时就已广泛搜集材料,其中不少是民间文学的材料。他曾说:"我曾辛劳不倦,阅读典籍,有的是阿拉伯语,有的是巴列维语",还说:"我无数次向人们请教询问,怕是年深日久往事湮没无闻。"①

《列王纪》共12万行,分为50章,论述了50位波斯神话传说中的国王和历史上萨珊王朝统治时期的国王。就内容而言,一般可分为三大部分。

第一部分是神话传说。这一部分写波斯传说中的人类起源、文明的萌芽、农耕生活开始、政权出现等故事。波斯的第一个国王是凯尤玛尔斯,圣明贤君是早期的贾姆希德。传说中的圣王法里东三分帝国的故事,包括分得波斯的伊拉治的悲剧故事等。其中外族之王佐哈克的故事较出色。他在恶魔诱导下杀父自立,又化身蛇王欺压人民,最终致使铁匠卡维率众起义。这部分内容的描写与波斯古教琐罗亚斯德教表现善恶斗争的观念相符合,客观上为波斯国家政权的确立寻找到了渊源与历史依据。

第二部分是英雄故事。记述波斯与敌国土兰交战的过程,塑造出数十个勇士的英雄形象。这是《列王纪》最精彩的部分。其中有夏沃什的故事、勇士比让和玛尼日公主的故事、暴君凯卡乌斯和贤

---

① 菲尔多西:《列王纪选》,张鸿年译,北京:人民文学出版社,1991年,第4页。

君凯霍斯鲁的故事。最重要的是鲁斯塔姆的故事,包括其父母的恋爱故事,他本人与儿子苏赫拉布父子相残的故事。以至于有学者认为《列王纪》即"鲁斯塔姆之书"。

第三部分是历史故事。这部分内容主要描述阿拉伯人入侵之前萨珊王朝统治时期的重大事件,其中包括马资达克起义的内容。这部分虽然说是历史的记述,但与历史事实并不完全相符,尤其是有些人物和事件都有虚构的成分,具有文学色彩。

《列王纪》全书有将近一半的篇幅是以普通人民为主或与之相关的传说故事,它充分表达了作者菲尔多西的爱憎情感。说明了作者思想中的民主倾向,例如反对异族入侵的思想,诗中的许多暴君形象都是外来的入侵者。作者反对封建割据的统治者对百姓的残害暴虐,向往贤君明主统治下国泰民安的盛世,歌颂了普通人民不屈服于暴政,勇于反抗的民族精神等。

《列王纪》中核心内容是着意刻画和颂扬了保卫祖国的英雄勇士。他们品德高尚、胸襟开阔、武艺高强。他们的善良、正直、勇敢与豪爽,深受历代人民的喜爱。但是他们都因某种命运的安排或自己的"过失",而以悲剧性的死亡告终。史诗中最著名的四大悲剧都是如此:国王法里东的长子与次子合谋杀死三弟伊拉治的悲剧;国王卡乌斯之子夏瓦什被土兰国王阿夫拉西亚伯杀害的悲剧;鲁斯塔姆在两军阵前杀死从未谋面的儿子苏赫拉布的悲剧;戈什塔斯帕为王位继承问题借鲁斯塔姆杀死王子伊斯凡迪亚尔的悲剧。通过这四大悲剧故事,史诗揭示出这些优秀的英雄勇士悲剧命运的深层原因。表面上看他们的悲剧源于自身的各种性格缺陷和行为过失,但实际上正是现实社会中的土地分封、王位争夺、侵略扩张、宫廷阴谋等不安定因素导致了以忠君、爱民、尚武、重誉作为自己行为道德标准的英雄勇士们难逃丑恶社会的种种历史劫难。《列王纪》中表现出的这种怨天道不公与命运无情、恨豺狼当道与奸佞得逞的沉郁之气使全诗流露出一种悲怆苍凉的氛围。

《列王纪》中最核心的英雄勇士故事是鲁斯塔姆和苏赫拉布的

悲剧冲突。伊朗大英雄鲁斯塔姆在围猎时闯入突朗人的地域,因追寻坐骑而与萨曼冈国王之女塔赫米娜一见钟情,小英雄苏赫拉布即是他们浪漫爱情的结晶。多年后,仰慕生父鲁斯塔姆英名的苏赫拉布想凭借自己盖世无双的勇武找到他,就率兵进攻伊朗,所向披靡。他和不相识的生父鲁斯塔姆在战场上兵戈相见时,因怜悯对方年迈而手下留情。最后苏赫拉布反而惨死于足智多谋、智勇双全的鲁斯塔姆之手。

鲁斯塔姆的行为本身突出了他的顽强、勇猛与忠于封建君王的爱国主义精神。菲尔多西生活在阿拉伯伊斯兰大军征服波斯之际,当时许多阿拉伯民族慑于征服者的淫威,丧失了自己民族的语言和文化传统。"惟独波斯人在汲取了阿拉伯人的许多特征和习性之后,仍然保留他们智力上和人种上的独立性"。①许多波斯人表面臣服于巴格达哈里发政权,内心却充满强烈的民族情感。他们以炫耀丰富而悠久的波斯历史文化、歌颂波斯民族英雄来对抗阿拉伯的歧视与统治。因此,作者笔下的鲁斯塔姆被塑造成富于正义感、反抗异族侵略的正面人物。

苏赫拉布在未和鲁斯塔姆刀兵相遇时,始终是以主人公的姿态被描绘的,并且他是在猜测到鲁斯塔姆可能是其生父的情况下被误杀的。书中写道:"我猜想他一定是鲁斯塔姆","为人之子决不能与生父为敌,那样到彼世也无容身之地"。如果一旦父子相残,"这场厮杀使我永远无法抬头,糟就糟在父子拼斗鲜血迸流"②。这样描写不仅突出了苏赫拉布勇于正视现实,绝不苟且偷生,光明磊落的品格,也进一步强化了他的复杂心理与悲剧命运,格外令人怜悯。因

---

① [英]H.A.R.基布:《阿拉伯文学简史》,陆孝修、姚俊德译,北京:人民文学出版社,1980年,第1页。
② 菲尔多西:《列王纪选》,北京:人民文学出版社,1991年,第265页。以下引文均见此书。

为"怜悯是由一个人遭受不应遭受的厄运而引起的"①,因此他的遭遇会产生更强烈的悲剧效果。

鲁斯塔姆在得知自己误杀了亲子之后,痛不欲生。他恳求伊朗国王卡乌斯赐予他起死回生的灵丹妙药以救活儿子,但卡乌斯见死不救,他怕苏赫拉布复活,鲁斯塔姆如虎添翼,日后他们父子会威胁他的统治。菲尔多西深化了这一情节的内涵,鲁斯塔姆对国王毫无二心甚至误杀了儿子,而国王却对他始终怀有戒心。这不仅揭露了国王的自私残忍,也说明封建统治阶级内部君臣关系的实质。

季羡林先生曾经指出:"一个国家,一个民族的文学的发展也可以分为三个步骤:第一,根据本国、本民族的情况独立发展。在这里,民间文学起很大作用,有很多新的东西往往先在民间流行,然后纳入正统文学的发展轨道。第二,受到本文化体系内其他国家、民族文学的影响。本文化体系以外的影响也时时侵入。第三,形成以本国、本民族文学发展特点为基础的、或多或少涂上外来文学色彩的新的文学。"②这不仅总结出文学发展的一般规律,而且阐明民间文学和文学交流在文学发展过程中的重要作用。《列王记》的创作是以民间文学为基础的。《列王纪》在记述有关作品内容创作素材的收集时,曾写道:"如今,故事散落到祭司们之手,明智之士都到处把故事搜求。"可见史诗中的故事原型是流行在民间的。当写到鲁斯塔姆父子相残的悲剧故事时,诗人进一步说:"我把德赫干("德赫干"是波斯语,在古代词义为"贵族",阿拉伯人入侵(651)后,他们仍然宣扬波斯文明。现为讲故事者。)讲过的一则传说,与古代的故事缀联组合。一位祭司把一段往事忆起……"这说明有关鲁斯塔姆的故事内容,经口耳相传,以民间文学的形式传播得相当久远、广泛。菲尔多西将这些文学题材收集后创作出《列王纪》,在伊拉克、阿富

---

① 伍蠡甫(主编):《西方文论选》上卷,上海:上海译文出版社,1979年,第67页。
② 季羡林(主编):《简明东方文学史》,北京:北京大学出版社,1987年,第8页。

汗、巴基斯坦、印度等国家的许多地区很有读者群。尤其是鲁斯塔姆与苏赫拉布战斗的精彩片断,在这些地区可以说是家喻户晓。与此相关的故事内容经中国新疆塔吉克民族的中介,也流传到中国西北的一些地区。

《列王纪》中的这种悲剧精神震撼人心,回肠荡气,立于世界史诗之林而绝无愧色。《列王纪》在世界文学史上有重要地位。13世纪上半叶,已出现部分篇章的阿拉伯文译本。15世纪,土耳其出现了散文体译本。18世纪后它又被译成英、法、德、俄、意、拉丁、日文的诗体或散文体,共40多种版本。20世纪在中国开始出现《列王纪》译介文章,后又有由俄文转译本《鲁斯塔姆与苏赫拉布》。2000年,中国有译自波斯文的《列王纪》中文全译本。

第三章:近代转型时期文学

第11讲:日本文学与夏目漱石"则天去私"

一、日本文学

日本近代文学始于1868年明治维新,至大正末年,即20世纪20年代初日本无产阶级文学兴起止。这一时期,日本资产阶级文学伴随着明治维新而发展,又在资产阶级不断壮大的过程中取得突出成就,是当时东亚地区最令人注目的民族文学。

1868年,统治日本达265年的德川幕府垮台,宣布"王政复古"的新政府成立,年号由"庆应"改为"明治"。15岁的明治天皇成为国家元首,这标志着日本新兴资产阶级国家已经起步。继而,明治新政府自上而下提出"文明开化"、"殖产兴业"等口号,进行一系列改革。但是,由于改革不彻底,封建残余势力仍然顽强地存在,因此形成这样的局面:政治上封建贵族和大资产阶级联合,经济上资本主义工商业与封建农业经济并存;而广大人民并未从中受益,却身受封建主义和资本主义双重压迫。逐渐觉醒的广大人民决心要以自己的行动去争取自由和幸福的激情不断高涨,于19世纪80年代酿成波及全国的"自由民权活动"。他们提出"开设议会"、"减轻地租"等口号,反对当政者政治上的独断专行与经济上的苛捐杂税,不久,这一运动遭受挫折,但是人民的反抗斗争并未沉寂。由于工人队伍不断壮大,19世纪末20世纪初,早期社会主义思潮和工人运动开始萌芽。日本政府为了阻止革命力量增长,于1910年制造了所谓"刺杀天皇案",杀害了幸德秋水等革命者。可是工人运动并未因统治者的血腥镇压而停止发展,至第一次世界大战前后,革命、进步的政治力量又逐渐发展壮大起来,并形成不可阻挡的历史潮流。

明治维新前的江户时代,声称锁国,除中国和荷兰以外,不同其他任何国家交往。凡购买外国物品、阅读外国书籍者都要受到严惩。而明治维新开始,国门大开,致使过去遭禁的外国物品和书籍如狂潮般涌入。政府率先大量吸收外国的科学文化知识,高薪招聘外国学者和工程技术人员,同时向国外派出大批留学生。所以明治初年,各界学习、模仿、效法、吸收、重视外国经验的倾向蔚然成风。

日本近代文学就是在这样的历史条件下应运而生的。在短短的几十年时间里,由于资本主义和西方文化两种乳汁的滋养,使这个呱呱坠地的婴儿暴长成巨人,大步走完相当于欧洲自文艺复兴到19世纪末数百年发展的漫长路程。正是这种近乎畸形的急剧变化,使得日本近代文学发展得很不充分。西方数百年间的各种文艺思潮和流派蜂拥而至,造成日本近代文坛派别众多、五彩纷呈的景象。许多流派在"各领风骚数百天"后,即被另外的文学新潮所取代,没有哪一种文学流派能够长期左右文学发展的走向,从而形成日本近代文学内容庞杂、形式多样和流派交叉等特点。

日本近代文学发轫之前,曾经历了一个准备时期,为其产生奠定了基础。明治初年,文坛依然流行江户时代的商人文艺,即所谓"游戏文学"。这种内容滑稽可笑,具有劝善惩恶性质,并融入"文明开化"世态人情的小说,根本满足不了渴望吸收欧洲新知识的时代要求。为了启发广大人民的思想,大量的政治小说和翻译小说相继出现,成为人们阅读的热点。政治小说的代表作主要有矢野龙溪的《经国美谈》(1883～1884)和东海散士的《佳人奇遇》(1885)等。矢野龙溪(1850～1931)是当时立宪改进党的领袖,在《经国美谈》中,借古希腊城邦底比斯一青年政治家与专制统治者斗争的历史题材,来表现日本当时鼓吹民主自由,宣扬民主民权的时代精神。翻译小说主要以英法等国的作品为主,如莎士比亚的《威尼斯商人》、《裘力斯·恺撒》和儒勒·凡尔纳的《海底两万里》等,虽译笔粗略,读者仍颇感兴趣。这些启蒙性质的作品随自由民权运动的失败而衰落,但作为日本近代文学的前奏曲,终于引出波澜壮阔的新文学和声。

日本近代文学的形成是以坪内逍遥(1859～1935)、二叶亭四迷(1864～1909)和森鸥外(1862～1922)三位作家登上文坛为标志的。

坪内逍遥上私塾时读过不少中国古籍,对日本江户文学有特殊爱好,大学毕业后又倾心于英国文学。在大量涉猎英国文艺作品及文艺理论方面的书籍之后,写出对日本近代文学的诞生具有重大催生作用的文艺理论著作《小说神髓》(1885～1886)。作者通过介绍西方世界对小说的看法以提高小说的地位,抨击了明治维新后封建旧文学意识依然统治小说界的时弊;提倡"小说的眼目,是写人情,再次是世态风俗",借以批判江户时代盛行的"劝善惩恶"的小说观和功利性。这些改良主义的文学主张尽管有某些消极影响,但却无可争辩地使小说在日本近代艺术殿堂中占有了一席之地。

二叶亭四迷早年受过长时间的汉文教育,深受儒家思想的熏陶。在东京外国语学校学习期间又接受俄国现实主义文学影响,逐渐形成"为人生而艺术"的文艺观。他主张文学要反映现实,要表现时代精神。为此,他发表了被公认为是日本近代现实主义文学开山之作的《浮云》(1887)。这部长篇小说描写了一个在政府供职的有学识、正直的小官吏内海文三因不会逢迎上司、不愿出卖灵魂而被排挤出去的遭遇,揭露了日本近代社会官僚机构的腐败和趋炎附势的风气。主人公爱情的破灭、理想的消失,犹如浮云一样,真实再现了当时小资产阶级知识分子面对黑暗现实所表现出的软弱性、妥协性与动摇性。女主人公阿势是明治时代资本主义上升时期孕育出的"畸形儿"。她识字,学英语,织毛衣,表面像个具有反封建精神、尊重个性自由的"新女性",其实不过是个认识浅薄、缺乏思想、轻浮的女子。她见异思迁,用情不专,见利忘义,在当时具有典型意义,深刻反映了具有浓厚封建色彩的日本资本主义社会,接受西方文明的肤浅性和复杂性。二叶亭四迷因《浮云》一书遭到冷遇而一度辍笔,随从被称为"东方豪王"的川岛浪速到中国北平参加清政府的改革活动,并任北京警务学堂提调。归国后又重新握笔,写了《面影》(1906)、《平凡》(1907)两部长篇小说。此外,他还用清新流畅的日语翻译了不少俄罗斯的经典作品。

　　森鸥外是继二叶亭四迷之后拉开日本近代文学帷幕的第二位重要作家。他自留学德国始,广泛涉猎欧洲古今名著,深受叔本华和哈特曼美学思想的影响,并曾翻译过歌德、莱辛、易卜生等人的作品。处女作《舞姬》(1890)使之登上日本近代文坛。小说描写日本留学生太田丰太郎在德国大学接触到自由风气之后,个性迅速觉醒,抛弃了"过去的我"。因为和美丽而不幸的舞女爱丽丝邂逅相爱而被免职,最后迫于各种压力,在功名利禄的诱惑下,抛弃了怀孕的爱丽丝而回国。小说充分表现了明治时代知识青年的苦闷与悲哀。他们曾一度觉醒并大胆追求自由和幸福,但是在强大的统治力量面前,他们又表现出软弱而不得不退却。小说运用感伤、悲哀、绝望的抒情咏叹调描写了明治时代怯懦、妥协的知识分子的精神悲剧,被公认为日本近代浪漫主义文学的奠基之作。坪内逍遥、二叶亭四迷和森鸥外等先驱作家开创的文学之路,使日本近代文学界同人为之一振,眼界豁然开朗。尽管自由民权运动失败,明治维新的改良性质以及天皇制的高压手段,曾使近代文学的优良传统遭受挫折,但是19世纪末的文坛还是出现了一派繁荣景象,其主要表现在涌现出不少文学社团和大量优秀作家、作品。其中重要的文学团体有"砚友社"和"文学界"。

　　"砚友社"是1885年初东京帝国大学预科学生尾畸红叶(1867～1903)、山田美妙(1868～1910)等人组织的日本近代第一个纯文学团体。取名"砚友社",意为同人都是笔墨朋友。他们出版的同人刊物《我乐多文库》("我乐多"是日语"废物"一词的汉字注音),刊有小说、和歌、俳句、汉文、汉诗、谜语等,内容通俗,流于肤浅。他们有意模仿精通玩乐的江户时代的游戏文学作家,写作娱乐性强但品位不高的作品,以迎合部分读者的审美趣味。代表作家主要有尾崎红叶等。

尾崎红叶是极力提倡写实主义的小说家。因其在写作文体和内容上都受到井原西鹤的强烈影响而注重描写风俗人情。成名作短篇小说《两个比丘尼的色情忏悔》(1889)描写在一个寒风凛冽的夜晚,两个素不相识的女尼在尼庵中相遇,她们各叙自己的爱情悲剧,最后却发现两人所恋竟是同一男子,两人大吃一惊。小说言情写意辞藻华丽,文体新颖,颇具匠心,虽有一定反封建意义,但社会性不够深刻。长篇小说《金色夜叉》(1897~1903)是他著名的代表作。主要描写主人公像"夜叉"一样,以拥有大量金钱的高利贷者身份,向社会进行种种强烈报复行径。高中学生间贯一因双亲去世而寄寓在曾受恩其父母的鸭泽隆三家中。隆三决定将女儿阿宫嫁给贯一。可是阿宫抵抗不住阔少富山唯继巨大财富的诱惑,决意嫁给富山。贯一苦劝无效,一怒之下,踢倒阿宫离去。几年后,贯一变成像贪婪金钱的魔鬼一般的高利贷者,向利用金钱夺去他爱情、幸福和理想的社会进行以牙还牙式的报复。但他内心的痛苦却丝毫没有减轻。阿宫嫁给富山后毫无幸福可言,多次给贯一写信倾诉自己的情怀,渴望得到谅解,但是贯一不予理睬,直至最后才猛然醒悟。小说以阿宫一封自诉衷肠的信而中断。小说通过"爱情胜过金钱"的主题,批判明治初年日本社会拜金主义泛滥的世风。作品中主人公以恶抗恶的复仇心理,以及用金钱复仇的手段显然是不足取的,也有悖于作者的创作初衷。小说竭力表现和分析人物心理,渲染矛盾冲突的气氛,具有较强的艺术感染力。据说这部作品是尾崎红叶读了一位美国女作家的小说《白百合》,从其主人公为了金钱而背叛爱人的情节中得到启发后而写的。

"文学界"得名于1893年创刊的同名杂志,先后的同人主要有北村透谷(1868~1894)、岛崎藤村(1872~1943)、田山花袋(1871~

1930)和樋口一叶（1872～1896）等。这批团结在"文学界"核心北村透谷周围的青年，多是些诗人和评论家，其中不乏英国诗人拜伦的崇拜者及美国思想家爱默生自由主义思想的共鸣者。他们以和现实对应的观点，从幻想出发，主张人性自由，讴歌青春、女性和爱情，有悲观主义倾向，形成日本近代文学中的一股浪漫主义文学潮流。

北村透谷主要以浪漫主义诗歌和评论为文坛输入一股新风。他早在十四五岁时就参加自由民权运动，而后又致力于文学活动，把自己对明治社会种种黑暗现实的不满，写进诗歌和评论中。他自费出版的处女作《楚囚之歌》（1889）是日本最早的自由体长诗，据说这首充满向往自由精神的长诗，是他因读过拜伦的长篇叙事诗《耶路撒冷的囚徒》的原文而写成的，但这首诗并未引起文坛重视。他颇具浪漫主义色彩的诗剧《蓬莱曲》以象征的手法，描写主人公柳田素雄追随已故恋人上天入地，仍感到绝望而死的故事。主人公热烈追求自由解放，否定现实，大胆喊出反抗的心声："令人窒息的浮世……怎能使我的心得以片刻安宁"，表现出自我觉醒的知识分子精神上的苦闷。他的文学评论著作《厌世诗人和女性》（1892）和《内部生命论》（1893）等不仅向封建的伦理道德观念进行了大胆的挑战，也为早期浪漫主义文学作了理论上的阐述。可惜他的种种追求过于理想化，残酷的现实扼杀了他思想上的种种生机，最后终因美好理想与丑恶现实之间的尖锐矛盾使之困惑绝望而自缢身亡，年仅26岁。

"文学界"同人中女作家樋口一叶也有举足轻重的地位。尽管她生命的24个春秋如彗星般短暂，但其文学成就却光照四野，影响深远。一叶自幼聪慧好学，曾求学于女诗人中岛歌子，成长为倔强不屈的女性。由于家破父亡，她十七八岁就挑起家庭生活的重担，过着下层妇女一贫如洗的生活，但这一切未能磨灭她的意志，也未能阻止她写作。她的早期作品主要通过反映下层人民的悲惨生活和命运，揭露日本近代社会贫富悬殊的现象和资本主义社会的丑恶。短篇小说《埋没》（1892）描写一个天才的陶器画工愤世嫉俗的名匠气质,渗透着作者自己的生活态度。她创作的丰产期是1895年。这一年,她连续发表了《青梅竹马》、《行云》、《浊流》、《十三夜》等小说。《浊流》中的主人公阿力身为妓女,长期生活在社会底层受人蹂躏,她悲惨地认为自己"是背了好几辈子怨恨的人,在没有尝尽人世的辛酸以前是想死都不能死的"。正当她不知何时才能摆脱烦恼、无聊、苦闷与悲哀的不幸时,被来逼她情死的破产恋人源七杀死。她以自己年轻的生命向罪恶的社会作了最后的无声反抗。《青梅竹马》描写一群生活在花街柳巷的少男少女的生活和未来的命运安排。他们纯洁自然的天性由于环境的影响受到污染和扭曲。名妓之妹美登利、方丈之子信如、高利贷之子正太郎、消防夫之子长吉等,他们在告别童年步入青春期时,不仅心理上忧郁和苦闷,而且在思考未来险峻神秘的人生道路上,有一种不祥的冥冥预感。他们的命运逃脱不了半封建半资本主义的明治社会为其安排的牢笼式的道路,从而猛烈抨击了剥夺这些少男少女自由与幸福的金钱和色欲的世界。一叶以细腻抒情的笔调真挚地描写了美好的理想与残酷的现实。在受到"文学界"同人浪漫主义倾向影响的同时,以自己切身的生活体验和女性特有的敏感,写出一系列具有现实意义的小说,成为日本近代由浪漫主义过渡到现实主义的作家之一,对后世文学影响很大。

在"文学界"作家掀起的浪漫主义文学大潮中,岛崎藤村的抒情诗文集《嫩菜集》(1897)和谢野晶子(1878~1942)的和歌诗集《乱发》(1901)、正冈子规(1867~1902)革新的短歌集《春夏秋冬》(1901~1903)等,汇成近代浪漫主义诗歌的主流。

19世纪末,甲午战争的胜利刺激了日本资本主义经济的发展,农村人口大量涌入城市成为工人,劳资矛盾日益突出,工会随之产生,社会主义思潮随着工人运动的发展而萌发。于是日本近代文学中又涌现出一批具有社会主义思想的作品。德富芦花(1868~1927)的小说《黑潮》(1903)、木下尚江(1869~1937)的小说《火柱》(1904)以及儿玉花外(1874~1943)的《社会主义诗集》(1903)等即是代表。

可是由于这种萌芽状态的社会主义文学是伴随着注目于社会矛盾的作家之笔出现的,还未具有明确的阶级性,因此,它未能成为左右文坛的力量。19世纪末20世纪初,真正统治日本文坛的是强劲的自然主义文学运动。

这一时期,日本连年战争促使自由资本主义急剧转化为垄断资本主义,各种社会矛盾激化。但凡有敏锐观察力的作家都企图通过自己对社会的冷静思考去探寻解决社会矛盾的出路。已跻入国际社会的日本,与外界的文化交流进一步密切,法国的自然主义文艺理论和文学实践被一些作家借鉴过来,作为解剖现实社会的最新、最有力的工具。自然主义主张文学家要用科学家进行科学实验时的态度和方法进行创作;要以客观的态度去描写人的动物性;要彻底追求写实主义等等。日本自然主义作家在继承这些理论的基础上,最大的创新之处就在于倡导自我忏悔和自我暴露,而"私小说"的出现,即是这种理论开出的"恶之花"。由于他们过分强调生理遗传或性欲作用,并致力于描写在这种作用下的黑暗现实,以"觉醒者的悲哀"将作品写得过于灰暗,因此充满悲观与绝望的色彩,当然也不能否定具有自然主义倾向的作家和作品。例如,岛崎藤村和田山花袋等在继承"文学界"浪漫主义文学倡导的个性解放和人道主义思想的基础上,创作出具有积极社会意义和富于批判精神的作品。岛崎藤村从浪漫主义诗歌转向小说创作之后,于1906年发表了代表作《破戒》。这部以未解放的部落民为主人公的长篇小说,向日本近代社会等级制度造成的歧视部落民的不平等现象,进行了猛烈抨击,严肃地提出平等、民主的民权问题,具有明显批判现实主义的倾向。但是由于主人公的坦白中包含着作者自我剖白的要求和心理,并因"坦白"而抓住了明治中期知识分子觉醒的主题,《破戒》又无可否认地成为自然主义文学的先驱。

田山花袋是重要的自然主义作家。早期创作由于崇尚感情和理想,与当时"文学界"提倡的精神解放运动相一致,表现出浪漫主义倾向,如《故乡》(1899)、《旷野之花》(1910)等。1902年发表描写一个自然人从粗野到凶暴程度的中篇小说《重右卫门的末日》以后，开始转向自然主义创作。在著名散文《露骨的描写》(1904)中，他主张不要理想，排除技巧，只作客观、露骨的"平面描写"。中篇小说《棉被》(1907)的问世不仅实践了这些理论，而且使他以真正的自然主义文学家的姿态活跃于文坛。小说主人公中年小说家竹中实雄对19岁的私淑弟子横山芳子产生爱慕之心，但妻儿家庭、师生之谊使他将感情压抑在心底。在芳子有了男友之后，他出于嫉妒让芳子父亲将其领回。小说结尾处写他看到芳子用过的棉被后，"性欲、悲哀、绝望，猛地向实雄袭来"。

《棉被》虽然打破男女关系的陈腐观念，撕破封建道德的假面具，但书中赤裸裸的情欲描写是不健康的。继而田山花袋又写了《生》(1908)、《妻》(1908)、《缘》(1910)三部曲。这三部长篇小说都是描写自家的私生活和亲属们心境的作品，但也有揭示现实、批判封建家族制的一面。1909年发表的长篇小说《乡村教师》描写日俄战争期间，黑暗的近代社会现实毁灭了一个普通农村小学教师的充满美好理想的青春，具有较强的现实意义。

在自然主义文学风靡文坛之际，夏目漱石(1867～1916)卓立其间。他以独辟蹊径的艺术表现手法，使其作品表现出批判社会的重大意义。代表作长篇小说《我是猫》(1905)以特殊的叙述角度，将猫眼睛中的现实世界写得五彩斑斓，深刻揭露与批判了明治社会的黑暗本质。夏目漱石具有批判性的小说和自然主义作家们一些具有现实主义倾向的作品汇流，成为日本近代文学批判现实主义的一股主潮，并代表了日本近代文学的最高成就。

1912年大正时代，日本近代文学进入后期。以自然主义文学对立面姿态出现于文坛的"新浪漫派"、"白桦派"、"新思潮派"三种文学流派，使近代文学作家产生了分化，近代文学史却在这种分化并立的局面中走进了尾声。

"新浪漫派"又称"唯美派"，同自然主义文学暴露现实和自我丑恶相反，该派作家企图在追求肉欲的描写中发掘美，崇尚唯美主义的文艺观。作品很少见到对现实的批判,只表现在官能享乐中得到的精神满足,常常描写变态心理和颓废情绪,反映了日本近代末期资产阶级精神世界的没落。代表作家主要有永井荷风(1879～1959)和谷崎润一郎(1886～1965)等。

永井荷风自幼受到文化家庭熏陶,后投师砚友社同人广津柳浪(1861～1918)门下写小说,曾受法国左拉和莫泊桑作品的影响。1903年他赴美国留学,1908年回国后正式开始文学创作。1910年,他在任庆应大学文学系教授期间主办《三田文学》杂志,树起唯美主义旗帜,从此成为"唯美派"中坚人物。1910年"大逆事件"发生后,他开始对人生和社会采取消极回避态度,他虽然对社会不满,可又缺乏反抗的勇气,只好转向享乐,重点描写妓馆、娼妓和女招待的生活。这些风俗小说的描写"流于卑俗,在色情的气氛中漂浮着一种虚无的寂寞感"。但其中许多艺妓的悲惨遭遇十分令人同情,代表作主要有《隅田川》(1909)、《争风吃醋》(1916～1917)等。

谷崎润一郎是"唯美派"的代表作家,也是日本近代文坛享有国际声誉的作家之一。早在东京帝国大学学习期间,他接触到希腊、印度和德国的唯心主义、悲观主义哲学,开始形成虚无享乐的人生观。文学上受波德莱尔、爱伦·坡和王尔德等唯美主义作家的影响。润一郎在长达半个世纪的创作中,始终表现出追求美、崇拜美的倾向。作品中常常追求强烈的刺激、自我虐待和施虐他人的快感,表现变态的官能享受。代表作主要有《文身》(1910)、《春琴抄》(1932)等。短篇小说《文身》写江户时期身怀绝技的文身师清吉,将自己的灵魂刺入他身的愿望,以在美女的背上刺上一只大蜘蛛的形式得以实现,于是,沉浸在心理的满足中。中篇小说《春琴抄》描写女盲琴师春琴和弟子温井佐助之间的复杂感情。美丽聪颖的少女春琴不幸双目失明,其父的店伙温井佐助成了她外出学艺的领路人和陪伴,并照料她起居。佐助因慕恋春琴而拜她为师学艺。春琴对他十分苛刻,有时甚至是虐待,佐助却对她充满感激之情。当春琴毁容后,佐助用钢针刺瞎双目,要在心中永存春琴之美。这些作品明显表现出唯美主义和"恶魔主义"等颓废倾向。谷崎润一郎汉学造诣很深,早年曾在秋香塾攻读汉文,十几岁时即能赋汉诗,1918年曾到中国游历,返国后写了《苏州纪行》、《西湖之月》等游记。1925年重游中国,结识了郭沫若、田汉、欧阳予倩等人,回国后写了《上海交游记》。

"白桦派"是以人道主义为主的理想主义的文学流派,因1910年创刊的同人杂志《白桦》而得名。该派年轻的同人作家希望自己像小白桦树一样茁壮成长。他们虽然大多出身上层,受过高等教育,但是在西方文化的影响下,主张人道主义,肯定人性中理想和积极的因素,尊重个性。因此,他们不满自然主义对现实生活进行的阴暗描绘,而对人性的光明充满了希望。"白桦派"是日本近代文学后期颇有成就的文学流派,主要成员有武者小路实笃(1885～1976)、有岛武郎(1878～1923)、志贺直哉(1883～1971)等。

武者小路实笃是白桦派的领袖,青年时就对文学产生兴趣,受到托尔斯泰、梅特林克等作家的影响。其哲学观点接近禅学和阴阳学派。主要作品有《天真的人》(1911)和《友谊》(1919)等。中篇小说《天真的人》带有自传色彩。主人公"我"在初恋失败后,又深爱上一位少女,并对少女对他的爱情深信不疑,直到少女和别人结婚,他仍坚信她是爱自己的。再次失恋不仅没有使"我"感到悲哀,反而使"我"深受鼓舞。作者充分肯定了人生与爱情,并用清新的文体表现了自己的强烈愿望。中篇小说《友谊》是一部歌颂爱情和友谊的抒情小说。品德高尚的大宫为了野岛的友情而远离了所爱的杉子姑娘。野岛在杉子拒绝他的爱情后,才明白杉子热恋着大宫。最后有情人终成眷属,野岛在痛苦之余生出新的生活勇气。作者高呼失恋人万岁,结婚者万岁,以表现一种积极、乐观、理想主义的人生观。武者小路实笃作品中这种明快的乐观主义,奔放的激情,在当时影响很大。

有岛武郎早年受到严格的儒家思想教育,后又接受西方新思想,曾受惠特曼、易卜生、托尔斯泰、屠格涅夫、高尔基和克鲁泡特金的影响。他力求解决人们现实中的苦闷,是个有正义感的人道主义作家。可是,其思想深处要实现人类自由平等的理想和他所赖以生存的资产阶级精神世界形成尖锐的矛盾,最后以情死的方式自杀,以求解脱。代表作《一个女人》(1919)(中译本《叶子》)描写一位叫叶子的新兴女性,向往自由独立的生活并以觉醒女性的心理对社会进行盲目的反抗,结果堕入情欲的泥潭中不能自拔,最后死于疾病。作品通过人生中美好明朗与丑恶阴暗的对比描写,鼓舞人们要为爱和理想而生存,要懂得自爱和自尊。

志贺直哉是白桦派作家中对后世影响最大的作家。其作品大多从自己个人相关的生活中取材,通过真实描写,揭露社会矛盾。他从自身生存的危机意识出发进行创作,这种全部投入的创作激情,使他成为颇具特色的作家。代表作有《和解》(1917)和《暗夜行路》(1921~1937)。中篇小说《和解》以作者的亲身体验为基础写成。主人公"我"(顺吉)因不愿屈从父亲的意愿和父亲长期不睦。最后通过心境上的自我调节而终于结束了这种对立状态。作家提倡这种顺应现实、承认现实的和解精神,却忽视了资产阶级知识分子和封建家庭的矛盾。长篇小说《暗夜行路》描写知识分子是如何通过道德自我完善来摆脱生活危机的。主人公时任谦作在被歧视的环境中长大,后因求婚被拒绝才知自己是母亲逆伦之子。他和直子结婚,儿子的死和妻子被侮又一度使他陷入厄运之中。但他以顽强的意志面向生活,在大自然的怀抱中得到抚慰。谦作以生活强者的姿态面对厄运,不怕命运的打击,努力调整自我以适应现实,从中获得力量和鼓舞。

"新思潮派"又称"新现实主义"或"新技巧派",因《新思潮》杂志而得名,通常指第三次(1914)和第四次(1916)复刊的《新思潮》杂志的同人作家。他们既反对自然主义纯客观的描写方法,又怀疑白桦派的理想主义,而注重用虚构的形式、多样的题材和纯熟的技巧,客观冷静地描写现实,理智地剖析现实,表现对现实的不满。代表作家主要有芥川龙之介(1892~1927)和菊池宽(1888~1948)。

芥川龙之介是新思潮派作家中最富才华、最有成就的作家。他自幼受养父的熏陶,阅读英语和汉文,并以优异成绩进入东京帝国大学专攻英文。他既有厚重的文学功底,又有对生活艺术的细腻感受力和丰富的表现力。其早期取材于历史故事的《罗生门》和《鼻子》成为他登上文坛的标志,并成为早期代表作。中期的中篇小说《地狱图》反映了作家心中艺术追求与现实束缚之间的矛盾和苦闷,是这一时期的代表作。晚年自杀前,发表的小说《河童》以寓言的方式,表达了作家对社会、人生的深刻观察与无情批判。这不仅是他晚年创作的高峰,也是他最具代表性的作品。芥川龙之介的小说语言典雅,心理描写细腻,布局奇巧,在幽默的笔调中含有哲理思考。其中不乏一个正直知识分子在探讨现实人生时的苦闷与绝望。

菊池宽中学时即喜爱文学,博览群书。大学期间受萧伯纳、辛格、格雷戈里夫人等剧作家的影响。他既写小说又写戏剧。作为小说家,他以尊重现实生活和精神生活的精神表达对人生达观的看法;作为戏剧家,他以起伏跌宕的情节和近似散文的简明台词赢得观众。代表作主要有《恩仇之外》(1919)、《珍珠夫人》(1920)等。短篇小说《恩仇之外》写因私通事发而杀人的市九郎,为了忏悔赎罪,立志献身于开凿隧道的事业。欲报杀父之仇的中川实助了解到市九郎的遭遇后,协助他共同开凿,隧道开通,二人反仇为友,表现了作者提倡的小说要追求人情味的美学主张。《珍珠夫人》是一部通俗长篇小说,描写"只要有了钱什么事都能干得出来"的暴发户庄田胜平想娶少女琉璃子。为了保护父亲、反抗金钱的魔力,琉璃子决定嫁给庄田,并利用庄田的白痴儿子将其杀死。她想用女性的魅力征服男性,结果被一求婚青年所杀。女主人公以恶抗恶的悲剧反映了大正时代妇女觉醒者的悲哀,但明确表示出对金钱万能思想的否定。

大正时代末期,社会矛盾和劳资斗争日益尖锐激烈。各种政治思潮和文学流派林立,无论是追求"真"的自然主义、追求"美"的唯美主义,还是以"善"为理想核心的白桦派文学,以及追求真、善、美为一体的新思潮派，都不可能在新的形势下生存下去，它们必将让位于新兴的无产阶级文学和其他资产阶级的文学，日本近代文学就在这重要的转折时期降下自己独具特色的帷幕。

二、夏目漱石"则天去私"

夏目漱石是日本近代文学史上最杰出的代表作家之一。他以解剖人生的深邃目光、独特的写作风格和技巧，创造了伟大的漱石文学，拓宽了日本近代文学的表现领域，对日本后世文学产生了很大影响。

夏目漱石，1867年2月9日生于江户（东京）的牛込马场下横町（现名喜久井町），原名夏目金之助。其父夏目小兵卫直克是幕府时代江户世袭的"名主"（街道行政官吏）。明治维新（1868）后，家庭日益衰落。漱石是家中最小的孩子，出生不久即被送给他人抚养。2岁时又成为另一名主盐原昌之助家的长子，由于养父母离异，大约9岁时才被领回自己的家，但直到21岁才恢复夏目原姓。幼年便离开亲生父母并屡遭坎坷，欢乐的童年被罩上诸多生活的阴影，与日后漱石形成倔强、孤独的性格不无关系。

1879年，夏目漱石入东京府立第一中学学习。1881年转学到汉学家三岛中洲主办的二松学堂接受传统的汉学教育，广泛阅读了中国先秦诸子的著作和唐宋散文。1883年，为适应时代潮流，他又到英语专科学校"成立学舍"学习英语。1884年，进入预科三年、本科二年学制的东京大学预备学校（东京第一高等学校）学习。因预科留级一年，于1888年升入本科，结识了日后成为著名诗人的正冈子规。两人畅谈汉诗、和歌，切磋俳句、俳文，结为终身挚友。1889年9月，夏目漱石在子规的影响下，用汉文写了游记《木屑录》，并在序文中明确表示，"予有意于以文立身"，署名为"漱石"。"漱石"取自中国《晋书》中孙楚的"枕流欲洗其耳，漱石欲砺其齿"句，意为勉励自己的道德文章要有定见。1890年考入东京帝国大学文学院英文科学习英国文学。

1893年大学毕业后,漱石先后在东京高等师范学校、四国松山市松山中学和九州熊本市第五高等学校任教。1900年,他受日本文部省派遣,带职官费去英国留学。在伦敦的两年内,由于缺少同人交往与生活不习惯而心情抑郁,以致染上神经衰弱的痼疾,但是在思想认识和学术研究方面却收获不小。对金钱力量的切身体验与理解,使他日后的创作批判金钱社会异常深刻;对西方流行的心理学、社会学等新方法的研究,使之发表了探索文学本质的重要理论著作《文学论》(1907)、《文学评论》(1909)。1902年底夏目漱石踏上归途,1903年起在东京帝国大学和第一高等学校任教。

漱石的文学生涯始于归国后为俳文杂志《杜鹃》写俳句和杂文,并初显才华。1905年他开始写小说,发表在《杜鹃》杂志上的连载小说《我是猫》引起轰动。1906年发表长篇小说《哥儿》又大受欢迎。1907年漱石辞去大学教师工作,专事写作,成为《朝日新闻》特约的专栏作家。在此后不到10年的时间里,他连续创作10多部长篇小说。但是由于积劳成疾,健康水平每况愈下,几乎每完成一部作品都要大病一场。1909年他染上胃病,病情不断加剧,几次住院治疗,只要稍见好转,就又坚持创作,可是虚弱的身体再也承受不住了。1910年11月21日上午,他拼力写完小说《明暗》的第188节,为了不忘记明天继续189节,他在新稿纸上记下"189"三个字。此后,他腹内几次出血,再也未能拿起笔来。1916年12月9日下午6时病故,年仅49岁。

漱石只有12年短暂的创作生涯,却为后人留下15部中长篇小说、7篇短篇小说、2部文艺理论著作,还有大量的小品文、评论、散文诗、短歌、俳句、汉诗、英文诗、书信、日记等。小说是漱石文学的主脉。通观其创作,基本上可分为三个阶段。

第一阶段是漱石身为业余作家,一面从事繁重的教学活动,一面进行小说创作的时期。第一部长篇小说《我是猫》使其成名,而第二部长篇小说则巩固了他在文坛的地位。《哥儿》是一部以自己的教育工作经验教训为基础,反映自我同社会冲突的批判现实主义杰作。主人公哥儿自幼就是个不受家人喜欢的天真、憨直的孩子,长大后仍不失鲁莽的天性。他靠分家后得到的钱,在物理学校读书,毕业后在某镇中学当教师。由于他单纯、富有正义感、嫉恶如仇,因此在腐败黑暗的社会里吃尽苦头。他对道貌岸然的校长、为所欲为的教务长不满,但也常常受到对方的戏弄与侮辱。最后他和正直的教员崛田一起,报复了干尽坏事的教务长等人。在当时社会里,他们只能得到暂时的、道义上的胜利,最后还是被迫辞职。但是哥儿那种见义勇为、敢于斗争的反抗精神,使人鼓舞,令人钦佩。小说以幽默的笑声表现严肃的主题,使人受到潜移默化的教育。1906年,漱石不仅发表了反抗现实的《哥儿》,而且发表了逃避现实的小说《旅宿》,充分反映出作者心理的复杂和矛盾。但漱石很快认识到《旅宿》一类的"闲适文学","毕竟不能撼动大世",因此,"试图以维新志士出生入死一般的勇猛精神搞搞文学"。同年连续发表的两部中篇小说《疾风》和《二百一十天》即是这种思想的产物。《疾风》中,人格高尚的大学毕业生白井道也与恶浊的社会格格不入,就用笔批判金钱的丑恶,表达改革社会的理想。《二百一十天》通过圭先生和碌先生在登山时的谈话,猛烈抨击日本近代社会的种种弊端,指出金钱是导致社会污浊的主要原因。这两部小说中的反抗精神,虽多停留在人物的口头上,却表现了漱石干预社会的热望。这一年他还出版了短篇小说集《漾虚集》,共收入《伦敦塔》、《克来依尔博物馆》、《幻影之盾》、《一夜》、《薤露行》、《琴之空音》、《趣味的遗传》7个短篇,表现了漱石多方面的创作激情,以及对各种文学题材的敏锐感受力,不乏脱离现实的浪漫抒情色彩。

这一时期主要是漱石全面探索的时期,无论小说的艺术风格还是思想内涵,都表现出一种厚积薄发的激情。那些在注重东西方文化思想的基础上创作的多种体裁的小说,具有现实主义、浪漫主义和唯美主义等多种风格,表现了作者以极成熟的人生经验与深刻的社会思考,对日本近代社会强烈的批判精神。作者在逐渐加深对社会本质认识的过程中坚定了自己的文学方向。

第二阶段是漱石辞去教职,以专业作家身份进行创作的时期。接连几部卓有成绩的长篇小说的出版,表现了他作为一名成熟作家持续的创作热情。漱石怀着紧张的心情写完走上专业作家之路的第一部小说《虞美人草》(1907)。女主人公藤尾小姐是个以自我为中心的新女性,她费尽心机占有家产,将爱情视为驾驭男人的游戏,最后终因失去爱情而自杀。这部精心构思的小说通过主人公的人生悲剧,说明拜金主义和利己主义的罪恶,批判伴随资本主义自由发展而来的社会痼疾。根据一个矿工口述的真实素材,漱石又写出长篇小说《矿工》(1908),这部唯一取材于工人生活的作品构思严谨,将一个因不满包办婚姻而逃到煤矿的青年所遭遇的痛苦淋漓尽致地描述出来,自然感人,尽管未能深入开掘工人的内心世界,但是对于擅长描写知识分子生活的漱石来讲,这部小说仍然是难能可贵的。

1908年至1910年,漱石完成了以描写知识分子爱情为主的三部长篇小说:《三四郎》(1908)、《从此以后》(1909)和《门》(1910),合称为"三部曲"。《三四郎》中的主人公怀着对未来理想的憧憬从农村到东京求学。在接触了许多新人、新事物之后,眼界豁然开朗,尤其是在和美称子邂逅相遇之后,他为自己构筑了美好的理想世界。由于他们都生活在日本新旧交替时代,思想和行为常处于矛盾状态中,三四郎表现出怯懦,美称子表现出"无意识的伪善",因此二人若即若离,最后美称子与他人结婚,他才发现自己是"迷途之羊",并感到理想的幻灭。三四郎受现代文明与女性的冲击所产生的困惑,正是当时知识分子不满现实而又找不到精神出路的反映,具有代表性。

《从此以后》写主人公代助三年前曾与好友平冈同时爱上姑娘三千代。出于义气,代助促成了平冈与三千代的婚姻。当再见到三千代时,代助发现自己仍深爱她,而三千代和平冈的婚姻也无幸福可言。最后代助准备不顾社会、家庭的压力,和病重的三千代开始新生活。小说并没有写明他们的将来,但是在"不管走到哪里都看不见一寸光明"的日本,代助的前景并不美妙。他这种迟到的觉醒、无力的反抗,表明日本近代强大的封建势力束缚了资产阶级自由发展的思想。

《门》犹如《从此以后》的续篇,描写主人公宗助由于爱情的驱使,与好友安井的妻子阿米结合了,但他们从此也被亲友和社会抛弃了。虽然他们情爱深挚,多处漂泊,最后回到东京,但幸福并未能抹掉精神上的苦闷。宗助前往镰仓参禅也一无所获,因为"他是一个伫立门下等待日落的不幸的人",反映当时冲破封建束缚后的小资产阶级知识分子在精神上所遭受到的压抑和痛苦。

从《三四郎》经《从此以后》到《门》,这三部曲小说以爱情婚姻为切入点,悲观色彩越来越浓厚,如果三四郎的"失恋"还仅仅流露出一种淡淡的哀愁的话,那么代助追求"失而复得"的爱情时苦恼就更多,而宗助"得到爱情"后的痛苦则是无法解脱的。这种逐渐低沉、阴暗的创作基调和日本近代资产阶级知识分子精神发展的历程相吻合。他们处于明治这个新旧交替的时代里,在封建势力还很强大的精神罗网中,走完了觉醒、反抗、失败的三部曲历程,这正是漱石看到资产阶级知识分子不满现实,但又找不到出路后的复杂、矛盾、敏感的心理表现。

第三阶段是漱石患病仍坚持创作的时期,也是他创作的最后时期。由于疾病缠身,他身体日趋衰弱,一度辍笔。自1910年在修善寺养病以后,才慢慢拿起笔来。这次大病无疑对他的创作产生了影响,在克服了病痛和小女儿病故等悲痛之后,他写了第一部长篇小说《过了春分时节》(1912),小说由六个故事和一个"尾声"构成,其核心是有关"须永的故事"。青年知识分子须永市藏幼年时就由双方家长作主,和表妹千代子订婚,长大后两人因性情不合发生冲突,之后须永又发现自己是父亲的侍女所生,在面对自己身世和相继失去千代子和母亲的双重打击之下,为医治心灵创伤,他只身出外旅行。小说重点不在于批判社会的黑暗现实,而是企图通过心灵活动,表现近代知识分子精神苦闷的性格特征。《行人》(1912～1913)是漱石大病后的第二部长篇小说。书名取自《列子·天瑞篇》:"夫言死人为归人,则生人为行人矣。行而不知归,失家者也。"主人公一郎虽然是有地位的学者,但卓立于社会和家庭之外,最后怀疑妻子和弟弟有暧昧关系,这使他更加远离亲人,前途暗淡,真成了一位"行而不知归"的"失家"的"行人"。其中主人公的孤独和痛苦,不无漱石自身的体验。他们所探求的是新型的人与人的关系,所苦恼的是找回自我、确立自我的努力和社会传统观念的矛盾难以克服。1914年,漱石完成了病愈后的第三部长篇小说《心》。主人公是"我"称之为"先生"的人。他在书中无姓无名。先生上大学时爱上房东的女儿,感情高尚、炽烈,但又怕是房东女儿设的圈套。在这种想摆脱困境的心理支配下,他决定让好友K也住进公寓。但是当K向他透露爱上房东的女儿时,他又怀着嫉妒与自私的心理,抢先求婚。软弱的K在沉重打击下,终自戕而死。"先生"虽然始终受到良心谴责,但又无力向妻子承认自己的罪行,最后精神崩溃而自杀。这是一个利己主义者的忏悔录。

　　漱石在修善寺病愈后所写的《过了春分时节》、《行人》和《心》三部小说,在艺术形式上都采取了几个短篇连缀起来结构成长篇小说的办法。内容上都描写了因爱情失败而孤独痛苦的人。主人公个个都有强烈的嫉妒心和利己主义,漱石为他们安排了一个比一个糟糕的前途,以此来表现自己强烈的爱憎情感和批判态度。正因为作品中的这些内在的逻辑联系,为区别他创作中期的《三四郎》、《从此以后》和《门》这三部曲小说,《过了春分时节》、《行人》和《心》这三部小说又被称为"后三部曲"。

　　许多大家在自己的晚年或者创作后期都有反省自己以往言行的举动,夏目漱石也不例外。

　　原来存在于他脑际的有两种主要的思想,一是"自我本位",二是"则天去私"。很显然在这两种思想纠结之中,占统治地位或主流的是后者而不是前者。夏目漱石在《我的个人主义》中对"自我本位"作了比较全面的概括。即"第一,如果想要发展自己的个性,同时必须尊重他人的个性;第二,如果想要使用自己的所有的权力,就必须意识到与权力相伴而生的责任"。[①] 从夏目漱石的生活经历中,人们可能会发现产生这些思想的端倪。夏目漱石早年曾在东京帝国大学英文部学习,努力学习的他有条件和机会阅读了大量的西方文学作品。他生活的明治时代初期,正是"脱亚入欧"的热潮席卷日本的时代,西方文明自然也成了他心目中向往与渴望的"梦"。他得到公费去英国留学的机会,更使他亲历了西方文明的多样性与复杂性。繁荣背后的虚假、文明背后的堕落、金钱主宰一切的社会弊病,这一切使他在"和魂汉才"与"和魂洋才"之间徘徊、惘然。他一想到自己的祖国将会变成如此的社会就会深感疑虑,怀疑西方文明与自己的选择。于是"自我本位"的思想也随之形成,即强调自我:自我的利益,自我的价值;尊重自我:自我的个性,自我的选择;坚持自我:自我的立场,自我的理性。一句话;以自我区别于他人。这种坚持必须有人性和理性两根支柱,否则难以立世。在他的后三部曲小说《过了春分时节》、《行人》和《心》中,主人公是一个更甚一个的利己主义者,这最终导致了他们的悲剧结局。作者的"自我本位"思想发生了动摇。

夏目漱石最后完成的一部长篇小说《道草》是1915年写就的。这部带有自传色彩的作品正如书名一样,表现了作者的真实苦恼和摇摆不定的前途。书中描写留学归国的健三虽因发表小说而成功,但仍想走学者之路。养父常来要钱,哥哥姐姐的境遇不好,夫妻同床异梦等,这一切搞得他焦头烂额。作者在小说结尾,借健三之口深有体会地说:"世界上几乎没有什么彻底解决的东西,一度发生过的事情将会另期继续下去。"作家的苦恼虽然已经宣泄出来,但是并

---

① 常骄阳:《夏目漱石的"自我本位"思想》,载《外国问题研究》,1988年第2期,第53页。

未完结,仍流露出悲观的情绪。1916年5月,漱石开始写《明暗》。这是一部描写爱情纠葛的长篇小说。男主人公津田和女主人公阿延虽相爱结婚,却因关系矛盾复杂,津田又去找以前相爱过的有夫之妇清子,想重温旧梦。小说写到阿延虽然感觉到津田在远离自己,仍然决心爱下去,而清子对津田的态度并不明朗。津田和阿延都是从利己主义出发来对待爱情的。小说揭露灵魂之深、描写心理之细、结构安排之巧,都是漱石以往作品难以企及的,可惜小说因漱石病逝而未写完,终成憾事。

　　夏目漱石是一位有使命感的作家,也是一位执着探索人类心灵的殉道者。他后期的创作除艺术技巧日益娴熟、剖析社会的目光更加敏锐以外,更重要的是面对明治后期日益膨胀的利己主义世风,表现出作家所提倡的净化人思想的"则天去私"的理想境界。"则天去私"主张顺从自然,去掉自我,具有拷问人生的自觉精神。它是漱石长期观察人生、批判利己主义的思想结晶。其中不乏中国传统文化影响的印迹。"则天去私"一词显然取自中国。"则"是效法、依据的意思,《诗经·小雅·鹿鸣》中有"君子是则是效",《论语·泰伯》有"唯天为大,唯尧则之"等。"天"有同于道家的"天",指自然自在之物、人的本性等。"去"是除去、摒弃的意思。"私"指自己的隐私,《吕氏春秋》有《去私》等。"则天去私"即是讲要遵循自然法则,顺其自然,去掉自己的私心,在作品中则要暴露人物心灵深处的利己主义,使其反思猛醒,以便进入真正的无我境界。这在现实中是难以实现的,作品中的描写只是作者理想的形象化而已。但是在夏目漱石作品里表现"则天去私"的美学追求时,人们发现的是作家那种真挚的热望,那种人生意义上的博大胸怀,一种哲学意义上的终极关怀。他用一种遵从天道的博大对抗去私过程中自然人生的渺小,透彻人心的是作家憎恨现实丑恶的犀利目光,以及作家怜悯人生无奈的柔弱心肠。作家晚年以"则天去私"的精神追求走完自己"心灵苦行僧"的人生之旅,难能可贵。

　　夏目漱石是中国人民最熟悉的日本作家之一。1930年出版的

《现代日本小说集》就收有鲁迅先生所译的漱石等人的小说。鲁迅先生在回忆自己当初是"怎么做起小说来"时,曾明确指出,漱石是他那时"最喜爱的作者"之一。直至逝世前不久,他仍在热心购读《漱石全集》。

长篇讽刺小说《我是猫》发表于1905年,它不仅使夏目漱石从学者一跃登上明治时代群雄争踞的文坛而成为作家,而且决定了他的命运,为他赢得了不朽的文名。

小说中的猫是一只没有名字的野猫。被主人抛弃后,中学英语教员苦沙弥先生将它收养。这只猫每日悠闲自在,不逮老鼠,专以观察人为乐事,后因偷喝了主人的啤酒而掉进水缸淹死。小说没有统一完整的故事情节,只是通过猫在主人家生活两年中的所见所闻,细细描述了主人苦沙弥及其一家清贫、平庸的生活,大肆渲染苦沙弥的同学、朋友、学生,如迷亭、寒月、东风、独仙等人在他家嬉笑怒骂地指斥社会、评判人生的高谈阔论;同时,也善意地讽刺了这些小资产阶级知识分子鄙夷世俗,但又卖弄诗文、故作风雅之态的闲适心理。小说中唯一称得上的重要冲突,并贯穿始终的是苦沙弥邻家金田小姐的婚事所引起的矛盾。

资本家金田的夫人想把女儿嫁给苦沙弥的朋友理学士寒月,就向苦沙弥打听他的情况。自命清高的苦沙弥见她摆出有钱人的臭架子,及她那令人反感的大鼻子,就对她进行了嘲笑,结果招来金田夫妇的肆意迫害。金田先是收买人在他屋外偷听、谩骂,后又唆使学生在他院里捣乱,搅得他坐卧不宁。金田又派人来劝他不要和有钱人作对,大夫给他催眠,哲学家让他消极修养。结果他只好自己求得心理平衡,"可是我每天都在斗争着。虽然对手不出来,我一个人动了火也要算是斗争吧"。

小说集中描写了一群生活在日本明治"文明开化"社会里的有闲而无钱的知识分子。他们对丑恶的资本主义制度不满,但又无可奈何,只好尽情地借古喻今,嘲讽世俗,以泄其愤,并打发无聊的闲暇时光。苦沙弥为人善良骨鲠,不求荣迁,安贫乐道。他故意怠慢趾高气扬的金田夫人、竭力反对寒月娶金田的女儿等举动,表现出对权势、淫威一种本能的厌恶与憎恨,及对金钱的极端蔑视。可是由于他缺乏明确的生活目标和进取精神,虽然对不良现象不满,但又不知如何是好。因此,只满足于即兴嘲讽时弊时语言的尖刻,面对资产阶级暴发户时的不屑一顾与轻蔑,结果和敌对势力斗争时因不知对象是谁而无用武之地,显得虚张声势。在谈笑风生中表现出迂阔和虚荣。丑恶的生存环境使他常为小事而大动肝火,以致苦闷无奈。苦沙弥这一形象不仅有某些自传成分,也是明治时期正直知识分子情绪的反映。

经常出入苦沙弥家的知识分子迷亭、寒月、东风、独仙等,和苦沙弥同样具有热爱知识、愤世嫉俗,但又有学疏才浅、软弱无能的特点。他们不愿与世俗同流合污,却又改变不了自己的个人处境。他们集聚在一起,显示自己的学识与聪明,企图表现自身价值,但在社会中又找不到生存的位置,因此显得既可爱又可笑。美学家迷亭性格比较开朗、机敏,说谎从容而不脸红,常以小聪明戏弄人,显得低级庸俗。理学士寒月虽平庸、木讷,研究课题远离现实,无人理解,但是他却不慕金钱权势,不做金田家的乘龙快婿。诗人东风常以自己的诗孤芳自赏,其实不过是附庸风雅之作,内容肤浅无聊。哲学家独仙淡泊寡欲,以宣扬"心的修养"等彻悟思想来麻痹众人。他们性格中的复杂性正是明治时期生存空间狭小的广大知识分子的真实写照。作家以亲身体验描摹他们的生活习性和心理状态,既有深切的同情,又有善意的讽刺,融合了作者和主人公休戚与共的苦闷与悲哀。作者对他们的态度是调侃的、揶揄的,有时流露出凄苦自嘲的味道,也深藏着自爱自怜的感情。正如漱石自己所说:"比起嘲笑他们来,更嘲笑我自己,像我这样嬉笑怒骂是带有一种苦艾的余味的。"

小说对资本主义社会丑恶事物的鞭挞是有力的,揭露是彻底的,讽刺是辛辣的,尤其是通过金田老爷这一艺术形象无情地揭露了他"穷凶极恶,又贪又狠"的罪恶本质和拜金主义的社会风气。资本家金田老爷是明治时期靠高利贷起家的暴发户。他身兼三个公司的董事,拥有大量财产,他遵循"缺义理、缺人情、缺廉耻"的"三缺"为发财的"秘诀",从而事业飞黄腾达。他是个"只要能赚钱,什么都干得出来"的"无法无天"的人。小说没有枉费笔墨写金田老爷聚敛金钱的直接行为,而是通过其女儿婚事受挫一事写他的飞扬跋扈与强盗行径。金田老爷为女儿择婚有其功利目的,他看中理学士寒月,是因为不久的将来他可能获得博士学位,这种"钞票"与"学位"相结合的"美满姻缘"不仅可以提高其家庭的社会声望和地位,而且重要的是可以有更大的金钱上的收益。因此,当这如意算盘被苦沙弥打乱之后,金田老爷这位"不把人当人看"的"实业家",就气急败坏地要给他一点苦头吃,教训教训他。于是他买通车夫、厨子、马弁、无赖、破落书生等,利用一切手段围攻苦沙弥,摧残他的精神,不仅使他无法读书、备课,而且使他歇斯底里,最终屈服于他的金钱与淫威之下。

小资本家铃木认为"要是没有和金钱情死的决心,就做不成资本家",而"要做资本家就得做个大的",因此,他除了钱,什么文学、历史一概不知。为了金钱与权势,他丢弃学友之情,甘愿做金田老爷的鹰犬,两次到苦沙弥家探听虚实。铃木的"绝顶聪明"表现为"圆转油滑",他认为,"事情只要能够按照自己的意图一步步地实现,那就算达到人生的目的"。这种"极乐主义"为他带来金钱,也使之甘愿成为金钱和权势的奴仆。因此连作品中的猫,这个作者的代言人都很清楚:"我现在明白了使得世间一切事物运动的,确确实实是金钱。能够充分认识金钱的作用,并且能够灵活发挥金钱的威力的,除了资本家诸君以外,再没有其他的人物了。"作者对金钱左右社会的现象怀有强烈憎恨,对资本家唯钱是从的行为表示出极大的蔑视。

此外,小说还对整个明治社会的黑暗和罪恶,以及反动统治的基础,进行了深刻的揭露与抨击。小说重点描写知识分子和资本家,但是对官吏、警察、侦探、特务等国家统治工具也进行了多方面的批判,揭露了当时统治阶级剥夺人民的思想和行动自由、草菅人命和捕杀无辜等反动本质。小说还对侵略扩张的军国主义、脱离实际的教育制度等进行了嘲弄,从而使《我是猫》这部小说成为全面反映日本明治时期社会风貌的历史画卷。但是由于作者尚未发现变革社会的强大力量,虽然对现实社会表现出愤慨,觉得它黑暗无比,却又看不到光明,只感到个人力量软弱无力,无法变革社会,因此小说中流露出对前途的悲观和对未来的失望之情。

《我是猫》并不注重故事情节的统一与完整,它像海参一样无头无尾。小说原想在杂志上分回发表,只写了前两回,然而一经发表,就在社会上引起很大反响。于是一回一回续写下去,直到第十一回,形成长篇。因此,小说除第一、二回结构较为完整外,整部作品无一定的结构,散文倾向很浓。作者没有预先构思,只是想写就写,因此,小说随时都可被截断,有一定的偶然性。由于它是由一只猫的所见所闻与品头论足结构成书的,所以又有一条主线贯穿始终。

全书开篇第一句就交代:"我是猫,名字还没有。"说明此书采用了第一人称的写法。但是第一人称的"我"不是人物形象或抒情主人公,而是动物形象"猫"。叙述角度由人变成动物,令人耳目一新。这种特殊的视点,使读者能俯视人类灵魂的丑恶,对社会不良现象有客观的评价与认识。这只猫被人为地赋予了人的理智和思想感情,成为一只有人的心理、意识和猫的生理、形貌的高度人格化的猫。它能识字、会读报,有喜怒哀乐、七情六欲,凡人的习性它应有尽有。这只猫观人所不能观、言人之所不言,完全不受人的活动所限,而以旁观者的姿态看到人性的愚昧虚伪和自私自利,叙述显得客观真实,令人信服。小说主要通过猫的叙述、观察和感受推动和展开情节,从猫的出生开始,至它淹死结束。因为它实际是作者的代言人,所以猫的各种习性,并不妨碍它对事物作出鞭辟入里的评论,猫的诙谐语言也不影响作品本身的严肃性。如它根据平日猫类的经验而得出"再没有像人类那样不讲道理的","世间上再没像人类那样凶暴的了"等结论。它还评论说,"像金田老爷乃至金田老爷的巴儿狗之类也都能以'人'的资格在街市上通行无阻",以表示作者对资本家及其走狗的深恶痛绝。

书中的猫是一只"掌握了通心术"的猫,是一只"奉天之命作脑力工作而出现于这个世界的古今独步的灵猫"。通过作者的出色描写,它成为书中重要的活灵活现的艺术形象。由于对猫的颇具特色的描述,全书的语言具有一种与猫的身份、口吻相和谐的滑稽幽默的风格。它一本正经,侃侃而谈,既没有逻辑思维的局限,也不受时空概念的影响。猫的奇思怪想与人物的滑稽可笑相交织,洋溢着喜剧性的情趣。如它第一次看见人脸后议论说:"本来应该有毛的那张脸,却是光溜溜的,简直像个开水壶","脸的中央还凸得多高,从那窟窿里面不时地喷出烟来"。小说结尾,猫在苦闷中认识到:"人类最后的命运不外乎自杀。"临死前心里还喊着:"三生有幸。"它在为能够早日离开这个"强权胜似公理"的不平等社会而庆幸。这种"通心术"和"灵性"的描写足见作家的匠心。

小说中幽默讽刺的风格是作家继承了日本古典文学中"俳谐"、"狂言"、"落语"等传统的艺术表现形式的结果。他在辛辣地嘲笑人类社会和人类灵魂的污秽时,使人们在深刻的反省之余感到一种手足无措的狂喜。作品中充满漫不经心的戏谑笑谈,可是在调侃中不乏针砭时弊的愤怒,在油滑中深含着人生的感叹与悲哀。这种入木三分、新颖独特的嘲讽艺术,在日本近代文学史上罕见。

《我是猫》的风格留有作者学习汲取英国 18 世纪小说中讽刺艺术的痕迹,行文中也运用许多不同的汉语词汇、历史典故和格言成语。漱石的朋友、德国文学研究家藤代素人又曾指出,《我是猫》与德国作家霍夫曼(1776～1822)的未竟小说《公猫摩尔的人生观》(1820)相似。但是漱石的弟子小宫丰隆等人证实,在藤代指出之前,漱石对《公猫摩尔的人生观》一书一无所知。但无论如何,《我是猫》所表现出来的民族传统、民族风格和民族精神,不仅得到当时人们的认同,而且至今仍拥有广大读者。

第12讲:印度文学与泰戈尔"世界主义"

一、印度文学

  印度是亚洲最早遭受西方列强殖民的国家。17世纪西方殖民者英国、荷兰和法国先后进入印度。18世纪中叶英国殖民者乘莫卧儿王朝日趋瓦解,加强对印度的军事入侵,并与法国殖民势力进行明争暗斗。在近百年的时间里,英国殖民者先后征服孟加拉、迈索尔及马拉特等公国,逐渐把地大物博、人口众多的印度置于它的势力之下。1849年,英国征服勇敢善战的锡克教徒居住的旁遮普,控制了印度全境。英国对印度的殖民掠夺和政治压迫,严重破坏了印度社会的政治和经济,激起印度人民的不断反抗斗争。1857年至1859年间印度爆发了反英民族大起义,这是印度近代史上第一次有全国意义和影响的反殖民统治的民族起义。它沉重地打击了英国的殖民主义统治,促进了印度人民的觉醒。此后,印度人民的反抗斗争持续不断。如1872年至1882年长达10年的马拉特农民战争、1905年孟加拉人民的反英斗争、1907年铁路工人大罢工和旁遮普农民起义、1908年孟买工人的政治总罢工等,显示了印度人民不甘于受英国的殖民统治和压迫、争取民族解放的斗争精神。但是由于印度民族资产阶级的软弱性、妥协性和政治上的改良主义倾向,使他们领导的这一系列反殖民、反封建的斗争最终都未能取得彻底胜利。

近代英国的殖民统治，使欧美文化不断影响印度。许多受过西方教育的知识分子成了欧美文化的传播者和印度文化的改良者。19世纪后半期，印度已有相当数量出身于婆罗门种姓的地主和资产阶级家庭的知识分子。他们一方面在精神上与英国有密切的联系，一方面代表印度自由派的利益，提倡改良主义。印度近代文学就是在这样的历史条件下发展起来的。

印度近代文学早在17世纪下半叶开始萌芽。其真正肇始是在19世纪中叶。进入20世纪，印度近现代文学迅速发展，涌现出许多有才能的作家，他们反映社会生活丰富、深刻，文学样式和艺术手法也日益多样，将印度文学推向了一个新的发展阶段。印度作家重视在文学中宣扬爱国主义思想，重视发扬民族文化传统。为便于群众接受，多数作家都用地方语言进行创作，并涌现了一大批知名作家。其中北印度的印地语文学、乌尔都语文学以及东印度的孟加拉文学成就较大。

东印度的孟加拉是资本主义经济萌芽最早出现的地方。民族资产阶级知识分子率先在这里组织社团，创办报刊，宣传民主主义思想，开展启蒙活动。出现了一批著名的文学家以及表现新思想的小说、戏剧、散文、新诗等文学样式。

著名社会活动家和文学家罗姆·莫汉·罗易（1774～1833）是早期资产阶级改良主义的代表，印度新文学运动的先驱。他1825年组织启蒙社团"梵社"，提出一系列改革社会的主张。他提倡文学为社会服务。他的散文清新明快，充满爱国主义激情，著有散文集《耶稣箴言》。他的文学活动为近现代孟加拉文学奠定了思想基础。

般吉姆·金德尔·查特吉（1838～1894）出生于西孟加拉邦农村的小官吏家庭。他受过高等教育，精通梵语、英语和波斯语。他写过诗歌、长篇小说、政论性杂文并创办刊物。其主要成就是长篇小说的创作。他的第一部长篇小说《拉贾莫汗之妻》（1864）是用英文写成的。次年，第一部孟加拉语历史小说《将军的女儿》问世。70

年代初至 80 年代初是他的创作繁盛期。主要有历史小说《格巴尔贡德拉》(1866)、《茉莉纳丽尼》(1869)、《毒树》(1872)、《英迪拉》(1872)、《钱德拉谢克尔》(1873~1874)、《拉吉尼》(1874)、《拉塔拉尼》(1875)、《拉吉辛赫》(1875~1876)、《阿难陀寺院》(1882)等。

　　他以社会现实生活为题材的小说描写印度新旧思想的冲突,关注妇女的不幸命运。如《毒树》提出了寡妇再嫁的问题,却又把此事比作有毒之树,暴露了他的保守观念。般吉姆最有价值的文学贡献是写历史小说,其中《阿难陀寺院》为他带来盛誉。这部小说通过描写 1772 年"山耶西"(出家人)起义的事件,表现印度人民反抗英国殖民者的斗争。作品塑造了吉瓦南德、香蒂等威武不屈、勇于斗争的爱国者形象。作品中有一首《礼拜母亲》的诗表达了印度人民热爱祖国的真挚情感,被广泛传唱。该诗 1906 年被泰戈尔谱成歌曲后成为印度国歌,一直沿用至 1950 年。般吉姆被誉为近代孟加拉语文学的先驱,曾影响了泰戈尔、普列姆昌德、萨拉特等作家。

　　萨拉特·金德尔·查特吉(1876~1938)出生于西孟加拉邦农村的一个贫寒婆罗门家庭,只读过小学。其父亲爱好文学,受父亲影响,他对文学有浓厚兴趣。萨拉特青年时代为谋生而四处流浪,广泛地接触了社会各阶层人民,有丰富的人生阅历。1907 年发表了第一部长篇小说《大姐》,引起孟加拉文学界的注意。他一生写了 30 部中、长篇小说和许多短篇小说。主要作品有 8 部短篇小说集《杜宾的儿子》(1914)、《二姐》(1915)、《贝昆特的遗嘱》(1916)、《卡西纳特》(1917)、《斯瓦弥》(1918)、《画像》(1920)、《何利拉克什弥》(1926)和《奥努拉特·萨蒂和帕瑞什》(1934)。萨拉特的短篇小说着重揭露社会的黑暗与不平等,对下层人民的贫困与无权、对妇女的不幸寄予深切的同情。著名中、长篇小说有《乡村社会》(1916)、《嫁不出去的女儿》(1917)、《道德败坏的人》(1920)、《婆罗门之女》(1920)、《秘密组织——道路社》(1929)和《斯里甘特》(1917~1933)等。这些小说广泛地反映了孟加拉的城乡生活,塑造了社会各阶层的人物形象:专横的地主、伪善的婆罗门、性格软弱的青年,以及被侮辱与被损害、善良又温顺的妇女等，这些都给人留下鲜明的印象。

《斯里甘特》是一部带有自传性的作品。共4卷，查特吉呕心沥血十几年才完成。全书以斯里甘特童年和青年时代的生活为主线，展示出一幅20世纪初印度城乡社会生活的广阔画面，塑造了一批形象生动、个性鲜明的妇女形象。作品通过她们的生活遭遇和不幸命运，无情地控诉了封建礼教、种姓制度、宗教圣典对人性的摧残，也揭露了殖民主义者的丑恶嘴脸。作品语言朴实，心理描写细腻，但结构显得松散。《秘密组织——道路社》是萨拉特的另一重要作品。虽然是以青年男女的爱情故事为线索，但表现的却是争取祖国独立解放的重大主题。作品热情歌颂了爱国者忘我的献身精神，揭露和鞭挞了殖民主义者的残暴统治。小说也有松散、拖沓等方面的不足。萨拉特·查特吉以其内容广泛、揭露深刻、艺术成熟的作品为印度文学发展作出了贡献，是印度近代代表作家之一。

近代孟加拉戏剧也取得不少成绩。当时著名的戏剧家有拉姆纳拉场·德尔格尔登、迪纳本图·米特拉和吉里希金德尔·考什等。

拉姆纳拉扬·德尔格尔登(1822～1886)，戏剧家，他用孟加拉语创作剧本，成名作为社会剧《高贵门第》(1854)，它讽刺封建社会的丑恶现象，批判封建贵族制度，具有深刻的现实意义，对孟加拉戏剧的开创和发展具有推动意义。

迪纳本图·米特拉(1829～1874)是孟加拉语戏剧的创始人之一。他的第一部剧本《靛蓝园之镜》(1860)写英国殖民者开办的靛蓝种植园中印度工人所受的压迫及其反抗，深刻的揭露性使剧本上演后引起巨大反响。他的较著名的剧本还有《年轻的女苦行者》(1863)、《女戏子》(1867)、《荷花中的美女》(1873)等。

吉里希金德尔·考什(1844～1911)，戏剧家，他创作了将近80部剧本，种类也较多，有神话剧、历史剧、社会剧、传记剧等，形式上则有诗剧、戏剧、歌剧等。

北印度的印地语文学延续了梵文史诗文学和古典文学的传统。19世纪中叶，随着印度民族的觉醒和社会经济的发展，印地语文学的发展也进入了一个新的历史时期。在内容上注入现代思想和时代精神，在体裁上也趋于近现代化和多样化。

帕勒登杜·赫里谢金德尔（1850～1885）是杰出的剧作家、散文家和诗人。他生于北方邦贝拿勒斯一个富商之家，少年时代热爱文学，17岁时开始创办杂志，两年后创办文学刊物，同不少诗人和作家关系密切。随后，他积极从事社会活动和文学活动，逐渐成为当时文坛的翘楚。他戏剧方面成就是创作了9部剧本，改编了10部剧本。剧作内容有取材于历史的，也有来自现实的。独幕剧《按吠陀杀生不算杀生》（1873）讽刺嘲笑了封建王公、大臣和婆罗门、祭司。象征剧《印度惨状》（1880）采用抽象事物、抽象品质拟人化的手法写成。剧中人物分别代表印度、恶神、命运、无耻、贪婪等，反映了作者忧国忧民的思想。历史剧《尼勒德维》塑造了一个敢于反抗外族入侵的女英雄形象。他的诗歌创作也很有名。代表性的诗篇《巴拉特·杜尔大沙》大胆抨击英国殖民者给印度人民所带来的灾难。他的文学创作开拓了近代印地语戏剧、散文和诗的新天地，被当时人们称为"帕勒登杜"（意为"印度之月"）。

迈提利谢伦·古伯德（1886～1964）是出生于北方邦昌西地区农村的诗人。他一生共创作40部诗集和长诗，有影响的诗作大多取材于古代神话、传说和历史。代表作《印度之声》（1912）是近现代印地语文学中最有影响的作品之一。诗篇充满了爱国思想，激情地歌颂了古代印度的繁荣昌盛，哀叹现代印度的贫困落后，表达了对美好未来的向往。全诗音调激昂，比喻生动，对比鲜明，具有强烈的艺术感染力。

乌尔都语主要为北方穆斯林所使用，以德里、勒克瑙为中心的乌尔都语文学于19世纪末进入启蒙时期，呈现出一派繁荣的新气象。

伽利布·米尔扎·阿塞杜勒·汗（1797～1869）是乌尔都语和

波斯语诗人,生于印度北方邦阿格拉的突厥贵族家庭。自幼受到良好教育的他,受到波斯和希腊哲学思想影响。主要诗作有《伽利布波斯语诗集》三卷以及一部《伽利布乌尔都语诗集》传世,对19世纪上半叶乌尔都语诗歌的发展产生了重大的影响。他的散文有用波斯语写的大量的书评和文学上的评论文章,用乌尔都语写的主要是书信,汇编为《伽利布书信集》上下两集,具有重要的文学价值。在乌尔都语文学史上,他被誉为"现代散文的开拓者"。

潘迪特·勒登·纳特·萨尔夏尔(1846~1902),小说家。出生于勒克瑙的克什米尔婆罗门家族。曾任小学教师、报社编辑、法院书记官等。他的成名作《阿扎德传奇》于1880年问世,开创了乌尔都语长篇小说的新局面。作品揭露了社会的黑暗,抨击了官吏的昏庸,反映了人民的疾苦,对19世纪勒克瑙地区的社会风貌和习俗作了真实的概括。萨尔夏尔还有《山区旅行》、《异乡人的陵墓》、《快乐的流浪汉》等十多部中长篇小说问世。

纳兹尔·艾赫默德(1836~1912),小说家。他用教诲式小说形式体现启蒙思想,反映社会生活。著名作品《新娘的明镜》(1869)是一部描写市民生活的小说,也是乌尔都语文学史上最早出现的小说。它叙述不同性格的两姐妹出嫁后的不同生活结局,寄寓了鲜明的道德教诲意义,同时也具有一定的现实意义。

近现代印度文学在继承优秀民族文学传统的基础上,接受了西方近现代意识和文艺思潮的影响。无论在作品的思想内容上,还是艺术表现上,都具有革新意义,对后世文学产生重大影响,尤其是泰戈尔的创作产生了世界意义。

二、泰戈尔"世界主义"

罗宾德拉纳特·泰戈尔(1861~1941),是伟大的诗人和作家,印度近代与甘地齐名的巨人之一,也是印度文学史上与迦梨陀娑齐名的两颗巨星之一。他于1913年获得诺贝尔文学奖,成为亚洲第一位获此殊荣的作家。

泰戈尔在他一生漫长的80年中,写有50多部诗集、12部中长篇小说、100多篇中短篇小说、20多部剧本,还有许多游记、书简、回忆录及有关文学、哲学、教育、宗教、社会方面的论文和专著,他还谱写了2000多首歌曲,绘有近2000幅画。

泰戈尔的祖父是最早去美国访问的印度人之一,是19世纪楚社的重要支持者,进而从事反对偶像崇拜、种姓制度、寡妇自焚殉节等社会改革活动。其父对《吠陀》和《奥义书》很有研究,是哲学家和宗教改革者。泰戈尔是兄弟姊妹14人中最小的一个。其大哥是诗人,又是介绍西方哲学的哲学家;五哥是音乐家、剧作家;姐姐是第一个用孟加拉语写长篇小说的女作家。泰戈尔就在这个扎根于印度教哲学思想土壤、深受西方文化影响、富有文学教养的家庭里度过了童年。他进过东方学院、师范学院和孟加拉学院,但没有在学校里完成正规学习。他13岁时开始发表诗作,17岁时按照父亲意愿去英国学法律,后改学英国文学,研究西方音乐,两年后回国专门从事文学活动。

泰戈尔的诗歌和小说主要反映了印度人民在帝国主义、封建制度双重压迫下要求改变自己命运的愿望,描写了他们的反抗和斗争,充满了爱国主义和人道主义精神,同时又富有民族风格和民族特色,具有很高的艺术成就,深受人民喜爱。他一生辛勤的写作给印度文学和世界文学宝库增加了可贵的遗产。泰戈尔的文学创作主要分为三个时期:

早期创作。他从童年时代就开始写诗和剧本,1877年他16岁时即发表第一首长诗《诗人的故事》并受到好评,1878年赴英国学习法律,对英国文学和音乐有浓厚兴趣,1880年提前回国,1881年他的第一部诗集《黄昏之歌》出版,从此开始了正式的创作生涯。特别是1890年至1901年他在父亲的庄园里度过,广泛地接触了农村社会,目睹了英国殖民主义者的专横暴虐、封建地主的残酷剥削,他非常同情处境艰难的农民,开始积极探索社会改革。这一时期他虽然也创作了不少诗集和剧本,但最能代表他早期创作成就的是六七十篇短篇小说和一部《故事诗集》。《故事诗集》主要取材于历史,重点歌颂了反对异族压迫和封建暴君统治的英雄业绩,部分作品反映了地主对农民的剥削和残害,如《两亩地》。短篇小说描写的社会范围很广,主要以反封建主义为主题,集中批判封建婚姻制度和种姓制度,表现妇女生活的悲惨,如《摩诃摩耶》等。

  他写的短篇小说中《摩诃摩耶》的思想性很强。24岁的姑娘摩诃摩耶和男青年真心相爱,但她的家庭却强迫她嫁给一个垂死的婆罗门,并在火葬场上举行婚礼。婚后第二天,她就成了寡妇,并被迫和丈夫一起火葬,只因突然出现狂风暴雨,才没被烧死,可是她美丽的脸庞上已有烧伤的疤痕。她逃到情人家里,要他发誓永远不揭开她的面纱。一个月后的一个月夜,她的情人终于忍耐不住,揭开了面纱,她一言未语地转身而走。作者强烈谴责了封建包办婚姻的危害和寡妇殉葬制度的野蛮,表达了人们对恋爱自由的迫切要求。

  中期创作。20世纪初至20年代是泰戈尔一生创作最丰富也是最重要的时期。作品广泛而深刻地反映了印度最迫切的社会问题。优秀的代表作品是长篇小说《沉船》(1906)和《戈拉》(1910)。《沉船》是泰戈尔的代表作之一,小说情节曲折动人,富有传奇色彩。作品通过对大学生罗梅西曲折复杂的恋爱经历和婚姻故事的描述,揭示出封建婚姻制度与争取婚姻自由的青年男女之间的尖锐矛盾,有强烈的反封建倾向。男主人公罗梅西是印度资产阶级知识分子的形象,他反封建,但软弱、妥协,无力冲破束缚自己的封建罗网。小说明确指出,青年男女如果不坚决反对封建婚姻制度,是得不到真正的恋爱自由和婚姻幸福的。

  1913年,泰戈尔的著名诗集《吉檀迦利》英译本出版。同年,他获得诺贝尔文学奖。《吉檀迦利》是孟加拉语"奉献"的意思。这是一部优秀的宗教抒情诗集,基于诗人宗教哲学的泛神论思想,诗人歌颂了具有悠久优秀文化的祖国,赞美了祖国那些爱和平、爱民主的劳动人民,抒发了对祖国那雄伟美丽山川的热爱之情。这时期他的诗集主要还有《新月集》、《园丁集》、《飞鸟集》等,它们也都是宗教哲理诗集。

后期创作。20世纪20年代到40年代是泰戈尔创作的后期。由于印度工人阶级力量壮大、十月革命的影响、反殖反帝斗争的高涨,尤其是他1930年访问苏联两星期,使思想有了新的进步,创作了一些政治抒情诗。这些抒情诗大体可分为三类:第一类是反战维护世界和平的,如《非洲集》谴责帝国主义的野蛮掠夺,《敬礼佛陀的人》讽刺日本侵略军侵华,《忏悔》反对瓜分世界的"慕尼黑条约";第二类是揭露殖民主义社会和封建落后现象的,如《劳动者》;第三类是自我总结的,如《生辰集》等,表现了诗人晚年极高的精神境界与世界主义理想。此外,在后期他还创作了虽然富有哲理色彩但是仍具有比较明显的反帝斗争思想的象征剧《摩克多塔拉》(1925)和《红夹竹桃》(1926)等。

泰戈尔与中国有深厚的友谊,他一贯强调印中两国人民团结友好合作的必要,早在1881年就写了《死亡的贸易》一文,谴责英国向中国倾销鸦片毒害中国人民的罪行。1916年他在日本发表讲话,抨击日本帝国主义侵略中国。1937年日本帝国主义发动侵华战争后,他屡次发表公开信、谈话和诗篇,斥责日本帝国主义,支持和同情中国人民的正义斗争。泰戈尔的作品早在1915年就介绍到中国。中国作家郭沫若、郑振铎、谢冰心、徐志摩等人早期创作大多受过他的影响。

《戈拉》写于1907年至1909年,1910年正式出版,是泰戈尔最优秀的小说,也是印度近代批判现实主义文学的代表作之一,主要表现了泰戈尔反帝反封建的创作倾向和世界主义思想的萌生。

这部作品的中心人物戈拉是泰戈尔塑造的一个印度资产阶级民族主义者和爱国主义者的典型。作为一位激烈的爱国知识分子,他有强烈的爱国心和民族壮志,从一个孩子的头目发展为印度爱国者协会主席、印度教青年教徒的领袖。戈拉坚信祖国一定会得到独立和自由，并采取积极的行动为之奋斗，他生活的唯一目标就是要解放祖国。他的一生，宁死不屈，正直不阿，曾三次面对面地和英国殖民者进行了斗争，并被捕入狱，但他绝不向英国殖民者低头，这种没有丝毫奴颜婢膝的做法是殖民地人民最可贵的品质。印度评论家 S. K. 班纳吉说："戈拉就像是渴望自由、愤怒地为反抗自己社会和政治上的奴隶地位而斗争的印度心灵的化身。"

戈拉的性格是矛盾的。他持有宗教偏见，错误地认为造成印度一切灾难的根源是人民群众的愚昧无知，是由于知识分子脱离了群众以及忘记了印度的光荣历史，因此，当前的任务是唤醒人民，使他们相信自己的力量，恢复对祖国的信仰，尊敬和热爱自己的祖国。他要达到这个目的，就必须无条件地遵守印度教的一切传统，因为只有这样，群众才不会忘记印度光荣的过去，才不会崇洋媚外，才不会失去自己的民族自信心。因此，他为印度教的一切传统，包括种姓制度、偶像崇拜、妇女无权等落后反动传统辩护，并身体力行，严格遵守印度教的教规。他复归传统种族观念和教规以图振兴民族和国家的做法行不通。这不仅造成他深刻的内心矛盾，而且造成他和亲人之间的矛盾。尤其在他爱上信奉梵教的姑娘苏查丽妲之后，他的内心更加矛盾、痛苦。最终，现实教育使他放弃了偏见，树立了为全印度人民造福的思想。戈拉终于认识到：印度人民要独立，就要同时反封建，就要冲破种姓制度的束缚，不分宗教信仰，团结一致才能战胜敌人。

泰戈尔通过《戈拉》这部作品歌颂了新印度教徒戈拉反对殖民主义压迫、热爱祖国的思想，歌颂了他对祖国必然获得自由的坚定信念，同时也批判了他仍维护种姓制度、遵守印度教各种腐朽传统的错误做法。泰戈尔通过戈拉的形象，表达了他自己反对帝国主义、反对复古主义和种姓制度的主张，已初步具有了世界主义的思想萌芽。

泰戈尔曾先后 12 次远渡重洋，访问五大洲近 30 个国家和地区，积极从事和平运动，反对法西斯，支持各国人民的正义事业。这些非凡的经历成就了泰戈尔作为一个公共知识分子的世界主义思想的成熟。他在不懈地追求人性完美的同时完善了世界主义的内涵。评论家认为,"罗宾德拉纳特是一个非常协调的人。人性的每一个方面在他的行为、他的艺术中都有充分的表述。《奥义书》中高尚的理想主义,佛陀的慈悲与智慧,西方思想中的理论性,毗湿奴教义中的慈爱,耶稣的人道主义,不同国家不同时代的神秘主义,大诗人的深沉……这一切在罗宾德拉纳特的世界观和处世之道中都占有各自的地位。炽热的爱国主义并没有妨碍他将世界看作一个'全人类的小巢'"。① 此外,他还始终坚信:"每一民族的职责是,保持自己心灵的永不熄灭的明灯,以作为世界光明的一个部分。熄灭任何一盏民族的灯,就意味着剥夺它在世界庆典里的应有位置。"② 由此可以看出,泰戈尔的民族主义有时是用世界主义价值取向来反映,而他的世界主义有时又往往用民族主义的形式表达出来。这样他就从一个普通的民族文学艺术家发展成为一个服务于整个世界的公共知识分子。

泰戈尔认为:"在印度,当我们能够在我们的生活中同化西方文明中永恒的东西时,我们将处于协调两个伟大世界的地位。那么,令人恼恨的单方面的统治将会结束。更重要的是,我们不得不承认印度的历史并不属于一个特定的种族,而是属于一个创造过程。世界上不同的种族对这个过程都作出了贡献,其中有达罗毗荼人和雅利安人,古希腊人和波斯人,西方和中亚的伊斯兰教教徒。现在终于轮到英国人忠于这个历史了,他们为历史带来了生活的献礼。我们既没有权利也没有力量排除他们参与建设印度的命运。所以我

---

① [印度]维希瓦纳特·S.纳拉万:《泰戈尔评传》,刘文哲、何文安译,重庆:重庆出版社,1985年,第12页。
② [印度]克里希那·克里巴拉尼:《泰戈尔传》,倪培耕译,桂林:漓江出版社,1984年,第334页。

说的民族,更多的是同人类历史有关,而不是同印度历史特别有关。"①泰戈尔心目中"西方文明中永恒的东西"即他后文中提及的"它产生了胸怀开阔的人,具有伟大思想的思想家和伟大业绩的实行家。它产生了伟大的文学"。他敬佩这些人对正义和自由的热爱,以及他们的思想活力、创造力和人性。另外,泰戈尔强调民族历史"属于一个创造过程",而且是由世界上多个不同种族共同完成这一创造过程的观点。这是因为他已经觉察到西方正在抑制其压迫民族的天赋,防止这些民族会利用知识来解放自己。他指出,这种强权式的"民族主义是一种席卷当今人类世界并吞噬它的道德活力的残酷瘟疫"。他感到在这样的世界上,只有发扬更崇高的人性,才能使世界和谐。这些哲学观点无不滋生着世界主义的思想萌芽,吮吸着世界主义的营养。

我们承认泰戈尔所说的"印度的历史并不属于一个特定的种族,而是属于一个创造过程",就等于承认当今世界的历史更"属于一个创造过程"。只是这一过程所遭遇的困难更多更复杂,也更难解决。因为人类不仅要克服自然给他们带来的各种灾害,还要解决人类自身由于人性缺陷所带来的人为灾难。这是泰戈尔的世界主义思想的由来。因此,他针对西方民族主义的强权政治,提出:"人类历史的目标既不是含糊不清的世界主义,也不是狂热的民族自我盲目崇拜。印度一直在努力完成它的任务,一方面调节社会分歧,另一方面承认精神团结。""但是我们认为我们的任务尚未完成。世界洪流荡涤着我国,新的东西已经引进,更大规模的调整有待于进行。"②毫无疑义,泰戈尔认为的清晰的世界主义观点应该是:"现在已经到了这一时刻,我们必须将世界的问题当作我们自己的问题。我们必须使我们的文明精神与全球所有国家的历史和谐配合。"③尽

---

① 《泰戈尔集》,倪培耕编译,上海:上海远东出版社,1998年,第324~325页。
② 《泰戈尔集》,倪培耕编译,上海:上海远东出版社,1998年,第320页。
③ 《印度文摘》,1988年第12期,第3页。

管当前印度无论是想完全回到吠陀时代的信仰复兴者,还是想照搬欧洲功利和消费主义的模仿者,都不会赞同泰戈尔这种世界主义观点,但是,"罗宾德拉纳特把世界的命运看作是自己的命运。如果世界的某个地方存在着非正义或压迫的话,那么他会深深感到痛苦。存在于他身上这种世界意识使他在自己的国度里不得不蒙受一些误解"。"现在他已超越了印度的国界,成为一个世界公民。这并不是因为他已名扬天下,而是因为他与世界紧紧联在一起"[1]。正是因为作为公共知识分子的泰戈尔和世界的紧密接触和联系,使他的世界主义思想越来越根深蒂固。

泰戈尔在《世界文学》里指出:"你们切不可以认为,我将成为你们在世界文学领域里的带路人。我们应该根据各自的力量,在这条路上前进。我只是想强调指出,大地不是我的、你的或是他的大地,把大地分成你的我的做法是极其无知的。同样,文学也不是我的、你的或他的创作。然而,我们往往如此无知地看待文学。我们的目的是,去掉那些无知和狭隘,从世界文学中观察世界的人。我们要在每一作家的作品里看到整体,要在这种整体里看到整个人类为表现自己所做的努力,现在是立下这样的决心的时候了。"[2]泰戈尔对世界文学的这种清晰认识和理解以及所表现出来的教育思想,是他积极倡导的东西方之间要紧密合作的精神在文学研究领域的体现。评论家普遍认为,泰戈尔的理性是由整个世界文明培育成熟的,他的成就奠基于东西方文人学者的友谊之上。因而在他的思想深处一直孕育着"世界意识",并始终贯穿于他文学研究和教育实践的全过程。这种"世界意识"由朦胧生发到根深蒂固,最终形成了世界主义思想。

泰戈尔一向主张民族间的文化要相互交流,东西方二者不可偏

---

[1] [印度]克里希那·克里巴拉尼:《泰戈尔传》,倪培耕译,桂林:漓江出版社,1984年,第289页。
[2] 《泰戈尔论文学》,倪培耕译,上海:上海译文出版社,1988年,第55页。

废。这种"世界意识"很早就在他幼小的心灵里萌动,因为"罗宾德拉纳特就诞生在这种东方和西方的精神文明的气氛中,并在那间喧闹的,永远挤满那些不断地唱歌,写诗,讨论神学、哲学和文学问题的人们的乔拉圣科的小屋里度过了他的童年"①。这种来自家庭的教育是多样性的。1878年,青年时代的泰戈尔第一次去英国伦敦求学,请了一位教师教拉丁文。这位平日沉溺于理论研究的教师认为:"每一个时代的占支配地位的思想意识总会在整个世界的不同人类社会里反映出来,不管这些不同的社会之间存在什么样的外部联系。"这种来自学院派的教育是世界性的。泰戈尔在日后的《回忆录》中,曾这样写道:"今天我不能不相信它。我坚信,人类的思想是通过一种深奥的媒介联系着的,社会的某一方面的变革会影响到另一方面。"②可见从那个时期开始,人类互相联系、互相影响的"世界意识",就通过不同的教育渠道深深植根于泰戈尔的理性、植根于这块东西方文化杂糅的沃土之中了。

　　泰戈尔在筹建国际大学并实践他的教育理论时,正值他的"世界意识"逐渐形成文化心理定势的过渡时期,也是他的"世界主义"付诸行动的重要时节。1898年,他想在父亲早年于西孟加拉邦比尔布姆县买下的、后被称为圣蒂尼克坦(意为"和平之乡")的7英亩荒地上创办一所小型的实验学校,以招收不同种姓的儿童入学。这一教育设想就是从他的"世界意识"中最先派生出来的。1902年,他又在一篇著名的论文中呼吁,印度既不是印度教的,也不是穆斯林的,更不是英国人的,不同种族、不同信仰的人应该会集在团结的旗帜下。这种思想又于1912年反映在泰戈尔作词并谱曲的印度国歌中。歌词欢呼要用"爱的花环"把东西方人们编织在一起。即使是在第一次世界大战前夕,泰戈尔也丝毫没有放弃要在圣蒂尼克坦

---

① [印度]S. C. 圣笈多:《泰戈尔评传》,董红钧译,长沙:湖南人民出版社,1984年,第5页。
② [印度]克里希那·克里巴拉尼:《泰戈尔传》,倪培耕译,桂林:漓江出版社,1984年,第97页。

建立一个在世界各国间传播信任与友谊、交流思想文化的学术机构的努力。就这样,泰戈尔的"世界意识"通过教育实践过程,由启悟升华为世界主义,最后经实验成为现实。圣蒂尼克坦的实验学校,最终发展成一所世界性大学——国际大学。其座右铭为一句古老的吠陀箴言、梵文诗:"整个世界相会在一个鸟巢里。"

泰戈尔这种世界主义思想不仅反映在他思想发展的过程中,而且以一定的审美价值取向表现在他的代表作品里,尤其是在他的"世界主义"的观点形成期所写的代表作长篇小说《戈拉》和诺贝尔文学奖获奖诗集《吉檀迦利》里。由于对美和爱的追求构成了这些作品的主题,因此,他的书面语言已不仅仅是承担着民族文化重负的一种载体,也表现出一种超越语言的文化普遍性和同一性。

1906年到1909年在杂志上连载的小说《戈拉》,除却热爱祖国的鲜明主题之外,另一个重要的思想倾向就是不同种姓、不同宗教信仰的人们应该消除隔阂,相互交流文化与思想。小说主人公戈拉最初是个坚定的印度教徒,当他得知自己的爱尔兰血统和基督教徒出身以后,以前的信念发生了根本的变化,即自己既不是印度教徒,也不是基督教徒,而是一个人。这种"人的宗教"促使戈拉的思想发生转变,恰如其分地表现了小说的主旨,表达了作者正确的思想倾向和宗教观,是作者文化心理结构深层的一种自然显现。正是因为他的世界主义思想,他的小说才表现了人类的伟大,这一点不仅跨过了地区界限,也超越了国家界限。1911年,即泰戈尔50岁那年,他将自己的一些诗编纂成集,命名《吉檀迦利》。其第三十五首诗里写道:"在那里,知识是自由的;在那里,世界还没有被狭小的国家的墙隔成片断;在那里,话是从真理的深处说出;在那里,不懈的努力向着'完美'伸臂;在那里,理智的清泉没有沉没在积习的荒漠之中;在那里,心灵是受你的指引,走向那不断放宽的思想与行为——

进入那自由的天国,我的父啊,让我的国家觉醒起来罢。"①如何才能进入"那自由的天国",泰戈尔基于自己的世界主义思想认为,"广泛地展开各民族间的文化交流,建立彼此间的了解,使所有的人都重视'人的价值',来完成一种'世界文化',那么,人类就可以逐渐进入'自由的天国'"。② 在他的想象中,"自由的天国"是天堂,那么在他的实践中,国际大学即是通向"天国"的一座金桥,他的世界主义思想可以通过这种努力得到验证。

泰戈尔在文学艺术创作活动中是"世界诗人",在社会政治活动中是"世界公民",在思想意识深层的表现上是"世界主义",这使他的创作活动和思想行动从表面上看并非总是表现出明显的统一性,但是在这令人眼花缭乱的丰富多彩背后,总有一种东西若隐若现,那就是在他生命过程中,从萌芽到成熟的世界主义思想。其本质是面对政治多元化、经济全球化的焦虑,作为一名公共知识分子,他要寻求一种人类生存在这个世界上的互相关联与和谐共存的潜能。他的这种认识越到晚年越深刻,这种探索越到晚年越努力,最终成就了泰戈尔世界伟人的地位。

---

① [印度]泰戈尔:《吉檀迦利》,谢冰心译,北京:人民文学出版社,1984年,第21页。
② 张光璘编:《论泰戈尔》,北京:中国社会科学院、北京大学南亚研究所,1983年,第89页。

第13讲:巴基斯坦文学与伊克巴尔"伊斯兰精神"

一、巴基斯坦文学

巴基斯坦文学,主要指乌尔都语文学,包括诗歌和小说。其起源自然是与乌尔都语言同时诞生的。表现情感的乌尔都语诗歌,在次大陆已存在近千年,它的遗产远比散文丰富。乌尔都语诗歌因历史的原因,接受了多种文化的影响。其核心主要因袭了波斯古典文化,几乎全盘继承了波斯的抒情诗、颂诗、挽诗、叙事诗、抒情短诗和柔巴依四行诗等各种形式和波斯韵律学;同时仍沿袭古老的印度文化,主要是梵语和印地语等对句诗、四行诗、多种民谣诗体及部分韵律。19世纪中叶,又开始接受西方文化的影响,包括西方各种诗歌流派和美学价值的影响,甚至十四行诗也一度受到青睐。

乌尔都语诗歌的巨大变化,是随同19世纪中期印度社会生活各领域出现的变动而发生的。其最根本的变革是提倡文学接近生活、反映生活;提出诗歌的宗旨是唤醒穆斯林的民族觉悟,给人以力量和鼓舞。强调要用现实社会生活题材,取代通常只反映个人感受或体会、虚构的爱情以及追求思考缜密、比喻贴切、修辞艰深或华丽的传统风格。对传统的抒情诗和格律诗持严厉的批判态度。新的格律诗和自由诗应运而生。爱国主义成为这个时期诗歌的主要题材。一批以现实、历史和道德题材为主的新诗问世。这些诗普遍具有较明显的民族主义倾向,完成了从古典诗歌向现代诗歌的过渡。

现代诗歌的开拓者中,哈利(1837~1914)和阿扎德(1827~1910)贡献杰出。哈利的《伊斯兰的兴衰》又名《哈利的六行诗》和阿扎德的《生命之水》影响广泛。他们以实际行动支持和配合了穆斯林的启蒙运动。推动现代诗歌发展的诗人中,比较重要的有希布利(1857~1914)。他的叙事诗《希望的早晨》很有名。独树一帜的阿克巴尔(1846~1921)坚持民族文化传统,对不断增强的西方文化影响深表忧虑。然而,他的呐喊声在整个诗坛显得非常微弱。伊斯迈依尔·密勒蒂(1844~1917)是自由诗的先驱之一。他注重借描绘自然风光和景物,引申出道德教训。他的儿童诗最为简洁、流畅。现代乌尔都语诗歌,无论是就题材或是风格而言,最杰出的无疑是伊克巴尔(1877~1938)。他的诗歌反映了穆斯林中产阶级的内心矛盾和愿望,是穆斯林民族觉醒的象征。民族独立斗争的勇士扎发尔·阿里·汗(1873~1956)的政治题材诗,公然向殖民主义宣战,充满着战斗的激情。乔什(1896~1981)被称作"革命歌手"和"时代诗人"。他关于政治和爱情题材的诗,大胆、泼辣,具有浪漫主义倾向和叛逆精神。他在诗中号召人民摆脱奴役,争取自由,为民族团结和光明的未来而斗争。他的诗歌热情充沛,语言纯朴。

19世纪中叶西方文化大肆渗入南亚。乌尔都语诗坛对探索新格律诗、自由诗和无韵诗等格外关注。进入30年代,这些努力已取得丰硕成果,新格律诗和自由诗等都有了较快的发展。相比之下,抒情诗和旧格律诗受到冷遇。许多人焦虑不安,担心显赫一时的抒情诗会告别文坛。但仍有一些杰出的诗人致力于抒情诗的变革。这些诗人中首推具有激进思想倾向的赫斯勒特·穆罕尼(1885~1951)。他率先将政治题材和社会主义思想注入抒情诗。在他的努力下,传统的抒情诗引入现代政治,从而被赋予新的内涵。抒情诗再次表现出了生活的真实、东方情趣和雄浑的力量,恢复了原有生命力。另一些诗人极力回避现实问题,陷入艺术世界里,自我排忧解愁,法尼(1879~1941)就是其中的代表。他的抒情诗表现哀婉和优美的新意象,用以抒发个人的感伤情绪。阿斯格尔·贡德维(1884~1936)的抒情诗,短小精致,极似苏菲主义大师达尔德的精品。诗中富有想象力,具有跳跃和愉悦的风格,给人一种清新感。吉格尔(1890~1960)的抒情诗是现实生活的写照,具有生动的写实美,在反映现代政治和社会问题上,还具有一定的广度和深度。雅斯·耶干那(1884~1956)才华横溢,抒情诗风格独特,充满锐气,艺术技巧纯熟,是杰出的抒情诗人。

巴基斯坦小说主要指乌尔都语小说。印巴分治前的乌尔都语小说,从其诞生至分治以19世纪30年代为界,分为两个时期。

19世纪在纯理性色彩的、用文学创作直接图解社会政治主张和哲学思想的启蒙主义文学影响下,一批以现实社会生活为主要题材的乌尔都语小说相继问世。最先出现的是长篇小说,主要作家作品有:纳兹尔·阿赫默德(1836~1912)的《新娘的镜子》(1869)。小说注重道德与行为的训诫,侧重于教诲功能。随后有萨尔夏尔(1846~1903)的长篇连载小说《阿扎德传奇》(1879)、塞勒尔(1860~1926)的历史小说《阿齐兹国王与弗吉尼亚》(1888),及米尔扎·鲁斯瓦(1858~1931)的社会小说《乌姆拉奥·江·阿达》(1899)(中译名《一个女人的遭遇》)等。这些作品情节曲折、构思奇特,人物多愁善感,语言风趣,富有诗意。作品重视娱乐功能,让人在审美愉悦中净化灵魂。普列姆昌德(1880~1936)以印度农村生活为蓝本,撰写了具有鲜明时代特征的作品《戈丹》(1936)。除此而外,这期间还有勒希德·海利(1868~1936)的《早晨的生活》等多部著作出版。这些长篇均以妇女解放为主题,小说创作支持了女性主义运动。他的举动唤起不少女性作家纷纷提笔为自身的解放而写作。这个时期的长篇作品都比较注意外部客观世界生活的真实性,情节复杂,场面广阔,人物众多。作家的生活观念、伦理道德、艺术主张,乃至宗教信仰等,全部寓于情节所揭示的主题中。作家的创作风格和作品的主题虽然不尽相同,但是在创作倾向上基本属于浪漫主义或现实主义的传统文学范畴。

其次出现的是短篇小说,乌尔都语第一篇短篇小说发表于1900年,即耶尔德冷姆(1880~1943)的《醉后第一个奇想》。它的出现比长篇小说晚了近半个世纪。早期的短篇小说家,以耶尔德冷姆为首,主要属浪漫主义倾向,代表作有:耶尔德冷姆的《荆棘林与蔷薇园》、尼雅兹(1884~1966)的《陨星的故事》及卡兹(1888~1956)的《莱拉的书札》等。这些作品都具有较强烈的情感色彩。作家主要通过自己的感受或对理想的向往,表达情绪化的主观愿望。作品要表达的中心思想是美与爱,较少传达社会改良或变革的信息。主观的希望与臆想等非凡的想象,往往成为小说的经纬。语言像抒情诗般优美,题材有吸引力。浪漫主义小说流行久远。

三四十年代至印巴分治前,是小说的第二个时期。这时,印度民族独立运动高涨。一批受西方教育的知识分子进入文艺界。他们具有各种新思维和现代意识。乌尔都语小说正经历启蒙主义、浪漫主义、现实主义、民族主义和自由主义等文学运动,进入一个新的变革时期。这无疑加速了巴基斯坦文学现代化的进程。

为适应社会发展的需要,短篇小说得以蓬勃发展。莫泊桑、契诃夫等作家的成就,影响了乌尔都语短篇小说的创作。人道主义和现实主义占有主导地位。自由主义者也充分利用短篇小说这种文体,宣传自己的政治主张,力图按自己的方式寻找一种济世良方。思想解放的作家突破和批判一切旧有的艺术形式和风格,赋予小说以新的思想。他们提倡爱国主义情愫,坚持民族文化意识,支持民族独立斗争,讽刺和排斥不符合民族独立的陈规陋习,努力反映下层社会和农村的生活。塞佳德·扎希尔(1905~1973)和阿赫默德·阿里(1910~?)等四人合著的短篇集《星火》(1935)正是这种思潮的产物。克里山·钱达尔(1913~1977)的短篇集《想象的魔力》和《观察家》,标志着他从浪漫主义向现实主义转变。阿赫默德·阿巴斯(1914~1986)的《番红花》、贝迪(1915~1984)的《蚀》,纳迪姆(1916~?)的《寂静》,以及一批短篇小说,都客观地叙述作者所熟悉的典型环境,刻画人物性格。这些作品汇集成为这个时期文学的主流。

随着具有现代意识文学的崛起,现代派文艺思潮涌入,福克纳等的心理分析和意识流手法、卡夫卡的表现主义、艾略特的象征主义,以及劳伦斯的性意识等影响不断扩大,不少作家创作倾向上出现了变化。他们不再去关注社会事态的演变和发展,却转向对人的主体意识,即主观意识的关注,客观上贬低了生活的真实性。他们认为揭示人的内心精神的存在和活动,才是作品的真实基础。于是一些作品开始出现非理性的审美特征。闵杜(1912～1955)的短篇集《冷肉》和《黑裤》正是这种思潮的代表。他交替运用多种艺术手法,去剖析社会的丑恶,在同情社会底层人民的苦难时,努力潜入人物心灵深处,捕捉人物的意识活动。作品中的某些性意识和自然主义手法,一度引起关注和争议。

心理小说家穆夫蒂(1905～?)的短篇集《口难开》和《沉默》,较多地使用联想、暗示、烘托、感觉、象征、幻想等手法来表现作品主题,表现某种社会情绪和力量。作品中人物有时略显畸形,语言时有晦涩。

女作家海德尔(1922～)的中篇小说《我也要寺庙》,以及她的短篇小说集都运用了较典型的意识流手法。她主要通过人物的内心独白、联想、回忆、想象,以及通过时空倒置等,展示人物的意识活动。作者努力开掘人物的潜意识活动,引起评论界的注目。

女作家丘格泰伊(1915～1991)的长篇小说《曲线》是这一时期运用现代派表现手法较成功的作品。她出色地运用自由联想、内心独白等综合表现手法,去表现女性的心态,剖析她的性意识。作品通过人物的主观与客观生活之间的碰撞和冲击,揭示社会的邪恶。其长篇小说《处女》,同样是这种突破传统的艺术表现手法的佳作。她的作品构思新颖,结局时有意外,却又尽在情理之中。作为穆斯林女作家,敢于从女性角度剖析性意识的奥秘,不免招来社会和评论界的热议。

这个时期,作家思想活跃,各种思潮纷纷涌现,连一些成名作家也试图借助现代主义艺术技巧再显身手。纳迪姆的《疯子》和《苏丹》;艾齐兹·阿赫默德(1918～1978)的《高尊卑贱》和《金色的皇冠》;阿赫特尔·奥任迪(1911～)的《梦境》和《心的热度》等短篇小说,均是这方面成功的尝试。新老两代作家在传统与现代、保守与创新的冲撞之中逐渐形成了自己的创作风格。为满足不同层次的社会需要,推理小说和侦探小说等通俗作品也相继问世。

1947年巴基斯坦独立,伊斯兰文化不再受歧视。巴基斯坦文学和伊斯兰文学的概念也相继被提出。伊斯兰文学植根于伊斯兰文化。至于巴基斯坦文学,它显然不应仅限于乌尔都语文学,而理应吸纳各地及各民族的方言文学。因此,"巴基斯坦文学"这个概念有待于进一步明确。尽管语言、民族和社会问题基本相同,分治形成的地理政治界限观念、文化信仰以及由此引发的心理结构的变化,还是使乌尔都语作家分为印、巴两大系统。小说的题材和风格也随之出现某些人为的变化。

二、伊克巴尔"伊斯兰精神"

穆罕默德·伊克巴尔(1877～1938)是南亚重要的诗人和哲学家、思想家。伊克巴尔生活的年代,历史上的印度还未分裂,因此,他可以被认为是印度的作家。但是他的故乡旁遮普邦锡亚尔科特城现在巴基斯坦境内,更为重要的是他晚年致力于巴基斯坦建国理论的宣传和实践,被认为是巴基斯坦国的奠基人。学界现在一般认为他是巴基斯坦作家。

伊克巴尔生活在民族意识觉醒并日益高涨的时代。1857年在英国统治了印度一个世纪之后,印度人民爆发了反英的民族大起义。起义的失败不仅未能使印度人民屈服,反而使民族主义精神得到空前的发扬。此时的印度文学在经历了东西方文化精神的洗礼之后,开始崛起。伊克巴尔就生活在国家统一与民族独立、现代冲击与民族传统、宗教信仰与现实追求等错综复杂的矛盾氛围里。

当时英国当局在印度大肆推广西方文明,客观上培养了一大批掌握西方近代科学文化知识和追求自由、平等、博爱的知识分子。其中以赛义德·艾哈迈德·汗为首的印度穆斯林知识分子开始了一场旨在改善自己政治地位和经济状况的思想启蒙运动。其实,这是一场复兴穆斯林文化的运动。近代乌尔都语文学正是在这种契机之下,经过继承和发扬古典文学的优良传统,获得前所未有的发展,并产生了一批有影响的作家,伊克巴尔则是其中的佼佼者。他不仅用乌尔都语,而且还用波斯语进行诗歌创作,不遗余力地通过各种诗歌表现形式来阐述自己的宗教哲学思想。在南亚次大陆,他的乌尔都语诗歌影响广泛。在亚洲范围内,他的波斯语诗歌著称于伊斯兰世界。他一生创作不息,留有珍贵的文学遗产,包括10部用乌尔都语和波斯文写的诗歌集和一些探讨哲学问题的著述。努力解读他所有的创作,即伊克巴尔文学及蕴涵其中的伊斯兰文化精神就成为教学研究的主要任务。

伊克巴尔1877年11月9日出生。他的祖上居住在克什米尔,原信奉印度教,后皈依伊斯兰教。其家族在18世纪末或19世纪初移居锡亚尔科特。伊克巴尔的祖父经营粗毛毯生意。父亲子承父业,全家生活维持在中上等人家的水平。其父虽未受过正规学校教育,但虔信伊斯兰教,对苏菲思想有深刻的领悟。"伊克巴尔"一词源于阿拉伯语,意思是"幸运"。其父从伊克巴尔幼年时代起就每天早晨孜孜不倦地教他诵读《古兰经》。家庭环境的影响和熏陶奠定了伊克巴尔信仰伊斯兰教的基础。

锡亚尔科特是旁遮普最古老的城市之一。这里不仅手工业生产密集,而且有良好的教育传统。伊克巴尔6岁时就被送进一所集文化知识和宗教于一体的私塾学校。凭借超强的记忆力,在并不完全理解的情况下,他熟练地背诵了大量阿拉伯语、波斯语、乌尔都语和旁遮普语的诗歌。5年之后,他进入锡亚尔科特苏格兰教会中学学习。英语又成为他的重要学业之一。1893年,他通过中学毕业考试进入苏格兰教会学院大学预科学习。两年后,他完成学业前往历史名城拉合尔,进入旁遮普大学注册修读英语、阿拉伯语和哲学。1897年3月通过学士学位考试后,即开始攻读哲学硕士学位。1899年,伊克巴尔以第一名的成绩获得硕士学位,并留校任教。1903年,他用乌尔都语出版了他的第一部著作《经济学知识》。1905年,伊克巴尔在曾既是老师又是朋友的英国东方学者托马斯·阿诺德的帮助下,经德里到孟买登轮船赴欧洲留学。

他到达欧洲后先是在英国剑桥三一学院注册学习,主要学习法律,同时从事哲学研究。这位剑桥大学图书馆和大英博物馆的常客,尤其关注伊斯兰苏菲思想史的研究。在转入德国慕尼黑大学申请博士学位期间,他一边进行哲学研究,一边攻读德语,并于1907年11月以《波斯形而上学的发展》一文通过博士学位论文答辩,获得慕尼黑大学博士学位。与此同时,他还在伦敦林肯法学院学习法律,并于1908年7月1日获得林肯法学院颁发的律师证书。几天之后,他启程回国,于7月27日抵达拉合尔。

在英国期间,伊克巴尔就开始介入政治活动。1908年,他当选为1906年成立的"全印穆斯林联盟"英国分支的执行委员。回到印度后,虽然他是个自由职业者,却以新一代穆斯林知识分子的身份从事律师和大学教授的工作。他主要精力集中在从事各种政治、经济、哲学、宗教学方面的学术研究。与此同时,他将自己的心得以各种诗歌形式表现出来。这期间有两件大事对他的伊斯兰信仰有重大影响:一是1911年英国政府决定取消分割孟加拉。这使得穆斯林上层颇为不满,伊克巴尔在拉合尔的抗议集会上公开发表演讲,号召穆斯林自己要站起来表达自己的心声。二是1913年英国当局为修路而毁掉坎普尔清真寺。在冲突中,许多穆斯林群众遭枪击和逮捕,伊克巴尔积极营救,帮助被捕者获释。这些活动清楚地表明他与印度穆斯林站在一起的政治立场。他在报刊上发表《从道德和政治理想的角度看伊斯兰》的文章,在大学作题为《论穆斯林群体》

的讲演,重要的是"开始构思和写作《自我的秘密》和《非我的奥秘》,从思想理论上为印度穆斯林的政治前途作准备"①。这些活动都表明他的伊斯兰精神正在形成并逐渐影响印度的穆斯林群众。

伊克巴尔指出的伊斯兰自我解放之路具有广泛的社会基础。每次他在穆斯林学会朗诵具有强烈思想倾向的诗歌时,都能在穆斯林知识界中找到知音。他宣传从伊斯兰教义中提取出的人人平等的思想,也在印度底层社会有良好的反响。国际上,他的主张回应了在中亚、西亚和北非正在兴起的伊斯兰主义的思潮。随着对国内、国际形势日益变化的审视与反思,伊克巴尔的伊斯兰精神也开始成熟。到20世纪20年代,他正式开始了自己的政治生涯。1926年7月,他竞选旁遮普省议会议员成功。此后他以积极的态度担任了三年的议员。1930年,他当选全印穆斯林年会主席,并首次提出在印度西部建立一个独立的伊斯兰国家的主张,从此他逐渐成为全印穆斯林心目中的精神领袖。

1931年11月和1932年底,伊克巴尔两次代表全印穆斯林联盟参加了英印圆桌会议。他以自己在印度穆斯林中的巨大影响和重要作用,表达了印度穆斯林想成立独立国家的强烈愿望。会后,他访问了欧洲的西班牙马德里、英国伦敦和意大利罗马,1933年初回到拉合尔。同年10月,他还应邀访问了阿富汗。1934年1月他身染疾病。1936年8月他因身体原因辞去公务。逝世前一年,他几乎双目失明,只能靠声音来辨别客人。1938年4月21日,伊克巴尔病逝。他在伊斯兰世界有"拉合尔的伊克巴尔"的美誉。

伊克巴尔通晓东西方多种语言,生活阅历极其丰富,对东西方文化的异同有独到的认识和深刻理解。他生在东方,尤其是生在伊斯兰信仰浓厚的巴基斯坦地区,所以对东方宗教哲学和伊斯兰思想体系有很深的体悟。然而1905年至1908年的欧洲之行却给他的

---

① 刘曙雄:《穆斯林诗人哲学家伊克巴尔》,北京:北京大学出版社,2006年,第12页。

思想和创作打下了深深的烙印,成为他思想的重要转折时期。西方的精神文明和物质文明极大地拓宽了他的认知空间。那些自由、平等、博爱和民主思想以及悠久的人道主义传统逐渐地浸润到他的思想体系之中。费希特、柏格森、尼采等人的唯心主义哲学观以及其他西方各种哲学思潮不断冲击着他的世界观,使他不得不反思他的东方文化立场。终于在考察了西方之后,他洞彻了西方文化的本质,深刻认识到西方文明是建立在物质基础之上的,是以利益为出发点的,而东方文明则是建立在精神基础上的,是以道德为出发点的。西方世界的终极追求与伊斯兰教的信仰格格不入。因此,他开始重新思考伊斯兰教精神,重新审视伊斯兰文化和穆斯林信仰的历史价值,并将这一切作为自己生存的立足点,及为之奋斗的思想核心。就是从这一时期开始,他思想逐渐脱离了早期的印度民族主义,而转变为泛穆斯林主义的鼓吹者。以此为分水岭,形成了伊克巴尔文学前后两个时期的创作思想和内容特征。

伊克巴尔生活和创作于南亚民族解放运动蓬勃发展的时代。他40年的诗歌创作历程具有鲜明的时代特色和探索精神,成为印度各族人民争取自由解放思想的武器和战斗号角。他的诗歌表现出的思想深度已经摆脱了宗教唯心主义哲学的束缚。他的艺术观基本是现实主义倾向的。他主张艺术的首要任务是应该关注生活中的主要东西,应该鼓舞人们为了争取美好的生活去斗争。他指出:"诗歌应当像火一样燃烧,不能为人民服务的艺术是毫无意义的。""艺术的最高使命在于激励我们的意志,帮助我们勇敢地迎接生活的考验……艺术不应引起甜蜜的幻想与不切实际的遐想。关于纯粹艺术的信条是文艺堕落的骗人的臆造,目的在于使人脱离生活,削弱人的力量。"[①]

伊克巴尔在自己的哲学著作里建立了"自我"哲学体系,"自我"

---

① 苏尼·弗·格列鲍夫,阿·谢·苏赫切夫:《现代乌尔都语文学》,王家瑛译,见《东方文学专辑》(二),北京:中国社会科学出版社,1981年,第126页。

是他的哲学思想的理论支柱,而"非我"则是他人生哲学追求的目标。这种"自我"和"非我"的观点明显受惠于黑格尔关于事物是矛盾的思想。他虽然认同尼采高扬生命价值的思想,但是他提倡的"完人"与尼采的"超人"却存在着本质上的不同。此外,他对柏拉图理念论的批评,则清楚地表明他的哲学思想是一种注重行动的实用主义哲学。伊克巴尔的哲学思想主要体现了他对生命意义的理解和对人生精神的探索。如果说他关于"自我"的哲学观点总的倾向是受到西方思想的影响,那么他提出的"非我"的观点则表明他对东方思维模式的继承。实质上他在倡导一种积极的人生态度,其中对个人与群体关系的理解,在某种程度上反映了东方的人生精神。他的哲学主张是伊斯兰教范畴里的思想,因此也可以认为,他倡导的人生精神应该是一种穆斯林的伊斯兰精神。

从上述伊克巴尔的艺术观和哲学观的分析中人们不难发现,作为一个拥有"东方诗人"和"生活诗人"赞誉的伊斯兰思想家,他思想和创作的复杂性始终贯穿他创作的始终,但在他前后两个时期,内容各有侧重,表现形式各有不同。他前期的诗歌具有印度国家民族主义的倾向,洋溢着爱国热情。面对殖民主义统治,他在诗中表现出对印度教教徒与穆斯林之间不和的忧虑。游学欧洲的经历使伊克巴尔坚定了对伊斯兰的信仰。因此,他后期的伊斯兰哲理诗主要以宗教探索为出发点和归宿。他虽然崇尚苏菲主义思想,但他大胆扬弃其中的消极遁世思想,提倡参与社会,坚持要有所作为的人生态度。

伊克巴尔的主要创作有《孤儿的哀怨》(1900)、《喜马拉雅山》(1901)、《云彩》(1904)、《蜡烛与诗人》(1912)、《答诉怨》(1913)、《母亲》(1914)、《自我的秘密》(1915)、《非我的奥秘》(1918)、《指路人黑格尔》(1922)、《伊斯兰的崛起》(1923)、诗集《东方信息》(1923)、乌尔都语诗集《驼队的铃声》(1924)、波斯语诗集《波斯雅歌》(1927)、《贾维德书》(1932)、《旅行者》(1934)、乌尔都语诗集《杰帕列尔的羽翼》(1935)、乌尔都语诗集《格里姆的一击》(1936)、《东方各民族应该做什么》(1936)、波斯语和乌尔都语诗歌合集《汉志的赠礼》(1938)。要真正深度理解伊克巴尔文学,阐释其中的奥秘,就要像我国著名乌尔都语文学评论家刘曙雄所说:"从伊克巴尔创作思想入手,先讨论他的早期诗歌,再讨论他的伊斯兰哲理诗,然后分析他的代表作,循着伊克巴尔的思想脉络,探究这位东方的伊斯兰诗人就会更加准确和公允。"①

伊克巴尔诗歌创作的前期阶段,是指1896年至1905年他留学欧洲之前创作的诗歌。开始时,他为了参加诗社而写作"厄扎尔",即当时以抒情为主的一种波斯语和乌尔都语诗歌的体裁。他曾以书信形式求教于诗坛名宿德里人氏米尔扎·汗·达格,在语言美学和写作技巧上受益匪浅。略有诗名之后,他又受到19世纪后期著名的乌尔都语诗人阿尔塔夫·侯赛因·哈利(1837~1914)的影响,在诗歌创作中不乏真诚的爱国主义和泛印度斯坦思想。他积极宣扬印度教与伊斯兰教和睦相处的观点,主张在南亚次大陆建立一个文化多元的印度教徒和穆斯林共存的社会。其中较著名的有《喜马拉雅山》、《印度人之歌》和《痛苦的画卷》等。

《喜马拉雅山》一诗,以优美的语言借景抒情,感情奔放,表达了诗人对祖国的无限眷恋之情,成为一首爱国主题鲜明的颂歌。诗中写道:

啊,喜马拉雅山!印度斯坦的城垣!/你昂首即可吻舐苍天。/流失的岁月未给你带来一丝苍老,/至今你的青春一如当年。②

诗人在诗中借巍峨的喜马拉雅山高耸云端来象征祖国的崛起与傲然挺立。接着诗人的笔锋一转,即将自己对祖国的满腔激情倾

---

① 刘曙雄:《穆斯林诗人哲学家伊克巴尔》,北京:北京大学出版社,2006年,第60页。
② 刘曙雄:《穆斯林诗人哲学家伊克巴尔》,北京:北京大学出版社,2006年,第40页。以下引诗均见此书。

洒在歌颂磅礴山势的美景中：

> 你的峰顶带着雪白的礼帽，/使光照乾坤的太阳亦觉暗淡。/逝去的岁月只是你年龄的一瞬，/黑色的云海翻腾在你的长谷深涧。

《喜马拉雅山》这首抒情优美的格律诗，不仅韵律整齐，而且比喻修辞运用得生动形象，大胆新颖：

> 黄昏的幽静比高谈阔论更富魅力，/树林也像思绪万千。/战栗的霞光洒满山峰，/这胭脂使你更加妖艳。

在诗中，作者展开丰富的想象，将白雪皑皑的冰天雪地描写得春意盎然。人们通过诗篇里描绘出的一幅幅充满诗情画意的画面，不难发现激情四射的年轻诗人那颗热爱祖国的赤子之心。《喜马拉雅山》一诗发表于1901年4月的乌尔都文学月刊《墨丛》上，这是伊克巴尔首次在出版物上公开发表的诗歌。1904年发表的《印度之歌》在赞美印度斯坦伟大的同时，宣扬只有印度教教徒和穆斯林联合起来，祖国才能和谐的主张。这首诗语言简洁直白，通俗易懂，朗朗上口，在发表以后深受广大人民的欢迎。诗中写道："我们的印度斯坦举世无双，/我们是它的夜莺，它是我们的花园。/我们也许贫穷，被分开，被驱逐，/但我们的心一直在家乡，印度/……宗教并不宣扬敌意。/我们是印度人，我们追求统一。"这首具有明显反对英国殖民主义统治思想的诗歌，运用了乌尔都语诗歌里常出现的玫瑰和夜莺是一对情侣的比喻，将自己比作夜莺，将祖国比作有玫瑰花的大花园，充分表达了他对祖国的眷恋之情，就像夜莺对鲜花一样，赤诚真挚。乌尔都语诗坛长期充斥着故作多情的虚情假意之作，缺乏充满生活气息的感人诗篇，这样反映时代精神的诗歌难能可贵，深受人们的喜爱理所当然。

长诗《痛苦的画卷》是伊克巴尔于1904年3月在"支持伊斯兰协会"第19次年会上朗诵的。他用激越昂扬但又沉痛悲愤的词句表达了自己极其复杂的心情。当时英国殖民当局控制着印度社会，广大人民处于"万马齐喑"的沉默之中。诗人怀着深沉的爱国情感哀叹述说了面对印度沦亡、民族灾难，自己内心难以名状的痛苦。诗中写道："唉，印度斯坦，你的情景，使我哭泣，/你的故事是所有故事中最羞耻的一篇。/生命赐予我只有哭泣，而无其他，/时代的巨椽将我写入哀悼者的行列。/摘花人不会放过园中的每片花瓣，/育花人相互残杀正合摘花者的意愿。"诗人将印度斯坦比作百花盛开的大花园，而将殖民者比作摘花人，将印度不同信仰的人民比作育花人，明确指出，印度各教派信徒之间日益加剧的矛盾冲突，正符合了殖民统治者"分而治之"的利益。诗人还在诗中大声疾呼："愚蠢的人，想想祖国吧！/苍天已警告灭顶之灾近在眼前。/看看祖国正在发生和将要发生的一切，/昔日的故事为何要纠缠不清。/沉默到何时！起来控诉吧！/你脚踏大地，气宇轩昂！"这首诗清楚地表明了诗人的心态。被殖民的耻辱和同胞的不觉醒，是诗人内心痛苦的根源。面对印度不同信仰的教派之争，诗人一再大声疾呼要团结起来，放弃各自的宗教偏见，只有用"爱"来消除纷争，才是祖国统一的唯一出路。

伊克巴尔前期的诗歌创作中洋溢着朴素的爱国主义激情和深沉的民族主义情感，这是他这期间诗歌创作的主体思想。他不仅深受东方文化的熏陶，而且接受过西方文化教育。他在诗中多次表现的"爱"的精神，实际是诗人想将西方自由、平等、博爱的人道主义精神与伊斯兰教苏菲主义的"爱"调和起来的努力。面对印度斯坦各种信仰间的矛盾及其产生的复杂历史背景，他不仅没有回避，而且有清醒的认识，他在诗中的分析和回答是公正的。在当时殖民统治压迫深重，并经常受故意挑唆而起宗教冲突的印度，诗人的愤世嫉俗、奔走呼号，无疑都具有现实的紧迫性和积极意义。伊克巴尔前期的诗歌很多都是在《墨丛》杂志上发表的，为了满足读者的需求，有的诗还以增刊的形式再版，可见他的诗歌因语言通俗易懂、深入浅出而受到普遍欢迎。它们常以第一人称的叙述角度娓娓道来，让听众与读者感觉亲近而无陌生感，非常容易接受作者对各种社会现象及国家命运、民族前途的分析和主张,从而达到作者想启迪民众思考的初衷。由此可见,诗人前期的诗作不仅以强烈的思想情绪感染人,而且也让听众和读者从审美愉悦中受到教育。伊克巴尔前期的这些诗歌格调高亢、情感激越,是他探索祖国自新、民族振兴之路的精神结晶。诗中形象的比喻、针砭时弊的词句无一不表达出诗人对祖国的挚爱和对人民的关切。他曾表示:熟悉民族的脉搏,并以自己的艺术医治民族病症的人,才是真正的文学艺术家。他以自己的诗歌创作实践证明了自己的观点。他就是这样一位热爱祖国、热爱民族,将个人命运与国家、民族命运紧密联系在一起的爱国诗人和人民艺术家。

  伊克巴尔在1905年至1908年旅欧期间创作的诗歌较少,其中有些诗歌是应国内友人之约而写的,也有少量的抒怀之作,但这段时期明显是他思想上的转折期。一方面西方的哲学和文化丰富了他的世界观,另一方面他开始从认识论上重新思考伊斯兰教义。在他苦苦追寻印度民族主义之后,他逐渐发现由于信仰的差异,印度教徒和伊斯兰教徒很难做到"和而不同"。这一时期以后,他的思想逐渐脱离印度民族主义的局限,开始认同穆斯林是同族。他后期之所以更倾向于用波斯语进行创作,这也是一个重要原因,即他认为只有波斯语才是广大穆斯林的通用语。伊克巴尔自1908年从欧洲回国后,开始进入他创作的后期。

  首先,他开始创作表现伊斯兰哲理的诗。从1905年以后的诗歌里几乎看不到他前期诗歌中的国家民族主义思想和浪漫情怀,而表现的是蕴含着伊斯兰精神的穆斯林世界。即使像《致旁遮普农民》这样的平民化诗歌里,他用朴素的语言宣扬的也是伊斯兰的道理:"捣毁你崇拜的种族偶像,/革除束缚你的陈规陋习。/全世界都共同信仰一个主,/这才是真诚的信念,最终的胜利。/在身体的土壤里播下爱的种子,/你将收获人生的体面和尊贵。"诗人将伊斯兰的哲理与生活实践和人的尊严结合起来书写,深入浅出,取得很好的启蒙效果,这是诗人思想转向后的尝试之作。

20世纪20年代,在东方世界被压迫民族争取民族独立和解放的风起云涌的大潮中,伊斯兰国家中的土耳其资产阶级革命获得成功,伊朗礼萨·汗(1878~1944)执掌政权,阿富汗在外交上摆脱了英国控制,埃及独立运动蓬勃发展等一系列事件,预示着伊斯兰世界正在普遍觉醒。于是,伊克巴尔激动地创作了长诗《伊斯兰的崛起》:"你是永恒的真主的臂膀与喉舌,/疑虑重重的糊涂人,坚定你的信念。/穆斯林,你的目标在九天之外,/群星是你在征途扬起的尘烟。/真主最后的信息使你获得永生,/虽然人世有限,人生短暂。/……你是亚洲各民族的卫士,/伊斯兰的历史早已证实了我的论点。/重新举起真理、公正和勇敢的旗帜吧,/世界需要你的引导和指点。"诗人认为作为一个真正的穆斯林应该是"永恒的真主的臂膀与喉舌";"亚洲各民族的卫士",其坚定的信念就是伊斯兰信仰。诗人还呼吁受压迫的人民应团结起来:"处处是友爱,四海皆兄弟,/这是真主的意愿,伊斯兰的真谛。/砸烂肤色与血统的偶像,同归一教,/图兰人、伊朗人和阿富汗人不要再分彼此。"诗人希望所有的穆斯林都要以伊斯兰教为旗帜,从坚定的穆斯林信仰和辉煌的伊斯兰历史中汲取力量,创造新的世界和秩序。他的目光已经关注着整个穆斯林群体,他考虑的是伊斯兰的明天。迫于当时的实际情况,这是任何一位伊斯兰哲人都会反思、考虑的最实际的民族问题。

其次,伊克巴尔回国一段时间以后发现,与欧洲相比,伊斯兰世界已失去了昔日的辉煌,于是他写了一些叙说伊斯兰衰落的诗篇,以使广大穆斯林警醒,将民族复兴付诸行动。这些诗歌是作者痛苦的呻吟,是诗人绝地悲哀的呐喊,其中分别写于1910年和1913年的《诉怨》和《答诉怨》最有代表性。前一首主要写仿佛被真主抛弃的穆斯林所要面对的种种衰落,诗人要向真主诉说穆斯林世界的悲惨状况及自己的哀怨,以表达穆斯林的心声。后一首是写真主仿佛听到诗人的诉怨而对诗人的答复,指出穆斯林衰落的原因,以及如何振兴的道路。诗人在《答诉怨》中借真主之口批评年轻一代穆斯林,赞扬穆斯林前辈,态度尤为鲜明。"你们互相斗争,他们相互宽让；/你们互相挑剔，他们相互包容。""你们自我毁灭，他们自信自尊；/你们蔑视友爱，他们为友爱献身。"他在诗中借真主之口赞美穆斯林前辈那种"追求真理，公正无私，知晓廉耻和勇敢顽强"的操守和品德。批评年轻一代穆斯林贪图享乐、不尊礼教、舍弃传统、自立门派等陋习。诗人认为在当前的时代里，青年一代穆斯林之所以动摇了伊斯兰信仰，是因为受到无神论和唯物主义挑战的结果。诗人一再告诫世人坚守伊斯兰信仰才是振兴穆斯林的正途，这恰恰表明他的伊斯兰情怀在回国以后正在他心中充盈。

　　伊克巴尔创作的波斯诗歌约占他诗歌创作的半数以上，其中后期创作的叙事诗《自我的秘密》(1915)和《非我的奥秘》(1918)最为重要，比较难以理解。伊克巴尔创作的这两首叙事诗是波斯传统的叙事诗。与以往波斯描写战争和爱情故事的叙事诗不同的是，波斯语叙事诗有诗化小说的特点，如描写叙述有故事情节的人物和场景等。这两首叙事诗既没有清晰的结构故事的痕迹，也没有主要人物和情境描写，它主要以叙事化的形式来表达作者的宗教哲学思想。

　　作为一个具有深刻哲学背景的诗人，他在自己的诗歌里贯穿了一个重要的哲学概念，即"自我"。"自我"是波斯语和乌尔都语中的"Khudi"，音译为"呼谛"。通观伊克巴尔众多诗歌中对"自我"的阐释，可知"自我"有着多重含义。如在《永生》一诗中诗人写道："若是呼谛能够自监，自生和自我省察，/即使死神降临，死亡也不能把你牵累！"在这里诗人认为，人类修炼好"自我"，不仅可以改变现实，还可以永生。在《侍酒歌》中，诗人认为："什么是呼谛？呼谛就是生命的内在奥秘！/什么是呼谛？呼谛就是整个宇宙的觉醒！"很显然，诗人在这里说的"呼谛"即"自我"，强调的是人类精神的觉醒。在《致巴勒斯坦的阿拉伯人》一诗中，诗人坦陈："我听说，民族要从奴役下得到解放，/必须培养栽植呼谛的志趣！"这句诗里的"呼谛"是诗人渴望人们要振奋民族精神、争取民族解放的代称。

　　在这些诗里，诗人认为"呼谛"是自我个体对生命的认知和体悟，其核心即"理性"。个人必须努力去获得"自我"，他一旦获知了

"自我",就应该将"自我"的所有献给民族利益的需要。"自我"与"非我"是两个相互依存、相辅相成的概念。"非我"(Bekhudi)音译为"贝呼谛","非我"是从肯定"自我"中诞生的。如果说"自我"是针对个体而言,那么"非我"则是针对民族而言的。对穆斯林来说,"自我"即个人内在的精神追求;"非我"即外在的以伊斯兰教义来规范个人。"自我"是诗人哲学思想的理论支柱,"非我"则是其人生哲学追求的目标。在这两部叙事诗集中,诗人传达了这样的思想,个人在融入民族之前要不断地增强"自我",获取"自我"。一旦他融入民族,则必须达到"非我"的境界,穆斯林则必须遵守伊斯兰教义和传统。个人在与民族成员接触中要了解诸多生命个体的有限性并理解宗教中爱的博大含义。这些高扬生命价值、讴歌"自我"意义的思想是伊克巴尔哲学思想的核心,一直为后人所称道。

  伊克巴尔的代表性著作《自我的秘密》出版以后,不仅在印度穆斯林中引起很大震动,同时也引起人们争相解读与争论。首先,"自我"在波斯语和乌尔都语中既有"自私"、"自负"的贬义倾向,同时也有"自己"、"人格"的意义。在伊克巴尔为该书写的序言中,他为"自我"下了定义,"如生命的感觉,本性的确定,觉悟的闪光点,神秘的东西,观察事物的动因等等。"[①]可以发现,诗人认为"自我"的存在很广泛,可以理解为人的理性。它不仅是自然人生命与本质的表现形式,更重要的是社会人思想与行为的动力。他理解的动力是人与生俱来的权利,人有了动力才能使生活充满意义。这种思想可以引领穆斯林的思想发生现实性变化,成为带有入世思想倾向的一种行动的哲学。这是对尚在启蒙状态下的印度穆斯林保守思想的严肃挑战,犹如对死气沉沉的穆斯林思想的一针强心剂。其次,书中有批评波斯中古著名诗人哈菲兹的内容。在印度穆斯林传统中,哈菲兹一向被认为是有苏菲主义思想倾向的诗人,伊克巴尔则认为他不应

---

① 刘曙雄:《穆斯林诗人哲学家伊克巴尔》,北京:北京大学出版社,2006年,第96页。

完全纳入苏菲主义范畴,因为哈菲兹的诗歌总的倾向是厌世,而非入世,这显然和自己的行动哲学主张不符,他更不愿人们认为他是一个反苏菲主义的穆斯林哲学家。他这种内心的矛盾,使世人难以理解。正是由于诗中的这些费解之处,才使人们有争相研读的兴趣。

《自我的秘密》篇幅短小精悍,内容丰富。包括序诗和18章正诗。全篇虽没有主要角色,但始终围绕着叙述"自我"展开。由于诗人运用了拟人的手法,所以无论是抽象的"自我",还是具象的"自我",都被描绘得很生动。书中穿插的各种小故事、寓言和对话都是为了揭示"自我"的哲理内涵,分别涉及"自我"的本源、"自我"生命的确定、"自我"的丧失和柏拉图的影响、培养"自我"的要素、检验"自我"的尺度,以及对自己的叹息和对真主的祈祷等七部分内容。从这首诗中,人们不仅可以看到诗人充分肯定"自我"的社会价值,即人的价值和生命价值的进步意义。同时也不难发现,诗人提倡穆斯林实现"自我",就必须遵从伊斯兰教义并充当真主代言人的主张。还可以清晰地找到诗人追述伊斯兰往日的辉煌,表达复兴伊斯兰强烈愿望的写作主线。这篇立意深刻、通俗易懂的哲理诗歌,给作者本人带来了世界性的声誉。伊克巴尔这部代表作已成为整个伊斯兰世界里程碑式的作品,充分而系统地阐述了他的伊斯兰哲学思想。

伊克巴尔是中国人民的好朋友,他曾在诗歌中多次提及中国,每次都以中国为讴歌的对象。他对被压迫的中国人民怀有深厚的情感,同情他们的不幸遭遇,支持他们的正义斗争。他为中国人民的觉醒而欢欣鼓舞:"沉睡的中国人民正在觉醒,/喜马拉雅山的喷泉开始沸腾!"(《侍酒歌》)伊克巴尔即使在追叙穆斯林的光辉历史时,他的视野里也有中国:"这里曾居住着塞尔柱人和图兰人,/中国人在中国,萨珊人在伊朗,/希腊人也栖息在这片大地,/还有犹太人和基督教教徒。"(《诉怨》)在诗人心目中中国的地位是极高的,他曾在历数穆斯林先辈们曾经拥有的荣耀,并借此激励当代年轻的穆斯林时写道:"他们拥有中国和波斯帝王的王位,/你们只善空谈,抑或持有那种热忱?"(《答诉怨》)。伊克巴尔还曾用这样的诗歌语言来诠释他的伊斯兰是一个统一民族的观点:"我们,不知道国家的疆界,/像月光一样,两只眼睛,一个整体。/我们来自汉志、中国和伊朗,/我们是一个欢笑的早晨的露滴。"(《自我的秘密》)伊克巴尔虽然是有伊斯兰民族观的诗人,但是他反对因种族、民族、肤色、地域和语言所造成的人为樊篱,并认为只有消除这些界限,人类才能过上幸福和充实的生活。这也是他之所以将中国纳入他诗歌视野的原因。他的这些诗句为中印、中巴人民架起了一座友谊的桥梁。

伊克巴尔的诗歌是中国最早译介的巴基斯坦文学,开始于 20 世纪 50 年代。此前,他的作品已被译成多种文字,在印度、德国、英国、法国等国出版。由于伊克巴尔卓越的艺术成就,以及诗歌中所表现出的革命激进的思想倾向,1957 年,中国人民对外文化协会出版了邹荻帆翻译的《依克巴尔诗选》(原文如此,现译为伊克巴尔),其中包括他的 20 首诗歌。1958 年,为纪念伊克巴尔逝世 20 周年,人民文学出版社出版了由邹荻帆和陈敬容共同翻译的《伊克巴尔诗选》。其中收入转译英文的诗作 43 首。该诗选是由伦敦约翰·默里出版社出版的英文译本《伊克巴尔诗抄》(*Poems from Iqbal*)选译的。译者在诗选"译后记"中指出,伊克巴尔的诗"充满着对帝国主义殖民政策,对一切剥削压迫与种族歧视的憎恶和反抗精神;洋溢着对于东方民族的独立解放和幸福生活的热望与信念。他的很多诗篇都以劳动人民和革命斗争为主题,也有些诗专门写伊斯兰教的理想和穆斯林的道路;但出现在他的诗篇里的某些宗教题材,绝不是基于逃避现实的出世思想,而是基于面对现实的积极精神,因此,他的诗里,撒旦王是反抗暴力的英雄的代表,而'神'则是腐败无能的统治者的化身。"译者还进一步探讨了伊克巴尔的艺术主张:"在艺术思想上,伊克巴尔是反所谓'为艺术而艺术'的,他主张'艺术有责任鼓励人们面对一切现实问题'。这个艺术上的现实主义观点,是他诗歌创作的主要出发点。"①对伊克巴尔的这些思想和艺术方面的分析,虽然有时代的局限性,但表明以译者为代表的评论家在当时的历史条件下对伊克巴尔其人、思想、诗歌创作的充分理解。

　　1977年,为纪念伊克巴尔100周年诞辰,人民文学出版社再次出版了《伊克巴尔诗选》,与以前的译诗不同的是,其中所收的37首诗歌都是由王家瑛译自乌尔都语。人民文学出版社编辑部在"出版说明"中表示感谢时写道:"承巴基斯坦伊斯兰共和国驻我国大使馆提供《伊克巴尔诗选》的原文,承在我国工作的巴基斯坦专家姆查法尔·侯赛因·拉兹米先生和穆罕默德·苏尔坦·卡瑞先生在翻译方面给予协助,对此,我们表示诚挚的谢意。"②可见这部诗选是经中巴两国的学者共同努力完成的,也是中巴两国文化交流的产物。这部诗选中的诗分别译自伊克巴尔的《驼队的铃声》、《杰伯列尔的羽翼》、《格里姆的一击》和《汉志的赠礼》四部诗集,都是精选之作。

　　1989年,傅加令编著了《东方文学名著宝库》一书。其中对伊克巴尔的评价,尤其是对伊克巴尔哲学思想的分析在中国学界都是比较早的。书中指出伊克巴尔的诗歌"大多是对人的本质、使命和人与社会之间的关系进行哲理探讨。他诗中的典故都来自伊斯兰教经典和传说;所用的比兴手法也都渊源于波斯古典文学。他善于用古典诗歌的形式反映现实生活。"③书中介绍了伊克巴尔的代表作《秘密与奥秘》(1915～1918)。此诗由两篇组成,其上篇为《呼谛的秘密》(现为《自我的秘密》);下篇为《贝呼谛的奥秘》(现为《非我的奥秘》)。诗人用"呼谛"("自我")和"贝呼谛"("非我")两个概念来表达自己对人生和社会的哲理性思考,具有浓厚的哲学思辨色彩,这也是理解其哲学思想的钥匙。这是目前能见到的国内首次对伊

---

① 《伊克巴尔诗选》,北京:人民文艺出版社,1958年,第60～61页。
② 《伊克巴尔诗选·出版说明》,北京:人民文学出版社,1977年。
③ 傅加令:《东方文学名著宝库》,北京:中国工人出版社,1989年,第93页。

克巴尔这两部著名作品的重点介绍。

1999年,北京大学出版社出版了由刘曙雄翻译的波斯语叙事诗《自我的秘密》,全诗共18章871节。译诗的卷首有巴基斯坦驻华大使祝贺该译著出版的贺词,以及伊克巴尔之子贾维德·伊克巴尔所写的序言。译者还将自己研究伊克巴尔生平创作,尤其是如何阐释《自我的秘密》的长篇学术论文置于译诗之前,也是帮助读者理解诗人哲学思想的必要说明。2006年,刘曙雄在其博士论文《南亚穆斯林诗人伊克巴尔》的基础上,由北京大学出版社出版了国内第一部系统研究伊克巴尔的专著《穆斯林诗人哲学家伊克巴尔》。主要内容分为10章,书后附有"伊克巴尔年谱"和"参考文献"。作者从乌尔都语和波斯语原文出发,对占有的原始资料进行了梳理、筛选和分析,全面系统地研究了伊克巴尔的生平与创作,诗歌的思想倾向和艺术特征,审美尺度和世界影响。正如作者在导言中所写:"本书依据这些第一手材料,力求客观、公允地评价伊克巴尔这一伊斯兰世界的重要历史人物。"(第3页)《穆斯林诗人哲学家伊克巴尔》一书是目前中国学术界评论与研究伊克巴尔最深刻、最系统,也是权威的标志性成果。近年来,刘曙雄在伊克巴尔研究方面倾注了大量心血,先后发表了《伊克巴尔早期诗歌中爱国主义思想浅析》(载《东方研究》,1985年),《伊克巴尔和乌尔都语现当代文学述评》(载《南亚与东南亚资料》,1990年),《伊克巴尔哲学思想及其伊斯兰背景》(载《南亚研究》,1996年),《伊克巴尔诗歌的自我哲学构建》(载《国外文学》,1997年),《伊克巴尔与西方思想家》(载《东方研究》,1998年)等论文。他已成为中国当前研究伊克巴尔的最具实力的专家。

此外,山蕴、阿木、李宗华和张世选等学者也曾先后译介过伊克巴尔的一些诗作。还有一些诗歌选集中也曾收录过伊克巴尔的诗篇,比较有代表性的如:湖南省外国文学研究会编选的《外国诗歌选》中收录了陈敬容译的《给旁遮普农民》、《花园的黎明》、《神和人》、《孤独》四首诗;《诗歌选》中收录有陈敬容译的《神和人》、王家瑛译的《现代人》和《考验》等三首伊克巴尔的诗歌；北京大学出版社2004年出版的《20世纪外国诗歌经典》中收录了伊克巴尔的《印度之歌》、《我走到大海之滨》两首译诗等。

　　伊克巴尔作品被译成中文以后，不少"诗选集"中也都收录了他的诗作，伊克巴尔研究在中国也呈现出一片繁荣景象。在各种报纸、杂志上，不断有研究伊克巴尔的论文出现。其中较具代表性的有：黄心川的《伊克巴尔的哲学和社会理想》(载《哲学研究》，1979年)；王家瑛的《国外的伊克巴尔研究》(载《东方文学专辑》，1979年)；李宗华的《伊克巴尔诗中的伊卜利斯的形象》(载《东方研究》，1987年)；吴云贵的《论伊克巴尔宗教哲学体系中的"自我"》(载《南亚研究》，1992年)、《试论伊克巴尔的宗教哲学思想》(载《世界宗教》，1993年)；张玉兰的《伊克巴尔的诗歌与哲学社会思想》(载《南亚研究》2001年)等。在一些外国文学的研究著作和高等院校教材中也都有关于伊克巴尔的相关论述，这一切都为中国的伊克巴尔研究起到推波助澜的作用。随着伊克巴尔在中国乃至世界上的影响越来越大，对他的研究几近成为"显学"。随着历史的发展，人们也会更加关注这位穆斯林哲人的文学生活和蕴含其中的伊斯兰精神。

第14讲:黎巴嫩文学与纪伯伦"流散写作"

一、黎巴嫩文学

黎巴嫩地处地中海东岸,古代为腓尼基的一部分。国土面积不大,文学成就很突出,在近现代阿拉伯文学发展史上有重要地位。信奉伊斯兰和基督教的居民各占一半左右。优越的地理位置、得天独厚的自然环境和两种文化长期共存的人文环境,造就了黎巴嫩近现代文学追求开放性和创新性的特点。

早在19世纪末,出生于黎巴嫩地区的启蒙运动先驱者主要有纳绥夫·雅齐吉(1800～1871)。他是作家兼诗人,竭力维护古老的阿拉伯文学传统。他尤为喜爱穆太奈比古朴、豪放的诗风,并努力模仿,被人称为"穆太奈比的缩影"。他留有诗集三卷,代表作是《两海集》(1856)。所谓"两海"是指诗歌与散文。书中反映了作家的博学多才和想恢复古典诗文传统的努力。特别是通过他效法哈里里的玛卡梅故事,用诗文编造出许多有关语言、语法、修辞等方面的文字游戏,让人们重新品味到阿拉伯语言、文学的丰富和魅力。他因过于守旧而缺乏时代精神。

艾哈迈德·法里斯·希德雅格(1804～1888)与那绥夫·雅齐吉属同时代人,但他思想解放,反对因循守旧。他提倡妇女解放,人人平等,是社会改良派的领袖之一。代表作《法里雅格谈天录》

(1855)带有很大的自传性质。通过玛卡梅文体式有趣的故事对社会弊病进行批评和嘲讽,抨击压迫和摧残黎巴嫩人民的封建势力。这部作品贴近现实生活,具有明显的政治倾向和时代气息。语言幽默、诙谐、生动、有趣,具有阿拉伯传统的玛卡梅文体向现代小说过渡的性质。

布特鲁斯·布斯塔尼(1819~1883)出身书香门第。1863年创办"国民学校",1870年创办《园地》半月刊,后又创办《乐园报》和《花园报》。1875年,由其子协助,着手编纂《百科全书》,完成6卷,后人补编成11卷,影响很大。布特鲁斯·布斯塔尼具有教育科学救国思想。他办报、办学的目的在于启蒙并促进阿拉伯民族意识的觉醒。同时,他主张借鉴西方的文明进行社会改良、文化革新。

戏剧这一形式被引进阿拉伯艺术舞台得力于马龙·奈卡什、赛里姆·奈卡什叔侄的努力。马龙·奈卡什(1817~1855)生于黎巴嫩海滨城市赛达,1825年随父移居贝鲁特。他12岁时就精通东方音乐并会写诗。在游历意大利期间,他认真学习西方话剧、歌剧表演艺术。回国后,他将法国莫里哀的《悭吝人》改编成《小气鬼》(1847),添加了音乐和合唱,具有较强的地方色彩。《小气鬼》一剧虽属改编,但有阿拉伯特色。文学评论家一般将它视为是第一部阿拉伯戏剧。1849年,马龙·奈卡什取材于《一千零一夜》,写成喜剧《傻瓜艾布·哈桑》。1853年,在他家附近建立了阿拉伯世界的第一个剧场,并演出了《妒火中烧》。马龙·奈卡什认为戏剧的使命是寓教于乐,雅俗共赏。他死后,其侄赛里姆·奈卡什(?~1884)继承了他的事业,接管剧团,并继续在贝鲁特演出。他遭到宗教势力反对而远走埃及的亚历山大,组团后于1876年举行首场演出。他与人合作,翻译、改编了拉辛的《安德罗玛克》、《菲德尔》和高乃依的《贺拉斯》等剧,并创作了《赌徒》、《受欺者》、《骗子》等剧,对后世的阿拉伯民族戏剧产生很大影响。

19世纪末期黎巴嫩与埃及等地始建印刷所、创办大量报刊。同时从法文、英文翻译介绍过来大量小说。黎巴嫩作家也创办许多文学刊物,如《园地》(1870年,开罗)、《东方》(1898年,贝鲁特)、《光亮》(1898年,开罗)等。这些刊物辟有小说专栏,不间断地登载翻译或创作的小说。这为阿拉伯小说的产生与繁荣创造了条件。最早在近代阿拉伯小说园地耕耘并有突出贡献的作家有赛里姆·布斯塔尼、杰尔吉·宰丹和法尔哈·安东等人。

赛里姆·布斯塔尼(1847~1884)是布鲁斯特·布斯塔尼的长子。他自1870年起协助其父创办《园地》半月刊,写有大量社会小说。如《沙姆园地中的热恋》(1870)、《艾斯玛》(1873)、《摩登女郎》(1875)、《法蒂娜》(1879)、《赛勒玛》(1878~1879)、《沙米娅》(1882~1884)等。还写有历史小说《齐诺比亚》(1871)、《白杜尔》(1872)、《沙姆战征中的热恋》(1874)等。其小说多是通过一些爱情故事,达到扬善惩恶的教育目的。

杰尔吉·宰丹(1861~1914)生于贝鲁特,在贝鲁特读大学辍学后,改学希伯来语与古叙利亚语,后定居埃及,从事文学、编辑工作。1892年创办《新月》月刊,长期笔耕不辍,直至病逝于开罗。他受英国作家司各特影响,写有22部历史小说。如《迦萨尼姑娘》、《古莱氏少女》、《哈加志·本·优素福》、《攻克安达卢西亚》、《阿卜杜·拉赫曼·纳绥尔》等。内容多讲述特定历史环境中相爱的男女主人公的种种遭遇,有史实,有故事,通俗、有趣,风靡一时。但若从文学审美角度看,人物刻画和情节结构尚欠细腻。

法哈尔·安东(1861~1914)生于黎波里。他长期旅居埃及,与人合办过《民众报》、《禁城报》,是阿拉伯文化复兴运动颇有影响的启蒙者。他在自己办的报刊上,宣传世界各国的文学和哲学思想。他传播马克思、卢梭、尼采、孔德、孔子……的哲学,也介绍托尔斯泰、高尔基等人的作品。他主张社会民主、思想自由、人人平等,并在刊物上支持百家争鸣。他的社会小说《学问、宗教与金钱》(又称《三城》,1903)和《野兽,野兽,野兽》(1903)批判社会不合理现象,阐述改革社会的理想。他还写有历史小说《新耶路撒冷》、《至死相爱》、《男人的坟墓》以及《忏悔前的玛利亚》等小说。还创作了《萨拉丁王》、《街头女郎与大家闺秀》等剧本。

当然，旅居美国的黎巴嫩作家纪伯伦、努埃曼（1889～1988）等在这一时期也开始创作小说。如纪伯伦写有短篇小说集《草原的新娘》(1905)、《叛逆的灵魂》(1908)，中篇小说《折断的翅膀》(1911)等。努埃曼先后发表于1914、1916年的《又一年》、《不育者》等都是阿拉伯世界最早出现的较完美的短篇小说。在阿拉伯海外诗人中，黎巴嫩旅美派诗人的现代诗歌成就也很高。其他还有浪漫主义诗歌的代表伊利亚斯·阿布—沙伯卡和象征主义诗歌的代表赛义德·阿戈勒等。

伊利亚斯·阿布—沙伯卡（1903～1947）是黎巴嫩本土浪漫主义现代诗人的代表。他生在美国，自幼回到祖国接受民族文化教育。爱好文学，中学时期即开始写诗。离开学校后，经常在黎巴嫩、埃及报刊上发表作品，并从事编著工作。他精通法语，翻译过莫里哀的剧本、缪塞的诗和许多法国小说。他英年早逝，留有32本诗歌、散文、翻译作品集。其中诗集有《六弦琴》(1936)、《天堂的毒蛇》(1938)、《旋律》(1941)、《心灵的呼唤》(1944)、《阿勒娃》(1945)、《直到永远》(1945)等。其诗歌主题关注普通人的生活和爱情；关注人类及其命运。他是一个与生俱来就有艺术气质的诗人，作品中表现出他正直与真诚的品格。他向往完美和尊严的生活，在诗中总能听到自由和正义的声音。

赛义德·阿戈勒（1912～?）是象征主义诗人的代表。早在1916年，艾迪卜·麦兹哈里（1898～1926）的《寂静之歌》一诗的发表就拉开了阿拉伯象征主义诗歌的帷幕。然而，赛义德·阿戈勒则使阿拉伯象征主义诗歌的形态完整。他在大专院校教授阿拉伯文学，并用阿拉伯文和法文创作诗歌。1962年，为奖掖为黎巴嫩文学作出贡献的诗人，他设立阿戈勒奖。阿戈勒的诗作和诗论直接受法国象征主义的影响。他强调音乐性必须融于情感、思想、形象和语言之中。代表作史诗《玛吉德莉娅》(1937)冲破伊斯兰教对阿拉伯诗歌的统治地位，描绘基督与玛利亚相会，成功地将基督教主题引入诗中。他的诗在富于情感的音律中表达对美和理想的追求,手法新颖奇特。他的诗剧《戈德穆斯》实现了创作要有黎巴嫩泥土气息和特性的主张。以后,阿戈勒又改变初衷,从重视民族文化到与之决裂。他用黎巴嫩土语、拉丁语写作诗剧《雅拉》(1961),最终倡导用拉丁文代替阿拉伯文创作,因而被指控为阿拉伯民族的敌人。

在阿拉伯民族面临以色列侵略的严峻时刻,阿戈勒仍沉迷于美幻与理想的象征主义诗歌中,受到冷落势所必然。当民族解放成为时代主旋律时,象征主义诗歌只能让位于具有强烈使命感的新现实主义。阿戈勒所代表的阿拉伯象征主义诗歌虽然结束,但是象征主义作为一种艺术手法仍受到新一代诗人的青睐。黎巴嫩诸多作家在传统的基础上所作的种种开拓性的努力,为阿拉伯近现代文学的发展作出了不可忽视的贡献。

二、纪伯伦"流散写作"

纪伯伦(1883～1931)是阿拉伯"旅美派"文学的旗手、灵魂和领袖。他不仅是黎巴嫩近现代过渡时期最著名的诗人,而且是位出色的散文家和画家。他以丰富的文学创作表达了自己对现实生活的独立思考,成为一位成就高、影响大、令人心向神往的大作家。他的成就代表了阿拉伯近现代流散写作的最高水平。

纪伯伦生于黎巴嫩北部风光秀美的山村贝什里。当时的黎巴嫩作为叙利亚的一个行省受土耳其奥斯曼帝国统治,许多人因信仰和政治经济等原因纷纷逃离祖国,移民美洲。纪伯伦12岁时就随母亲和异父同母的哥哥及两个妹妹经埃及、法国到了美国波士顿唐人街的贫民窟。15岁时,他只身回黎巴嫩学习阿拉伯语言文学。1901年,他再次来到美国,此间,他的亲人因贫病交加相继去世,他与唯一活下来的大妹妹相依为命共度岁月。在他一生中,绘画曾受到过罗丹的指点,文艺思想和哲学思想曾分别受到威廉·布莱克和尼采的影响。这些铸成了他自己独特的艺术个性,使之成为具有世界影响的阿拉伯名人。

纪伯伦从1903年在美国阿拉伯文《侨民报》上发表散文开始创作,以1918年为界分为两个创作时期。前期创作主要用阿拉伯文,后期创作主要用英文。用阿拉伯文创作的作品主要有短篇文论集《草原姑娘》(1906)、《叛逆的灵魂》(1907),中篇小说《折断的翅膀》(1911)、散文诗集《泪与美》(1913)等;用英文创作的作品主要有《疯人》(1918)、《先驱者》(1920)、《先知》(1923)、《珍趣篇》(1923)、《沙与沫》(1926)、《人子耶稣》(1928)、《流浪者》(1932)、《先知园》(1933)等等。从体裁上分析,前期作品主要是小说,后期作品主要是散文诗。从题材上分析,前期主要立足于阿拉伯民族的立场,反映社会现实问题,批判西方物质文明对阿拉伯社会的冲击,对阿拉伯民族有一种深刻的反省精神;后期则主要站在"人类一体"的立场上,跨越了东西方异质文明间的差异,思考人类所面临的普遍问题,如人与自然、生与死、人生的完善、生命的升华等。这些问题明显具有流散写作的性质。他近30年的创作明显表现出从对祖国人民的关切到对整个人类的关注,这样一个由民族主义走向世界主义的认识过程。

前期用阿拉伯文创作的中篇小说《折断的翅膀》推动了阿拉伯小说的发展和繁荣。小说以男主人公"我"的视角描写我与贝鲁特富家女萨勒玛相爱无果的悲剧。萨勒玛遵从父命违心嫁给大主教平庸的侄子。婚后,"我"因人言可畏离去,她因未孕而备受欺侮,5年后,萨勒玛随着分娩时胎儿的死去而离开人世。她犹如已折断翅膀的鸟儿无力飞上蓝天,只能将苦酒饮尽。小说比较注重刻画人物心理,情节并不复杂,叙述具有浓重的感情色彩和哲理。它的象征意义在于萨勒玛的个人悲剧被视为民族悲剧的缩影,表现出作家强烈的忧国忧民的爱国情怀。

后期用英文创作的代表性作品《流浪者》,在他逝世后才发表。纪伯伦其他散文诗中,多少都染有西方象征主义的色彩,而《流浪者》却完全是现实主义的。《疯人》基本是用现代寓言或哲理故事形式写成,《先驱者》形式也与前者相近。在辑录人生智慧的格言体散文诗集《沙与沫》与《流浪者》中,后者由于是晚年之作犹显睿智、深刻。这实际上是一本寓言集,它从听众的角度记录了一位流浪老人讲述的52则寓言故事。这些寓言和《新约》福音书里耶稣讲道时所用的寓言、所作的比喻有类似之处,但却没有宗教意味。无论是对现实社会世态人情的评判,还是对生活入木三分的讽刺,都浓缩了对人生的高度概括,给人以启迪和遐想。

纪伯伦的作品自始至终贯穿着一种清新、隽永、令人深思的艺术风格。首先,他在创作上善于学习东西方先人的经验,但又注重表现形式上的创新,无论是叙事还是描写都表现出了浓郁的哲理性,拓展了人们的思维空间与逻辑的推理深度。其次,作品中表现出了丰富的想象力和激越的情感,让人能清晰地感受到作者以满腔热忱抒发的强烈的主观情绪。再次,无论是小说还是散文诗,都讲究对仗,音调铿锵,并以富于联想的比喻和拟人,新颖的意象和象征,带有音乐式的语言,表达自己的艺术追求。这种艺术特色被阿拉伯文坛称之为"纪伯伦风格"。

散文诗集《先知》是纪伯伦的代表作,也是他流散写作的重要产物,确立了他作为一个有世界声誉与影响的大作家的历史地位。

《先知》是作者风雨人生的一块里程碑,它的成书历时20多年。纪伯伦早在18岁于黎巴嫩求学时就开始写阿拉伯文学的稿子,他自觉不够理想而未发表。两年后,他在美国波士顿曾将其中的片段读给母亲听,受到了赞扬,但母亲告诉他尚未到发表的时候。又过了10年,他定居美国写下《先知》的英文稿。此后5年间他五易其稿,直到他认为几近完美。1923年,《先知》由纽约一家名为"克那夫"的书店出版,他的"灵魂直到今天所孕育的优秀胎儿"终于分娩了。

纪伯伦创作《先知》的20多年,正是阿拉伯社会的转型期,面对陈腐的传统与西方文明的冲击,他将自己的文化选择和价值取向都反映到对生命哲学的阐释中，而对这所有问题的探讨，集中体现在他构思的"先知"三部曲中。其中包括探讨人与人关系的《先知》(1923)和人与自然关系的《先知园》(1931)，以及因作者病逝而未完成的人与上帝关系的《先知之死》。从已发表的两部来分析，《先知园》显然是《先知》的续篇，是作家思想探索的又一个标志。

《先知》写一位名叫亚墨斯达法的先知，在阿法利斯城住了12年，深受当地人民的尊敬与爱戴。当他的故乡之船准备载他归去时，他应当地的寓言家、妇人、富翁、教授、律师、法官、工人、农妇等各类人的要求，分别针对爱、婚姻、孩子、施与、饮食、工作、音乐、居家、衣服、买卖、罪与罚、法律、自由、理性与热情、苦痛、自知、教授、友谊、谈话、时光、善恶、祈祷、娱乐、美、宗教、死亡共26个问题，说明了他自己的观点，阐发了人生真谛。最后他作了长篇临别赠言，登船离岸，扬帆乘风向东方驶去。《先知》这部呕心沥血之作，其睿智的东方之思被认为是"东方赠给西方的最好礼物"。

《先知》的思想内涵极其丰富，要想辨析清楚，必须理解作者精心塑造的主人公形象。这是位超凡脱俗的东方智者，他被冠以阿拉伯先知的一个圣名——"艾勒—穆斯塔法"(即亚墨斯达法)。他全知全能，既是东方智慧的化身、作者思想和精神的忠实代言人，又是作者心目中的"超人"形象，能够引领人类脱离苦难的精神导师。他是"上帝的先知，至高的探索者"，是在民众"中间行走"的神灵。他有智慧教导人类清正廉洁，有能力阻遏邪恶对人类的侵蚀，是能和人民融为一体的"儿子和亲挚的爱者"。总之，他先知先觉，脑清目明，能力非凡，胆识超群，对民众充满悲天悯人之爱。这是纪伯伦对上帝精神的怀疑，又是他对人类价值的肯定，是他思想矛盾但又努力追求真理的形象化体现。

《先知》充满辩证的哲理精神。诗人表达的和谐与合一的思想核心，顺应了社会发展的时代潮流，反映出积极的人生理想，人们从中能够更全面、更准确地看待和处理生活中所遇到的种种问题。在谈到宗教问题时，诗人认为信心和行为、信仰和事业都是不能分开的,要辩证统一地看待一个问题的两个方面,才能表现人生真谛。诗人清楚地看到了事物的两重性,即恶中有善、善恶相抑,理性和热情时常在心中决战,它们又互相依赖,热情需要理性的指导,理性需要热情的升华。诗人冷静、稳定,但又不失激情地平衡了原来矛盾的两个方面。

《先知》体现了东方人道主义者所能达到的最高和最新的思想境界。由于《先知》主要探讨的是人与人之间的关系问题,其中突出了对"爱"的探求。书中通过亚墨斯达法的口表述了对"爱"的实质的认识:"爱不占有,也不被占有。因为爱在爱中满足了。"这是一种人与人之间相互平等和尊重的爱,是一种忘我奉献精神的爱。爱不只是欢乐和享受,也是一种痛苦。这种对爱的认识贯穿《先知》的全篇。爱就是每一个人都需助他人达到目的,因为只有这样,人们才可以达到自己善良的目的。爱不仅是一种感情,更重要的是人与人之间的一种属性。这种具有人类之爱特点的"爱",是无处不在的,也是无限的。

《先知》这部散文诗集篇幅有限而内涵无限,想象丰富而张弛有致,形象生动而哲理深邃,为阿拉伯文学的发展开创了散文诗写作的道路。《先知》自从在美国出版以后,就引起了轰动,并先后被译成三四十种外国文字。1931年,《先知》就有了中文译本,从此一发不可收,纪伯伦和他的《先知》一起,在广袤的中国土地上找到了众多的知音。

以纪伯伦为代表的旅美派作家的流散写作及其成就在阿拉伯近现代文学史上颇有影响,是阿拉伯地区"海外文学"或"侨民文学"的重要组成部分。这些作家自 19 世纪末不堪忍受奥斯曼帝国的专制统治,纷纷到美洲寻求自由,谋求发展。几乎所有的移民作家都称自己是"叙利亚人",实际上他们大多来自黎巴嫩,但因其历史上属于叙利亚地区,所以"旅美派"作家史称"叙美派"。这些移民作家主要分布在北美的美国,其中心是纽约,以及南美的巴西、阿根廷,其中心是圣保罗、布宜诺斯艾利斯。19 世纪末 20 世纪初,阿拉伯移民美洲的这些作家实际是这股世界潮流中的先驱,或称在阿拉伯地区乃至世界文坛都产生了巨大影响的移民作家群。纪伯伦是其中的佼佼者。流散写作作为一种文学现象,必然有它的美学特质,尤其是阿拉伯地区,具体指黎巴嫩、叙利亚地区的流散写作,更具有它独特的美学内涵。纪伯伦的流散写作颇具代表性。

首先,19世纪末,土耳其奥斯曼帝国在这一地区的统治日益不得人心,政治腐败,经济日益衰退,阿拉伯民族主义日益深入人心。黎巴嫩、叙利亚等国大批受过西方教育和西方文化影响的基督徒,不堪忍受政治压迫、宗教歧视和经济贫困,抱着各种美好的梦想移民美洲,其中不乏诗人和文学家。他们利用阿拉伯文和英文进行创作,纪伯伦泾渭分明的前后期创作即是如此。所以,他们的写作介于伊斯兰教与基督教、阿拉伯世界和英语世界等多重宗教文化和民族文化的杂糅之间,形成既可与本土文化和文学进行对话,又可以两栖身份跻身于世界文化之中的"多面"人。这种"另类"特征,使他们的作品具有了其他作家难以匹敌的异质美。

其次,旅美派作家不仅精于传统的诗歌和散文创作,而且从事小说、文论等不同体裁的写作。他们自觉或不自觉地借助各种文学手段,以文学为体裁,表达自己流散无根的情感和经历。所创作的作品从内容题材上分析,都具有异质文学的两重性。它们既洋溢着阿拉伯文学的博大恢弘气势和深厚底蕴,又表现出在汲取了西方文学的营养后的那种奋斗精神;既继承了阿拉伯民族勇于开拓、积极进取的勃发精神,又发扬为阿拉伯移民在新大陆的努力探索与追求的品质;既充满了流散他乡者对祖国的眷念与乡愁,又在字里行间流露出浓郁的异国情调。纪伯伦的作品被称为"东方赠给西方的最好礼物"。他在艺术上追求爱与美的主旨,在他的艺术性散文《音乐短章》(1905)、散文诗集《泪与笑》(1913)和诗文集《珍趣篇》(1923)等作品里,包含了他对美学的大量见解。他认为:"美是上帝,是真理。美是爱情的向导,精神的醇酒,心灵的佳肴。""艺术是从已知世界走向未来世界,从自然走向无穷的一步。""艺术的精美只有通过风格才能体现出来,风格和思想是一对孪生兄弟。"他提倡:"诗人应该有理想、梦想,应让思维有一片高于客观世界的领地,不应做岁月的奴隶,而应迈着坚定步伐走向真理,步入完美。"他在自己的流散写作中实现了自己的美学主张,使异质文学得以发扬光大,并表现出流散美的主旨。

再次,跨越异质文化这面墙,努力去表现融合了东西文化的文学之美,也是流散写作的又一美学追求。旅美派作家以自己的创作实践向世人表明文学无国界的美学特质。他们的思想从养成到发出耀眼之光,他们的创作从写故国本土到写异国他乡,无不向世人表明,他们毫无隐私可藏,可以同时向着东方和西方敞开心扉。他们既竭尽全力地吸收东方文化、文学的乳汁,又积极努力地向西方学习其文化、文学中的精髓。他们既为东方读者介绍西方,又让西方读者了解东方,成为横亘在东西方之间的文化桥梁。旅美派中的纪伯伦、努埃曼、雷哈尼(1876～1940)三巨头都曾热情洋溢地向西方介绍东方,赞美东方。纪伯伦的流散写作既充满了东方情趣,挟裹着黎巴嫩文化的神秘,同时又饱蘸了西方文化的激情,充满了对自由、平等、博爱的向往和追求,以及对美的讴歌。在作品中体现东西方文化互补互利、相得益彰始终是旅美派作家的理想,在东西方异质文化和文学的相互融摄中实现自己的美学追求,更是他们流散写作的奋斗目标。他们认为东方的精神完美与西方的科学分析相结合,能将人类提升到理想的完美水平。他们希望阿拉伯先知的睿智和西方学者的研究成果能成为同一棵树上的果实。正如雷哈尼所说:"我为东方和西方歌唱,这两大源流使人类复苏、强壮,肉体和灵魂得到净化。我为两者自豪,我为两者歌唱,为两者我可献出生命,为两者我工作、痛苦,直至死亡。"① 毫不夸张地说,他这一席话道出了旅美派作家普遍的心声。

---

① [黎巴嫩]汉纳·法胡里:《阿拉伯文学史》,郅溥浩译,北京:人民文学出版社,1990年,692页。

纪伯伦在文学艺术和美学思想上都充满了流散写作的韵味。他生于黎巴嫩，却在美国长大，精通母语阿拉伯语，又能用居住国的英语进行写作，住西方楼房，却喝阿拉伯咖啡。他任意游走于东西方文化的缝隙之中，如鱼得水，却永远不能忘怀他的黎巴嫩身份。这种沉重和矛盾使他的流散写作具有了普遍认同的美学价值和世界文学的意义。

第四章：现代勃兴时期文学

第15讲：日本：川端康成文学的徒劳主题

一、川端康成文学

川端康成(1899~1972)是日本现代著名作家。他以自己丰富的作品，展示了东方现代独特的美的世界，并借此提高了日本文学的世界声誉。"由于他的高超的叙事文学以非凡的敏锐表现了日本人的精神实质"，从而成为亚洲又一位诺贝尔文学奖得主。

川端康成1899年6月14日出生在大阪市北区此花町，其父川端荣吉是个藏书颇丰的医生，身体孱弱。其父母在川端不满3岁时，因肺结核相继病故。7岁时，无比疼爱他的祖母也突然间去世。10岁时，他唯一的姐姐又突然病死。在他15岁那年，久病缠身的祖父最后也匆匆弃他而去。从此他辗转寄住在几位远亲家中，逐渐形成了孤寂伤感的性格。

川端康成从小学时就养成读书的习惯。上中学后开始进行文学创作，并立志要当作家。1917年他考入东京的尖子学校——第一高等学校英文专业后，对文学的兴趣依然有增无减。这期间他在校友会文艺部发行的《校友会杂志》1919年6月号上，发表了第一篇可以称为小说的作品《千代》。虽然这篇小说更多的是作者本人感情生活的原本记录，还不够成熟，但却被他视为自己的处女作。1920年他考入东京帝国大学文学部。翌年，他和同人积极进行第6次复刊《新思潮》杂志的工作，并在该刊上发表了《招魂节一景》。这篇短篇小说把他推上日本文坛，从此他正式开始了创作生涯。

  1924年3月川端康成大学毕业，成为专业作家。在以往近20年的求学生活里，他广泛涉猎了古今世界名著和日本名著，为他日后创作奠定了坚实的基础。在西方现代派文艺思潮的影响下，川端康成和横光利一等一些有才华的年轻作家创办了《文艺时代》杂志，发起"新感觉派"运动，并成为该派的重要理论支柱。这个文学派别的出现，实际上是第一次世界大战后，欧洲文艺思潮流派在日本影响的反映。他们把文学孤立于社会发展之外，只求在文学技巧上进行革新。他们认为感觉是新奇的，只有通过主观的感觉才能接触到现实事物内部的真实性，他们在文学中探求的是所谓现实的核心，是为现实进行一次艺术加工，企图以此来逃避现实。他们作品的特色是描摹瞬息间纤细的感觉，细致的心理刻画。后来川端倾向于"新心理主义"，开始探索一条把西方现代派文学同日本古典传统结合起来的创作道路。川端为把新感觉派上升到理论的高度，写了《新进作家的新倾向解说》等论文。在思想上，他深受佛教禅宗和虚无主义哲学影响。此时他发表的成名作《伊豆的舞女》(1926)已表示出他探索独特风格的开创精神。

  30年代初，随着日本法西斯的日益猖獗，他的心态极其复杂、矛盾，既没有同军国主义思潮合流，也没有公开抵制。在1935年至1945年这段日本现代史上最黑暗的10年中，他从东京移居古城镰仓，一方面他沉溺于《源氏物语》等古典文学名著里，另一方面写了一些几乎与战争无关的作品。

  1945年，日本国宣布投降后，他一度陷入战败的哀愁与迷惘之中，但很快就振作起来，写了一些或多或少反映时代精神的作品。另外，战后他积极从事国际文学交流活动和国际和平运动。他担任日本笔会会长达17年之久(1948～1965)。自1958年开始，他又就任国际笔会副会长。他曾获得歌德奖章(1959)、法国艺术文化勋章(1960)及日本的文化勋章(1961)等,1968年获得诺贝尔文学奖。

1972年4月16日,川端康成在盥洗室里口含煤气管自杀,终年73岁。他没有留下只字遗书。

川端康成的创作经历了58个春秋。总计写了100多部长篇、中篇和短篇小说,并写有许多散文、随笔、评论、演讲稿、杂文、诗歌、书信和日记等,是一位多产作家。他的创作,可分为早(战前)、中(战时)、晚(战后)3个时期。

早期:主要创作短篇小说,重要的有《招魂节一景》(1921)、《精通葬礼的人》(1923)、《十六岁的日记》(1925)、《伊豆的舞女》(1926)、《致父母的信》(1932)等。这些作品主要描写自身的经历,客观反映了下层妇女的悲惨遭遇,流露出孤寂、悲哀、感伤和忧郁的感情。其中,给他带来极大声誉的是《伊豆的舞女》,它以娴熟的技巧、细腻的笔触,描写了一个20岁的大学预科生和一个14岁的卖艺少女之间半带甘美、半带苦涩的纯情。这种情窦初开的爱,天真无邪、如烟似雾、朦朦胧胧,令人神往陶醉。青年学生有感于少女纯朴、情深的心灵美,及其家人凄楚的生活和备受歧视的遭遇,产生了一种发自心底的、同病相怜的悲哀与感伤。川端运用日本古典文学的传统美和表现这种美的传统技法,开拓全新创作道路的尝试,在这部小说中取得成功,对其以后创作影响很大。

中期:主要写小说,间或有散文、评论等。重要的有短篇小说集《花的圆舞曲》(1936)、《抒情歌》(1938),短篇小说《母亲的初恋》(1940)及中篇名作《雪国》等。这些作品极少受到甚嚣尘上的战争文学的影响,但是虚无思想和悲哀情绪仍在发展,表现了作者超然的生活态度。代表作《雪国》为他带来终生的赞誉。

后期:他最大的文学成就是《舞姬》(1950)、《名人》(1951)、《山音》(1954)、《古都》(1961)、《千只鹤》(1952)、《睡美人》(1960)等中长篇小说。作品内容可以分为两类:一类思想基本健康,另一类颓废虚无色彩严重。《舞姬》写一个芭蕾舞演员在婚姻问题上的曲折经历和对舞蹈艺术的执着追求,表现了渴望民主自由、个性解放的女性的积极生活态度。《古都》写一对孪生姐妹,由于家境贫寒,出生后分别落在贫富不同的两户人家中,长大成人后,姐姐千重子被青年职工秀男所爱,秀男把织好的华丽腰带误送给相貌酷肖的妹妹苗子。秀男自觉同千重子身份相差悬殊,就转念于苗子。最后千重子找到亲妹妹苗子,邀到家中,苗子因无法适应而加以回绝。小说通过这种悲欢离合的描写,反映了社会存在贫富差异的现象以及人情的冷暖,表现了一种人性的美和京都的自然美。《千只鹤》写主人公菊治在一次宴会上遇见他父亲的旧爱太田夫人,从此二人交往,致使太田夫人自杀。太田夫人的女儿文子把志野(即太田夫人)的遗物——水壶送给菊治作纪念,菊治看到志野使用过的物品,更加浮想联翩,文子故意把茶壶打碎,菊治才从幻梦中惊醒,开始慕恋文子。这个作品中的一个人物雪子时常带着有千只鹤的花样的包袱,书名即由此而来,同时也使全篇增加了一种象征美。《睡美人》描写一个尚未完全丧失性机能的67岁的江口老人,5次到一家特殊的"旅馆"去爱抚6个因服药而熟睡的青年女子的经过。通过江口老人丰富、纤弱的心理变化,去捕捉他所追求的虚无的美。

在《雪国》、《千只鹤》、《古都》三部作品中,他刻意追求的是美,是那种传统的自然美,非现实的虚幻美和颓废的官能美。自然美虽有目共睹,但川端不是作客观的写照,而是糅进主观色彩,善于对自然景物的色彩、线条和音响进行丰富的联想和比喻,加以艺术表现。至于虚幻美和官能美,那对川端来说是一种特殊的美学情趣。尘世间,对他有吸引力的不是现实而是准现实的,不是人格的力量而是官能的性爱。虚幻美使他觉得美得空灵,官能美使他觉得美得实在,符合新感觉派中再感受的要旨。新感觉派的创作要领就是偏于直觉,表现主观感受,通过人物内心活动来反映现实生活。如果说,川端给日本文学带来什么新东西、作出什么贡献的话,一句话加以概括,那就是:作家本着现代日本人的感受,以叹婉的笔调,写出日本传统的美的新篇章。正如人们评论他"以其敏锐的感受,高超的叙事技巧,表现日本人的精神实质",从而荣获诺贝尔文学奖。

二、《雪国》的"徒劳"主题

　　《雪国》是川端康成的第一部中篇小说,也是他最著名的代表作。这部8万字的小说从1934年12月动笔创作到1948年12月定稿,整整花了14年的心血,并且成为他荣获诺贝尔文学奖的作品之一。

　　小说以岛村三次从东京到雪国和艺妓驹子交往为情节的基本线索,描写了岛村、驹子、叶子及行男四人之间的感情纠葛。小说从岛村第二次去雪国写起。他在火车上看见一位美丽的叶子姑娘,正在护理一位名叫行男的病人回雪国。这使他回忆起第一次去雪国,在温泉旅馆里结识的艺妓驹子,出于爱恋,驹子自愿委身于他。次日到达雪国,岛村见到驹子又勾起他对叶子的回忆。岛村虽然被叶子的纯洁的美吸引得梦萦魂牵,可是叶子却无动于衷,原来叶子心里爱慕行男。而身为行男未婚妻的驹子,却甘当艺妓赚钱为行男治病,但不是出于爱情,而是出于同情。岛村等三次去雪国,面对驹子对他有增无减的爱恋,将它视为一种"单纯的徒劳"。当叶子坠身大火之后,岛村也准备和驹子分手回去了。

　　小说以同情的笔调真实地描写了驹子,这个生活在社会底层的艺妓所经历的悲剧命运,表现了她追求独立的人格和自由、探求人生价值的进取精神;对岛村一类有产者有所批判,但还不够。作者试图以艺术形象说明,世界上的一切都是虚幻的,人的一切努力都是徒劳的,流露出悲观情绪和虚无思想,从而给作品带来消极因素。

　　小说虽人物不多,只有岛村、驹子、叶子、行男四人,但作家仍惜墨如金,重点突出地描写了驹子和岛村。

　　驹子这个形象是作品主题的主要体现者,是首要的主人公。她是个出身卑微但不甘沉沦、富有生活理想的下层妇女的典型。这个在屈辱环境中成长的女性历尽人间的沧桑。她生在雪国农村,因生活所迫被卖到东京当陪酒侍女,被人赎出后很想做个舞蹈师傅,无奈"恩主"又去世了,她只好到三弦师傅家去学艺,并兼作陪酒侍女。最后实在无路可走,只好当一名艺妓。她虽然有这样的生活经历,却没有湮没在纸醉金迷的花花世界里,而是默默承受着生活的不幸和压力,挣扎着生活下去,表现出异乎寻常的毅力和分外美好的心灵。小说主要从日常生活和渴望爱情两个方面来表现她的性格。

驹子从在东京当侍女之前不久开始写日记,当时年仅16岁的她一直坚持不懈,为此,她克服了重重困难。开始时,因买不起日记本,只好记在廉价的杂记本上,"从本子上角到下角,写满了密密麻麻的小字"。即使当了艺妓也未辍止,"每次宴会回来,换上睡衣就记","每每写到一半就睡着了"。对于这些"不论什么都不加隐瞒地如实记载下来"的日记,她非常珍重,不仅不肯轻易拿给别人看,甚至表示要把它毁掉后再死去,因为"连自己读起来都觉得难为情"的日记,是她这些年来血泪生活的真实记录。她在能够自主的狭小天地里寻找仅有的一点点乐趣,可以看出她积极、认真的生活态度。

驹子还十分喜欢读小说,而且"从16岁时起就把读过的小说一一做了笔记,因此杂记本已有十册之多了"。她把在周围所能发现的妇女杂志和小说都读了,有时还能凭借记忆列举出不少鲜为人知的新作家姓名。虽然她所读的未必能有多少是高尚的、经典的文学作品,所记的也只不过是一些书籍的题目、作者及人物姓名、人物之间的关系等,但是处于艺妓这样的地位,能有如此的求知欲望和顽强生活的精神,确实难能可贵。

驹子擅长弹奏三弦琴,并且技艺高超,这是她勤学苦练的结果。出于对生活的热爱和求生的需要,在失去师傅的帮助以后,她面对大自然中的雪原、峡谷,一丝不苟地练习弹奏。"虽说多少有点基础,但独自靠谱文来练习复杂的曲子,甚至离开谱子还能弹拨自如,这无疑需要有坚强的意志和不懈的努力"。她多少年如一日地刻苦练琴,依靠的是坚强的意志。

驹子心地善良,当师傅有意将她嫁给儿子行男时,尽管他俩之间没有真正的爱情,可是,出于同情,她千方百计为行男治病,即使当艺妓也心甘情愿。她生活在泪水和屈辱之中,对生活、对未来仍抱有希望与憧憬,她要追求一种"正正经经的生活","想生活得干净些"。为此她才坚持写日记、读小说、练三弦琴,想多争取一些同命运抗争的力量,从而摆脱艺妓的处境,以便获得普通人起码的生活权利,恢复做人的地位。这反映出她不甘沉沦的生活态度。

驹子的性格在与岛村的爱情纠葛中得到进一步的完善、深化与升华。她虽然沦落风尘,但并不甘心长期忍受这种屈辱的生活,渴望觅得一个知音,享受普通女性应该得到的爱情和幸福。所以,当她见到与一般游客不同、还有一些感情和良知的岛村时,就把多年无以投报的炽热爱情全部地但又委婉地倾注在他身上。这种爱的奉献是不掺有任何杂念的,是纯真坦荡的,甚至是不求回报的。但是她想得到爱自己所爱的正当权利,在那个社会、那个处境中是难以实现的。她所追求的实际是一种理想的、极致的、不存在的、虚幻的爱,是"一种爱的徒劳"。

驹子明知岛村有妻室,明知自己和他的关系不能久长,仍轻率地委身于他,这种苦涩的爱情,实际上是辛酸生活的一种病态反映。被种种不幸遭遇扭曲了灵魂的驹子,由所处的特殊环境造成了她复杂矛盾而又畸形变态的性格。她时而严肃认真,时而不拘形迹,时而热情纯真,时而粗野鄙俗。这些性格特征说明她是个在困惑中徘徊、在悲哀中向往、在沉沦中挣扎,想奋力自拔而无能为力的女性。正是驹子的可怜命运、可悲处境、可憎身份、可叹年华,才使她在追求爱情的热望中,表现出如此矛盾的复杂性格。驹子这个充满了活力的形象是日本下层妇女的真实写照。

岛村是个养尊处优、百无聊赖的有产者。平日坐食祖产,无所事事,时常陷入莫名的悲哀之中。他在实际生活中把自己视为是无意义的存在,雪国的风花雪月也不能弥补他精神上的空虚,只好企图从与女性的邂逅中得到某种心灵的慰藉。他已有妻室,却轻浮地享受着驹子的爱,同时又移情于叶子,完全把女人当作愉悦他灵魂的玩物。他这个悲观颓废的虚无主义者,始终认为"生存本身就是一种徒劳",包括爱情在内。因此,驹子对他的爱,被视为"徒劳";他对叶子的单相思,被视为"幻影",他成为生活中的弱者和追求中的失败者。岛村只不过"是映衬驹子的道具罢了"。他的虚无被用来反衬驹子的充实,他的世故用来反衬驹子的纯真,他是想象的幻影,驹子是实际的存在。在岛村这个艺术形象上,明显反映川端的虚无思想。

《雪国》是一部在艺术风格和表现手法上都颇具特色的艺术珍品。它对日本文学的传统美既有继承,又有创新,具有一种沁人心脾的艺术感染力。

充满诗意的抒情性。《雪国》由于是断续写成的,所以并不像一般小说那样结构严密、情节曲折,反而显得松散。小说的情节如山间小溪时断时续,在舒缓的发展中给人一种平淡无奇的印象。从这个意义上讲,它更像一篇抒情散文。正是在这样的气氛中流露出日本古典美的神韵,在轻描淡写的叙述中,传达出人物纤细短暂的感受和淡淡的哀愁,明显地带有作者主观抒情色彩。小说还有意以描写季节景物的变化表现人物情感美的手法,突出抒情性,无论是严冬的暴雪、深秋的初雪,还是早春的残雪都融入了人物的思想感情和人物的精神,有一种浓厚的日本式的抒情风味。

日本传统与西方意识流的交融。《雪国》在继承日本文学传统的基础上,充分运用了西方现代派的"意识流"手法,以象征和暗示、自由联想等方式,来剖析人物的深层心理。《雪国》总体上按照事件发展的先后顺序,即岛村三次去雪国的经历进行布局谋篇。在全书十一大段中,只有第三段是插叙岛村第一次去雪国的情景,其余各段基本上按时间顺序展开情节。但在某些局部又通过岛村的意识流动和自由联想展开故事,推动情节发展。这样适度地冲破事物发展的时间顺序,形成联想内容有节奏感的跳跃,扩大了小说的表现深度与范围,也不影响故事脉络的清晰度。这样既可以保持日本文学传统的严谨格调和注重描写感知觉的特点,又弥补了一些西方意识流小说在逻辑上跳跃性过大的不足。小说开篇就写岛村坐在东京开往雪国的火车上,从玻璃窗的反射中看到叶子姑娘美丽的面容,联想起早已结识的雪国艺妓驹子,揭开了故事的序幕,紧接倒叙岛村第一次同驹子相遇的情景,形成一种朦胧的美感。

运用多种手段塑造人物。《雪国》在刻画人物时,特别强调美是属于心灵的力量,因此重神而轻形,如描写驹子的情绪、精神和心灵世界,始终贯穿着悲哀的心绪。小说还以抒情的笔墨刻画了驹子的性格和命运,并在抒情的画面中穿插对纯真爱情热烈的颂赞,对美与爱的理想表现出向往,用以表现人物细腻丰富的心理。小说还运用"减笔"来描写人物。书中对岛村、叶子、行男介绍得都很简略,寥寥几笔,给人留下无际遐想的空间。尤其是行男在书中只露出一面,没有专门写他的语言,都是别人顺便提及,但是他与驹子的关系,与叶子的瓜葛,都对人物起着潜移默化的影响。

川端康成的创作无论是从思想倾向来说,还是就艺术表现而言,都是复杂的。他的大部分作品的思想感情基本健康,只有战后一部分作品具有明显的颓废色彩,他的创作一般并不表现重大的社会主题,也不深入开掘题材的社会意义。在创作特征上,努力将日本文学传统和西方现代派的表现手法,巧妙而有机地结合起来,形成独特的艺术风格。尽管世人对他的作品评价褒贬不一,但他仍然是日本最受欢迎的现当代作家之一。他和他那些具有日本情趣的作品在世界上同样享有盛誉。

《雪国》是川端使日本古典传统美与西方文学形式的结合达到了炉火纯青程度的巅峰之作,也是他淋漓尽致地表现美的虚幻和美的徒劳的小说。女主人公驹子在屈辱的环境里顽强地生活,钟情于在她看来与一般游客不同的岛村,她追求的虽然只是一个女性的最低权利,但一切都是不现实的。这种不可能实现的、带有哀伤情感的虚幻的爱,实际上是一种追求美的徒劳。叶子是个飘忽不定的人物,她有"优美而又近乎悲戚"的乐音,有"无法形容的美"的身姿,是个"犹如在梦中出现似的""虚幻美"的化身。她最后死于大火,岛村对她的慕念也是徒劳的。随徒劳而生自心底的是悲哀。行男死去,热恋他的叶子处于无尽的哀愁之中。岛村逢场作戏,驹子因此而悲凄,偶一触发便失声痛哭。岛村发自心底的莫名悲哀,是驹子的"官能美"和叶子的"虚幻美"所无法排遣的。川端正是在徒劳与悲哀中寻求古典传统的美学情趣。

　　川端在战时的作品中,形成追求古典传统"虚无"与"悲哀"的创作个性,其根源仍在于平安朝文化的"风雅"与"物哀"精神,尤其是平安朝文化的光辉顶点——《源氏物语》。他回忆说:"战争期间,我常常在往返东京的电车上和灯火管制下的卧铺下,阅读从前的《湖月抄本源氏物语》。"他如此"专心和喜爱"此书,"更直接的原因,是《源氏物语》和我都在同一的心潮中荡漾,我在这种境界中忘却了一切。"《雪国》正是他战时作品中的精美之作。其中"徒劳"主题恰如其分地反映了王朝物语的"物哀"精神。川端的创作个性之所以受《源氏物语》的影响,是他作为文学家的审美主体,所特具的稳定性心理结构所致。他以个人对日本古典传统美的独特理解,希望在自己的作品里表现类似《源氏物语》一般的"物哀"精神,他从自己的经验世界和审美心理出发,认为"这种悲哀和哀伤本身融化了日本式安慰和解救",可使人在审美中得到心灵的安慰与心理的平衡。这不能不说是川端对人生的独特认识与审美感知。

　　川端从《伊豆的舞女》到《雪国》的创作,把汲取到的域外文学营养完全溶于古典传统美的沃土之中,使作品的美学意趣达到了他人难以企及的程度。虽然这些作品由于接受西方影响而表现出某些变形趋向,但其内蕴透露出的仍是日本民族文化的审美特征。原因在于,置身西方文化不断侵入日本的历史背景,川端在处理创作个性、外来影响、民族古典传统三者关系方面,总是力求保持有机的平衡。他体会颇深地指出:"我总觉得许多人在学习和引进西方文学方面,耗费了青春和精力,大半生都忙于启蒙工作,却没有立足于东方和日本的传统,使自己的创作达到成熟的地步。"而川端本人在不断探索日本古典传统美的道路上,始终不忘记民族传统的审美习尚,即使借鉴外来文化,也力求使异域的审美特征同自己民族审美情趣取得内在的一致,这正是川端成功的肯綮,也是他获得诺贝尔文学奖的秘诀。

第16讲:印度:普列姆昌德文学的乡土气息

一、普列姆昌德文学

普列姆昌德是印度现代著名的现实主义作家,也是印度现代文学的奠基人,有印度"小说之王"的赞誉。他还是印度现代一位具有国际影响的作家,是中国人民的朋友,始终支持中国人民的正义斗争。

普列姆昌德(1880~1936),出生于印度北方那贝拿勒斯(现瓦腊纳西)北郊拉莫希村一个普通农民家庭。这种生活经历奠定了他对生活的眷恋,也使他的创作充满了乡土气息。其家庭信奉印度教,种姓属于刹帝利的亚种姓。其父是邮政局职员。父亲送他到镇上正规小学学习,其间他对文学产生了浓厚兴趣,在大量阅读作品的基础上,练习写作。17岁时结婚,父亲病逝后,他为分担家务,边学习边作辅导教师,中学毕业因未能获取免费大学资格而任小学教师。22岁,他在阿拉喀吧德师范学院进修时开始文学创作,并一发不可收。

普列姆昌德一生用印地语和乌尔都语共创作了 15 部中、长篇小说（包括未完稿），300 篇左右的短篇小说，近 700 篇论文或文章，还创作了其他作品，如电影文学脚本和儿童文学作品等。充满乡土气息的现实主义风格，始终是他创作生涯的主流。其创作可以分成 3 个时期。

从 1903 年开始创作小说到 1907 年是他创作的初期，也可称之为步入文坛的尝试期。这一阶段他主要创作了处女作《圣地的奥秘》(1903~1905)、《伯勒玛》(1906)、《吉希娜》(1906)和《生气的王公夫人》(1907)。这 4 部中篇小说思想性和艺术性都显得比较稚嫩，主要反映的是社会现实问题，即使是描写历史的小说《生气的王公夫人》也借古喻今以振奋民族精神。这些作品开始触及印度当时社会的各种弊端，主要涉及封建的旧传统习俗以及印度教上层的胡作非为。作品中开始出现改革社会的人物形象，这是作者早期受"圣社"思想影响，主张在复兴印度古代文化优秀传统的基础上进行社会改革的结果，改良主义思想在这一时期的作品中有明显的反映。

这一时期的小说《伯勒玛》相对而言是一部较好的作品，1906 年在《时代》杂志上发表。女主人公伯勒玛和从事社会改革活动的律师阿姆勒德订了婚，由于达那纳特从中破坏，保守的父亲解除了他们的婚约。在阿姆勒德与寡妇布尔娜结婚后，已嫁给达那纳特的伯勒玛仍深爱着阿姆勒德。达那纳特出于妒恨谋杀阿姆勒德，被早有防备的布尔娜击毙，她也被达那纳特的子弹击中。最后，伯勒玛和阿姆勒德终成眷属。这个故事结构虽有人为的痕迹，但情节艺术符合逻辑。小说中无论是批判旧的婚姻制度，还是提倡男女自由恋爱，赞成寡妇改嫁，都反映了反封建的中心思想，表明了作者正在形成的正确的人生观和成熟的创作思想。

1908 年 6 月，短篇小说集《新国的痛楚》的出版，标志着他的创作进入到中期，直至 1918 年底。这 10 年是普列姆昌德创作走向成熟期的准备阶段。这期间他除了写了一部中篇小说《恩赐》(1912)

外,其余以短篇小说为主,有近70部。

《新国的痛楚》包括《世界上的无价之宝》、《这是我的祖国》、《对悲哀的奖赏》、《谢克·默克穆尔》和《世俗的恋情和爱国热情》5篇小说。它的结集出版,不但在读者中引起强烈反响,受到当时文坛领袖马哈维尔·伯勒萨德·德维威迪的热情赞扬,而且受到英国殖民当局的查禁,那些被称为"很能蛊惑人心的煽动性言论"主要就是指强烈的爱国主义思想。《世界上的无价之宝》讲述只有在年轻的求婚者历尽艰辛,取来"为了保卫祖国而流尽的最后一滴血"时,女主人公才履行诺言嫁给他,因为他为她带来了"世界上最宝贵的东西"。《这是我的祖国》写一个年轻的印度人到美国经商,成家立业,生活幸福,但是念念不忘自己的祖国,并终于在90高龄时抛弃一切回到祖国和家乡,不再回去,死后也要做祖国的泥土。小说抒情色彩很浓。《世俗的恋情和爱国热情》虽然是一篇以外国历史人物为题材的小说,但是其鼓舞印度人民的爱国主义精神的创作意图还是很清楚。主人公是19世纪意大利人马志尼。他在解放自己祖国和民族的理想与纯洁无私的爱情两难的抉择之间,选择了后者,最后壮志未酬地离开人间。总之,《新国的痛楚》如同书名一样,反映了作者明显的对祖国、对人民深沉的爱,这一思想主脉通过不同的艺术形式表现在其后的创作中。

除此而外,这一时期的小说创作还涉及另外一个重大的时代主题,即反对封建主义的思想。它们植根于印度广袤的农村大地,反映农民的疾苦,充满乡土气息。以《高尚》(1910)、《穷人的哀号》(1911)、《残酷无情》(1914)等小说为代表,这些作品从不同角度、不同程度触及封建社会的一些弊端:农村中的阶级对立、种姓制度的罪恶等等。《高尚》在描述地主与农民的矛盾对立中,赞扬了农民的高尚,抨击了地主的罪恶。农民德赫达·森赫是地主赫拉姐尼幼时的救命恩人。他宁愿忍受着赫拉姐尼的欺压,在穷困中度日,也不愿求她施舍,夫妇二人凄惨地死去,但他们的精神是高尚的。《穷人的哀号》中寡妇老人孟伽的一点养老金被财主侵吞,她到长老会中申冤,长老会不主持正义,却偏袒财主。她在绝望之中精神失常,惨死在财主的门前。作品中对穷人求助无门、富人为富不仁的描述表明了作者强烈的爱憎情感。《残酷无情》描写一个在逃荒中失去父母的儿童,被基督教教会收养,孩子长大后虽找到生身父母,但印度教传统认为,这孩子实际已成了基督徒而失去种姓,沦为不可接触者。由此可见,印度种姓制度的腐朽和罪恶。普列姆昌德在揭露社会黑暗的同时,表现自己探索社会出路的努力,如经常用"善恶有报"作为小说的结局,或宣扬传统文化中的美好因素等等。这也是作者接受近代印度文化复兴运动影响的结果。

这一时期无论在思想性和艺术性都达到较高水平的小说当推《沙伦塔夫人》(1910)。这是一篇以印度中世纪历史为题材的作品,它刻画了一个勇敢、坚强的女性为了尊严和荣誉,可以抛弃一切。沙伦塔的丈夫本是独立小王国的王公,他曾经两次臣服于德里皇帝,虽然生活安稳了,但沙伦塔却认为这是耻辱。在她的激励下,王公回到自己的小王国继续过独立自主的生活。这种渴望独立自主、保持强烈自主的精神为皇帝所嫉恨与不容。因此,他们相继失掉了城池,损失了人马,在追兵逼近的危急关头,病魔缠身的王公请求沙伦塔不要让他戴着手铐脚镣活着。就在敌人将要活捉王公的一瞬间,沙伦塔像闪电一样扑上去,将手中的宝剑刺进他的心窝,然后刺进自己的胸膛。

沙伦塔不仅是位宁死不屈的巾帼英雄,更是印度独立自由的象征。她不愿臣服于偌大宗主国,而要在独立的小王国中自由自在地活着的行为,正是作者希望印度人不要甘为大英帝国殖民地臣民的表现。因为西方资本主义扩张时期,殖民国家对自己的殖民地也自称宗主国。古代一个女性可以为自己的尊严、荣誉、自由,去战斗、牺牲,在强敌面前不屈不挠、视死如归,现代的印度人民更应勇敢地站立起来,为摆脱附属国的地位,同英国殖民主义者作殊死的斗争。小说鲜明的主题思想和精神与详略得当的故事结构和语言,使之成为普列姆昌德所有短篇小说中的佳作。

1918年，长篇小说《服务院》的发表，标志着普里姆昌德的创作进入成熟期。从1918年到1936年近20年的时间内，他先后发表了长篇小说8部，中篇小说2部，短篇小说200余篇。无论从作品的数量和质量，从反映生活的深度和广度，还是从人物塑造和艺术特色上，都表明作者已确立了现实主义的创作方法，并进入创作的高峰和高产期。他创作的长篇小说有《服务院》(1918)、《博爱新村》(《仁爱道院》)(1922)、《战场》(《舞台》)(1925)、《新生》(1926)、《贪污》(《一串项链》)(1931)、《圣洁的土地》(1932)、《戈丹》(1936)、《圣战》(未完稿)(1948)。中篇小说有《妮摩拉》(1926)、《誓言》(1927)。著名短篇代表作有《如意树》(1927)、《割草的女人》(1929)、《可番布》(《裹尸布》)(1936)等。

《服务院》是作者创作的第一部长篇小说，并使他在此领域获得巨大声誉。女主人公苏曼由于家境清贫嫁给了一个不要嫁妆的小职员，一次参加晚会，深夜回家被丈夫拒之门外，不久沦落红尘。一位从事社会改革的律师将她救出火坑，安置在寡妇院，后因身份暴露被迫离开，后来与妹妹一起生活，周围人的歧视迫使她出走。最后被送进律师兴办的"服务院"，负责教育妓女所生的女孩的工作。这是一部反映印度妇女悲惨命运的小说，是作家对以往短篇小说所涉及妇女问题的进一步深化与探索。小说通过苏曼这样一个被侮辱与被损害的女性形象的遭遇和性格发展，揭露了当时男权社会中伪君子们的庸俗、卑鄙，描述了女性的逐渐觉醒。小说致力于描绘改革的正面人物，具有作者理想化成分，小说结局因之显得不够真实。

《博爱新村》是作者第一部以农村生活为题材的长篇小说。也是他书写农村社会、乡土人情的重要作品。一个地主家庭中，年轻的兄弟俩，在哥哥普列姆·辛格尔赴美留学期间，弟弟葛衍纳·辛格尔大学毕业回乡管理田产，他野心勃勃又贪婪成性，千方百计地压榨、剥削佃农，为夺取岳父遗产而投毒谋害，为鲸吞哥哥的财产而罗织罪名将其逐出家门，使出各种卑鄙手段。接受了新思想的普列姆放弃产业,同情并帮助农民,想尽办法救助无辜被捕的农民,最后建立了"博爱新村",使农民过上了新生活。葛衍纳由于众叛亲离梦想破灭而投河自杀。普列姆昌德以广大农民代言人的身份,控诉了封建土地制度对农民的种种迫害,为受压迫、被剥削的农民发出反抗的呐喊,这是作者前期反封建思想的延续。小说描写了农村社会问题的残酷,又以建立"博爱新村"的方式进行调和,这明显说明作者的理想主义或改良主义思想是很明确的。

长篇小说《战场》表现了资本主义工业文明与印度传统农业文明之间的冲突,显而易见的结局使作品充满悲观主义色彩,中篇小说《妮摩拉》是继《服务院》之后,又一部以妇女问题为题材的作品,一个没有嫁妆的女子悲惨的命运,导致了另一个家庭悲剧。另一中篇小说《誓言》是早期中篇小说《伯勒玛》的改写,新作中人物命运与原作略有不同,表现了作家的思想矛盾与探索。短篇佳作《如意树》描写一对青年男女至死不渝的爱情故事。《割草的女人》描写女主人公以自己崇高的品德和自尊,使一个企图侮辱她的青年变得正直、善良的故事。《可番布》写种姓制度的摧残使主人公父子麻木不仁、失去人性,连买亲人裹尸布的钱都花完了。这些篇幅长短不一的小说有力地揭露了印度社会的种种黑暗现实,淋漓尽致地表达了作者的爱憎情感。它们不仅仅让人们感受到印度人民的苦难生活,而且感受到作家刻画人道主义的伟大灵魂。

二、《戈丹》的乡土气息

长篇小说《戈丹》是普列姆昌德的代表作,至今,读者和评论家一致认为《戈丹》是印地语文学中最优秀的小说,几乎没有一部可与《戈丹》媲美。究其原因,就是作品中浓郁扑鼻的乡土气息、真实生动的农村场景书写。

小说中的"戈丹"是"献奶牛祭"或"献奶牛礼"的意思。主人公何利原是个自耕农,有十来亩有耕种权的土地,他和妻子、儿女终年劳动,勉强可以温饱。他有个理想,就是买一头奶牛,因为它不仅可以供奶,而且是吉祥和致富的象征。由于他赊购的奶牛被其弟希拉因嫉妒而毒死,他又不愿弟弟被拘捕,所以受到宗教祭司、"长老会"头人、警察及其他管事的多方敲诈勒索。后来何利又收留了未正式结婚而怀孕的儿媳裘妮娅,更引起轩然大波。他不断受到打击、迫害和掠夺,由自耕农降到半自耕农的地位,接着又成了雇工,后来竟至变相卖掉自己的小女儿。何利还梦想为孙子买条奶牛,他拼命地做苦工,终于在刮热浪的一天晕倒在地里,结束了他悲惨的一生。而他身后留下的20个安那也被婆罗门当作戈丹(即施舍奶牛)的礼金搜刮而去,否则他的灵魂不能进入冥界。这部小说揭示了农村中尖锐的阶级矛盾,塑造了何利这个典型人物,被认为是描写印度农村生活的一部史诗。

《戈丹》不仅是何利个人的苦难史,也是当时印度农村广大农民普遍的苦难史。在英国殖民主义统治下的印度农村,不仅政治上无独立自由可言,广大农民还深受封建主义的种种压迫。无论是地主老爷、村中头人、高利贷者、资本家、警察,还是警察局、法院、传统礼法、宗教桎梏,无一不是针对广大贫困农民的统治机器,他们不仅榨干了广大农民的汗水,还变相地夺去了他们的生命。小说揭露和批判了印度封建农村这些形形色色的压迫者和剥削者的丑恶嘴脸,以反映他们吃人的本质。小说借从城里回家的何利之子戈巴尔的口,说出了作家的感受:"村里没有一个人不是愁眉苦脸的,仿佛他们的躯体内没有灵魂,只有痛苦,他们好像木偶似的跳来跳去;只知道干活、受苦,因为干活受苦是命中注定的。他们的一生没有任何希冀,没有任何志向,仿佛他们的生命的源泉已枯竭,靠源泉滋养的一片青春草木也同时萎谢了。"这种场景是当时印度广大封建农村的真实写照。

何利是印度封建农村中受苦农民的典型。他的遭遇代表了印度普通农民的悲惨命运。他勤劳善良,富有同情心,宁肯自己受损失,也不让别人吃亏。对什么事他都肯忍让。他终生受着地主和高利贷者的压迫和剥削,甚至变相卖女儿,至死也不明白自己受苦的原因。由于宗教思想的束缚,他还相信宿命论,认为"命中注定享福的才能享福"。他胆小怕事又很软弱,害怕地主和官府,无力反抗社会压迫,凡事逆来顺受。他一生梦想买一头奶牛,终未如愿,也毫无怨言,死后居然还要向奶牛施舍,这真是绝妙的讽刺。他的遭遇是印度广大农民贫苦生活的缩影。他的破产死亡是印度上层压迫和剥削的结果,作者借此无情鞭挞了农村统治者、地主、官吏、高利贷者、婆罗门祭司等无恶不作的罪恶行径。

《戈丹》反映了作者对农村社会问题的探索,以及对农村社会的深刻理解。普列姆昌德已经认识到何利,这个封建农村的农民之所以有这样的悲惨命运,是社会制度造成的。在小说描写中,何利必然的悲剧命运与周围富人对他的态度有直接的因果关系。作者逐渐地认识到要解脱广大农民的苦难生活,只依靠富人伸出仁慈之手,并办几个"服务院"与"仁爱道院"是不行的。作者借书中人物梅达之口说出:"要砍倒一棵树,必须用斧头斩它的根,光是揪掉一片树叶是无济于事的。在有钱人里面,偶然也出现这样的人,他们抛却一切,虔心敬神,可是有钱人的统治还是照样巩固,一点不会动摇。"这表明作者对农村社会矛盾的认识深刻了许多,虽然他还没有找到改造农村、解决农村矛盾的正确途径,但《戈丹》中对农村社会弊病的探索已不同于以前创作中的改良主义主张,他已经看到了变革农村社会的曙光。

《戈丹》的巨大声誉不仅源于其深刻的思想性,而且与小说成熟的艺术风格也是分不开的。无论是全篇构思、人物塑造,还是运用气氛烘托,都有引人入胜的艺术效果。

《戈丹》线索清晰,主次分明,纵横开阖,得心应手。小说以何利一生的悲惨遭遇为纵向主线,以相关的人和事为横向辅线,形成一个涉笔广泛、铺陈有序的平面场景,描写内容既深且广。小说以农村为主线,以城市为辅线,形成立体交织的巧妙安排,有离有合,时隐时现，描绘更为广阔的社会背景。这种构思不仅使小说情节起伏跌宕、扣人心弦，而且使关联人物命运的事件一波未平、一波又起，由此不难发现作者独特的艺术匠心。

《戈丹》的人物性格刻画手法多样，一改人物的类型化为人物的典型化。小说中的人物各有各的性格。为了达到这一目的，小说对人物内心世界的浮沉与矛盾进行了多方面的揭示，用环境和气氛的渲染来写出人物的行动，用符合人物性格和身份的对话表现人物的情感。何利的不幸中有凄楚，也有忍耐；薄拉的不幸中有狭隘，也有无奈；戈巴尔的不幸中有痛苦，也有责任；丹妮亚的不幸中有抗争，也有屈从。人们看到的是性格化的人物，他们具有了典型意义。

长篇小说《戈丹》以它独特的艺术魅力在印度文学界引起轰动，也使之有幸立于世界名著之林。1958年，人民文学出版社出版了严绍端译自英文的中文长篇小说《戈丹》，从此拉开了中国学者研究《戈丹》的序幕。

普列姆昌德正是基于中国与印度同是封建的农业大国的基本认识，所以才对中国人民的历史命运表示出极大的关注。早在20世纪30年代，正值日本帝国主义企图侵占中国之时，他就在自己主编的杂志《觉醒》和《天鹅》上连续发表社论，表示对日本帝国主义阴谋的谴责。1933年4月，他在题为《日本的胃口》的社论中直击日本的侵华阴谋。在同年5月写的题为《华北国》的社论里更是对日本帝国主义的侵华行径进行了义正词严的抨击。同年5月，他还写了题为《日本和中国》的社论，批判日本对中国的侵略，并预言中国将在未来一二十年内获得解放。1934年2月，他发表了题为《未来的大战和日本》的社论，驳斥了日本的所谓"爱好和平"的无耻谰言。他还在1934年2月发表过题为《喀什葛尔和穆斯林的骚乱》的社论，担心中国被帝国主义肢解。普列姆昌德以国际友人的正义感和睿智，在中国处于危难之际给了我们难能可贵的支持，不愧是中国人民最真挚的朋友。

第17讲:伊朗:赫达雅特文学的荒诞美学

一、赫达雅特文学

萨迪克·赫达雅特是伊朗蜚声国际的小说家、艺术家和语言学家。他以最杰出的现实主义小说为伊朗现代文学史增添了光辉,堪称一代宗师。

赫达雅特1903年2月17日生于德黑兰的一个书香门第。其祖父是一位诗人,父亲是一位作家。他自幼受到良好教育,熟悉波斯和阿拉伯的古代文化。1925年在德黑兰圣路易中学毕业以后,遵从父亲让他学习理工科学的意愿,作为首批留学生赴比利时高等建筑工程学校学习。一年后,他转赴巴黎求学,研究法国语言文学,受到后期象征主义和超现实主义等现代文艺思潮的影响,并学会用法文创作小说。他不喜欢土木工程,对文学越来越感兴趣。1930年未毕业即回到伊朗。此后他和家庭渐生不睦,终于断绝了联系,靠微薄的薪金独立生活。

他先后在国家银行、贸易部及建筑公司任职。1936年在音乐学院任过职,还到美术学院任过翻译。其间一边工作,一边创作,并与三位文学同人组成文学小组探讨文学问题。1936年,他应邀去印度,在孟买从事创作并研究中古波斯文学。归国后不久,出于维护正义与民主的崇高意愿,他不避艰难与危险,为营救53位被囚禁的民主革命家而四处奔走。1944年,他应塔吉克大学的邀请访问了苏联。第二次世界大战以后,其创作热情又高涨起来,1946年还参加了伊朗第一届作家代表大会。1950年保卫世界和平大会邀请他出席,但政府不予批准。他在致电大会主席约里奥·居里时说:"帝国主义分子把我国变成一座大牢狱,在这里发表自己的意见和进行正常思维都被认为是犯罪。"1950年12月5日,他为逃避丑恶的现实离开伊朗前往巴黎,想寻找一个良好的生活与创作环境,但是他失望了。由于过度悲观而失去生活的勇气。1951年4月9日,在苦闷、绝望心理压抑之下,赫达雅特万念俱灰,毁掉自己身边的许多手稿,在巴黎一家公寓打开煤气开关,结束了自己的一生。

　　赫达雅特主要以小说著称,同时也写剧本、散文、童话以及关于语言学、民间文学、文学评论等方面的文章。早在青年时代他就发表过一篇题为《海亚姆的短歌》(1926)的文章。文中从文学与哲学的角度对海亚姆的四行诗进行了独到的分析,尤为赞赏他对自由思想的追求,朴素的唯物主义世界观以及对彼世的否定并高度评价了四行诗的语言和形式。赫达雅特还积极从事民间文学的发掘、搜集、整理与研究工作,并出版过研究文集。此外,他研究过佛教,翻译过数种古代巴列维语古籍,著文评述过波斯语的文字改革问题等,表现出多方面的才华。

　　赫达雅特创作生涯不长,却为后世留下丰富的文学遗产。其创作活动始于在法国留学期间。第一部短篇小说集《活埋》于1930年回国后问世,其中收集了在法国写的4篇小说和回国初期写的4篇小说。此后,他又相继发表了短篇小说集《三滴血》(1930),收小说11篇;《淡影》(1933),收小说7篇,以及《野狗》(1942)等。他还发表了中篇小说《阿廖维耶夫人》(1933)、《盲枭》(1936)、《放荡无羁》(1944)和《哈吉老爷》(1945)等。此外,他还写过3部剧本,即《帕尔温·萨珊时代的女儿》(1930)、《马兹亚尔》(1933)、《创世记》,以及民间故事《拜火教堂》(1944)等。这些作品的基本主题表现了作者的爱国热忱和人道主义思想,流露出作者憎恨剥削人的社会,同情受帝国主义、封建势力双重压迫的人民等强烈的爱憎情感。

1837年至1942年,出版刊物受到严格的检查与限制。赫达雅特自1936年赴印访问归来后,内心深深感受到这种政治重压,在这一期间,他实际上没有发表什么作品。这段空白使他一生的创作自然分成前后两个时期。

前期(1926～1937)作品取材广泛,内容丰富,艺术手法多样,既有现实主义成分,也有现代主义倾向,属赫达雅特探索和初试锋芒时期的创作成果。

在一些现实性较强的作品中,既反映了社会下层人民的痛苦与不幸,又揭露了社会上层人物之间的丑恶嘴脸。短篇小说《一个失去丈夫的女人》不仅描写了一个被丈夫抛弃的妇女那种复杂的心理活动,而且更多地描写了她的悲惨命运和她对幸福生活的向往。《兀鹰》无情地嘲笑了一个商人偶然中风、气犹未绝即被活埋后,他的两个妻子自私和贪婪的卑鄙行径。她们像兀鹰啄死尸一样"到处嗅着猎物",攫取钱财。甚至当商人意外地死而复生返回家中时,她们竟然把他当作鬼魂。这篇小说把资产阶级家庭中那种充满铜臭的拜金主义本质暴露无遗。在小说《达沙阔尔》里,作者塑造了一个正直善良的市民形象。达沙阔尔受一临终商人之嘱,为其照料家里的人财物,他尽心尽力,深埋感情,最后被宿敌重伤致死。在他身上体现了下层人民的舍己为人、胸襟坦荡、同情弱者等优秀品质。

但这一时期也有用荒诞、象征等现代主义手法写成的作品,令人深思。小说《黑屋》中的怪人孑然一身,远离社会,将自己禁锢在黑暗之中,像蝙蝠逃避光明一样躲避现实世界。《死胡同》中的小职员孤独寂寞,愁肠百转,生活犹如一潭死水,毫无生气,其人生就像步入死胡同一样没有出路。在印度写成的中篇小说《盲枭》是前期最重要的作品,折射出当时国内黑暗统治在作者心理上投下的一道阴影。小说以意识流的表现手法描绘出一个忧郁者的内心世界。在表现作者"人类存在本身就是荒唐的"悲观主义思想的同时,对复杂的人生作了哲理性的探索。小说运用第一人称,以时空倒错的叙述方法,随意识流动,写了两件表面似乎各自独立,实则深层相互关联的事。前一件事写居于荒郊的"我"在百无聊赖地画着同一题材的画。一天,画中的景物活了,"天仙般的美女"在毕恭毕敬地向树下的一位驼背老人奉献睡莲,不曾想驼背老人突然狂笑起来,于是景象全无。它意在说明现实中的"真善美"犹如海市蜃楼,可望而不可即,是追求不到的。另一件事写"我"的妻子是个不贞节的"贱女人","我"在被她折磨得抱病卧床并失去理性后,用剔骨刀捅死了她。它意在表明现实中的"假恶丑"是无法摆脱的。小说表现了作者面对残酷现实的一种绝望心态,他宁肯耗尽生命与激情,也不会与之同流合污。

后期(1942~1950)作品逐渐摆脱了颓废主义的影响,走上现实主义道路。赫达雅特对半殖民地反封建的伊朗现实社会观察得更加仔细,认识得也更为深刻了。他努力从人们受社会恶德陋习的污染而表现出的千奇百怪的丑态中,汲取素材,写出许多具有现实主义思想倾向的作品。寓言小说《生命之水》写穷鞋匠的三个儿子寻找幸福的故事。长子驼子来到"黄金国",因国人都是盲人,他冒充先知,在双目失明后仍贪得无厌地积攒黄金。次子秃子来到"月光国",因国人都是聋哑人,他用计当上国王,压榨人民,腰缠万贯,最后成了聋子。三儿子克服艰难险阻来到"永春国",这里国泰民安,生活幸福,他认识了生活的意义。当他听说"黄金国"和"月光国"的人民过着愚昧痛苦的生活后,决心带着"生命之水"解救他们。经过流血苦战,驼子和秃子被消灭,人民过上幸福生活,三儿子也偕妻儿回到父母身边。在这个寓意深刻、象征性很强的故事里,生命之水虽属想象之物,却表达了作者对真理与正义的渴望。"永春国"人民浴血奋战,打败"黄金国"和"月光国",解救那里的人民,预示了苏联卫国战争的胜利,表明作者对世界人民战胜法西斯充满信心。短篇小说《明天》一方面抨击美国占领军在伊朗的暴行,另一方面从正面描绘了已经觉醒的伊朗工人形象,具有明显的民主倾向。1945年发表的以揭露国内反动势力为内容的中篇小说《哈吉老爷》是他后期创作的高峰。

《哈吉老爷》是最能代表赫达雅特现实主义创作风格的杰作,是伊朗现代文学史最著名的艺术瑰宝。小说以鲜明的时代特色和深刻的社会内涵赢得国内外广大读者,但也招致统治者的憎恨,小说一度被列为禁书。

小说以1941年伊朗礼查汗国王被迫退位前后的社会现实为背景,塑造了堪称伊朗40年代大地主大资产阶级典型的哈吉老爷的形象。在这个主要人物周围聚集了形形色色的大地主、奸商、贪官污吏、暴发户、丧失良心的政客、无耻的文人、记者等。这些群丑构成伊朗上层社会舞台的缩影。小说深刻地揭露了这些人物的种种卑劣行径,指明这些败类腐朽虚弱的反动本质和必然灭亡的历史命运,从而唤起人们团结一致,从根本上铲除这些毒菌及其赖以滋生的腐恶土壤。

小说主人公哈吉老爷既从政,又经商;既为地主,又是资本家。在他身上集中了伊朗统治阶级的一切丑恶品质。他认为人生无非是集虚伪、谎骗、诡诈、阴谋和舞弊于一体,因此他不惜采用假仁假义、阿谀奉承、蛊惑煽动等手段,进行所谓立身扬名的事业。

作为政客,他善于伪装,随机应变,是个变色龙。他原是个彻头彻尾的亲德派分子,表面却像个正人君子,满口仁慈,内心却很残忍。礼查汗国王统治时期,他协助宫廷镇压人民,与国外情报机关相勾结,进行间谍活动,大肆敲诈勒索,捞取政治和经济上的好处。1941年8月苏、美军进驻伊朗,同年9月礼查汗国王被迫退位。在这政治风云突变的历史转折关头,他摇身一变,脱离亲德立场,转而投靠英美。尽管他并非自愿,内心也不无痛苦,但还是迅速伪装起来,招摇撞骗。当时,他曾打算南逃,把钱转存美国银行,准备出国。但他很快发现,事态并非发生了本质变化,原来那些胆战心惊的同伙,那些投机家、卖国贼、特务和罪犯,现在居然又"重新操纵起一切重大事情"。于是他像鳄鱼一样,伏俯在那里,犹豫、观望、伺机而动。他不敢公开反对民主运动,在公开场合,他以冒牌民主派自诩,凡遇机会就立即标榜自己是"伊朗民主之父"、"革命之子"等,还喋喋不休地咒骂礼查汗国王的法西斯专政,以哗众取宠、收买人心。暗地里他却招兵买马,拼凑形形色色的反动势力,千方百计地制造混乱,挑起冲突,以便浑水摸鱼。他政治野心勃勃,不仅把手下走卒推到前台当部长大臣,而且自己也不甘幕后操纵而积极竞选议员,时时觊觎内阁首相的宝座。

作为商人,他利欲熏心,唯利是图,从不安分守己,几乎丧尽天良。为了赚钱,他不怕伤天害理,以种种卑鄙无耻的手段,朝思暮想扩大从奸商父亲那里继承下来的财产。他不仅从庄园、商店、澡堂、出租房屋、针织厂、纺织厂等工商企业中多渠道牟取暴利,而且靠买空卖空、投机倒把、伪造证券、套购物资、走私偷税,甚至倒卖枪支以及为别人买官鬻爵等,大发不义之财。只要有利可图,他可以凭借财势左右法律,把私吞公款、残害部落人民的军官推举为将军,可以把害死人的罪犯保释出狱。马克思在《资本论》中曾经指出:"在资本主义生产方式的历史初期——并且每个资本主义暴发户都必须个别地通过这个历史阶段——致富冲动和贪欲是当作绝对的情欲起统治作用。"哈吉老爷即这样的暴发户。

作为地主、资本家,在处于资本主义发展初期的伊朗社会环境里,他既是个丧心病狂、贪得无厌的吸血鬼,也是个嗜财如命、吝啬至极的守财奴。在他心目中,人与人之间的关系除去赤裸裸的利害关系,就是冷酷无情的现金交易。金钱主宰着他的灵魂,支配着他的言行。"他认为金钱才是他一生唯一的目的。金钱是能治他全部疾病的灵药,金钱给过他真正的乐趣,甚至也引起过一些恐惧。一提起'金钱'这两个字,一听见金币的叮叮当当声或是纸票的沙沙声,老头儿心里马上扑通扑通地跳,浑身都飘飘然起来了。"他发自肺腑地启发教育儿子:"你在这个世界上只要有了钱,光荣呀,信任呀,高尚呀以及名誉呀等等,你也统统都有啦。……总之,有钱的人就有了一切,没有钱的人就一无所有。"基于这些认识,金钱搅得他日夜不得安宁。他时常在睡梦中就已盘算着如何捞取金钱,醒来后更是无时无刻不想到钱。小说里有一处写他在手术后刚刚苏醒时，听说有人送给他一个金的果子盘，就立刻问："是真金的吗？""给我摸一摸它……分量很重吗？"得到回答后，"一丝满意的微笑掠过哈吉干裂的唇边"。这一细节不仅活画出哈吉老爷的贪欲，也是对地主、资产阶级的金钱拜物教的真实、生动的写照。

极端的吝啬是作为地主、资本家的哈吉老爷另一性格特征。他拥有巨资，但平时总装出一副穷酸相，生怕暴露实情，造成破费。为了积财，"他从白水里也要榨出油来"；为了守财，"要是一只苍蝇落在他的痰上，他也要一直追到彼得堡去捉它"。为了控制家人吃用，每天由他亲自分发喝茶的糖，连家中做饭用的木柴他也要称斤论两。他检查饭后吃剩下的李子核，为判断买来的李子够不够分量。甚至连家中买不买葱也要及时请示他。他非常嗜好喝酒，在外做客时大喝特喝，毫不客气。可是在家却从不花钱买酒喝，即使是别人送礼给他的酒，他也要小心翼翼地把酒倒入坛子里，像服药似的慢慢饮用。根据伊斯兰教教规，每个虔诚的信徒要把每年收入的十分之一拿出来周济贫民。哈吉老爷为表示自己的虔诚，但又舍不得这点钱，就动用心机想出一个既履行义务又不失钱财的两全之策。他把该施舍的这笔钱计算精确，先签成支票，放入盛满椰枣的提桶里，交给阿訇，施舍给贫民。但阿訇一提起枣桶，他就立刻借口孩子们想吃枣而按市价买下，然后再让阿訇用卖枣钱去周济贫民。他自己则销毁支票。这些举动完全暴露出一个吝啬鬼灵魂的卑贱。

作为伊朗40年代反动统治阶级的总代表，哈吉老爷性格中的另一特征是粗俗无知与愚蠢。他孤陋寡闻，却自作聪明，根本不懂历史，偏爱天南地北地胡扯历史上的事件。为了附庸风雅，他经常出席文学集会，每首诗朗诵之后，无论懂不懂，都报以经久不息的掌声，以至事后手要疼好几天。他到处宣扬要写一篇论各地风俗的专题论文，可是却要别人代他执笔而又不付报酬。他不懂装懂，讲错了小学生课本上生词的含意，致使小儿子在学校受到老师责打。更为可笑的是，他竟然问一个即将赴美的人："您既然打算去美国，那为什么学英语呢?"他对自己如此的无知居然毫无察觉,有时为了沽名钓誉,胡说一通也绝无窘困之色,这是一种厚颜无耻的愚蠢。

此外,哈吉老爷还有一些根深蒂固的癖好。其一是贪吃。作者写道:"只要谈到吃,老头脸上顿时眉飞色舞,唾液直往肚里咽,连他的瞳孔也豁然放大了","眼睛里燃烧着贪得无厌的饥火"。其二是贪色。他妻妾成群,6个离婚,4个故世,还有7个组成现在的家庭,而且内院后房里还有不少姘妇。即使如此,他只要"瞥见多少能引起他注意的女人……他那双眼睛照样骨碌碌地东溜西窜着"。其三是爱吹牛。他对仆人讲,其父生前曾邀请过20位部长大臣到家做客,他父亲是个奸商,他吹嘘成贵族;他明明没有读过近代诗人卡阿尼的作品,却在文学集会上极力赞颂卡阿尼。

哈吉老爷这个艺术典型,集中概括了伊朗封建地主阶级的粗俗、愚昧与野蛮,资产阶级的冷酷、贪婪与吝啬,揭示出伊朗上层统治阶级的丑恶本质及其必然没落腐朽的客观规律。

赫达雅特是一位杰出的讽刺作家和高明的语言大师。在这部作品里,他一反以往文学语言中堆砌辞藻、晦涩难懂的倾向,别开生面地以自然准确、明快流畅、朴实风趣、讽刺性强的语言,塑造了以哈吉老爷为代表的伊朗上层统治者的群体形象。这种语言的成功运用,标志着从德胡达,经贾玛尔扎德,到赫达雅特,现代波斯语文学语言已经成熟。此外,这部小说不仅继承了波斯散文的优良传统,而且十分注意学习民间语言,叙述中经常插入一些富有生命力的民间俗话和谚语,增加了语言表现力。赫达雅特的笔触犀利,对事物本质的揭露与讽刺入木三分。他善于选择现实生活中平凡而又富有内涵的事例,运用细节描写和典型环境,烘托、渲染与刻画人物性格,"将人生无价值的东西撕破给人看",深入开掘人物肮脏、鄙陋的内心世界,以及他们赖以生存的社会基础。

这部小说客观描写过多,情节结构不够清晰。尽管如此,这部小说蕴涵的深邃思想和尖锐的批判性,以及鲜明的语言特色,代表了伊朗现代文学的最高成就,同时在阿拉伯世界也享有盛誉,曾被译成多种文字。1958年,人民文学出版社出版的《波斯短篇小说集》中,收集了这篇小说的中译文;1962年,人民文学出版社又出版了《赫达雅特小说选》,其中也收入了这篇小说。中译本是潘庆舲从俄译本转译的,目前还未见波斯原文的中译本。

二、小说蕴涵的荒诞美学

以荒诞不经而又寓意深刻的情节,曲折地表现作家对社会现实的态度,在文学史上不乏其例。他们通过种种独特的艺术表现手法,将自己的爱憎与困惑宣泄出来,以感动读者。伊朗现代文学一代宗师萨迪克·赫达雅特即是这样一位以嬉笑怒骂的手法和光怪陆离的情节,表现自己面对现实而产生复杂情感的著名作家。但是,人们对他的小说却评论迥异,毁之者认为他回避现实斗争,誉之者认为他婉而多讽,深藏不露,究其原因主要在于其小说内涵充满了矛盾性和哲理性,而表现手法又是如此的艰涩隐晦。如果能够阐释赫达雅特小说深层结构中所蕴涵的复杂性,破解他在真实与荒诞变奏曲中的美学意蕴,才有可能真正认识他的创作个性。

真实中的荒诞。赫达雅特与其他诸多优秀现实主义作家一样,将广阔社会生活中那些鲜活的浪花撷取成素材写进自己的小说。他从半殖民地半封建的伊朗现实生活中,从人们由于受当时社会各种恶德陋习的污染而表现出千奇百怪的丑态中,汲取营养,创作出许多真实感人,具有现实主义思想倾向的小说。但是他往往运用经不住仔细推敲并缺乏合理逻辑的故事,来推动情节发展,来表现自己对现实的真实情感,使人感到有某种突兀的艺术效果。亚里士多德曾指出:"悲剧所以能使人惊心动魄,主要靠'突转'与'发现',此二者是情节的成分。"赫达雅特正是巧妙地利用情节的"突转"与"发现",使那些表面看来似乎不尽合理的情节,表现得真实可信,充满现实主义因素,流露出具有真实现实性的荒诞意趣。

小说《一个失掉丈夫的女人》真实地描绘了农村劳动妇女札琳柯拉赫悲惨的命运。她未嫁前受到母亲的虐待和姐姐的怨恨,出嫁后又常受丈夫毒打,直至母子二人被抛弃。作家为表现她的觉醒以及对幸福生活的追求,在小说结尾处却笔锋陡转,在经历艰辛寻夫而不被认可的情势下,这个长期逆来顺受的家庭妇女却突然弃子而去,摇身一变成为追求个性解放的巾帼英雄。正是这种难以理喻的荒诞性,才真正显示出在作者心目中女性觉醒的勃发之力。小说《爱国志士》更是既具有真实深厚的现实基础,又充满突发奇想的荒诞意味。主人公赛伊德·纳斯罗拉是个自命不凡的所谓学者名流,他虽然精通东西方语言学和哲学,却迂腐透顶。在奉命远渡重洋出国赴印度途中,患上恐惧症,在梦中被自己套在脖子上的救生圈卡死。作者真实地反映出伊朗现实社会中的一批所谓"爱国志士",假爱国、真怕死的本质,最后指出,他们的死和他们的生活本身一样毫无意义。

重要而又费解的小说《兀鹰》更是真实而又入木三分地刻画出资产者家庭中尔虞我诈、充满铜臭的人际关系。大商人麦歇迪·拉扎布偶然中风,在犹未气绝时即被抬走活埋。两个遣孀犹如啄尸的"兀鹰","到处嗅着猎物",最终为争夺遗产而发生激烈的争辩。小说结尾荒诞至极,死者居然起死回生,穿着肮脏的殓衣,脸色发青,蓬头垢面地回到家中。为了财产与金钱,两个妻子宁愿不相信这是事实,而仍将其视为"死鬼"。这种无奇不有的荒诞,切中时弊地表现了伊朗现代社会人与人之间因利害关系而人性丧尽的世风。

即使在被评论界视为赫达雅特现实主义代表作的中篇小说《哈吉老爷》中,也不乏这种荒诞性。小说深刻的真实性在于以1941年伊朗礼查国王被迫退位前后的社会现实为背景,再现了40年代伊朗地主资产阶级典型的哈吉老爷的形象,以及聚集其周围的形形色色的剥削者、寄生虫和旧时代的残渣余孽。为了充分表现伊朗这些群丑的种种卑劣行径和令人啼笑皆非的生活,作者调动了包括"荒诞"在内的诸多西方现代派的艺术表现手法。在这部篇幅并不长的小说里，作者竟然用了整整 6 页文字，浓墨重彩地描写哈吉手术时在麻醉剂的作用下，"陶醉在甜蜜的梦境之中"的幻景。他仿佛觉得四肢僵直地躺在殓衣里，继后被"两个背上长着鸽子翅膀的庄严而又高傲的天使"唤起，带往天国。哈吉老爷大吃一惊，连忙历数自己所做的种种"善事"，但是天使对他的表现与辩解不屑一顾。他只好祈求在进天国之前，再"瞧一眼自己的家"。结果他发现有人咒骂他是"无耻的下流坯"，仆人认为他是"妖魔"，打牌的儿子输掉巨额支票，成群妻妾在卖弄风骚，并讥笑哈吉老爷生前的作为。尽管他很生气，但是人们既看不到他的身影，也听不到他的咆哮。当天使再次把他抓起放到一座宫殿前时，他什么欲望也没有了。他无可奈何地成为宫殿的守门人。而其主人正是被他折磨而死的前妻。他被发现了，在前妻的咒骂声中，他因激动而睁开双眼，原来自己依然躺在病房里，才知是南柯一梦。

  作者的用意既明显又深邃，哈吉被解剖的不仅是"一丝不挂"的躯壳，而且是那些不可告知活人的病态心理。作者用荒诞而又真实、梦幻而又现实的构思淋漓尽致地表现了哈吉这个龌龊卑鄙人物丑恶的内心世界，表里和谐、内外统一地揭示出人物的精神状态，使人物性格得到非常圆满完整的刻画。小说最后一句话寓意深刻，哈吉不无醒悟地说："我在阳世是咱家的看门人，而到阴间竟是哈里玛哈通宫殿的守门人啦。"他将自己定位于社会边缘的守门人，可有可无，实际是对现实社会的深刻讽刺。他周围的群丑：地主奸商、贪官污吏、文人政客等等，全是伊朗上层社会舞台的基本演员，他们的拙劣表演既令人发指，又令人哭笑不得。

  作者在这一类小说中，善于用真实的叙述将人引入一个现实的伊朗社会，其真实性与可信度，使人对现存社会的合理性有了更为清醒的认识，并产生怀疑。在这种直接的叙述中，时常会有一些荒诞的情节、人物、故事和情境出现，穿插得如此巧妙，如此贴切，令人赞叹不已，从而从新的角度对人物进行了开掘，从新的层面揭示了社会的腐朽本质。赫达雅特这种"假作真时真亦假"的创作意图在他的小说中得以完好地体现。

　　荒诞中的真实。赫达雅特在赴欧留学期间,就曾受到法国盛行的后象征主义和超现实主义等现代派文艺思潮的影响。30年代初回国后,他与青年学界同人成立"拉贝"文学小组,大胆探索将西方现代派的创作方法和理论引进伊朗文坛并付诸实践的问题。与此同时,他旗帜鲜明地与守旧的传统学派展开论战。这期间他运用荒诞、象征的艺术手法写出了具有现代主义倾向的小说《活埋》、《三滴血》、《黑屋》、《死胡同》等。《活埋》运用第一人称的叙述方法,通过主人公"我"抒发心中的郁积,并倾诉了他的痛苦和烦恼,以表达自己凄凉的心境。《黑屋》中的怪人孑然一身,远离社会,将自己禁锢在黑暗之中,像蝙蝠逃避光明一样,躲避现实世界。《死胡同》中的小职员,孤独寂寞,愁肠百转,生活犹如一潭死水,毫无生气,他的生活就像走进死胡同一般没有出路。作者用哀伤的笔调,着意渲染了那些地位卑贱的小人物,尤其是妇女的悲惨命运。它们虽然不同于他那些有很强现实性的小说,"字里行间渗透着斑斑血迹",但深层也不乏针砭时弊、鞭策社会不公的底蕴和内涵,给人一种忧郁、压抑之感。作者曲折隐晦地反映出现实生活中的阴暗面,充分表达了作者苦楚难言的思绪,发泄了那些长期郁积在心底的愤懑之情。

　　著名中篇小说《瞎猫头鹰》(又译《盲鸟》,1936)是赫达雅特创作倾向发生重大转折的作品。在这部小说里,作者将笔锋"向内转",由注重描写外部世界转向描写内心世界的深邃。作者运用意识流等怪诞的艺术表现手法,描写了一个忧郁者的内心世界。在表现作者"人类存在本身就是荒唐的"悲观主义思想的同时,也对人生苦旅作了哲理性的探索。小说以第一人称和时空倒错的叙述方法,随意识流动摹写两个表面似乎各自独立,实际深层相互关联的故事,使小说形成一个完整而且具有特色的艺术整体。

　　其一讲述偏居城郊荒僻一隅的主人公"我"在饮酒、吸食鸦片之余,整日百无聊赖地在笔筒上画一幅相同的画面:小溪一岸的柏树下有一身披袈裟的驼背老人,对岸一位黑裙妙龄少女正在恭敬地向他奉上睡莲花。某日黄昏,"我"意外发现屋外出现了画中情境。"我"正看得出神,驼背老人的狂笑使我毛骨悚然,景象也随之消失。从此,"我"像被勾魂摄魄,冥思苦想再见到美女。然而当美女在雨夜来临时,瞬间又变成僵尸。"我"只得将美女肢解并葬于荒野。从此,"我"的生活失去意义,终日浑浑噩噩,犹如行尸走肉。这则荒诞的故事明显而又真实地表明作者对"真理"和"艺术美"苦苦探求的心路历程。作者推崇海亚姆哲理诗中那种以美女和醇酒为形象思维对象的古典美学传统,并从中获取一种艺术享受和美学情趣。在这则故事里他试图说明,代表"真理"和"艺术美"的意象——美景、美女,在伊朗现实社会犹如海市蜃楼,可望而不可即。苦于无奈的作者最后只好亲手将自己呕心沥血编织出的"理想的幻景"埋葬。从此生活便失去了追求美的真正意义,以此表现作者执着追求艺术美和真理的精神和思想。

其二虽内容庞杂,愈显怪诞,但其故事内核却较清晰。作者用反复出现的梦魇和呓语将"我"和妻子间的感情恩怨表现出来。"我"将本是表妹的妻称为"贱女人",由初始的同床异梦到分居。"我"对早已不贞的"贱女人"越发风流放荡的行为又气又恨,并因此抱病卧床常做噩梦,神志不清。眼见"贱女人"肚子疯长,"我"便忍无可忍在夜里捅死了她。但镜中之"我"也"头发胡子全白了",像是侥幸从眼镜蛇窝里逃生出来的人。故事用幻景与幻象真实地表露出作者对现实的一种失望、一种与丑恶现实决裂的心态。镜中的"我"变成老人无异于证明自己与丑恶现实斗争,即使投入全部青春与热情也在所不惜的决心。而杀死"贱女人"正是作者向社会上一切肮脏龌龊的现象进行殊死搏斗的行动宣言,以此表示作者不会与任何恶浊的事物同流合污。

就小说整体的艺术构思而言,显而易见,"天使般的美女"是现实中"真善美"的化身,而"贱女人"则是与其对立的"假恶丑"事物。通过这两个对立统一的艺术形象,作者全面隐晦地表达了自己强烈的爱憎情感。在作者的形象思维里,对立的两个女性形象一个被

"肢解"，一个被"捅死"。前者意味着作者对"真理"和"艺术美"的重新理解与理想之再生；后者则是对现实的一种深恶痛绝的厌倦，一种在罪恶渊薮里死里逃生的生死搏斗。

　　赫达雅特巧妙地利用荒诞的描写，掩盖了自己内心的真实意向，但真情实感也不无流露。《瞎猫头鹰》开篇就交代："生活中有些创伤就像麻风杆菌似的，不声不响地吞噬着人们的心灵。这种创伤不便讲给别人听，因为一般人总是将这种难以言状的伤痛视为罕见的怪事；倘若照直说出或写出来，人们就会按照常规和自己固有的看法对之深表怀疑，乃至加以嘲讽。"因此，即使是作者用西方现代派表现手法创作的最有代表性的小说中，仍可发掘出作者那些煞费苦心、顽强表达的隐晦观点和情感信息。"作者通过它们告诉读者，美好理想的幸福、自由、光明是追求不到的，而丑恶与卑俗的事物却又无法摆脱"。直面充满罪恶的现实世界，作者对真理、对艺术美的追求都是徒劳无益的，因此，小说表现出浓重的悲观主义色彩。

　　值得欣慰的是，赫达雅特始终直面死亡的召唤，勇敢地向它挑战。早在比利时求学时，他就写过一篇名曰《死亡》的散文，文中不仅流露出厌世思想，而且歌颂死亡是苦难人生的归宿。他曾直言不讳地承认："对于像我这样历经磨难和饱受死亡一般恐怖生活煎熬的人说来，什么世界末日的审判，灵魂的惩罚和奖赏等等，统统不过是无稽之谈！"他长期受到戕害的灵魂早已被外力扭曲得不成样子，但是在他的小说中，既有对社会现实真实性的哲理思考，又利用荒诞的艺术手法暗抒他的胸臆隐情，充分展示了他那受伤的灵魂在人生苦旅中所体验的种种危险。赫达雅特在自己的小说中能一击两鸣、一声两歌，使其美学意蕴悠长深远，难能可贵。最后，他终于在自己的人生道路和创作道路上，为自己被扭曲的灵魂找到一个永远解脱的归宿。

第18讲:埃及:塔哈·侯赛因文学的生命探索

一、塔哈·侯赛因文学

塔哈·侯赛因是埃及现代最著名的作家、文学评论家、学者和教育家,同时又是一位睿智的思想家和社会活动家。他对阿拉伯古典文学和现代文学有精深研究,著述甚丰,涉及内容广泛,因而获得"阿拉伯文学泰斗"的赞誉。

侯赛因1889年11月14日生于尼罗河畔马加城附近的贫苦农村,其父是甘蔗种植公司的小职员。他是家中13个孩子中的第7个,3岁时因患眼疾未能获得很好治疗而导致双目失明,这对他日后的人生道路产生了很大影响。迫于前途和生计,他只得顺从父母的意愿,入村塾学习《古兰经》。他天资聪慧,记忆力超人,很快就能背诵全部经文和许多古代诗文。1902年他只有13岁,就随哥哥来到开罗,入伊斯兰教最高学府、古老的宗教研究机构爱资哈尔大学学习经训和教律等课程。他对那里的提倡改革社会、宗教、教育以及妇女等问题的师生颇有好感,而对那里古板、枯燥的课程和陈腐守旧的教育制度感到厌倦和不满。这种思想上的冲突,使他于1908年转入新建的埃及大学,学习文学、历史、哲学和外语等现代新学科。在这个根据现代教育制度建立起来的新学习环境里,他努力接受新思想和新事物,尤其是欧洲东方学者运用现代资产阶级的学术观点和方法,对东方古典文学所进行的研究,为他展示了富有生机的学术新天地。1914年,他写出颇有科学见地和学术造诣的论文《纪念艾布·阿拉》,以新的文艺批评原则和标准对古代阿拉伯著名的盲诗人艾布·阿拉·麦阿(973~1059)进行了观点新颖、论据充分的评价,博得一致好评。他也因此荣获埃及大学授予的第一个博士学位。

1914年底,他被埃及大学派往法国公费留学,先后在蒙彼利埃大学、巴黎大学学院、法兰西学院等研读古希腊罗马历史、哲学、语言和文学,兼攻欧洲尤其是法国近代文学。在学习期间,他幸运地结识了一位品德高尚的法国姑娘,她帮助侯赛因克服了许多学习与生活上的困难,并成为他的终身伴侣。1918年,他以论述伟大的阿拉伯历史哲学家伊本·赫勒顿(?~1406)的论文《伊本·赫勒顿的社会哲学》,获得巴黎大学博士学位,成为第一个在国外获得博士学位的埃及人。1919年10月,他回到埃及大学讲授古希腊历史和文学,同时翻译、介绍古希腊、罗马的文学艺术和历史政治等,出版了《希腊诗剧选》和《雅典人的制度》等著作。当他发现埃及人难以接受古希腊文学时,又于1924年出版了法国著名作家的作品集《戏剧故事》。继后,他还翻译了法国拉辛的古典主义悲剧《安德洛玛克》和伏尔泰的哲理小说《查第格》等。

1924年,私立埃及大学改为国立开罗大学。侯赛因任文学院阿拉伯文学教授。1925年发表的历史评传《思想领袖》一书,深刻地论述了西方思想和文化发展的几个历史阶段。1926年,他出版了富有挑战性的论著《论贾希利叶(蒙昧)时代的诗歌》,对伊斯兰教出现以前的诗歌进行了科学认真的分析,并对这些诗歌的真实性与可靠性等问题提出质疑。他主张,要提倡思想自由和批判精神;应允许对古代典籍和先知圣训采取分析、怀疑、批判的态度;要敢于摒弃那些不符合理智和逻辑的东西。这些观点在埃及学术界引起轩然大波,他甚至被一些保守分子视为"离经叛道",而受到围攻。爱资哈尔大学有的教师还指控他传播异端邪说,试图对他加以迫害。

结果这部论著被当局查禁。但是经过长时间的激烈的学术争论，侯赛因的革新观念最终得到学术界认同，这标志着一个新的文学批评标准和一种新的文学研究方法开始诞生。此后他还出版了《星期三谈话》(1925～1926)，并开始思考、酝酿写自传体长篇小说《日子》。1928年以后，他曾几度担任开罗大学文学院院长。1929年发表长篇宗教历史小说《先知外传》三卷中的第一卷（其余两卷分别于1942年、1943年出版）。

1932年，他发表了1928年夏天在欧洲写的书信集《在夏天》，其中对自己青年时代求学情景的回忆与描写，洋溢着一股奋发向上的激情。1933年出版了具有比较性质的分析研究论著《哈菲兹和邵基》，对这两位诗人进行了客观的评价。1934年发表的题为《来自远方》的散文通讯集，收集了他在巴黎、比利时和维也纳时写的文章。其中关于笛卡尔及其怀疑论的文章写得最出色。同年出版的长篇小说《鹬鸟的唤声》，描写牧民的女儿与城市知识青年渴望爱情幸福，终因社会地位不同和礼法的阻碍而屡受挫折。鹬鸟和小说中的人物因遭受同样的痛苦而发出悲鸣。1935年发表的小说《一个文人》主要回忆和作者同时留学法国期间的一位同学的生活经历。1936年，侯赛因在编注了10世纪阿拉伯著名诗人穆太奈比(915～965)诗集的基础上，出版了论著《和穆太奈比在一起》。书中对这位古代诗人的生活和诗作进行了恰当的介绍与中肯的分析评价。同年还出版了《读诗和散文》一书，其中收入的《阿拉伯文学及其在世界几大文学中的地位》一文，客观地、旗帜鲜明地肯定了阿拉伯文学在世界文学中的历史地位和作用，强调向古代文学和外国文学学习的必要性，具有很强的说服力。侯赛因离开大学在任教育部艺术顾问时，仍然关心埃及的现代文化教育，并于1939年出版了两卷本的《文化的前途》，大力提倡埃及当代人要在继承阿拉伯文化遗产的基础上，吸收西方文化的营养，要努力适应现代化生活的需求。

在近现代阿拉伯文论中，具有"阿拉伯文学之柱"赞誉的塔哈·侯赛因是阿拉伯文学史和文论史上成就最高、影响最大的少数几位人物之一，其文学批评和文论著作主要有《纪念阿布·阿拉》(1914)、《伊本·赫尔东的社会哲学》(1918)、《星期三漫谈》(三卷，1925，1926，1945)、《论蒙昧时期的诗歌》(1926)、《哈菲兹与邵基》(1929)、《阿拉伯半岛的文学生活》(1935)、《和囚禁的阿布·阿拉在一起》(1935)、《诗歌与散文漫谈》(1938)、《和穆台纳比在一起》(1937)、《埃及文化的前途》(1938)、《文学与批评数章》(1945)、《阿布·阿拉之声》(1945)、《争论与批评》(1955)、《批评与改革》(1956)、《我们的当代文学》(1958)、《阿拉伯文学史研究集》(二卷，1970)、《模仿与革新》(1978)、《书籍与著者》(1980)等。可以说文学研究、文学批评的工作贯穿了塔哈·侯赛因的一生。他在这些著述中深入研究了古代阿拉伯文学遗产的美学价值、代表诗人、作家的历史地位，译介了欧洲现代文艺理论、批评标准和批评方法，提出阿拉伯新文学发展的大趋势。这些个性鲜明、富于创见性和挑战性的观点，形成了塔哈·侯赛因的文论体系。

他在首次震撼文坛的《论蒙昧时代的诗歌》一书中，公开宣称："科学的研究方法，应是不顾神学和传统的清规戒律而进行的客观评价，研究者所关心的只是科学真理本身，绝无其他。"①在此观点的指导下，他在书中得出这样的结论："归诸于伊斯兰教之前的诗歌是后来时期编造的。"②他的这些观点是对传统观念的颠覆，即文学研究要突破宗教偏执的影响和束缚，文学所追求的首先是艺术美，而不是充当神学需要的奴婢。在《诗歌与散文漫谈》一书中，收入他1932年应邀在黎巴嫩所作题为《阿拉伯文学及其在世界几大文学中的地位》的学术演讲。在这篇文章中，他针对当时的两种倾向，即有人贬低阿拉伯人的文化遗产和文学传统，也有人以古代文学遗产的保护者自居，他提出："不应把阿拉伯文学称之为死去的文学，因

---

① 高慧勤、栾文华主编：《东方现代文学史》，福州：海峡文艺出版社，1994年，第1317页。
② [美]伦纳德·S.克莱因主编：《20世纪非洲文学》，李永彩译，北京：北京语言学院出版社，1991年，第61页。

为它活着,生机勃勃。""同时,我们也不能抵制或拒绝欧洲现代文学。我们从那里汲取营养。"①他一方面认识到古代阿拉伯诗歌、史诗、诗剧和散文作品的多样性和丰富性,指出:"阿拉伯文学具有一种绝不亚于《伊利亚特》和《奥德赛》的奇妙的艺术之美。"同时又意味深长地指出这些艺术美未能被充分发现,其原因如果说是"阿拉伯文学的过错,只是人们不去读它,也不去理解它"②。另一方面,又指出学习欧洲现代文学的必要性,并颇有见地说:"我们是这样去做的:把别人的东西拿来,好好尝一尝,送进肚里去消化,最后将它消化掉,加以吸收。"③塔哈·侯赛因的文论使埃及乃至阿拉伯世界确立了新的文艺理论以及新的文学批评标准,对阿拉伯各国现当代文学的迅速崛起起到积极的推动作用,文学史的发展无可辩驳地证明了这一点。

1940年以后,他开始担任阿拉伯语言学会委员,1942年被任命为亚历山大大学校长。在竭尽全力完成艰巨的建校任务的同时,他继续从事文学研究和创作,相继出版了《再念艾布·阿拉》、《和狱中的艾布·阿拉在一起》、《艾布·阿拉之声》等论著。小说《山鲁佐德之梦》(1943)利用阿拉伯古代民间故事集《一千零一夜》中山鲁佐德和山鲁亚尔之间的矛盾故事,以借古喻今的手法,提出剥削与压迫、暴政与自由、阶级与制度等各种现实的社会问题。1944年发表了重要的长篇小说《苦难树》,通过埃及一家三代人之间不同的生活方式和生活态度,反映了贫苦人民痛苦不堪的现实生活,以及他们把希望寄托于命运和真主的信仰,表现了科学、理性、进步的思想与愚昧、落后、保守的观念之间的激烈冲突。1948年出版的短篇小说集《大地受难者》则形象逼真地描绘出劳动人民在黑暗的封建王朝统治之下,一幅幅受苦受难的画图。同年,他还先后出版了宗教历史

---

① 中国社会科学院文学研究所编:《东方文学专集》〈一〉,北京:中国社会科学出版社,1979年,第205页至206页。
② 同上注,第207页。
③ 同上注,第210页。

小说《真实的诺言》，散文通讯集《巴黎之声》，批评文集《文学与文艺批评论述》、《文学良心明鉴》等。

1950年，他任教育部长以后，大力提倡教育机会均等，并签署了埃及历史上第一个免费教育法令。1956年，他被选为埃及作家协会首任主席，并任埃及政府关注文学艺术和社会科学最高委员会主席。1958年，他发表了《关于我们的现代文学》一文，高度评价了埃及当代文学的发展与美学价值。1959年，他获国家文学表彰奖。1964年担任阿拉伯语言学会会长。1965年获尼罗河文学奖。1970年，他发表学术论著《阿拉伯文学史论丛》，充分表现了作者身为文学史家与批评家的美学评价与科学分析两方面的学术功底。侯赛因晚年病魔缠身，瘫痪卧床，1973年10月28日在开罗去世。他生前还获得英国、法国、西班牙等7所大学授予的名誉博士称号和许多国家授予的勋章，并被许多国家的语文学会聘为院外理事。

侯赛因的创作生涯长达半个世纪之久，共留下70多部文学、历史、语言、哲学、教育、政治、宗教等方面的论著。这些论著成为沟通阿拉伯古代文学和现代文学、阿拉伯文学和世界文学的中介与桥梁。他在文学研究和小说创作等领域所开辟的全新道路，不仅在埃及文化启蒙运动中起了重要作用，也为丰富阿拉伯文学的研究领域和表现领域作出了卓越的贡献，从而被公认为是现代阿拉伯文学史上最杰出的作家。

二、探索生命的《日子》

长篇小说《日子》是塔哈·侯赛因的代表作，共分三部，分别完成于1929年、1939年和1962年。这部自传体小说始终被认为是现代阿拉伯文学最优秀的作品之一。

小说以作者自己坦诚叙述的形式，讲出一个自幼双目失明的主人公童年时的不幸与敏感，少年时的教育与希望，青年时的探索与追求。主人公的成长过程,不仅探知了一位盲人的内心世界是如何感知外部社会的心路历程和探索个体生命的意义,更重要的是从一个侧面概括了19世纪末20世纪初的埃及知识分子所走过的学习、求索、反抗、改良的奋斗道路和探索政治生命的意义。在客观地反映当时社会的腐朽黑暗、人民的愚昧贫困、教育的陈腐落后等严酷现实的同时,肯定了资产阶级具有启蒙性质的改良主义运动,在埃及社会走向现代化过程中的巨大作用,表明了作者积极的生活态度,以及乐观向上的精神面貌。

《日子》的第一部叙述了主人公在祖国灾难深重的岁月所度过的童年生活。主人公出生在一个普通的职员家庭,和12个兄弟姐妹生活在一起。3岁时,他因患眼疾被土医生治瞎了双眼,他那"活泼天真、美丽可爱"的小妹妹也因发高烧,父母不知怎样治疗而丧失了性命。不久,他那"心地最善良"的哥哥也被霍乱夺去了生命。双目失明的小主人公只好走上当时一般盲童的唯一生路,即在婚丧喜庆仪式上背诵《古兰经》以求生计。因此,他入村里的学塾学念《古兰经》。学塾里的教育极其封建落后,教师思想庸俗,不学无术,学生只会时断时续地背诵《古兰经》。为了满足自己的求知欲,小主人公求教于神学院的法官,到督察员家里学习新的朗读方法,听学者们谈论,但都收获不大。总之,这个盲童只能"在家庭、学塾、法院、清真寺、督察员的住宅、学者们的座谈会和济克尔的会场上,度过既不甜也不苦的日子"。

《日子》的第二部叙述了主人公外出求学在爱资哈尔大学——实际上即爱资哈尔清真大寺度过的8年单调而又枯燥乏味的生活。创建于970年的爱资哈尔大学是伊斯兰教的最高学府之一。它曾对阿拉伯地区的文化、教育、科学等事业作出过积极的贡献。16世纪,埃及被奥斯曼土耳其征服,爱资哈尔逐渐落后,它既不学曾在中世纪大放异彩的阿拉伯科学,也不重视哲学与文学,只注重盲目背诵、胡乱注释那些传统的圣训、教义、法律和文法。19世纪末20世纪初,受西方先进的科学技术与文化的影响,埃及先进的知识分子要求在政治、经济、文化诸方面进行改革。当时爱资哈尔的校务委员会主任穆罕默德·阿卜杜首先在学校进行改革的尝试,但在校内外保守势力的夹击下,他被撤职,不久抑郁而死。主人公在爱资哈尔大学的8年,正是穆罕默德·阿卜杜试行改革和改革失败的时期。在此期间,他深受改革派的影响。思想上由对乡村学塾旧传统教育的朦胧不满,到对爱资哈尔典型经院教育的反抗,由厌倦坐在清真寺大理石柱下听毫无生气的说教,发展到嘲讽教师们那种拘泥不化的鄙俗陋习,最终和改革派站在一起;在精神上由对学术自由和科学进步的向往,到勇于和爱资哈尔的传统教育完全决裂。"他成了新旧斗争的焦点","他的新生活已经和旧生活完全没有联系了"。

《日子》的第三部描写主人公进入埃及大学以后的生活和在国外学习的情景。埃及大学完全不同于爱资哈尔大学,是一所新型的高等学府。在那里,那些新型的埃及学者和欧洲的东方研究专家们讲授的新知识、新观点,使主人公开拓了学习与研究的视野。他如饥似渴地在知识的海洋里"尽情痛饮",终于克服了生理缺陷,以优异的成绩获得埃及大学的第一个博士学位,并被派往法国留学。他身在异国他乡顽强克服了孤身生活和学习中的困难,结识了后来成为他妻子的法国姑娘。她使侯赛因"从贫困变成富足,从绝望变成满怀希望,从贫贱变成富贵,从不幸变成愉快和幸福"。小说还记述了他与同时代名人广泛的社交活动及其感受,表达了他迫切想以西方文明启迪人民、复兴祖国的热望。

小说《日子》概括了19世纪末20世纪初埃及城乡的真实生活。从偏僻的乡村角落,到作为政治、文化中心的首都、学府、新旧思想的矛盾,进步与落后的冲突,科学与愚昧的斗争,无处不有。正是这种矛盾、冲突与斗争,推动了古老的埃及迈向现代的步伐。小说通过主人公探索个体生命和政治生命的全部意义,所透露出的这一转变的所有个人信息,以及所传响起的这些杂沓然而却是沉重、坚定、一往无前的历史足音,正是这部作品具有的重要社会意义和全部美学价值。

19世纪末20世纪初,埃及在经历了百余年的动荡不安之后,逐渐被套上了英国殖民主义的枷锁,人民深受帝国主义、封建主义的压迫,处于水深火热之中。无论是乡村还是城镇,人们的生活不仅困苦不堪,而且没有文化。唯一可供人们学习的书籍就是《古兰经》之类的伊斯兰教经典。面对这样的现实,一些具有民族意识,并受到西方先进思想影响的知识分子,开始苦苦探索实现国家独立和人民幸福的道路,他们发现必须在文化上开展启蒙运动,在政治上推行改良主义。要达此目的,首先要对当时城乡极端落后的教育进行改革。但是,同历史上任何新思想的产生一样,它一开始就遭到旧的传统观念和习惯势力的反对。书中所描绘的新旧教育思想的对立,从主人公懂事时起,到他成为一代宗师时止,始终没有停止过。小说一方面写出这种动荡变革的历史背景,一方面又表现出主人公在资产阶级改良主义思潮的影响下,同积习深重的陈腐教育制度等社会现实之间的冲突。正如埃及现代文学史家与评论家邵基·戴伊夫在《阿拉伯埃及近代文学史》中所说,侯赛因"好像在他的脑子里装着一架精密的录像机,记录着学生们周围所发生的一切"。他还"好像变成了一架精密的地震仪,记载着周围大大小小的震动,然后他忠实地把这些记录摆在你的面前"。人们从小说细腻的描绘中可以看出,新的教育思想在与旧的传统教育的反复较量中,表现出强大的生命力,并已冲开旧的锁链,开始谱写新的教育篇章。

小说《日子》的主人公,是一个在祖国和个人苦难中勇于和命运搏击的生活强者的形象。他从一个为寻求生活出路而背诵《古兰经》的盲童,成为一个闻名阿拉伯世界的著名作家和学者,是他和命运抗争、刻苦求知、坚持真理、接受新思想的结果,而非凡的毅力和坚定的信念正是他成功的保证。

他双目失明以后,因过着没有光明、没有欢乐的凄苦生活而苦恼、悲伤过。他不愿让别人怜悯自己的不幸,在幼小的心灵里"忍受了他所能忍受的,甚至不能忍受的一切痛苦"。13岁时,他的妹妹和哥哥不幸被病魔夺去生命,他已经变成能用理智克制感情并把创伤深埋心底的成熟少年了。可是逆境未能吞噬掉他对美好生活的一切憧憬,反而激起他执着地追求所向往的新生和幸福。因此,在去爱资哈尔求学时,虽然"他身材瘦小,仪容不整,面色枯槁",但是,"他的脚步毫不蹒跚,走起来很果断,脸上丝毫看不出普通瞎子常有的那种阴影"。他一年到头只以爱资哈尔供给的饼子充饥,低头往返于崎岖坎坷的小路上,默默忍受着困苦生活的煎熬。但他内心却燃烧着要驾驭生活,向命运挑战的熊熊火焰。"他辛勤地劳动着,生活着。他热爱生活,热爱课业,虽然一无所有,但毫不觉得贫困"。他在求生存的奋斗中得到内心的满足,感到个人的充实,在命运的急流中鼓起生活的风帆,逆流而行。

他渴求知识,从不满足。刚到爱资哈尔大学时,他精神振奋,从蒙昧中苏醒,吮吸着他所不了解、但是热爱着并且渴望着的一点一滴的"学问"。在资产阶级改革教育的浪潮中,他茅塞顿开,追随要求进步、民主与科学的历史潮流,坚定地站在维新派一边,大胆地向传统的教育提出挑战。当听说要被开除时,他既不赔礼求情,也不奔走门路,而是写了一篇针锋相对的揭露文章送到报社。虽然学校悄悄撤销了对他的处分,但是他对爱资哈尔的厌恶日益加深,在这里,成天接触到的是他所憎恨的、却又不准他去追求他所衷心热爱的东西。从此,他躲进图书馆,在知识的海洋里遨游,培养自己成为志趣高尚、博学多才的学子。而当主张改革教育、学习"新学"的埃及大学成立时,他立即与爱资哈尔决裂。在埃及大学新的学习环境里,他努力学习,并被派往法国留学。这期间,他思想开明,勤奋苦学,彻底摆脱宗教思想的束缚,全身心地接受现代的思想、文化以及科学的研究方法,成为一个具有民主爱国思想的新型知识分子。他在与命运的搏斗中,赢得一个又一个胜利,并终于成为主宰自己生活与前途的强者。他的成功与胜利,预示了埃及人民必将摆脱黑暗的日子,迎来光明与美好的未来。

《日子》是一部用抒情性散文写成的长篇小说，被誉为现代阿拉伯抒情散文的典范。其语言柔和生动，自然流畅，简明朴实。小说多描写视觉以外的各种细腻的感知觉，叙述平静，娓娓动听，沁人肺腑，富有感染力，犹如一部真实坦率的自白书。

由于作者认为真正的文学作品应该是既动听、又动人的作品，因而小说《日子》有意识地注意运用音韵协调的语言，以独特的音乐性感染读者，并以丰富的语言音韵自然流畅地表达作品的思想内容。因此《阿拉伯埃及近代文学史》准确地指出："塔哈·侯赛因在《日子》和其他著作中，最重要的特点是他那种充满音韵协调的语言风格。"

小说《日子》被公认为埃及现实主义文学的重要里程碑。无论其思想内容还是艺术形式，对阿拉伯文学都产生了广泛而深远的影响，堪称是崛起的阿拉伯新文学的代表作。这部小说已被译成英、法、俄、中和希伯来等多种文字，成为世界文学宝库中的一部分。

塔哈·侯赛因对中国和中国人民情有独钟。1936年，他出版了《谈诗与散文》一书，其中收入《阿拉伯文学及其在世界几大文学中的地位》一文。这是他应邀于1932年在黎巴嫩贝鲁特美国大学所作的一次学术演讲。在论及"阿拉伯文学和世界诸文学"关系这一问题时，他说："可以称得上世界大文学的，为数很少。不妨限制在四种之内。这里有：古希腊文学、罗马文学或者说拉丁文学、波斯文学以及阿拉伯文学。""这些文学，我们是可以谈一谈的，是可以花些工夫加以探讨的，从而看看我们的文学在其中究竟占据一个什么样的位置。至于除此而外的那些文学，现代世界——不论是欧洲还是东方，对它们差不多都是一无所知。……这就是说，我决不排除印度文学和中国文学。"塔哈·侯赛因为了能够重点突出地说明阿拉伯文学在世界文学中的历史地位和作用，而谦虚地说"对这两种文学（印度文学和中国文学）一窍不通"。事实显然不是这样的，他不仅对中国古代文学，即使是对现代文学，也堪称专家。

1933年，中国著名阿訇马松亭先生代表北京成达师范学校和中国回教俱进会,亲自送毕业生去埃及的阿拉伯世界最高学府爱资哈尔大学深造。到了埃及以后,马松亭先生觉得,还有比拜见国王更重要的事情,那就是要将两国穆斯林之间的交往扩大为两国文化界之间的交流。要促进中国和埃及之间的往来,就应该去拜访埃及文化界的人士。于是在一个细雨蒙蒙的日子里,马松亭先生前去埃及大学文学院,拜见院长、著名盲人文学家塔哈·侯赛因。在院长办公室门前,他被主人的一双大手紧紧地握住了。塔哈·侯赛因说话时声音洪亮,态度和蔼。马松亭先生非常受感动,连忙说明来意,表达了这次是受中国文化界人士的委托,来向埃及同行致意的。愿中埃两国的文化交流不断发展。听了中国留学埃及的学生张秉铎的翻译之后,塔哈先生扶了扶鼻架上的墨镜,亲切地回答道:"埃中两国都是文明古国,都有悠久的历史,我们两国的文化交往,无疑是会对人类的文明和进步产生巨大影响,让我们携起手来,共同努力吧!"话音刚落,青年学生中就爆发出一阵热烈的掌声和欢呼声。马松亭先生的眼睛有些湿润了,因为他听到的并不是塔哈先生一个人的声音,而是他见到过的所有埃及朋友的愿望。"塔哈先生是个盲人,但他却能看见一切,听见一切,他说出了全埃及文化界的心声,全埃及人民的心声。"由此可见,塔哈·侯赛因对中国和中国人民不仅了解,而且了解得很深。

  塔哈·侯赛因的作品在中国也拥有大量的读者。他的代表作、自传体长篇小说《日子》,描述了主人公,一个贫苦的乡村盲童,幼年时的不幸与敏感;少年时的教育与希望;青年时的探索与追求。作家本人不平凡的个人经历与娓娓而谈的叙述风格,使《日子》成为阿拉伯现代文学的典范作品之一。1947年,上海商务印书馆出版过马俊武翻译的英文版本的"*The Days*"(《日子》,第一部),汉译书名为《童年的回忆》。扉页中有作者和夫人的合影照,在卷首译者的"叙语"中,对作者塔哈·侯赛因还进行了简单介绍。这部从英文转译的阿拉伯文学名著是新中国成立以前,我国出版的唯一一部埃及现代作家的作品。1961年,作家出版社出版了秦星的新译本《日子》,此译本包括原著的第一、第二两部。比1947年的译本,内容充实、丰富了许多,因而译本极具影响,也拥有较多的中国读者。

塔哈·侯赛因的另一部长篇小说《鹡鸰声声》由白水、志茹翻译,仲跻昆校对,并于1984年由中国盲文出版社出版。译者在译本前言中不仅对《鹡鸰声声》这部小说的思想内容、写作背景和艺术特色进行分析,更重要的是对作者塔哈·侯赛因的生平和创作进行了评价。译者深刻地指出:"塔哈·侯赛因由一个被人怜悯的盲童成长为一位受人尊敬的大文豪、教育家,这在阿拉伯文学史乃至世界文学史上都是罕见的。虽然他始终未能突破唯心主义和改良主义的藩篱,但他在埃及古代文学和现代文学之间,阿拉伯文学与世界文学之间的桥梁作用,他在文学艺术领域所达到的成就,以及他对阿拉伯现代文学的深远影响,无疑都是一座丰碑。"

1982年,李唯中翻译了由埃及作家凯马勒·迈拉赫创作的关于塔哈·侯赛因的长篇传记文学《征服黑暗的人》,并由湖南人民出版社出版。它使更多的中国人不仅了解了这位不平凡的作家,而且从塔哈·侯赛因身上获得了不少的精神力量。1989年,正值塔哈·侯赛因100周年诞辰之际,著名阿拉伯文学专家关偁先生撰写了专门的纪念文章《征服黑暗,拥抱光明:纪念塔哈·侯赛因诞辰一百周年》,发表在同年11月25日的《文艺报》上,表达了广大中国专家、学者和人民对他的缅怀之情。

中国学者还多次参加了在埃及文学界影响较大的塔哈·侯赛因文学讨论会。埃及的米尼亚是著名文学家塔哈·侯赛因的故乡,因此,米尼亚大学近年来每年都要召开一次塔哈·侯赛因文学的讨论会。1984年初,在埃及亚历山大大学留学的上海外国语学院的青年教师郭黎,应邀参加了第十次会议。1985年1月,上海外国语学院阿拉伯语系系主任范绍民,又参加了他们的第十一次会议。范绍民对采访的记者说:"我这次应邀专程前往参加这次讨论会,充分表明我国教育部和我们学院对阿拉伯文化的高度重视,他们对此十分高兴,并对我们研究阿拉伯文学很感兴趣。在我宣读论文后,与会者、前来采访会议的报社、电台记者以及许多大学生都纷纷向我索要论文,并询问我国的有关学术研究的情况。"由此可见,中国专家学者研究埃及作家塔哈·侯赛因的情况,已引起埃及学术界和广大人民的极大关注。

第五章：当代隆盛时期文学

第19讲：日本：大江健三郎与《万延元年的足球队》

一、大江健三郎文学

大江健三郎(1935～)是日本当代著名作家。1994年,他是继川端康成之后又一位获得诺贝尔文学奖者,为日本文坛带来新的生机。他将当前人类生存困境视为自己最关注的问题,而成为日本当代最具有政治良心的作家之一。

大江健三郎生于四国爱媛县喜多郡大濑村(今内子町大濑),原本家道殷实,"二战"后开始败落。他幼年丧父,喜爱读书,因排行第三,故称"三郎"。家宅周遭的森林峡谷的自然环境、当地的民间风俗习惯以及博览群书的爱好,无疑影响了大江的创作。1951年,大江从爱媛县县立内子高中转至立松山东高中,以浓厚的文学兴趣编辑学生文艺杂志《掌上》。1954年,大江考入东京大学文科二类。1955年,大江在东京大学教养学部(基督教育部)学生杂志《学园》上发表作品《火山》,后获银杏并木奖,开始表现出较高的文学素养。

1956年,大江进入东京大学法文专业学习,深受法国文学研究专家渡边一夫教授的影响,在阅读福克纳、梅勒、索尔·贝娄、安部公房等作家作品的基础上，对法国存在主义作家加缪和萨特的作品产生浓厚兴趣，重点阅读萨特的法文原著。1959年大学毕业时的论文题目即为《论萨特小说里的形象》。1961年他访问欧洲时还特意拜见了心仪已久的萨特先生。大江在《文学是什么》一文中承认："作为学习法国文学的学生，我主攻萨特，萨特给了我思考文学的社会功能性的方法，也将我驱赶进各种各样的困惑的蚁穴。"因此，在他早期的创作中，不乏受到存在主义影响的痕迹。短篇小说《奇妙的工作》(1957)、《死者的奢华》(1957)都用第一人称的叙事方法，描述大学生到医院勤工俭学劳动时一无所获的经历，表现出当时知识青年被封闭墙壁之中的一种徒劳的生存状态。这两部作品因题材特殊、立意新颖，前者当年获得《东京大学新闻》五月节奖，后者因其深刻的现代意义成为日本文坛最重要的"芥川文学奖"的候选作品，深受好评。

　　作者的这种"徒劳——墙壁"意识继续延伸，于1958年创作了中篇小说《饲育》，作品中的黑人士兵被杀的悲剧又是以碰壁为结局的。小说以战争生活为背景，描写主人公"我"和几个孩子原本无忧无虑地生活在这远离都市的小山村。一次全村人逮到一名坠落敌机的黑人飞行员。黑人被关押在地窖里，像畜生一样，被饲养着。在这个过程中，大家相处得越来越融洽。黑人也像家畜一样很驯服，开始像猎犬、孩子和树木一样，成为我们生活中的一部分。但当决定将黑人押送到县里时，他突然抓住"我"做人质。父亲在情急之下，用力将"我"的左手和黑人的头颅一起打碎了。最终，战争支配了村里的一切，也使父亲失去了理智。小说隐约地表达了大江对那场侵略战争的态度。这部力作不仅获得第39届"芥川文学奖"，而且确立了他作为新生代作家有代表性的旗手地位。同年发表了《少年感化院》、《人羊》及首部长篇小说《拔芽打仔》等作品。这些早期的作品表现出一种明显的存在主义倾向，即一种面对墙壁，你无论怎样选择都是徒劳的困惑，正如作者在短篇小说集《死者的奢华》(1958)一书的后记里所写的那样，"这些作品大体上是我在1957年后半年写的,其基本主题是表现处于被监禁状态和被封闭墙壁之中的生活方式。"这种所谓"徒劳——墙壁"意识,反映了作者对战后美国占领和强权社会的一种无奈,但又夹杂着日本文学传统中一种淡淡的情绪主义。

1959年春,大江从东京大学法文系毕业,从此走上专业作家的创作道路。在此后的五年中,"性"意识和"政治"意识在他的作品中占有中心地位。据说大江之所以特别重视"性",是受到美国作家诺曼·梅勒的启示和影响。因为他曾说:"留给20世纪下半叶文学冒险家的未开垦的处女地只有性的领域了。"在他的启迪和刺激下,大江一发不可收地写些涉及该问题的作品。从《我们的时代》(1959)、《我们的性世界》(1959)以及1963年发表的重要中篇小说《性的人》都可以发现作者这种思想的发展和深化。这一时期,他对政治也很关心。1960年5月,大江作为日本文学代表团一员访问中国,并在上海受到毛主席的接见。他还一度加入过"左翼"的新日本学会。1961年,他先后发表了《十七岁》和《政治少年之死——〈十七岁〉第二部》。这两部作品都以日本社会党委员长浅沼稻次郎遭"右翼"青年刺杀的政治事件为题材,因其中流露出明显的批判天皇制的政治倾向而遭到日本"右翼"势力的威胁。但他坚持己见,政治意识在他以后的作品中仍时隐时现。

1963年是大江思想和创作发生重大转折的一年,他的创作主题开始表现出对疾病、核武器、核战争超乎寻常的关注。这主要是因为受到两件大事的影响。其一是这年6月出生的长子大江光头盖骨先天性异常,虽未夭折,但留下无法治愈的后遗症,这对他打击很大。其二是这年8月,他参加了广岛原子弹爆炸后的调查,耳闻目睹了原子弹给人类造成的灾难,对他刺激很大。他在承受个人不幸的同时,还必须承受人类的不幸。他竭力将这双重的痛苦写进自己的作品里。围绕残疾儿童问题,他于1964年先后发表了短篇小说《空中怪物》和长篇小说《个人的体验》。围绕核威胁问题,他于1965年出版了随笔集《广岛札记》后,又发表了《核时代的想象力》

(1970)、《冲绳札记》(1970)等。

其中《个人的体验》的问世,给他带来巨大的声誉,获得了新潮社文学奖,使大江的创作跃上了一个新的台阶。这是一部以自身经历为背景的长篇小说。主人公面对妻子生下的残疾儿,处在情妇劝他埋掉病孩、医生要求实施手术拯救孩子生命的两难境界里。起初他想逃避现实,听任婴儿自然死亡,最后经过长期剧烈痛苦的内心冲突,决心抢救病婴的生命。他终于选择了"正视现实,不欺瞒自己"的生活态度,选择了与命运抗争的存在主义者的生存方式,用自己的行动证明自我的存在。作者个人体验到一种自救的快感,一种精神炼狱般的解脱。作者终于在将个人的不幸融于人类的不幸以后,完成了西绪福斯式的选择。"人的幸福不在于自由,而在于对责任的承担"。应该设想,大江作出选择后是感到幸福的。这部"划时代的作品"在海外被译成十几种文字,是大江在海外最受欢迎的作品之一。

20世纪70年代以后,大江仍紧紧抓住"个人的体验"和"描绘现代人类的苦恼与困惑"这两个主题进行创作,先后完成了对话录《遭受原子弹爆炸后的人类》(1971)、长篇小说《洪水涌上我的灵魂》(1973)、《新人啊,醒来吧》(1983)、"最后的小说"《燃烧的绿树》(1993)等。这些作品不仅向世人昭示在当今日本文坛上,没有哪位作家敢于像他那样写出从反映残疾人的作品,直到解开人类苦难命运的作品,也没有哪位作家能够像他那样勇于暴露自己的缺陷,大胆揭露自己的弱点,并表现人的现代性和社会的现代性等问题。除此而外,由于不满现实,大江还在自己的文学世界里描绘了不少有乌托邦色彩的理想国形象,这种理想国的具体化就是作者笔下的"森林和山谷"。如由6封信组成的《同时代的游戏》(1979)、长篇小说《致令人怀念年代的信》(1986)和《M/T与森林的奇异故事》等。"森林"意识使大江的想象力和形象思维发展到了极致,使人想象生活在那里的人们充满生机和活力。

大江健三郎的作品以其高超的艺术性而表现出深刻、明确的文学特征。首先,正如在授予他诺贝尔文学奖的颁奖词中所说:"人生的悖谬,无可逃脱的责任,人的尊严等这些大江从萨特著述中获得的哲学要素贯穿作品的始终,形成大江文学的一个特征。"这些评价恰如其分地表明,现实中人对环境及未来的不安情绪,正是大江终极关怀之所在。其次,又正如他在获奖演讲《我在暧昧的日本》中所讲:"我还在考虑,作为一个置身于世界边缘的人,如何从自己的意愿出发展望世界,并对全体人类的愿望与和解做出高尚的和人文主义的贡献。"这种明显带有个人色彩的自白,正是虽处边缘,但无时不以强烈的忧患意识,关切着人类命运与未来的富于正义感与使命感的作家所能发出的最庄严的誓言。

二、《万延元年的足球队》

长篇小说《万延元年的足球队》是大江健三郎的代表作,连载于1967年1月至7月的《群像》杂志上,9月由讲谈社出版单行本。此书不仅同年即获得第三届谷崎润一郎奖,而且日后也成为他获得诺贝尔文学奖的主要作品之一。

《万延元年的足球队》是一部表现内容相当丰富的作品。小说的主要线索围绕根所家两兄弟——根所密三郎与根所鹰四展开。哥哥密三郎曾是大学讲师,从事生物学方面的翻译,因妻子生下一个重度脑残疾儿子而苦恼消沉。弟弟鹰四曾参加反对日美安全条约运动,失败后参加学生剧团赴美国演出,因厌恶都市生活而回到日本。鹰四提议回故乡创造"新生活",于是密三郎夫妇、鹰四及其两个崇拜者星男和桃子一起回到四国西部的故乡"森林和山谷"。这个山村是万延元年即1840年发生农民起义之地,当时,他们身为村长的曾祖父和作为起义首领的曾叔祖父势不两立。两兄弟想要通过向历史寻根,重新审视自己当下的所作所为。但哥哥性格内向、胆怯、无所作为,退出农村生活。弟弟积极投身村民生活,成为村中的英雄,他组织了一支足球队,想效仿当年作为万延元年农民起义领袖的曾叔祖父,再创壮举。于是他利用村民对掌握经济命脉的"老板"所心怀不满的情绪,发动抢商店风潮。在暴动中,传出鹰四企图强奸少女未遂而将其杀死的消息,鹰四的追随者足球队员们也离他而去。回家后,鹰四向密三郎坦白了自己曾诱奸白痴妹妹并将其逼死的秘密后,开枪自杀。密三郎料理完鹰四的后事后,与妻子和白痴儿子、鹰四的孩子,返回东京,重建新生活。

《万延元年的足球队》以日本四国岛的森林山村为背景,用穿越的艺术魅力和诗意的想象,描绘出城市和乡村、历史和现实、东方和西方、虚幻和存在的对立景象,勾画出一幅当今人类面对种种困境而困惑不安的图画。充分而深刻地表现了作者对人类命运的深切关注和对人生问题的积极思考。贯穿其中的两个潜在问题是养育残疾儿的决心和寻找乌托邦,即"森林和山谷"的意识。

大江从1963年有了残疾儿子开始,思想深处就从未停止过思考。围绕残疾儿问题,他1964年发表了《空中怪物》和《个人的体验》。随后表示养育残疾儿决心的作品除《万延元年的足球队》(1967)以外,还有《核时代的想象力》(1970)、《冲绳札记》(1969~1970)、《遭受原子弹爆炸后的人类》(1971)、《洪水涌上我的灵魂》(1973)以及《新人啊,醒来吧》(1983)等,都涉及这个问题。2011年9月19日,大江等在东京明治公园发起约6万人参加的"反核大集会"。他在演讲中严肃地提出"被福岛核放射性物质污染范围日益扩大的土地该如何除污?内部被辐射的孩子们该如何进行健康管理"等问题。他试图告诫人类,在当前核威胁的情况下应该如何面对的世界性难题。

大江自求学期间去医院勤工俭学开始,就发觉周围现实充满了荒谬,从而在自己的作品里不断构思乌托邦——理想国的想象。如《饲育》(1958)、《拔芽打仔》(1958)、《迟到的青年》(1962)就有不少在森林和山谷里展开的故事情节。而在《乌托邦的想象力》(1966)、《洪水涌上我的灵魂》(1973)、《同时代的游戏》(1979)、《寻找乌托邦,寻找物语》(1984)、《致令人怀念时代的信》(1986)、以及《M/T与森林的奇异故事》(1986)等,都将作者头脑里的"森林"意识以各种不同的形式表现出来。而《万延元年的足球队》中的森林意识尤为突出。作者出生于"森林和山谷",长大后不得不离开"森林和山谷"。为了唤起对"森林和山谷"的回忆,《万延元年的足球队》的主要人物要回归"森林和山谷"这个现实和历史相交织的环境。主人公最终还是做出了不得不离开的选择。这种循环往复表现了作者心中的种种无奈。

《万延元年的足球队》发表后立即震动日本文坛,蜚声海内外,被译成包括瑞典文在内的十几种主要语言,英译名为《沉默的呐喊》。诺贝尔文学奖授奖词认为它"集知识、热情、理想、野心、态度于一炉,深刻发掘了乱世之中人与人的关系"。这部作品内容丰富、跨越时空、超出国界、情节跌宕、双线并行、人物对比。它包括了安保斗争、残疾问题、人间伦理、日朝种族、日美关系等各种错综复杂的问题。因此,大江自己也不得不承认,这是一部自己也无法跨越的作品。作者以丰富的想象和独特的构思将现实与历史叠加于一炉,铸造出一个扑朔迷离的新童话,描绘出一幅当今人类在生存困境中内心惶惑不安、行动摇摆不定的图画,表现了作家对人生问题的深切关注,以及对人类命运的积极思考。

大江健三郎对西方文学与文化,尤其是存在主义驾轻就熟,对日本文学文化传统又烂熟于心,因此,巧妙而轻松地将二者融为一体,是很自然的事情。因此,《万延元年的足球队》独特的艺术风格是不难理解的。

首先,《万延元年的足球队》表现出"东方存在主义"的表现方法。大江虽然受到萨特等人存在主义思想的影响,但是一旦运用到他自己的创作中,就明显具备了东方人的色彩。作者虽然理解"世界荒谬、人生痛苦",但认为只要通过积极的努力、奋斗、探索,生存困境就可以穿越,如密三郎的心路历程即如此。作者虽然也认为自由选择、自我做主是必须,但要勇于正视现实、积极进取,如鹰四的奋斗精神和人生结局。作者虽然认为人与人之间关系难以沟通,但也认为"他人并非地狱",完全可以通过自我调节追求人与社会、自然、他人、信仰等的和谐,如密三郎的性格发展即是如此。作者用文字形式表现了人与人、人与社会、人与自然既无法隔离又相互疏远的状态,西方存在主义的哲理性在作者笔下,变成了东方的哲理与智慧的思考。

其次,小说运用蒙太奇的剪辑技巧,将山村从神话世界切入到历史镜头中,运用虚构与现实相杂糅的方法,追求一种似真似幻的艺术境界与氛围,充分表现他对人生、对社会的思考。他将诸多的社会问题与历史纠葛,纳入对山村乡土风俗与历史现象的展望之中,成功地创作了厚载着现代神话的新的传奇小说。小说中带有神秘色彩又有具象性的山村、森林,完全是为主人公密三郎和鹰四的人生归宿设计的。小说中的时空交错,重构百年前的英雄神话,将鹰四与其曾叔祖父重合为一体,是为了以一种历史英雄主义的方式去实现他生命中的本原意义。正如大江所说:"我的文学特征——在于虚构浸染现实,不是借现实进而令虚构成为真实。二者泾渭分明,却又随意叠加,我只是想基于自己的想象力,描绘相去甚远的两类事物,并将这种小说家的心境传导于读者。"

大江健三郎以睿智的目光寻找和发现日本文学与西方文学之间的契合点,强烈地表现出人生存在的悖谬、人生责任的拷问、人生尊严的维护,以及人类对疾病与核威胁等生存环境的密切关注,而这种人文主义的理想和终极关怀的理性,正是当前人类普遍缺乏的,因此,他能走上诺贝尔文学奖的领奖台是再自然不过的事情了。

大江健三郎不仅是一位才华横溢、个性鲜明的作家,而且还是一位富有人格魅力及政治良心的作家。他崇尚民主主义,反对强权政治,痛斥右翼分子所作的国家主义宣传。在日本侵华战争的问题上,他主张日本要负"战争责任",并提出"现在政府中的这些人与我同龄,我在现在的保守政权身上,看不到一点对中国的带人性的责任。所以我觉得,让更多的人作为个人感到对中国的责任,是最要紧的。"鉴于种种原因,大江健三郎曾拒绝天皇颁发的文化勋章,他认为"那勋章对我来说,会像寅次郎穿上礼服一样不般配"。此事曾引发一场轩然大波,然而他处之泰然,表现出日本文学界的良心。

  大江健三郎先后于1960年、1984年及2000年三次访问中国。这前后40年间,中国与日本以及全世界都发生了巨大的变化。在这巨大的变化面前,大江提出了"共生"的概念。他说:"中国人和日本人、韩国人一起,当然也包括和亚洲其他国家和地区的人们一起'共生',才是亚洲唯一的希望。日本年轻人和中国年轻人能够共生,是我对未来的展望中最为看重的事情。"2012年12月2日,中国作家协会主席铁凝到日本参加中日韩三国文学论坛,应邀到大江健三郎家里做客。大江请铁凝吃午饭,饭桌上,76岁的大江用手指着铁凝对他的夫人和孩子说:"我要是死了,我把你们交托给她照顾。"铁凝连忙说:"别说将来。"但她心里对大江这样纯真地把自己当朋友的做法十分感动。由此可以想见,日本人民、中国人民、亚洲人民乃至全世界人民,都能共同生存、和平共处,这无疑是大江健三郎真诚而美好的愿望。

第20讲：印度尼西亚：普拉姆迪亚与《人世间》

一、普拉姆迪亚文学

普拉姆迪亚是印度尼西亚独立后最杰出和最有代表性的作家。他以优秀的小说闻名东南亚。有些评论家认为他是"在（印度尼西亚）一代人中或许只能出现一个的作家"，并拟提名他为诺贝尔文学奖的候选人。

普拉姆迪亚·阿南达·杜尔（1925～2006）生于印度尼西亚中爪哇的小市镇布洛拉。父亲是一位具有激进民族主义思想的教师，曾因不愿与荷兰殖民者合作，而放弃官办学校高薪教职，出任利立民族学校的校长。但学校屡遭荷兰当局的非难与破坏，其父也消沉、潦倒而死。母亲是个虔诚的伊斯兰教徒，在贫困的家境中哺养9个孩子，积劳成疾。普拉姆迪亚自幼受到民族意识的潜移默化以及艰苦生活的磨炼，这对他日后的创作颇有影响。

1942年，日本帝国主义占领印度尼西亚时，他刚从泗水无线电专科学校毕业，为帮助病重的母亲养活弟妹，只得出外谋生，备尝艰辛，亲身体验到下层人民的苦难。后来，他在日本新闻机构同盟社当打字员，并开始对文艺产生兴趣。1945年8月17日，印度尼西亚宣布独立，他积极投身于"八月革命"的热潮之中，任战地新闻军官，开始了创作生涯。

1947年，他任印度尼西亚自由之声出版社编辑。不久因奉命印发抵抗荷兰殖民军入侵的传单，被荷兰殖民军逮捕入狱，直至1949年才获释。1950年他任图书编译局现代文学部编辑。1952年他自己创办出版语言、文学、文化等方面书籍的"使者图书社"。1953年，应荷兰文化合作协会的邀请赴荷兰参观考察，但荷兰的社会状况令他大失所望。1956年应中国作协邀请参加鲁迅逝世20周年的纪念活动。1959年被选为人民文化协会中央理事会理事、文化协会副理事长及《东兴报》文艺副刊主编。1965年"九·三〇事件"后被捕，1979年才获释，度过了14年的禁锢生活。

普拉姆迪亚是个已有40多年创作经历的多产作家。他的作品不同程度地反映了印度尼西亚宣布独立前和独立以来的重大事变，渗透着强烈的民族情感和浓厚的人道主义精神，具有反帝、反殖的性质。他的作品尤其表现了对被压迫、被奴役、受侮辱、受损害的下层人民的深切同情，还有些作品突破了旧人性论的局限，表现为人民服务的思想内容。他的创作活动一般可分为三个时期。

前期（1945～1949）又称为"八月革命时期"。这时期，"八月革命"的风暴席卷了印度尼西亚，各阶层人民为迅速发展的形势欢欣鼓舞，反帝的革命情绪非常高涨。他创作的《勿加泗河畔》、《往何处去？》主要表现了"八月革命"时期主人公的战斗经历和高尚情操。在革命屡屡受挫，民族资产阶级向帝国主义妥协，"八月革命"宣告失败之后，他在狱中创作了小说《追捕》、《被摧残的人们》、《游击队之家》、《革命随笔》、《黎明》、《布洛拉的故事》等，内容都以他所见所闻的人或事为题材。其中既有对以往童年家庭不幸遭遇的回忆，也有对家乡贫苦人民苦难生活的追述，表现出对荷兰殖民统治的强烈不满。但更多的是描写"八月革命"的战火，包括自己的战斗经历、狱中生活，以及战乱中各类人物的不幸与遭遇。

前期的代表作是《游击队之家》（1950）。这部长篇小说以荷兰发动的第二次殖民战争为背景，描写游击队员萨阿曼的家庭在1949年初的三天三夜中遭到破灭的故事。萨阿曼被捕后，妹妹为营救他，受骗被奸污；母亲因想念他在前线牺牲的弟弟，发疯而死。具有人道主义思想的主人公萨阿曼，被捕前为民族利益不但杀死过许多敌人，而且也杀死了当荷兰雇佣兵的父亲，精神很痛苦。被捕后，愿以死求得解脱。小说从一个侧面说明印度尼西亚普通人的家庭，在抗击外敌、争取民族独立的战争中所作出的重大牺牲。同时也表现出作者思想中民族主义和人道主义的矛盾，但从总的倾向看，作者还是把民族独立置于人道主义之上的。

中期(1950~1956)是他思想苦闷、彷徨的时期。"八月革命"失败后，印度尼西亚名为独立，实为半殖民地国家。统治阶级贪污腐化，下层人民困苦不堪，黑暗的社会现实使刚刚出狱的普拉姆迪亚非常失望。小说《一片漆黑》、《不是夜市》主要描写为民族独立而作出身残、破产等重大牺牲的普通战士和人民，在"独立"后的印度尼西亚处境依然悲惨，表达了作者彷徨和忧虑的情绪。《雅加达的故事》、《雅加达的搏斗》、《镶金牙的美人米达》等小说，主要描写女佣、妓女、小贩等社会底层小人物的悲惨生活，有的带有自然主义倾向，表现了作者对社会不平的愤怒与抗议。

1954年发表的《贪污》是这个时期的代表作。这部中篇小说以一个贪污官员的自述，描绘了50年代初期印尼"移交政权"后统治阶级的腐朽没落，以及在当时污浊的社会风气影响下，意志薄弱的主人公从一个洁身自爱的官员陷入贪污泥淖的犯罪过程。主人公巴基尔原先廉洁奉公，但结果不但生活困难，而且被人瞧不起；当他因贪污大发横财后，却受人尊敬，出入上层社会。作品以他的官场沉浮，无情地揭露了体面的达官贵人实际是贪赃枉法的罪犯。小说运用细腻、逼真的心理描写刻画人物，尤其是从人物灵魂深处去剖析犯罪的心理，颇为成功。

后期(1957年以后)是他思想发生了重大变化，进入以文学为武器去为绝大多数人的利益而斗争的时期。1957年，他在《红星报》上发表《吊桥与总统方案》一文，总结自己以往创作道路上的经验教训，阐明对现实的看法和对前途的信心。他肯定工人和农民的巨大作用,结束了悲观、彷徨的精神状态,用现实主义的方法直接描写工农,努力反映人民的生活和斗争。《南万丹发生的故事》已突破暴露文学的局限,正面描写贫苦农民反抗恶霸地主的斗争,赞扬了农民的胜利。《铁锤大叔》以满腔的热情描写了1926年印度尼西亚民族大起义。主人公铁锤大叔虽然是个一无所有的修鞋工,但他有强烈的民族意识和顽强的斗争精神,在同荷兰殖民军的战斗中英勇牺牲,表现出普通工人的优秀品质。这种讴歌明显地体现了作者新的文学观点。1962年完成的描述渔村贫苦少女嫁给城里贵族老爷后遭到歧视和欺凌的小说《渔村少女》,是这一题材三部曲的第一部,后两部在同年完稿后,在1965年的"九·三〇事件"时被销毁了。

1965年,印度尼西亚发生"九·三〇事件"后,普拉姆迪亚被拘捕,并押在布鲁岛等地14年,直到1979年底才重获自由。在监禁中,他不但没有消沉,没有泯灭艺术才华,反而在极其艰难的情况下,完成了11部鸿篇巨著,其中最为出色的是"布鲁岛四部曲"。

二、《人世间》

《人世间》(1980)是被命名为布鲁岛小说"四部曲"的第一部,其余三部是《万国之子》(1980)、《足迹》(1986)、《玻璃屋》(1988)。这"四部曲"故事连贯,又各成一体,以鲜明生动的人物形象,波澜壮阔的场景,再现了印度尼西亚民族在1898年至1918年这段重大历史转折时期,不甘忍受荷兰殖民主义者的欺压与掠夺,迅速觉醒斗争的历史画卷。1980年,"四部曲"前两部《人世间》、《万国之子》相继出版,轰动了印度尼西亚文化界。1980年8月和9月,《人世间》和《万国之子》先后在荷兰出版,轰动了欧洲文坛,很快就译成了多种文字。但是都被印尼"新秩序"政府宣布为禁书,不准在印尼全境收藏和传播。1981年9月,英国、荷兰等14个国家的28位作家联名写信给印尼新闻界,对查禁作家的近作表示强烈抗议,引起世界文坛的注目。

《人世间》以一对印度尼西亚青年的爱情故事为主线,展示了19世纪末印度尼西亚社会的各种矛盾,反映了印度尼西亚下层人民所受的殖民主义压迫。小说主人公明克是个印度尼西亚土著青年学生,他偶然到一白人侍妾温托索罗姨娘家做客,遇到她美丽无双的混血女儿安娜丽丝,两人情投意合。温托索罗姨娘想尽办法支持他们自由恋爱。为了纯真的爱情,明克蔑视上层社会的各种偏见与诽谤,顶住家庭的压力。安娜丽丝一往情深,坚持自己的选择,甘当土著民的妻子。明克高中毕业后,两人按照伊斯兰教习俗结了婚。但是好景不长,安娜丽丝在荷兰的同父异母哥哥上诉要求继承财产,并援引白人法律不承认她与温托索罗姨娘的母女关系以及她与明克的夫妻关系。白人法庭的无理判决引起武装骚乱,最后,在军警的押解下,安娜丽丝被只身遣往荷兰。这个悲剧故事,深刻揭示出在荷兰殖民统治下,印度尼西亚民族的无权状态,以及他们不甘受压迫所进行的反抗。

《人世间》的舞台中心是温托索罗姨娘家的"逸乐农场"。这个农场具有典型意义和象征意义,它实际上就是当时印度尼西亚殖民地社会的一个缩影。在这个小小的天地里,以农场主白人梅莱玛和他的白种儿子毛里茨为一方,代表着拥有殖民特权的统治者;以梅莱玛的侍妾温托索罗姨娘和明克为另一方,代表着受欺侮而又无权的人民;而混血儿的罗伯特和安娜丽丝是分化的中间阶层,他们虽属白人社会,但处处要低于纯白人一等,罗伯特倾向于白人父亲,也走向堕落的深渊,安娜丽丝则把自己的命运和土著民的母亲及恋人明克紧密联系在一起。他们之间围绕着爱情、婚姻、产业等展开的矛盾看似家庭冲突,实质是民族压迫与反抗的对立,在一定程度上可以说是当时印度尼西亚殖民地社会基本矛盾的具体反映。

女主人公温托索罗姨娘是作者着力刻画的主要人物,她不仅有突出的个性,而且具有强烈的反封建、反殖民主义压迫的斗争精神,是印度尼西亚妇女从沉睡中觉醒的象征。她14岁时,被贪权爱势的父亲卖给糖厂经理、荷兰人梅莱玛当侍妾,成了白人的家奴,随时准备满足主人的任何欲望。因为不是正式婚姻,她所生的子女在土著民中也被看不起。在金字塔形的印度尼西亚殖民地社会里,土著妇女处于最底层,而姨娘和主人间"有着奴隶般的从属关系",地位比奴婢还低,比妓女更贱,是命运最惨的一类女性。从像牲畜一样被卖掉之日起,她幼小的心灵里就感到个人尊严受到极大损伤,拒不再见生身父母。为了摆脱受奴役的地位,她努力学习文化,学习荷兰语,学习饲养奶牛,学习经营管理农场,幻想通过提高自己的价值赎回失去的个人尊严。她把主人每年付给她的薪金,作为资金在农场里入股,日夜操劳,苦心经营,终于成为远近知名的"逸乐农场"的管理者。但是在殖民地社会中,一个土著姨娘想自立于社会的任何努力都是徒劳的。她连连受到打击:她为自己的混血子女办理法律手续,但法律不承认她有作为生身母亲的权利;梅莱玛纵欲死后,白人法庭将遗产的绝大部分判给了远在荷兰的梅莱玛的婚生子毛里茨;她终年辛劳到最后却两手空空,明明是自己的亲生女儿,却被带到远隔重洋的荷兰,由别人监护。面对荷兰殖民者给她造成的一系列悲剧,温托索罗姨娘在白人法庭上义正词严地提出血泪般的抗议和控诉:"是谁使我沦为别人娇妇的?是谁逼迫土著妇女给欧洲人作姨娘的?是你们,是你们这些被尊为老爷的欧洲人!"她虽曾立誓不让自己的悲剧在女儿身上重演,也决心为"女儿的尊严而奋斗",并且运用所有合法的方式进行顽强的反抗,但是在殖民地社会里,这种个人的反抗力量是微不足道的。一个具有欧洲文化知识并能独立经营管理大农场的妇女尚且不能掌握自己的命运,不能保护自己的女儿,那些在殖民统治和封建压迫下的土著妇女的痛苦就更不堪设想了。

小说的男主人公明克是以西方教育方式培养出来的印度尼西亚早期新知识分子的典型。他出身于封建贵族,只因是土著民就受到白人社会的鄙视。他的名字就是上小学时白人教师骂他"毛猴"

的英语谐音。他靠着父亲的贵族地位才得以成为荷兰高级中学唯一的土著学生,但却时常受到同学们的捉弄与欺侮。他聪明能干,学习优秀,有坚定的民族自信心,不甘心受到不平等的待遇,力图以自己的努力和奋斗向白人社会表明自己存在的价值和意义。他接受西方科学文化以后,逐渐觉醒,成为第一代从印度尼西亚封建贵族中分化出来的具有民族意识的知识分子。他为捍卫、保护自己的妻子免遭劫夺,随同温托索罗姨娘一起斗争。他是印度尼西亚知识界中最先觉悟的先驱者。他从自身遭遇到的殖民压迫与欺侮的痛苦经历中总结教训,开始以新的眼光,设身处地地去体察民族的苦难,寻求全民族的出路。在白人法庭上,他惊讶欧洲老师——他的"启蒙者"竟然会提出许多"令人作呕,无耻下流"的问题。他勇敢地发表文章抨击白人法庭不人道的审判,迫使学校撤销开除他的决定。在毕业典礼上,他大胆自豪地宣布自己的婚礼,蔑视社会的偏见与攻击。当他妻子安娜丽丝被无理遣返荷兰时,他义愤填膺,进行了最后的反抗。但是在殖民统治下,他只能是尽其"责任"进行反抗,以表明自己的所谓权利,"一直到无法反抗为止"。正如小说的结尾处温托索罗姨娘对他说的:"我们已经作了反抗,孩子,我的孩子! 我们已经尽了最大的努力,作了最体面的反抗!"明克和温托索罗姨娘为捍卫自身权益的反抗虽然由于势单力薄而失败了,但是他们已经觉悟到:"土著民一辈子遭受像我们一样的苦难,犹如河底和山峦的石头,任人斧凿,无声无息。倘若大家都像我们一样起来呐喊,就会轰轰烈烈,也许会闹个天翻地覆。"因此,他们绝不会停止反抗,而且必将与整个民族的反抗汇合在一起,去争取全民族的解放。

  小说的第三个主要人物是安娜丽丝,她天真、美丽、心地善良、勤劳能干,但有时表现出性格中的脆弱。她是混血儿,虽然法律上承认她的欧洲人血统,但她同情母亲温托索罗姨娘,愿意做个土著民,长大后要做个土著民的妻子。面对逆境,她表现软弱,反映了长期处于殖民剥削和封建压迫之下的土著妇女的一般性格。

  除上述三个人物外,作者还成功地塑造了许多其他阶层的人物。在这部小说里,作者不是将人物简单地划为好人和坏人两大类,更不是将白人统统归入殖民者之列,而是把握住殖民地社会的复杂性:民族矛盾与阶级矛盾相交织,白人民主派与白人统治者相对抗,封建传统观念与西方资本主义思想相斗争等等,赋予各种人物以千差万别的性格特征,使他们具有各自的典型性和象征性,因而使小说所反映的印度尼西亚民族的觉醒和斗争具有19世纪末的时代特征。这表明了作者创作思想的成熟。

《人世间》采用第一人称的写法,小说主人公明克不是以局外人或旁观者的身份客观描述他耳闻目睹的事实,而是以当事人和抒情主人公的身份倾诉自己的亲身经历及其真实感受,喜怒哀乐情真意切。这种写法不仅使故事娓娓动听,而且使读者觉得格外亲切。

另外,《人世间》是作者的后期作品,在艺术手法上突破了作者早期形成的传统风格。除保持了原来描写细腻入微、善于刻画人物内心世界的矛盾等优点外,在情节结构和语言上都有新的创新。以往作者在展开故事时,结构和情节安排得比较松散,有时不尽合理,而在《人世间》中已有根本改变。小说的构思精巧,结构完整紧凑。《人世间》等"四部曲"既浑然一体,又独立成章。情节处理得巧妙得当,笔锋突转屡成悬念,使整个故事跌宕起伏,错落有致。作者为达到更好地教育青年一代的目的,大胆采用易于领会的当代流行的通俗化语言,寓哲理于流畅、舒缓的描写之中,寄情深远。

《万国之子》的情节紧接着《人世间》的内容展开。由于荷兰殖民当局法院的无理判决,温托索罗姨娘全家骨肉分离,几乎是家破人亡。女儿安娜丽丝被强行遣送到荷兰以后,悲愤交加,不久便离开人世。罗伯特·梅莱玛从妓院逃离后,四处漂泊,最终死于美国。家中只剩温托索罗姨娘和女婿明克相依为命。在温氏家乡,明克了解到温氏侄女的悲惨遭遇和当地农民的反抗斗争,受到极大教育。一次他应邀去采访因反抗清朝腐败、探索革命道路而流亡到东印度的华人青年许阿仕,他的悲壮言行和生活遭遇对明克影响深刻。由于荷兰殖民当局的追捕和当地华人罪恶势力的陷害,许阿仕死于非命。温氏和明克都极为愤慨。最后,梅莱玛前妻之子毛里茨·梅莱玛从荷兰来到东印度,按照殖民当局法庭的判决,准备接管温氏的产业。由于温氏和明克等人的据理力争,毛里茨理屈词穷,只能暂缓接管。作者在书中以更加锋利、泼辣的笔触,揭示了民族独立斗争前夜的印度尼西亚日益激化的社会矛盾,进一步刻画了明克在民族解放的历史潮流中成长的过程。

《足迹》继续讲述男主人公明克的生活史。他进入巴达维亚医学院求学期间,认识了华人姑娘洪山梅,并结为夫妻。不幸的是,洪山梅为了促使华人的进一步觉醒与进步,在竭尽全力展开组织宣传工作时因积劳成疾而病逝。在爱妻的教育和感召下,明克成立了东印度第一个土著民进步组织"贵人社",并创办了《广场》报。虽然后来"贵人社"由于多种原因名存实亡,而《广场》报却越办越兴旺,并成为唤醒民众、为民申冤的阵地。明克有机会结识了卡西鲁达·国的公主,并亲自向总督请求,召回公主父王,结束其流亡生活。明克的努力未果,却意外地与公主缔结良缘。明克不断总结经验教训,得以成立全民性的"伊斯兰教商业联合会"。商会在举步维艰的情况下,克服阻力,不断壮大。后因《广场》报上的过激言论,明克被殖民当局逮捕。作者在书中描写了民族解放运动的不断壮大,以印尼知识分子为代表的先知先觉者为宣传启蒙思想组织群众斗争所进行的艰苦卓绝的努力,反映了广大人民的逐步觉醒。

《玻璃屋》继续写男主人公明克在民族解放运动初期的战斗历程,此时的明克已经是一个相当成熟的资产阶级知识分子形象。他创办民族报刊,创建民族政党,点燃反帝反殖的星星之火,逐渐形成席卷大地的燎原之势。荷兰殖民当局面对印尼民族觉醒的大势十分恼火,他们使用各种阴谋诡计,千方百计地进行破坏。他们妄想将整个印尼变成一个"玻璃屋"式的殖民地,不仅严密地监控着屋内土著人的一举一动,而且不给他们任何生存的自由。明克就是在这种十分险恶的政治高压之下,和不甘压迫奴役的先知先觉们一起为争取自由而进行着不屈不挠的斗争,并逐渐成长为一个自觉为民族解放而战的斗士。

　　普拉姆迪亚的这些作品既反映了他个人历经沧桑的艰苦生活，也具有浓厚的时代气息，属于"在一代人中或许只能出现一个的作家"。由于作品具有世界性影响，尤其是这"四部曲"在世界文坛的重大反响，负责翻译工作的为北京大学的居三元、孔远志、张玉安、陈培初四位先生，并由黄琛芳统一校对语言之后，由北京大学出版社出版了《人世间》(1982)、《万国之子》(1983)、《足迹》(1989)三部。而《玻璃屋》一书则至今还没有译作问世。

第21讲：土耳其：奥尔罕·帕慕克与《我的名字叫红》

一、奥尔罕·帕慕克文学

　　奥尔罕·帕慕克是土耳其当代作家，全名为费利特·奥尔罕·帕慕克。他以娴熟的后现代通俗小说的表现手法反映现代土耳其社会的复杂内涵，激发了读者的阅读兴趣，受到国际文坛的瞩目。2006年10月，帕慕克因其作品在"追求他故乡忧郁的灵魂时发现了文明冲突与交织的新象征"，而获得该年度的诺贝尔文学奖。

　　奥尔罕·帕慕克1952年6月7日生于世界文明古都伊斯坦布尔的一个富商家庭。父亲名为冈杜兹，是一位工程师。母亲叫谢库瑞。帕慕克小学毕业于希斯利进步学校，中学毕业于美国人开办的罗伯特英语学院。1970年,他进入伊斯坦布尔科技大学学习工程建筑。3年后他主动离开科技大学,转学到伊斯坦布尔大学,改学新闻学。毕业后他继续攻读硕士学位。

22岁以前,帕慕克将自己课余大部分精力都投入绘画之中,希望将来自己能成为一名出色的画家。初恋的女友成为他绘画的模特,在遭到女友父亲奚落后,帕慕克又将兴趣转向文学。1979年,他的第一部小说《杰夫代特先生和他的儿子们》历经周折出版。小说内容与德国作家托马斯·曼的小说《布登勃洛克一家》很相似。主要讲述了20世纪初奥斯曼帝国末期,伊斯坦布尔一个有理想的商人杰夫代特先生,经过不懈的努力,成为富甲一方的大亨,并组建了梦寐以求的家庭。但是他的子孙们却对人生产生了诸多困惑,主要集中在文化传统和现代化之间的冲突。他们抱着各自对社会的理解去追求不同的生活道路。这部具有强烈自传色彩的小说,通过描述人物的经历,深刻反映了奥斯曼帝国末期到土耳其建国后半个世纪的各种社会变化,以及东西方文化冲突所带来的阵痛和深远影响。1982年,这部真实反映伊斯坦布尔一个富商家族兴衰过程的作品获得奥尔罕·凯末尔小说奖。同年,帕慕克与出生自俄罗斯家庭的姑娘阿依琳·特里根结婚。

1985年至1988年,帕慕克携妻赴美访学,陪同妻子在美国哥伦比亚大学攻读历史学博士学位。这次出国对帕慕克影响极其深远。尽管他一直生活在伊斯兰世界的大都市伊斯坦布尔,但他自幼一直接受西式教育,能流利地阅读英语刊物,学习了乔叟、莎士比亚、弥尔顿、柯尔律治等西方经典作家的作品,也了解美国的教育制度和西方文化。但是在美国的所见所闻使他真正感受到了两种截然不同的文化撞击。帕慕克去美国之前是个激进的西化主义者,但到了美国以后,他才发现即使是自幼接受西方教育的自己也依然很不适应,于是他开始审视自己的民族传统,追寻自己的文化认同。

在美期间,帕慕克在美国爱荷华大学国际写作课程班学习创作,不仅熟悉托马斯·曼、普鲁斯特、萨特、博尔赫斯、卡尔维诺、艾柯、伍尔夫、福克纳、亨利·詹姆斯、后殖民理论家爱德华·萨义德等人的作品和思想,而且认真思考,反复揣摩。这些文化、文学积累,为他成为当代土耳其作家中的佼佼者和前卫作家奠定了坚实的基础。

帕慕克是后现代主义作家,他从未想过要走现实主义创作道路。他曾说:"在我年轻的时候,我就喜欢上了福克纳、伍尔夫和普鲁斯特,我从来没有追求过斯坦贝克和高尔基的社会现实主义模式。"帕慕克将现代、后现代的写作技巧与苏菲主义文学杂糅为一体,对众多的口述寓言故事随意组合、复制、戏仿,让它们发生在当代大都市伊斯坦布尔,于是他也因此而与卡尔维诺、博尔赫斯、艾柯等后现代主义文学大师并驾齐驱。迄今为止,帕慕克共创作10部作品:《杰夫代特先生和他的儿子们》、《寂静的房子》、《白色城堡》、《黑书》、《新人生》、《我的名字叫红》、《雪》、《伊斯坦布尔——一座城市的记忆》、《纯真博物馆》及杂文集《别样的色彩》。

《寂静的房子》(1983)讲述了20世纪初,祖父塞拉哈亭·达尔文奥鲁被政敌赶出伊斯坦布尔,偕妻子法蒂玛定居于天堂城堡。塞拉哈亭一生都在创作一部"可以唤醒东方"的百科全书,可至死也未能完成。多年以后,和以往每个夏天一样,他的后代法鲁克、麦廷和倪尔君从伊斯坦布尔来看望法蒂玛。他们谈论着与往常同样陈旧空洞的话题,而后回到自己的房间,各干自己的事。然而短短几天里,原本寂静的房屋内外,充满了躁动与不安的气息。每个人既要适应变化巨大的外部环境,又要面对自己摆脱不掉的回忆。他们每人都有自己的理想和迷惘、爱情和仇恨。他们无论失去信仰,还是找到了其他的信仰,甚至有人为所谓信仰付出沉重代价,但都生活得很失意、不幸福。这部小说的形式和福克纳的《喧嚣与骚动》十分相似。小说以第一人称叙事,通过5个人物的意识流展开故事情节。这部小说由土耳其民族诗人希克梅特的遗孀艾达珂译成法文,在欧洲出版,1991年获得欧洲发现奖。

《白色城堡》(1985)给帕慕克带来全球性声誉。小说中的"我"

是一个威尼斯学者,因一次倒霉的航行而被土耳其人带到奥斯曼帝国的伊斯坦布尔,沦为卑贱的奴隶。在那里,他与另一个名叫霍加的酷爱科学和发明创造的占星师"我"相遇。霍加和他长得几乎完全相同,相似的程度如同镜子中的自己。书中充满象征意味:霍加和威尼斯人分别象征着东方和西方;二人相似,象征着东西方可同为一体;二人相互折磨,象征着东西方文明的冲突;二人相互怜惜,以及联手应对席卷土耳其的瘟疫等,则象征两种文明的调和与融通,并寄予着帕慕克的期望。小说最后,在"白色城堡"的身影下,让他们互换了身份:占星师霍加奔向他想象中的城市威尼斯,威尼斯学者则作为替身,留在伊斯坦布尔过着辅佐苏丹的生活。帕慕克这部第一次全面探索东西方文明对立与融合主题的小说,获得1990年英国国外小说独立奖。

《黑书》(1990)是帕慕克最满意的作品,但也备受争议。小说结构简单,叙述年轻律师卡利普发现美丽的妻子如梦离开了他。如梦的异母兄弟、有名的报纸专栏作家耶拉也同时消失。在寻找的过程中,卡利普通过耶拉几十年间每天发表的专栏文章,发现他重新创造了伊斯坦布尔,一个比实际存在更真实的城市。每天早晨卡利普细心阅读耶拉的文章,渴望能找到妻子和耶拉失踪的蛛丝马迹。他还企图以古代相术来解释魔术的文字和字母在城市和居民脸上所印的记号。帕慕克在《黑书》中像达达主义的拼贴画一样,将许多寓言堆砌在一起,令人难以解读。另外,他在书里还引用古代泛神论的学说,这都使小说出版后受到热议。后来,土耳其著名导演卡沃尔(1944～2005)将小说改编成电影《谜脸》,在安塔利亚金橘电影节和加拿大蒙特利尔电影节双获最佳电影奖。

《新人生》(1994)是帕慕克最畅销的作品之一。故事发生在20世纪70至80年代之间,地点主要在土耳其的安纳托利亚高原。作品讲述大学生"我"——22岁的工科学生奥斯曼,某天发现了一本能够改变人生的书,而此书正是让"我"魂牵梦绕的女生嘉娜呈现在"我"面前的。于是奥斯曼为了能与嘉娜结合,踏上了寻找新人生之旅。在巴士上他看到的是被西化得支离破碎的现代文明和消失殆尽的伊斯兰传统。路上交通事故频发，意外枪杀、暴力惊吓，使他险些在新人生之旅中丧生。奥斯曼常处于半梦半醒之间，在其余生拒斥生活本身，完全沉湎于思念嘉娜的臆想中，最终在一次车祸中不幸身亡。书中的男女之情不乏苏菲主义文学色彩。

《雪》(2002)是一部表现文化冲突的政治小说。小说开始，因为一篇文章而被迫流亡法兰克福13年的卡，为母亲的葬礼回到伊斯坦布尔。他以归国记者身份采访调查土耳其北部边陲小城卡尔斯的政治状况。卡尔斯曾发生过几起因学校强迫除去头巾而引发的年轻女子自杀事件。同时他也得以和昔日恋人依佩珂重逢，而她的妹妹卡迪菲则是个"头巾斗士"。大雪把卡尔斯城封闭了，在这个与世隔绝的地方各种矛盾进一步交织激化。卡无法弄清真相，纷乱之中想和依佩珂离开这里。结果因伊斯兰激进派领袖被出卖，卡受到怀疑，他只能离开。4年后他被暗杀于法兰克福街头。这是帕慕克又一部颇有争议的小说，2005年，一些当地极端的民族主义者伊斯兰分子在街上当众将他的这部小说集中焚烧。其实这种行动恰恰是对书中含蓄性反讽手法的过激反应。

《伊斯坦布尔——一座城市的记忆》(2003)是帕慕克的一部自传体回忆录，也是一部伊斯坦布尔的城市志。作品从帕慕克的幼儿时期讲起，向人们详述了家族的历史和作家的创作历程。同时也揭示出伊斯坦布尔这座千年古都的兴衰荣辱以及城市独特的文化底蕴。书中没有明确的主人公，没有明晰的故事线索，没有逻辑严谨的情节，只有对伊斯坦布尔的纯粹描述和穿插于文字间的近200张旧照片，书写具有很强的随意性。这种前卫性书写令人望而却步，但得到2005年诺贝尔文学奖提名。

《纯真博物馆》(2008)是帕慕克获得诺贝尔文学奖后出版的首部小说。作品叙述伊斯坦布尔的富家子弟凯末尔邂逅清纯美女芙颂，两人一见钟情，已有未婚妻的凯末尔只好在未婚妻和芙颂之间痛苦地挣扎。当他打算如期举行婚礼时，芙颂突然消失。此时的凯末尔才真正意识到自己真爱的是芙颂。于是他取消婚礼,疯狂寻找芙颂,终于在第339天找到了她。此时的芙颂已嫁给了她青梅竹马的邻居、电影编剧费利敦。在理性与情欲之间挣扎的凯末尔开始收集芙颂爱过、用过的一切物品。8年之后芙颂终于离婚,凯末尔又有了希望。就在人们等待二人幸福结合的关键时刻,芙颂突然发现凯末尔并没有真正了解她,失望之余,因汽车超速而撞树身亡。为了留住回忆,凯末尔创建了一座"纯真博物馆",摆放着有关他和芙颂爱情故事的所有物品。这些物品在向人们述说着主人公曾经有过的幸福。纯真博物馆的物品终因超越了使用价值而具有了形而上的精神意义。

帕慕克作为一个极具责任感和历史感而努力书写文化冲突的作家,在自己形式不一、内容各异的作品里,涉及了东方与西方、冲突与杂糅、艺术与政治、个人与城市、爱情与欲望、平民与军队、大众与精英、妇女与宗教等诸多主题。这些作品获得了如诺贝尔文学奖这样至高无上的荣誉。帕慕克也逐渐成为受到世界文坛瞩目的重要作家。但是他也为自己的正直、仗义执言付出过代价。2005年,在接受一家瑞士报纸采访时,他对一桩历史疑案,即过去曾经有3万库尔德人和100万亚美尼亚人在这块土地上被杀害一事,表明自己的观点。这一言论在土耳其全国引起一场轩然大波。他不时受到各种各样的威胁,几乎到了无法在国内乃至国外安全散步的程度。2005年末,在国际进步力量的支援下,帕慕克渡过了种种难关,让人们看到了在东西方文化融合过程中一个真正作家的正义与良心,也让他当之无愧地荣获了2006年度诺贝尔文学奖。

二、《我的名字叫红》

《我的名字叫红》(1998)是帕慕克获得诺贝尔文学奖的代表作,也是他用6年时间完成的精心之作。小说描写的故事情节发生在

16世纪末的奥斯曼帝国。1591年苏丹的细密画师高雅被人谋杀，尸体被抛入一口深井。原来高雅生前接受了苏丹一项秘密委托，与其他三位最优秀的细密画师——橄榄、蝴蝶、鹳鸟，在"姨父"（即谢库瑞的父亲，黑的姨父，其他人也称他姨父）的领导下分工合作，用法兰克透视法精心绘制一本旷世之作。三位画师并不十分了解绘画的意图和目的，但觉察出其中的不同寻常，于是互相猜忌。高雅的死显然与其他几位画师有关。

黑是一位阔别故乡12年的青年，为了完成苏丹的秘密任务，被其姨父召回。当年黑疯狂地爱着自己的表妹谢库瑞，此时谢库瑞早已结婚生子，但丈夫上战场杳无音信，谢库瑞只好搬回父亲家。黑的来访打破了谢库瑞一家原本平静的生活。不久，谢库瑞的父亲在家中惨死。所有牵涉其中的画师都人人自危，他们不敢相信任何人。仍然疯狂爱着谢库瑞的黑情急之下与她闪电结婚，想担负起保护孤儿寡母的责任。颇有心计的谢库瑞，提出要把杀父仇人绳之以法才能与黑开始新生活。

苏丹要求宫廷绘画大师奥斯曼和黑三天内查出结果。奥斯曼大师认为线索就藏在未完成的图画中。大师与黑把能搜集到的秘密绘制的图画都拿来进行对比，并查看苏丹宝库里收集的各种画册与国外的绘画赠品，最终认定橄榄是凶手。黑在和橄榄打斗时被刺伤，橄榄却在逃亡中意外地毙命于陌生人的剑下。黑血肉模糊地回到家，开始与谢库瑞共同生活。

《我的名字叫红》情节扑朔迷离，宫廷谋杀、侦探揭秘、男欢女爱，融为一体，结局出人意料。其叙事方式别具一格，采用多角色多角度的第一人称叙事。这种叙事能最大限度揭示人物的内心活动，并给人以身临其境般的感官体验。人们仿佛附着在他身上，和他用同一双眼睛观看事物，与他靠同一双耳朵倾听声音。帕慕克曾解释说，让不同的人和物以第一人称的方式说话非常有趣。他可以不断地发掘各种声音，包括一位16世纪宫廷细密画师的声音、一位苦苦寻找失踪丈夫女人的声音、一个杀手可怕的声音、一个死人在去往天堂路上发出的声音等,甚至一些颜色他都安排它们粉墨登场。他认为这些独特的声音可以组成一部丰富的乐曲,展现几百年前伊斯坦布尔日常生活的原貌。

作品共分59章,其中有20个角色分别来讲述故事,没有一个角色连续出场,59章里进行了58次的视角转换。每个角色出场,都带着他独特的叙事特点,向人们展示了他的视角范围内的一面,即展示一个有别于他人的"透视区域"。"每一个视点人物与其他相关人物及事件之间形成了一个有机的整体。不同的'透视区域'相结合,构成一个广阔的视域"。人们可以洞察不同人物的心理活动,这是其他叙事方法做不到的。单独角色的第一人称也仅能表达单一个体的心理活动。就像在现实生活中一样,我们并不知道他内心所发生的一切。所以要想描写多个人物的心理活动而又令人信服是不容易做到的,这正是全知全能的第三人称叙事在有些作品里遭到冷遇的一个主要原因。帕慕克的聪明之处就在于他最大限度地利用了这两种叙事方法的优点,而避免了它们的不足,而且努力做到形式与内容的完美结合。通过这样的叙事手法使读者了解到帕慕克笔下每一个人物的内心活动,他们可以看到作为西化代表的"姨父",在锐意革新时所承受的心理压力以及他的执着。死去的高雅、凶手橄榄、蝴蝶、鹳鸟等由于多角色多角度的第一人称的叙事,又将他们每个人的内心活动活灵活现地展现在人们面前。

伊斯坦布尔可以说是帕慕克大部分小说的"主人公"和故事背景。因为它地跨欧亚两大洲,不仅是东西方文化的一个最佳连接点,而且是东西方对话的文化桥。帕慕克说"伊斯坦布尔的命运就是我的命运,我依附于这个城市,只因她造就了今天的我"。他的所有思考与探索都与这座城市息息相关。从奥斯曼帝国到土耳其共和国,土耳其之父凯末尔实行的是西化政策,而土耳其的知识精英却忧心忡忡。他们本应该以西方为榜样构建自己的乌托邦才是正途,但实际上"他们的目的是同时从两种传统中获取灵感——被新闻工作者粗略地称作'东方与西方'的两种伟大文化。他们可以拥抱城市的忧伤以分享社群精神,同时透过西方人的眼光观看伊斯坦布尔,以求表达这种群体忧伤,这种'呼愁',显出这座城市的诗情。违反社会和国家的旨意,当人们要求'西方'时他们'东方',当人们期待'东方'时他们'西方'——这些举止或许出自本能,但他们打开了一个空间,给予他们梦寐以求的自我保护孤独"。帕慕克也是这样的土耳其精英中的一员,他们摇摆于西方现代与东方传统之间,难以扎下自我认知之根。他的理想与追求就是当时土耳其知识分子的缩影。而伊斯坦布尔的命运与前途,也就是土耳其国家的希望与愿景。

《我的名字叫红》最初的名字是"爱上第一幅画"。这部关于奥斯曼细密画的小说,通过细密画这一主题讲述了一个东西方文化碰撞、交流、融合的故事。姨父是小说中受西方文化影响的画家,他受到法兰克绘画透视即西方画法的冲击,想身体力行,将此技法融入传统的东方细密画创作中。因为在他看来,细密画本身就代表了一种文化融合,被奥斯曼大师等人认为一成不变的细密画其实和其他所有事物一样,也是一个不断发展变化的产物。比如创作细密画重要的红色颜料,按照小说中的说法就是蒙古人从中国大师那里学来的。如果不是这样,奥斯曼帝国肯定不会有这种颜色,随之细密画的风貌也会因之而不同。另外,奥斯曼大师一再强调维护传统的纯洁性,但同时人们也不难发现他强调的绘画艺术中的所谓"本原"或"本质"往往也有外来元素。比如小说中发现凶手的一幅重要的绘画"本原"就是裂鼻马。这种画法并非细密画师所创,而是根源于中亚蒙古人习惯剪开马鼻的传统,尽管剪开马鼻的蒙古人后来离开了波斯和阿拉伯,但裂鼻马却作为一个摹本被保存下来。这里帕慕克强调了文化传统本身并非一成不变,继承传统并非意味着故步自封、不思进取。他竭力想将传统的细密画保存下来,在西方现代画技的冲击下,找到一条"文化杂糅"之路。

现实是对于像土耳其这样在近代落后的东方国家来说,学习西方并不意味着一定斩断与传统的一切联系,而是要在学习西方的同时构建（或重建）一种立足于本土的文化传统与自信，要像陈寅恪在谈到中国"西学东渐"问题时所说的那样，其真能于思想上自成系统，有所创获者，必须一方面吸收输入外来之学说，一方面不忘本来民族之地位。此两种相反相适相成之态度，乃道教之真精神，新儒家之旧途径，而两千年吾民族与他民族思想接触史之所昭示者也。小说中的姨父就试图创立一种将法兰克画与细密画相结合的绘画形式，于是招募了黑、橄榄、高雅、蝴蝶、鹳鸟几位细密画艺术家共同创作。试想如若不是被橄榄杀害，姨父或许已经探索出一条法兰克画与细密画或者说东西文化相结合的新途径。可惜就像近代大部分东方国家的改良主义一样，最终随着姨父被害以失败告终。《我的名字叫红》的结尾这样写道："一百多年来，吸取了波斯地区传来的灵感滋养，在伊斯坦布尔绽放的绘画艺术，就这样如一朵灿烂的红玫瑰般凋萎了。"而细密画家们"也没有因此而愤怒或鼓噪，反倒像认命屈服于疾病的老人带着卑微的哀伤和顺从，慢慢地接受了眼前的情势"。

  橄榄是《我的名字叫红》中塑造的四位细密画画师之一。他在艺术史上确有其人，是著名的波斯—奥斯曼细密画画家。他师从波斯肖像画大师西亚乌什（Siarush），刻苦钻研画艺，最终成为一名出色的奥斯曼细密画大师。他为奥斯曼细密画的成熟、完善作出了巨大贡献，在奥斯曼细密画的历史，具有非常重要的地位。这样一位重要的艺术家不会是一位头脑简单的冷血杀手，而必有其性格与命运的内在逻辑性。当橄榄被黑、蝴蝶、鹳鸟三人擒获时，他表白之所以杀了姨父，"不只是为了拯救我们，更是为了拯救整个画坊"。"我们"其实就代表了"东方细密画"，"画坊"则代表了整个土耳其国家。因为姨父所代表的西化之路是行不通的，而橄榄所追求的是东方细密画艺术与西方透视画艺术的完美整合。橄榄最后意外死于一位陌生人的剑下，无疑是警示世人，在土耳其的现实社会中，追求任何形式的东西方完美融合都是难以实现的。它为帕慕克渴望实现"文化杂糅"而思想焦虑提供了很好的注释。

帕慕克之所以将小说命名为《我的名字叫红》,一是因为"名字"一词令人警醒,书中的各章节标题都有相同形式,如"我的名字叫黑"、"我的名字叫死亡"、"我的名字谢库瑞"等。二是因为"红"作为一种颜色,不仅与绘画有关,而且富于象征意义。在小说中它基本上是一种文化属性的代码。例如,有代表婚姻爱情的,有表现世俗幸福的,有象征战争暴力的等等。总之,"红"因为像鲜血的颜色,给人以生命的质感,有一种激情与刺激的审美感受。

也正因为如此,帕慕克在东西方两种文化杂糅中艰难探索生存,所以他审视伊斯坦布尔或土耳其是"呼愁"的,即"忧伤",指内心深处的失落感。这也是近代土耳其身处东西方两个大文化夹缝之中的一种尴尬与困惑。从凯末尔以来,一个多世纪里,土耳其一直致力于向西方学习,争取加入欧盟,土耳其人自认为已经西化并艰难地找到自己的身份了,可欧洲人仍然觉得他们太土耳其化。这使得这个近代自我裂变的民族依然在痛苦着、寻觅着。帕慕克用他的笔在《我的名字叫红》中,通过16世纪威尼斯画与奥斯曼细密画之间的冲突,揭示其本质是西方文化与伊斯兰文化的交锋,真实地记录、描摹了这一过程中的种种创伤和耻辱。在帕慕克看来,这是小说家的责任:"我今天努力所做的,就是把这些耻辱看成低语的秘密,就像我首先在陀思妥耶夫斯基的小说中所倾听到的那样。正是在分享这些秘密的耻辱之中我们带来自己的解放:这就是小说的艺术给我的指教。"

在中国和土耳其文化文学因缘的梳理中,2006年获得诺贝尔文学奖的土耳其作家奥尔罕·帕慕克是不可回避的作家。他的获奖的理由是"在追求他故乡忧郁的灵魂时发现了文明之间的冲突和交错的新象征"。有的译为"冲突和杂糅"或"冲突和融合",无论如何,这种译介表现出帕穆克作品中那种对东西方文明或文化之间、伊斯兰传统与西方现代化之间矛盾的探究,那种身处混杂化生活中的种种追求与体验。

帕慕克曾多次宣称自己并不那么热衷于政治,但是他始终未能放弃对社会问题的关注、对大是大非的判断。他不仅反省第一次世界大战中土耳其对亚美尼亚人的大屠杀,而且在自由派日报上登文宣称该国知识界缺乏言论自由,并哀叹知识分子命运。值得注意的是,文章还追溯了半个多世纪前的旧案,即土耳其著名诗人纳齐姆·希克梅特因左翼政见,被政府以叛国罪关进监狱,被营救后流亡苏联,1963年客死他乡,其作品也在祖国土耳其长期被查禁。这些不能不说明他的积极进步的政治主张。

不仅如此,帕慕克应中国社科院国际合作局和外国文学研究所的联合邀请于2008年5月21日上午飞抵中国北京后,开始了为期11天的首次中国之行。其间他进行各种学术交流和参观访问活动。21日下午,"奥尔罕·帕慕克访华新闻发布会"在外国文学研究所举行。50余家媒体的记者与会。帕慕克从容回答了记者的各种问题,会场气氛十分热烈。22日上午,他在中国社会科学院作题为"我们究竟是谁"的主题讲演。在讲演中,他一再对汶川大地震的受难者表达自己的哀思。因为他是1999年土耳其大地震的亲历者,所以对汶川大地震表现出异常关心。他在来中国前得知汶川大地震的消息后,曾与他的名著《我的名字叫红》的中文出版方"世纪文景"联系并主动发邮件询问地震详情,表达他同样沉重的心情。帕慕克还根据"汶川大地震"的形势对来中国后的活动进行了调整。将在北京和上海举行的两场新书签售会变为签名义卖活动,所得款项用于赈灾。在相关人员的努力与协助下,帕慕克的签名义卖善款全部转交光华科技基金会,主要用于资助灾区学生。

帕慕克曾就读于伊斯坦布尔大学建筑系,对东方古典建筑和绘画格外感兴趣。对中国这样一个始终保持着东方古典建筑韵味和东方绘画艺术精神的国度十分想往,他曾在采访中表示:"来中国是为了享受视觉盛宴。"因此,他被安排以特殊身份参观故宫,观看了"中国历代绘画艺术珍品展",还参观了孔庙等。在颐和园长廊里,他沉浸在中国绘画的海洋里而流连忘返。他还参观游览了著名的琉璃厂,选购了中国古典绘画图册和仿古中国画,总价值人民币

25000余元,并表示归国后写这方面的小说。可见,帕慕克已经将他的时间、金钱、情感及未来的创作全交付给了中国古典绘画。这种兴趣和他在其名作《我的名字叫红》里对中国绘画和波斯细密画之间的关系指涉不深有关。据学者研究发现,"帕慕克对中国经蒙古传入波斯、又传入奥斯曼的绘画传统一直深为关注,而帕慕克这次应邀访问我国,应该是在作一次追根溯源之旅,专注于在中国古典绘画中追寻奥斯曼绘画的源头"。①

土耳其语属突厥语族,历史上的突厥语本身没有书面的文字,长期使用其他语言文字,诸如阿拉伯文字或波斯语文字等。1928年为适应社会发展的需要,土耳其实行了语言改革,开始使用拉丁字母,其间受到斯拉夫语言的影响。突厥语族除土耳其以外主要还分布在中国西北部、苏联、伊朗、阿富汗以及东欧一些地区。中国国内的突厥语族语言包括维吾尔语、哈萨克语、柯尔克孜语、乌兹别克语、塔吉克语等。帕慕克用现代土耳其语写作,而现代土耳其语实际上是从突厥语族西部分支(即语支)演化而来,其历史悠久,传统叙事文学和诗歌较发达。进入现代以后,由于西方强势文化的影响,古老的突厥语言文学的发展和汉语言文学一样经历了凤凰涅槃后的浴火重生。帕慕克用土耳其语写作并获得诺贝尔文学奖,使古老的突厥语文学创作在世界文学中有了一席之地,并产生了世界性影响。

帕慕克的作品在中国内地的翻译始于他获诺贝尔文学奖之前。其第一本书《我的名字叫红》,于2006年8月由北京世纪文景公司引进,上海人民出版社出版(二者同属上海世纪出版集团),问市仅一个月就已发行了3万册,后又多次加印,有望突破10万册。陆续出版的小说是《白色城堡》(上海人民出版社,2006年12月),此后《雪》、《新人生》、《黑书》和《伊斯坦布尔》等也即将出版。译者是解放军洛阳外国语学院土耳其语副教授沈志兴,因其喜欢金庸的小

---

① 穆宏燕:《奥尔罕·帕慕克访华综述》,载《外国文学动态》,2008年第4期。

说，所以他坦陈自己的译本风格受到金庸的影响。他还考虑到中文读者的阅读习惯，将土耳其语这种黏着语，即词的语法意义主要由加在词根上的词缀来表示的语言所形成的长句，译为简洁明了的短句，有散文诗般的节奏感。同年9月底出版方为推介帕慕克的小说《我的名字叫红》而在上海召开了一次有作家和评论家参加的作品研讨会，与会者的观点和反映截然不同，但正是这些争议，才使得这本书具有更大的艺术魅力。

1998年，帕慕克的代表作《我的名字叫红》出版。此书确定了他在世界文坛的地位，获2003年国际英帕克都柏林文学奖，这个奖金高达10万欧元的奖项，是全世界奖金最高的文学奖。此书还获得了法国文学奖和意大利格林扎纳·卡佛文学奖。这部描写东西方文化差异的小说，主要通过绘画艺术来反映东方和西方的关系。细密画是古波斯艺术的重要门类，始于宗教书籍如摩尼教或伊斯兰教的经书的边饰图案，以后主要用作书籍的插图及封面和扉页上的装饰图案。波斯细密画的技法明显受到中国工笔画的影响，只是其细密的程度比工笔画更精致。另外是它本身所表现的宗教文化传统，喜用鲜艳炫目的色彩、富贵庄重的金箔来装饰经书，以表现经书的崇高地位。但是摩尼教经书之后的《古兰经》被禁止绘画，因而只能用于装饰。波斯细密画传统处于西方的写实和东方的写意之间冲突与交融着，从而表现土耳其处于传统与现代、东方与西方之间的两难境地。小说结局预示着一种普世价值的存在即艺术的自由和真理的探寻是作家精神卓越性的最根本表现。

帕慕克其人和创作在中国文坛所引起的震撼是巨大的，尤其是对那些不断探索、写作的人而言，不亚于一场大地震。正如文学评论家、《人民文学》主编李敬泽所说："我无法估计中国作家能够从这位同行那里获得什么样的影响。但是，有一点我觉得非常有趣：在20世纪二三十年代，中国人一度对土耳其产生过兴趣，那时我们把土耳其的凯末尔视为对一个古老帝国实行现代化改造的成功范例，在当时中国的舆论中，是要向土耳其学习，向凯末尔学习。当然后来情况变了,我们的学习对象也不断变化,这种变化实际上是表明了我们对自身的想象和规划。"①

评论家刘再复写道:"读到帕慕克获奖公告上的评语时,我内心有些激动,读者很多,但有我这种不平静的可能不多。因为我太理解这句话了,心灵完全与这句话相通。1994年至1996年,我出版了《漂流手记》的第二部《西寻故乡》,仅从这一书名,你就可以知道,我是在他方(西方)寻找故乡的漂泊的灵魂。帕慕克的故国故乡是土耳其,这是一个亚洲、欧洲、非洲的交接地,也是东西方文化的交汇处。希腊文化、希伯来文化、伊斯兰文化都在这里产生过巨大的影响。帕慕克虽然出生在边缘地带,可是他在美国学校学习的法语、英语都很好,显然身心拥抱过当代西方文化。一方面身上流淌着土耳其的血液,一方面又有普世眼光,这就注定他的内心充满矛盾。"②这何尝不是刘再复本人心态的真实写照。这是作家与知识分子相通的一种心灵责任,是处于文化冲突间的"忧郁灵魂"重新寻找精神家园和良知家园的一种焦虑。

随着帕慕克的小说不断在中国出版,对其更深刻的解读一定会成为必然趋势。以帕慕克为代表的现代东方作家面对东西文化冲突的艰难选择,一定会对中国当代作家产生更加深远的影响,并将成为中国、土耳其两国之间文化文学因缘中最有意义的一页历史。

---

① 《南方周末》,2006年10月19日。
② 同上。

第22讲:埃及:纳吉布·马哈福兹与"三部曲"

一、纳吉布·马哈福兹文学

马哈福兹是当代阿拉伯文学的伟大作家,他不断进行艺术探索,为阿拉伯文学,也为世界文学留下了丰富的遗产。1988年因为他创造了"一种适应全人类的阿拉伯叙事体艺术"荣获诺贝尔文学奖,成为第一位获此殊荣的阿拉伯作家。

纳吉布·马哈福兹(1912~2006)出生在开罗的贾马利亚区,在富于宗教和传统文化氛围的家庭中成长,性格内向,中学时代就爱好文学。1929年开始写作短篇小说,1934年毕业于开罗大学哲学系,1936年放弃当哲学教授的理想,选择了文学艺术作为他的终生事业。他长期在政府部门任职,从宗教基金部职员擢升到文化部文学顾问。1971年退休,进入《金字塔报》编委会,是国家文学艺术最高理事会小说组成员。1970年获国家文学荣誉奖,1988年荣获诺贝尔文学奖,诺贝尔评审委员会在颁奖词中这样评价他:"纳吉布·马哈福兹作为阿拉伯散文的一代宗师的地位无可争议。由于他在所属的文化领域的耕耘,中长篇小说和短篇小说的艺术技巧均已达到国际优秀标准。这是他融会贯通阿拉伯古典文学传统、欧洲文学的灵感和个人艺术才能的结果。"

马哈福兹辛勤笔耕了半个世纪,是阿拉伯公认的杰出小说家,被誉为阿拉伯小说史上的一座"金字塔"。迄今他已写了33部中长篇小说和10本短篇小说集,总发行量在百万册以上。他的名字在阿拉伯世界妇孺皆知、家喻户晓。从总体上看,马哈福兹的创作可分为三个阶段:历史小说阶段、现实主义小说阶段和现代主义哲理小说阶段。

20世纪30年代末,马哈福兹开始以"小说的形式写古埃及史",从而开始了他创作的第一阶段,即历史小说阶段。这个时期的埃及社会有两个显著特点,一是处于英国和土耳其人的双重统治下,社会极端黑暗;另一个是埃及民族主义和爱国主义运动如火如荼。"像古代埃及人一样收复失地",后者是全民族的首要任务。于是,马哈福兹的历史小说《命运的嘲弄》(1939年)、《拉杜比丝》(1943年)、《底比斯之战》(1944年)应运而生。他在这些小说中借古喻今,试图用现代民族意识阐释历史事件,展现先民的光辉业绩,激发民族的爱国热情。

马哈福兹的历史小说结构紧凑、悬念迭起、结尾出人意料,虽以历史事件为依托,但是更多显示了小说家的艺术才华,它们以丰富的艺术想象突出了雄伟、壮丽的历史场面和人物性格,使作品富有色彩浓烈的浪漫风格。马哈福兹曾计划写许多历史题材小说,但后来只创作了三部,就感到这种题材的局限,并且他觉得通过这三部,就已经写尽了自己想要表达的主题。于是,随着时代的推移,为了更有力地发挥文学对社会变革的参与、促进作用,他决定由历史小说转向直接反映现实、批判现实的写实主义小说的创作。

从40年代中期到50年代初期,马哈福兹主要创作现实主义小说,进入现实主义小说阶段。在此期间写作的社会风俗小说有:《新开罗》(1945年)、《赫利利市场》(1946年)、《梅达格胡同》(1947年)、《海市蜃楼》(1948年)、《始与末》(1949年)。这一部分小说主要写三四十年代开罗小资产阶层的生活,抨击了封建王朝的黑暗统治,表达了人们追求理想社会的愿望,赞美了年轻一代献身社会变革的精神,其社会意义及揭露力量都相当强。每部小说都贯穿一条冲突十分尖锐的情节线索,作家利用这个情节,通过一个街区、一个家庭或一个人的悲惨遭遇,表现当时整整一代人的社会悲剧,并进行了十分深刻的概括,作家因此蜚声文坛。但上述作品流露出消极、悲观情绪。《新开罗》叙述一个穷苦的大学毕业生马哈诸布不惜接受屈辱的条件与部长的情妇结婚,换取秘书职位,后来丑闻暴露,最终还是未能挤进上流社会,反而落得身败名裂的下场。《梅达格胡同》则通过写英军占领下的一条胡同里的一些善良、纯朴的居民的美好生活如何遭到破坏,控诉了西方强权及其所谓文明带给埃及人民的种种灾难:穷苦的女主人公哈米黛受骗卖身,成了英军士兵的玩物。她的未婚夫赚钱归来要救她出火坑,结果却被英军打死。《始与末》也是一部悲剧:小说以失去了父亲的兄妹四人与他们的寡母一家人在贫困中挣扎、渴望爬上更高的社会阶层开始,以弟弟得知自己上军校当军官全靠姐姐卖身所得的真相后,姐弟两人蒙羞、含恨自杀告终。《赫利利市场》中的阿基夫则是个典型的弱者。他为了养家,辍学工作并牺牲了初恋;他默默爱着的邻家女被兄弟捷足先登;他百般照顾的兄弟患肺病死去;他工作了八年仍是八等文官。生活虽对他吝啬无情,可他仍企盼转机。这朦胧的希冀支持他顽强地活下去。他的逆来顺受除个性的原因外,与他看透充满欺诈和不公的世道又无力反抗有关。作者深入细致地挖掘了人物心理的多重矛盾和变化,对人物的塑造十分成功。

　　马哈福兹这一时期的创作主要是探索中小资产阶级知识分子的命运和思想变化的轨迹,同时也再现了中小资产阶级生活的状态。他说:"我是一个中产阶级的作家。"他关心本阶级的生存状态和命运,对本阶级也"持以批判的态度"。关于这一主题的艺术探索,在1952年完成的巨型小说《三部曲》达到了高峰,作了完美的总结。这时期的小说创作是以现实主义为基调,改变了早期追求传奇效果的浪漫主义倾向,注重人物性格的刻画,揭示人物心理的变化,对细节、情节的运用忠实于现实,符合现实生活的真实性,因而形成了凝重、客观的写实风格。在艺术构思上,不断扩大作品的容量,从单一情节的描述到多重情节的交织、演变,从单一人物为主人公到以多种人物群为对象的刻画,从数年的生活场景到数十年人间沧桑的变化,逐渐形成全景式的叙述格局。

马哈福兹是一位在艺术上不拘泥于某一艺术信条和风格的作家,他善于吸收、融化各种文学派别的风格,艺术视野开阔。虽然这一时期创作的是现实主义倾向的社会小说,但也利用自然主义的表现手法,意识流的心理分析手法以及隐喻、暗示、象征等艺术方法,呈现出多元化的艺术风格融合的倾向。

他创作现代主义哲理小说是从50年代末开始的。1952年埃及人民推翻了封建王朝的统治,给千百万人带来巨大的希望。当时马哈福兹手头还有7部小说的题材,但革命后他认为这些小说从创作目的看已经没写作的必要了,自此停笔6年。现实的发展往往没有人们所希望的那样好,真正的社会主义和真正的民主并没有实现。马哈福兹又开始了新的思考。一个背负着民族、人类命运前途的作家,出于他良心的敦促,重新拿起了笔。并且这一次他要采用新的表现手法,来创作新的历史环境下的新小说。1959年一部"令人感到惊讶"的作品终于诞生了,这就是《我们街区的孩子们》。这是一部世间少有的奇书。作者的探索范围从阿拉伯世界扩展到整个人类,乃至延伸到整个宇宙。在这部书中,"亚当、夏娃、摩西、耶稣、穆罕默德,以及其他先知、使者,还有近代学者,都稍为改头换面地出现了"。被称为一部"人类的精神史"、"人类的奋斗史"。《我们街区的孩子们》标志着他的创作又进入了一个新的阶段。

60年代,马哈福兹进行新的尝试,吸收、运用现代派的手法,重视人物心态的描摹。作品有:《小偷与狗》(1961)、《鹌鹑与秋天》(1962)、《路》(1964)、《乞丐》(1965)、《尼罗河上的絮语》(1966)、《米拉玛拉》(1967)等。其中特别是《尼罗河上的絮语》,作家试图揭露想要逃避埃及当时现实的小资产阶级知识分子世界观中的矛盾。70年代后,作品中象征、寓意的意味更浓厚,融现代主义和现实主义为一体,进一步发掘民族遗产,探索具有民族特点的小说形式。

主要作品有:《雨中情》(1973)、《卡尔纳克咖啡馆》(1974)、《我们区里的故事》(1975)、《夜之心》(1975)、《尊敬的阁下》(1975)、《平民史诗》(1977)、《爱的年代》(1980)、《续天方夜谭》(1982)、《还剩一小时》(1982)、《伊本·法杜玛游记》(1984)、《生活于真理之中的人》(1985)等。其中《平民史诗》被视为作家这一阶段的代表作。整部小说由10个各自独立而又互相关联的故事组成,串联各个故事的主线是平民争取自由、平等、理想的幸福生活。第一代人阿舒尔是正直无私、助弱抑强的义士,但在平民们实现他们美好理想之前,阿舒尔就神秘失踪了。以后的多少代人,有的沉沦,有的惨死,有的被害,都不能实现平民建立一个理想世界的愿望。直至第十三代人拉比阿时,因为他善于教育、发动、团结平民,最终才通过奋斗,使平民们过上幸福生活。小说告诉人们一个真理:要取得幸福生活必须依靠自己的力量与行动,而不依赖于任何人。这部小说在思想上体现了作家追求自由、平等、博爱的理想世界的境界。同时,小说在艺术上也别具一格,一开始就以阿舒尔的失踪给读者留下悬念,使小说蒙上一层神秘的传奇色彩。在展开各个故事的过程中,马哈福兹用明快流畅的语言、构思精巧的情节、现代派的意识流、内心独白等手法赋予小说浓重的艺术感染力。上述特点充分证明了这位作家高超的艺术才华与创作的多样性、丰富性。

除了上述的中长篇小说,马哈福兹写作的主要短篇小说集还有:《黑猫酒馆》、《伞下》、《无始无终的故事》、《蜜月》、《罪》、《金字塔高地上的爱情》、《我见到了睡眠者所见》等。

马哈福兹在文论方面也卓有建树。他认为"文学是对现实的革命,而不是简单的描绘"。"文学是一种审美活动"。[1] 他创作了大量有悲剧性的社会小说,因为他认为,社会悲剧的深刻性来自于对生活本质的认识,如果可以"解决社会的悲剧也许可以最终解决或减

---

[1] 高慧勤、栾文华(主编):《东方现代文学史》,福州:海峡文艺出版社,1994年版,第1432页。

轻生活的悲剧"。① 面对现实中的危机和悲剧,他认为:"既然生命的终结是束手无策与死亡,那么,它就是一种悲剧。这种悲剧无论是令人伤心哭泣的,还是令人开颜欢笑的,终究是一种悲剧。甚至对于那些视生命为走向来世之通道的人来说也是一样。"② 马哈福兹对小说的美学本质有自己独特的认识,他认为:"小说是既有事实又有象征、既有观察又有想象的一种文学构成——不能把'小说'判别为作家所相信的历史事实,因为作家选择这种文学形式,无须保持历史的原貌,他只是在小说中表达自己的意见。"③

马哈福兹从艺术哲学的角度,提出创作技巧要不断创新。他虽然曾经说过:"欧洲一些新的创作方法也许我们永远学不会。阿拉伯国家固有的文化基因决定他们要选择适当的形式与本土的内容相一致。"④但是,由于他博览群书、通古博今、学贯东西、传承创新、借鉴再造,融传统与现代于一炉,所以他自豪地说:"通过这些作品,我可以说,自己是烩诸家技巧于一鼎的。我不出于一个作家的门下,也不只用一种技巧。"⑤这种被文学史家称为"新现实主义"风格的写作动因是阿拉伯文学发展的必然趋势,因为只有"描写特定的思想和感觉,以细节为手段"⑥,才能使现实成为表达思想和感情的方法。马哈福兹的这些论述,使其不愧为阿拉伯当代文论的一位大家。

综观马哈福兹的作品,可以看到他善于揭露、抨击封建社会、资本主义社会的腐朽没落,同情劳动人民,反对奴役与压迫。主人公

---

① 《我对你们说》,转引自《〈宫间街〉译者序言》,长沙:湖南人民出版社1986年,第2页。
② 《我对你们说》,收录于《东方研究》,北京:蓝天出版社,1998年,第144页。
③ 《〈为我们街区的孩子们〉作证》,收录于《东方研究》,北京:蓝天出版社,1998年,第139页。
④ 《诺贝尔文学奖得主全传》,济南:明天出版社,1997年,第767页。
⑤ 季羡林主编:《东方文学史》下册,吉林:吉林教育出版社,1995年,第1492页。
⑥ 《阿拉伯世界》,1985年4期,第106页。

多为中等阶层的小资产阶级。作品中反映了作者对理想世界的执着追求,后期常用象征手法,小说结构严谨,语言明快流畅,擅长描写环境和人物心理活动。马哈福兹立足于本民族文学传统,又积极吸收西方文学营养,他对民族叙事文学的不断探索、开拓和创新,是对埃及和阿拉伯现当代文学的重大贡献。他开创了埃及现当代小说的"马哈福兹时代",成为一代文学宗师。埃及评论家将他与狄更斯、巴尔扎克、托尔斯泰相提并论。法国东方学者雅克·热米写出长文盛赞他,德国的东方学者马尔丁推崇他为"埃及的歌德"。

马哈福兹晚年双眼几近失明,1994年他因在拉什迪《撒旦诗篇》问题上持温和立场而受到宗教狂热分子的袭击之后,一直过着隐居生活,直到逝世。

二、《宫间街》三部曲

《宫间街》三部曲是马哈福兹在爆发"七月革命"的1952年完成的长篇巨著,是他创作第二时期的压轴之作,是作者引以为荣的代表作之一,被公认为阿拉伯长篇小说发展的里程碑。小说发表之初,以《宫间街》为名。1956年正式出版时,分为《宫间街》、《思宫街》、《甘露街》三部曲,翌年便获得国家文学奖。

三部曲是阿拉伯文学史上一部描写几代人的巨著,它描述了自1917年至1952年革命之前,一个埃及商人家庭里三代人的不同生活和命运,从中反映出广阔的埃及生活画面和埃及现代史的风云变幻。小说出版后,受到了广大读者的热烈欢迎,被译成多种文字,并被改编为电影,搬上了银幕,在阿拉伯乃至世界文坛中均产生了深远的影响。它被认为是一部极为真实的历史画卷,一部难得的人情风俗史。马哈福兹因此被授予诺贝尔文学奖。

《宫间街》的主人公阿·杰瓦德是个商人。妻子艾米娜每夜等他回来,伺候他睡下。他们有三个儿子和两个女儿。大儿子亚欣为前妻所生,碌碌无为,沉迷于酒色。二儿子法赫米是投身于1919年反英斗争的热血青年。小儿子凯马勒年幼,与英国兵交上朋友。法赫米中弹身亡,而亚欣得子。《思宫街》描写父亲悼念儿子,停止作乐5年。两个女儿先后嫁到贵族邵凯特家。大女儿争得独立持家的权利,看不惯妹妹洋式的生活,常闹得家庭不和。凯马勒中学毕业后,不听父训,私自投考师范,想教书育人。他爱上贵族小姐,但美梦难成。父亲与亚欣争夺女琴手,险些因心脏病丧命。《甘露街》描写二女儿丧夫失子,带女儿回到娘家。杰瓦德子孙满堂。孙子里德旺借贵族巴萨阿里的势力当上部长秘书。外孙蒙依姆进了法学院,成为狂热的兄弟会成员。艾哈迈德信仰马克思主义,大学毕业后在杂志社任职。生病的杰瓦德在一次空袭中离开人世。艾哈迈德爱上了工人之女苏珊,与之成婚。他与蒙依姆都因异端罪入狱。瘫痪在床的祖母命在旦夕。她的儿孙准备后事时又迎来一个小生命的降临。

第一代主人公阿·杰瓦德代表守旧的一代。他是开罗中产阶级中的一名富商,是一个唯我独尊的暴君式的家长,是全家人的意志的绝对主宰。在他的控制下,任何人都没有个人的身心自由和独自的个人意识。他对待妻子像对待仆人一样。妻子没有任何人身自由,任由他随意谩骂、训斥:"我是男人,令出必随……对你来说唯有服从。"对待子女,杰瓦德又将父亲的权力无限制扩大。他的子女们已经习惯于放弃自己的思想,服从于父亲的意志,不管他是对的还是错的。例如,次子法赫米在解放运动的感召下,积极投身于爱国斗争,他公然违抗了父亲的命令,参加学生运动。但事后,他又感到非常内疚,力图取得父亲的谅解,最终屈服于父权政治的淫威。在婚姻问题上,儿女们无权选择自己的恋爱对象,一切都只能由父亲决定。阿·杰瓦德表面上是个虔诚的伊斯兰信徒,背地里却出入花街柳巷,沉溺于声色享乐;不过他虽然满脑子的封建道德观念,但在反帝爱国斗争中表露出起码的爱国心;他虽在家中任意妄为,但在社会上乐善好施、广结人缘。这个双重人格的主人公正是埃及革命前这一阶层人物的典型代表,具有普遍的社会意义。

第二代主要人物是凯马勒。他是作者精心刻画的"浮士德"式的精神斗士,是作家"思想的代言人"。他向往至诚的友情、憧憬纯洁的爱情、眷念温厚的亲情,永不倦怠地追求知识、真理。在他身上处处散发出人性的光辉及对人类生存现状的关怀精神。作者通过这一形象寄予了一种超越民族、国家界限的人类之爱及内心深处对人性的呼唤。年幼的凯马勒便不同寻常,他与驻扎在宫间街镇压群众游行的英国士兵朱伦成为好友。有一次,他与英国士兵一起唱歌跳舞,全家人都为他的安全担忧,而他们"就像一家人团聚的晚会那样,人人心中充满了愉快和欢乐,歌声在一片鼓掌声中结束了"。作家在此隐含的思想倾向不言而喻,即希望不同民族、国家的人"像一家人"一样不分彼此、和平共处。步入青年的凯马勒成为一名教师,他博览群书,追求科学,探索真理,这逐步使他陷入传统与革新、宗教与科学、现实与理想的矛盾之中,出现了精神上的困惑和迷惘。此时阶级差异又粉碎了他的爱情美梦,有很深"无所归属"的感受。凯马勒的思想矛盾实质就是如何以穆斯林的身份接受现代思潮的洗礼。他的心路历程也是作家自我精神探索经历的写照。

第三代的代表人物是阿·杰瓦德的外孙艾哈迈德。他是三部曲中一个比较成熟的新人形象。他有明确的反帝反封建的目标,"希望能看到世界上所有的专制独裁的暴君一个个完蛋"。他否定宗教,相信科学,信仰马克思主义。虽然他出身于中产阶级家庭,但他同情劳苦大众,追求建立在男女平等基础上的爱情,并与工人出身的苏珊结婚。显然,这一形象代表了作者马哈福兹的理想和希望,以及他对人生痛苦探索之后所期待的未来和追求的目标。

马哈福兹的这三部曲是一种"家族小说"。作家自己曾指出,他写三部曲的目的是"为了分析与评论旧社会"。马哈福兹的三部曲很容易使人联想起我国现代作家巴金的《家》、《春》、《秋》三部曲。两者确有异曲同工之妙。

《三部曲》用家庭内部三代人的变化,描写封建传统势力的衰落和崩溃,民主力量的增长和发展,也再现了爱国运动的成长。第一代人只有朦胧的爱国思想;第二代人有明确的爱国意识,并且付诸行动,可又抱着幻想的浪漫色彩;第三代人把救国与政治改革、社会革命结合起来,艾哈迈德为建立一个新的社会制度而奋斗。

《三部曲》是近百万字的长篇小说,但布局完整,结构独特精湛。三代人生活的场景构成它的轴心。每一部侧重写一代,每一代又有一个重点,主次分明,详略有致。时间在这部小说中起着至关重要的作用,是小说有机整体的灵魂。在时间的流逝中,人物的外形变化,地位及观念的转变,乃至房间的布置,都让人感到时代脉搏的跳动。三部曲各以重点描写的一代人的居住地来命名,每部的结尾都有人死去和出生。社会内部的深刻变化便体现在这生与死、新与旧的交替之中。全书结尾处两个外孙的被捕,预示着埃及的前途未卜。

其次,善于多角度地塑造人物性格,揭示人物内在复杂的人性底蕴。杰瓦德、凯马勒都是性格矛盾的人物。法赫米也是如此,他严肃、热情,为国捐躯,内省精神强,可在关键时刻常常产生心理的羁绊,性格犹豫,行动迟疑。作家还用对比的艺术手段强化人物性格的特点,杰瓦德的专横与艾米娜的温顺,法赫米的纯洁、高尚与亚欣的放荡、堕落,凯马勒的迟疑、徘徊与艾哈迈德的坚定、果断,蒙依姆的宗教狂热与艾哈迈德明确的政治信念等等,从而绘画出性格各异、色彩缤纷的人物群像。

小说还采用了现代小说的心理描写手法,开拓了人物内心世界,深化了人物性格。独白、对白交织的心理活动和心理分析的描写,潜意识、前意识的再现,都披露了人物复杂的内心世界和深刻的思想冲突。有时以第一人称描叙,有时又以第三人称表述,时而在情节中插入,时而又用整个章节完整地记叙,灵活多变的心理描写的手段,大大增强了作品的表现力,充实了作品的内涵。

《三部曲》没有直接描写埃及现代史上革命斗争的宏大画面,也没有编排众多悬念、勾人臆想的传奇性情节,只是写了日常生活,但它却融汇了当代的政治、文化、宗教、思潮和风俗为一体,具有高度的时代性和深刻的思想性,成为马哈福兹的不朽之作。

1986年,湖南人民出版社出版了由朱凯、李唯中、李振中译的马哈福兹的长篇三部曲《宫间街》、《思宫街》、《甘露街》。每一部都以阿卜杜·贾瓦德三代人各自居住的街区为书名。第一部《宫间街》是这个家庭第一代人所居住的旧街道名。第二部《思宫街》是第二代长子亚辛居住的街名。第三部《甘露街》是大女儿海迪杰一家居住的街名。《三部曲》主要以这个中产阶级家庭从1919年革命前夕到1952年革命前夕的生活演变史,反映埃及社会由近现代向现代演变的历史巨变。译者在《宫间街》的译本"译者序言"中评价道:"尽管他已经创作了四十多部作品,但是他在大约三十年前发表的《三部曲》却仍然是他小说创作的顶峰,也是阿拉伯小说史上的一部里程碑式的作品。"许多阿拉伯国家的文学评论家和外国的东方学家热情地赞颂《三部曲》在思想和艺术上所取得的巨大成就,充分肯定它在阿拉伯小说史上的重要地位,称它为"整个小说这一流派(指现实主义流派——笔者注)的顶峰",开始了"阿拉伯文学的新时期"。① 正因为如此,《三部曲》的三卷在1956年和1957年先后出版后,便引起了阿拉伯国家和世界各国文学界的极大关注,也为各阶层人民,特别是一代又一代的阿拉伯青年所喜爱。

《三部曲》中译本的首卷,有马哈福兹写的《致中国读者》的短文,言简意赅地表达了阿拉伯人民对中国人民的友好情谊。文中写道:"《三部曲》译成中文,委实是件激动人心的事情。埃及和中国都是世界上最古老的国家,差不多在同一时期,各自建立了自己的文明,而二者之间的对话,却在数千年之后。埃及与中国相比,犹如一个小村之于一个大洲。《三部曲》译成中文,为促进两国思想交流与提高鉴赏能力提供了良好机会。尽管彼此相距遥远,国土面积大小

---

① 参见[埃及]纳吉布·迈哈福兹:《宫间街》,朱凯、李唯中、李振中合译,长沙:湖南人民出版社,1986年,第1~3页。

各异,但我们之间有着许多共同的东西。对于此项译介工作,我感到由衷高兴,谨向译者表示谢意。我希望这种文化交流持续不断,也希望中国当代文学在我们的图书馆占有席位,以期这种相互了解更臻完美。"《三部曲》卷首的这段话不仅表现了以马哈福兹为代表的广大阿拉伯人民想与中国人民进行文学文化交流的迫切愿望,而且使广大中国读者对阿拉伯当代作品和马哈福兹本人更加关注。这从客观上加深了中国和阿拉伯各国之间的相互了解。1991年,《三部曲》的中译本荣获全国首届优秀外国文学图书二等奖。

第23讲:尼日利亚:沃尔·索因卡与《路》

一、沃尔·索因卡文学

沃尔·索因卡(1934~)是当代尼日利亚最负盛名的剧作家、诗人、小说家、评论家和翻译家。他娴熟地运用英语创作了一系列戏剧杰作,以其丰富的文化视野及诗意般的联想影响了当代非洲世界,1986年成为非洲大陆第一位获得诺贝尔文学奖的作家。

索因卡1934年7月生于尼日利亚西部阿比奥库塔城附近的农村。父母是土著的约鲁巴族人,都信奉基督教,父亲是当地英国圣公会教会小学的校长,母亲是有社会地位的商业妇女。他就生长于这样一个富于西方文化氛围的家庭里。古城阿比奥库塔盛行由传统祭祀仪礼演化而来的民间歌舞表演,在家乡度过童年和少年时代的索因卡深受这种传统文化的熏陶,幼时就对戏剧演出萌生了浓厚的兴趣。这样的生活经历孕育了他日后那种独特的熔西方戏剧艺术和非洲传统艺术于一炉的戏剧风格。

1952年,18岁的索因卡前往尼日利亚中心城市伊巴丹求学。在伊巴丹大学学习期间,他曾在颇有影响的《黑俄耳甫斯》杂志上发表了一些热情的诗歌,从此开始文学生涯。1954年,他争取到奖学金,赴英国利兹大学研读英国语言文学,曾求教于当时著名文学评论家G.W.奈特。当时利兹大学的学生戏剧活动丰富多彩,经常演出欧洲古典名剧和现代剧目,有时也演出一些自编自导的习作。如此浓郁的戏剧氛围与他早年戏剧的兴趣产生了沟通与共鸣,使他在初入文学研究领域时,最先踏入戏剧艺术的高雅殿堂。于是,他潜心研读各种有关西方不同流派戏剧艺术的书和西方各种文艺思潮的作品,受到英国戏剧、德国戏剧,尤其是布莱希特的影响。因此,他以优异成绩于1957年毕业于利兹大学后,很快就进入伦敦皇家宫廷剧院,开始了戏剧实践。他先后担任过校对员、剧本编审、编剧等职。20世纪五六十年代,伦敦皇家宫廷剧院是英国戏剧活动的中心,许多剧坛泰斗都是从这里起步并崭露头角的,如约翰·奥斯本(1929～)、阿诺德·威斯克(1932～)、塞缪尔·贝克特(1906～1989)等。皇家剧院的工作使他有机会广泛接触英美及欧洲各国的现代戏剧,提高了戏剧修养,拓宽了戏剧艺术的视野,并得以留心观摩许多名剧的编导过程和舞台美术设计的情况,使他有机会直接参与具体的演出和编导实践。

1959年,索因卡进行了自己作品的首次专场演出,剧目是处女作《新发明》。这出独幕剧以极其荒诞的情节,讽刺了南非白人政权的种族主义政策。剧情梗概为:南非偶然遭到一枚误射的美国导弹的袭击,因此黑人都失去了体内的黑色素,肤色全白。南非当权者惊恐不安,勒令科学家火速研究出鉴别人们种族身份的有效办法,以便重新将黑、白不同种族的人隔离开来。内容亦庄亦谐,令人啼笑皆非。50年代末,他于英国工作期间创作的剧本还有《沼泽地居民》(1958)、《雄狮与宝石》(1959)等。前者描写尼日利亚独立前沿海沼泽地一带的农村生活。由于殖民统治,城市畸形发展,农业经济受到严重冲击。农村青年一批批逃离故土,流入城市谋生,结果农村更加凋敝,农民身受数重盘剥,还要同自然灾害进行无望的斗争。青年农民在面对天灾人祸无以为生之际,只好离开沼泽地的故乡,向金钱主宰下的罪恶之窟——使人性殆尽、骨肉相残的城市走去。剧本流露出一种悲观色彩。后者的女主人公希迪是村中最漂亮的姑娘,在众多的追求者中间,她宁肯选择精于世故的老村长,也不肯答应满嘴时髦名词的青年教师。剧本借此入木三分地讽刺了殖民主义奴化教育下的知识分子崇洋媚外的现象。

1960年,索因卡从伦敦回到阔别多年、刚刚获得独立的祖国尼日利亚,创办了"1960年假面"剧团。他不辞辛苦地深入各地采风,在搜集整理民间艺术传统的基础上,致力于将西方戏剧艺术同约鲁巴等西非土著民族的音乐、舞蹈、戏剧结合起来,力图创造出一种既有20世纪时代精神、又不失尼日利亚乡土气息与民族风格的新型戏剧。《森林之舞》即是这种探索的最初尝试。这个剧本是他为了庆祝1960年10月1日尼日利亚民族独立日而创作的,并在独立庆典活动期间由他亲自创办的伊巴丹大学剧团公演,获得很大成功,引起热烈反响。这个两幕剧剧情围绕人类为庆祝民族团聚而举行的宴会(象征尼日利亚民族独立大会)展开。人们为了欢庆民族大团结的喜庆日子,请求森林之王准许他们死去的祖先作为"民族杰出的象征"来参加盛会,不料与会者竟是些不受欢迎的人。作者企图告诉人们,历史并不伟大,也没有过什么黄金时代,只有正视现实、面向未来,才能找到真正的出路。剧本体现了作者对于民族命运的深刻思考。

60年代,他的创作步入高潮,进入成熟阶段,艺术手法趋于隐晦、讽刺与寓意相结合,表现人类进步中的困惑。讽刺喜剧《热罗兄弟的考验》(1960)写一个江湖骗子利用社会上各种人的不同心理引人上当的故事。《强种》(1963)批评非洲社会迄今依然存在的不人道的蛮风陋习。《孔其的收获》(1965)抨击独立后的寡头专政现象,表现出作者对现状的不满和对未来的焦虑,以及由此产生的一种孤独失落感。《路》(1965)则是一部寓意性极强的剧目,是他的代表作之一,评论家认为它以"诡秘称奇"。这一时期的其他剧作还有《灯火管制之前》(1965)、《枝繁叶茂的柴木》(1965)等。

60年代后期,尼日利亚发生内战,索因卡痛感战争造成生灵涂炭,出于人道主义精神,他置个人安危于不顾,奔走于交战双方的营垒之间,一再呼吁休战停火,结果却遭到逮捕,被军事独裁政府关押了两年零三个月。1969年获释后,他前往邻国加纳和欧洲。著名讽刺剧《疯子和专家》(1970)反映了在非常严峻的时代主人公丧失人性和掠夺成性的主题,在美国上演后产生了世界性影响。闹剧《热罗的变形》(1973)作为《热罗兄弟的考验》一剧的续篇,仍然写了江湖骗子的主人公那种机智与狡诈。《欧里庇得斯的酒神的情侣》(1973)则隐含了以当代尼日利亚事件为模式的各种场面,表现了作者鲜明的爱憎情感,《死神和国王的马夫》(1975)探讨自我牺牲的意义,弘扬立足于理想的精神。《旺尧西歌剧》(1977)是在英国约翰·盖依(1685~1732)的名剧《乞丐的歌剧》(1728)和德国布莱希特(1898~1956)的《三分钱歌剧》(1928)的基础上写成的,主要通过对广阔的社会风貌的描写,表现伦理道德及现实意义等问题。

1976年,他结束6年的流亡生活,重新返回祖国。曾在伊巴丹大学、拉各斯大学、伊费大学执教或从事戏剧研究,后又任伊费大学比较文学教授。他还担任过非洲作家协会秘书长。他还受聘为英国剑桥大学、谢费尔德大学和美国耶鲁大学、康奈尔大学的客座教授。1985年,他被任命为联合国教科文组织所属的戏剧学院院长。1986年,又被全美文学艺术院选聘为院士,同年摘取诺贝尔文学奖的桂冠。为表彰他的文学业绩,尼日利亚政府授予他民族勋章,以及"联邦共和国司令"荣誉称号。

索因卡是个具有多方面艺术才华的作家,其文学活动涉及诸多体裁和各种题材。除戏剧创作为他赢得举世瞩目的声誉外,其小说、诗歌和评论也很有影响。

他的小说同其戏剧一样，往往采用象征、寓意的手法，反映现实世界和作家的理想。第一部长篇小说《解释者》(1965，中译名《痴心与浊水》)主要描写一群知识分子、工程师、新闻记者、艺术家、教师、律师等，面对尼日利亚的社会现实，在选择历史传统与现代文化两种生存方式时所表现出的困惑心境，同时也揭露了现实中的不合理现象。第二部长篇小说《暗无天日的年月》(1973)以60年代尼日利亚内战为背景，以金钱权势的罪恶和平民百姓的遭遇相对照，表达了作家的社会观点和理想。他写了两部自传小说：《死人：狱中杂记》(1972)主要回忆了他在狱中的生活及其在狱中所形成的一些新的思想认识；《阿凯的童年》(1981)则再现了作家早年的生活，因其成熟、优秀的散文叙事技巧，而被《纽约时报书评·副刊》评为1982年12部最佳图书之一。

他的诗歌创作也颇引人注目。早在50年代初于伊巴丹大学读书时，他就曾在杂志上发表过热情的诗歌。1967年，又写出诗作《伊但纳及其他》，以表现自己在现实冲击之下的复杂情感和对某些事物的抒情式反思。《狱中纪诗》(1969)是他被拘押狱中写在草纸上出版后深受读者欢迎的诗集，主要描写他失去自由后的遭遇与种种感受，表达了他对自由与光明的渴望之情。1972年，他在此基础上又增添了若干首诗，以《地穴之梭》为名重新结集出版。长诗《阿比比曼大神》(1976)是为欢呼莫桑比克对白人统治的罗得西亚宣战而写的颂辞。这些诗意象丰富，饱含哲理，具有一种崇高的道义上的使命感。

他的文学论著《神话、文学与非洲世界》(1975)较为全面地反映了他自己对文学与戏剧的独特认识与文艺观点。索因卡的作品还包括：《曼德拉的大地》(1988)、《艺术、对话与愤怒：文学与文化随笔集》(1995)、《恐惧的气氛》(2007)。

索因卡认为，非洲艺术家的作用在于"记录他所在社会的经验与道德风尚,充当他所处时代的先见的代言人"。① 因此,他成功地让非洲以外的人们,用非洲人的眼光看待非洲人和非洲的事件。瑞典科学院在"授奖词"中评价他是"英语剧作家中最富有诗意的作家之一,以其广阔的文化视野和诗意般的联想影响当代戏剧",他的作品"具有讽刺、诙谐、悲剧和神秘色彩,他以精炼的笔触鞭挞社会的丑恶现象,鼓舞人民的斗志,为非洲人民指出方向"。

二、《路》

两幕话剧《路》是一部寓意深刻的剧本,创作于1965年,一向被推为索因卡最有代表性的剧作之一,这是他荣获诺贝尔文学奖的主要作品。它表现了作家对国家前途与民族命运的一种深刻的思索,以及因为结论悲观所产生的一种内心的焦虑。

剧情主要描写一个发生在车祸商店周围的荒诞故事。教堂的晨钟惊醒了昏睡中的客车售票员沙姆逊、司机科托奴、萨鲁比和一个名叫穆拉诺的仆人,他们像往常一样开始一天的谋生活动。车祸商店的老板是个被称为"教授"的神秘长者。他曾当过主日学校教师、祈祷仪式的主持人等,现在经营车毁人亡的汽车配件和伪造的驾驶执照。无票可售的沙姆逊和无驾驶执照的萨鲁比以恶作剧的方式搞乱车祸商店的秩序,使得从车祸现场归来的"教授"误以为这是别人的处所而离去。不久镇长来这里秘密雇用以"东京油子"为首的流氓为他的党派效力,而"东京油子"也立即用刚从镇长手中得到的海洛因贿赂警察。

"教授"在这里继续从事寻找《圣经》的工作。在科托奴的询问下,"教授"讲述了仆人穆拉诺的往事。原来他是个被肇事车辆撞伤

---

① [美]克莱因:《20世纪非洲文学》,北京:北京语言学院出版社,1991年,第182页。

后弃之不管的人,"教授"发现后将他救助,并照料他恢复健康。穆拉诺虽然肢体伤残,但在"教授"心目中却是个道德高尚的圣徒和永恒真理的卫士,也是可以帮助他自己寻找和发掘《圣经》的助手和桥梁。科托奴不顾"教授"劝说,不愿再开车,原因在于对车祸的恐惧。原来早年其父死于车祸,其好友、一个缅甸中士也在车祸中丧生,而前些天又亲眼目睹了一起惨痛的交通事故,自己也险些翻下桥头。此外,科托奴心里还隐藏着一桩心事,即司机节那天,他驾车遇到一个戴面具的车祸遇难者,为了避免嫌疑,只好将其藏在卡车挡板下,逃之夭夭。当警察搜查时,遇难者不知去向,只留下一个奥贡神的假面具。后来警察"爱找碴的乔"在调查汽车节汽车肇事一案时,在车祸商店发现了受害者所戴的假面具,众人又将它藏起来。仆人穆拉诺看出被藏在"教授"座椅下的假面具,竟拿起来若有所思地端详,"教授"告诉大家,穆拉诺这个呆子身上附有了神灵。

假面舞会又跳起来,"教授"依然用他对《圣经》及其教义的理解进行说教。舞会的参加者着魔似的越跳越疯,越舞越狂。与会的"东京油子"看到手下的流氓也加入跳舞者的行列,便大声喝止,而"教授"则鼓励人们尽情地跳,于是发生冲突。扭打之中,得到萨鲁比帮助的"东京油子"用匕首刺中"教授",但他本人也被头戴奥贡神假面的人摔倒在地。"教授"在弥留之际向众人说了如下一番话:像路一样呼吸吧,变成路吧!你们成天做梦,平躺在背信弃义和欺骗榨取上,别人信任你们时,你们就把头抬得高高的,打击信任你们的乘客,把他们全部吞掉,或是把他们打死在路上。你们之间为死亡铺开一条宽阔的床单,它的长度和它经历的岁月,犹如太阳光一样,直至变成许多张脸,所有死者投射成一条黑影为止。像路一样呼吸吧,但愿能像大路一样……

最后,"教授"在挽歌中死去,四周一片黑暗。

创作《路》剧的直接动因是作者有感于尼日利亚公路上频繁发生的交通事故,但是剧中却渗透着作者对许多现实问题的哲理性思考。因此《路》剧深刻而富有象征意义。无论是剧情的衍变赓续、人物的对话独白,还是动作的语言启示,都表露出作家从人性、人道主义立场出发,对社会所进行的尖锐有力的批评。剧中虽不乏作者对现实的深思,却很少探讨时事性问题,对社会生活内含实质的分析多于再现生活,对于国家与民族问题的关注又多于希望与想象。因此,《路》剧表现出一种警世意义、一种对于未来难以名状的时代穿透力。

《路》剧上演时,尼日利亚已经独立5年。祖国独立之初,索因卡急切回国,渴望投身于祖国的建设事业,但是很快他就从企盼百废俱兴、弃旧图新的狂热中冷静下来,并清醒地发现刚独立的民族国家并未能走上健康发展的道路。国家没有出现欣欣向荣的可喜景象,反而暴露出各种深刻的社会危机。执政者营私舞弊、肆意妄为,政党和部落之间纷争不断,连连发生冲突。广大人民穷困潦倒,怨声载道。独立不久的国家重新面临分崩离析的危险,处处散发着恶浊的腐败气息。因此,《路》剧中所展示的不再是独立初期创作的《森林之舞》中象征着民族独立、团结与蓬勃向上的狂欢歌舞,而代之以破烂的卡车、崎岖的道路、不断的车祸等客观物象。

《路》剧幕布拉开,出现在观众视野中的即是"车身歪斜,轮子短缺","车身后部朝向观众的四轮卡车",一派破败不堪的景象。继后,卡车又以其丰富的象征意义不断出现在剧中。有的部件残缺、车身破损,有的用不配套的零件拼凑而成,有的则是旧车重新涂上漆等等。这些开起来嘎嘎作响的破车常被用来"运穷光蛋"、"运麻风病人",以及运送许多乌七八糟的东西。它们行驶在高低不平、曲折狭窄的道路上,不仅"散发着腐烂食品和各种垃圾的臭味",而且前途未卜,恰如其分地表现出尼日利亚广大人民不知去向何方的一种愚钝与困惑。作为主要象征物的"路"更是不堪入目。它自己不仅崎岖险恶,洞穴遍地,桥梁糟朽,无法承受车载,而且在如此破败的"路"上还寄生着流浪汉、毒品贩、巡警宪兵等,犹如尼日利亚社会的真实写照。车祸不断,使人心有余悸,也无法使人到达目的地,前景不乐观。而那些驾车的司机,常常置车毁人亡于不顾,毫无责任心。他们不是无法胜任工作,就是贪杯醉酒,更有甚者是没有驾驶执照的司机,或是惊魂未定的车祸肇事者。这些毫无责任感、草菅人命的司机正是当时尼日利亚执政者的象征,他们胡乱驾驶着满载的汽车,行驶在如此糟糕的"路"上,前途不堪设想。

《路》剧中表现出的探索精神,主要体现在对生存与死亡意义的理解上。剧中的怪老头"教授"经常实地勘察车祸现场,欲从血肉模糊的尸体和支离破碎的残车上寻找人生真谛的"启示"。为探求死亡的奥秘,他有时甚至丧尽天良地故意挪动路标,有意制造车祸。司机科托奴的父亲,一方面在路上与女人做爱,赋予了科托奴生命;另一方面又死于车祸,想使他离开路这一死亡的陷阱。而科托奴无论是主动求生存,还是被动逃离死亡,都不得不挣扎在一种绝望的困境之中。另外,剧中约鲁巴族信仰的奥贡神不时出现,他手执利斧开辟了连接神界与人世的通道,沟通了生存与死亡的两极,实际上是"路"的主宰。剧的最后,作者以"教授"作为自己理想的代言人,说出了路作为生死循环的象征意义,表现了作者面对现实所产生的一种绝望心理。当人们在现实中无所依存又生死不明的时候,当他们既不想成为政客的牺牲品、又不想让神主宰自己的时候,尽管"路"通向未知境界,但还是变成路,"把生死命运掌握在自己手里"。这是作者悲观情绪的反映,也是他思想矛盾的反映。

索因卡的戏剧艺术既深深地植根于民族生活和文化艺术传统的土壤,又受到西方生活和文化艺术的影响,他曾说过:"虽然我受过西方教育,但是我把自己扎根于非洲人民,注重反映他们的现实,特别是他们蒙受的苦难和对未来的理想。但是我也接受西方文学、东方文学对我的影响,只要是有益的我都接受。"因此,《路》剧反映了传统的非洲戏剧艺术与现代欧洲戏剧艺术的双重熏陶,是西非约鲁巴部族的文化基因与西方现代戏剧的艺术技巧有机融合的结晶。这两种异质的艺术形成一种独具特色的戏剧风格而得到世界剧坛的认同。

首先,《路》剧不似一般剧作那样统一完整。它缺乏贯穿始终的情节线索，既没有重要的戏剧矛盾和冲突，也没有高潮和余波。它不注重表现和塑造常规式、程式化的人物，而以一种深沉的哲理性思辨为前提，对历史和现实进行反思。因全剧袭用西方现代派的表现手法，打破了写实戏剧因果逻辑的结构，并杂糅了非洲当地文化艺术中诸如图腾与舞蹈等延续性意象。因此，剧情显得扑朔迷离、朦胧神秘，颇有些荒诞不经的色彩。

其次，《路》剧打破了传统的戏剧时空关系，将人物内在的意识流程的心理时间同外在事物进展的物理时间相互融合，将不变的客观世界的时空同可变的主观感觉时空交叉表现，从而形成了戏剧时空的高度凝聚。《路》剧的情节发生在一个上午在一间名为"车祸商店"的小棚屋里，然而在如此有限的时空条件下，作者却从容地表现了许多戏剧角色对漫长生活经历的多方位、多层次的追忆。

另外，《路》剧以相对独立的情节单元结构全剧。剧中人"教授"、"东京油子"、沙姆逊、科托奴、穆拉诺以及早已离世的缅甸中士等，都以各自所关联的事件构成相对独立的情节单元，在分属他们各自的微小时空区域里，有的追忆以往的经历，有的求索人生的真谛，有的以隐喻性事物揭示具体的现实内容，表现出人物意念流程的一种延伸，增加了戏剧的内涵与包容量。

2012年10月28日，索因卡应邀第一次踏上中国的土地。11月4日，他在中国人民大学与中国作家阎连科、刘震云、张悦然以及美国和澳大利亚的两位作家座谈对话。在近10天的行程里，他登上了北京的八达岭长城。他不仅对苏州园林、茶道、评弹感兴趣，而且对北京798艺术区也分外垂青。他在中国做了四场讲演，题目各异。在中国社会科学院讲演《非洲半个世纪追寻复出之路》时，他真挚而深刻地指出："我自己是个现实主义者。我们很多时候很难辨别人类行为和野兽行为的区别，这是从负面去看人性的方法。我想说一个现实的看法：不管什么时候，人性往前迈几步，才能够达到人们所认可的崇高的尊严。"他的思想就像乞力马扎罗的雪冠一样让人难以企及。

第24讲:南非:纳丁·戈迪默与《自然变异》

一、纳丁·戈迪默文学

纳丁·戈迪默(1923~2014)是南非用英语创作的著名小说家。她是继尼日利亚的索因卡、埃及的马哈福兹之后,第三位捧走诺贝尔文学奖的非洲作家,时间是1991年。她是在瑞典的奈莉·萨克斯之后,获此殊荣的第二位女性作家。

戈迪默1923年11月出生于南非德兰士瓦省约翰内斯堡斯普林斯矿山小镇。父亲是祖籍立陶宛的犹太移民,经营珠宝生意。母亲是英国人。斯普林斯镇是个种族隔离地区,随着年龄的增长,她渐渐明白了种族隔离"不是上帝的安排而是人为造成的",而自己在生活中却"和黑人有更多的共同之处"。因此,她始终致力于使黑人从南非白人种族主义政权统治下解放出来,以及恢复黑人权利的伟大斗争。

戈迪默先在一所女修道院办的中学受教育,后在约翰内斯堡的威特沃特兰大学就读。她从未在南非以外的地区长期居住过,但是曾以旅游者的身份多次到过非洲、欧洲和北美洲广大地区,尤其是她还多次到国外演讲,最常去的是美国。这一切使她在自己的作品中"以直截了当的方式描述了在环境十分复杂的情况下个人和社会的关系",成为现实与可能。

她在孩提和少女时代就勤于读书,因为身体娇嫩、病魔缠身,所以读书就成了她生活中的主要乐趣。她家乡有一所藏书相当可观的公共图书馆,她贪婪地阅读借到的一些书籍。后来,她利用到图书馆帮忙的机会,有选择地多读那些更能启迪心灵的优秀作品。她最喜欢读的是契诃夫的短篇小说,也爱读劳伦斯、普鲁斯特和亨利·詹姆斯等作家的小说。卡夫卡的作品"使她对人们表面言行发生怀疑而产生执意要求寻找真实的愿望,并且醒悟到对有色人种歧视与隔离是奇耻大辱"。

她9岁时就开始写诗歌和小说。15岁即在约翰内斯堡的《论坛》周刊上发表第一篇短篇小说《明天再来》。1949年出版了第一部短篇小说集《面对面》,此后平均每隔一年必有一部新作问世。在50多年的创作生涯中,她共出版了10部长篇小说、11部短篇小说集以及160余篇杂文和评论等,这足以证明她是一位勤奋、多产的作家。

她是写作短篇小说的能手,除了《面对面》以外,她出版的短篇小说集还有《毒蛇的柔和声音》(1952)、《六英尺土地》(1956)、《弗拉迪的足迹》(1960)、《不是为了出版》(1965)、《故事选》(1975)、《利文斯通的伙伴》(1975)、《肯定是某个星期一》(1976)、《战士的拥抱》(1980)、《那儿有什么事》(1984)、《函授课程短篇小说集》(1984)、《开枪前的一刹那》(1988)、《往昔岁月》(1989)、《跳跃短篇小说集》(1991)、《你为什么没有写作:1950年至1972年短篇小说选》(1992)、《昙花一现:1950年至1972年短篇小说集》(1992)、《战利品短篇小说集》(2003)、《贝多芬是1/16的黑人》(2007)。这些短篇小说集以敏锐、深邃的目光,运用精炼、含蓄的语言,短小紧凑的结构,准确细致地描绘出南非的自然景色和不公平的社会中各种肤色的人们所表现出的种种心理态势。

戈迪默不仅擅长写短篇小说,而且是一位创作长篇小说的大师。她娴熟地运用这种艺术形式,深刻揭露了南非种族主义政权的种种卑鄙龌龊的勾当,表现了南非广大人民的痛苦和希望、困惑和觉醒、欢乐和忧患。这些作品以深刻的透视历史进程的洞见性和讽刺性,发出时代的最强音。这些恢宏的史诗般的作品记录了南非社会发展的足迹。她现已出版的长篇小说有《说谎的日子》(1953)、《陌生人的世界》(1956)、《恋爱时代》(1963)、《已故的资产阶级世界》(1966)、《贵宾》(1971)、《自然资源保护论者》(1974)、《伯格的女儿》(1979)、《朱利的族人》(1981,一译《专制的人》)、《自然变异》(1987)、《我儿子的故事》(1990)、《无人伴我》(1994)、《家藏的枪》(1998)、《搭便车》(2001)、《过活儿》(2005)。

她的创作以反映南非社会现实为宗旨,以表现南非人民(尤其是广大黑人和有色人种)在白人种族主义政权统治下的生活遭遇和反抗斗争为主题,是了解南非社会和种族歧视的窗口。南非社会主要由黑人、荷兰裔白人、英国裔白人和有色人种组成。白人仅占全国人口的15%,却统治着占人口85%的广大黑人和其他有色人种。她生活的时代恰逢非洲前殖民地纷纷独立,南非周边国家的黑人也纷纷当家作主的年代,而唯独在南非没有任何改变。

1948年国民党上台后变本加厉,使种族隔离和种族压迫日益法律化和制度化。忍无可忍的黑人一次次起而反抗,均遭到白人统治当局的血腥镇压。发生于1960年的沙佩维尔惨案和发生于1976年的索韦托事件就是这一反抗极其悲惨结局的记录。生活在这样的国家、这样年代的白人有识之士,出于正直、有良知的天性同情并参与了黑人为争取生存权利和政治地位的斗争。戈迪默就是这些白人中的一员。她站在激进的人道主义立场上,揭露南非社会的种种不平与丑恶,从生活其中,并在其中进行斗争的现实中选取素材进行艺术加工,创作成文学作品,因此,格外具有说服力和感染力。

通观戈迪默半个世纪的创作历程,既是她政治上不断成熟的过程,也是她艺术上不断发展的过程。50年代,她的两部长篇小说及两部小说集的出版,使人一睹其"惊人的才华",也为她赢得"真正的作家"和"文学界闪出的一颗最明亮的彗星"的赞誉。从此,她在文坛上确立了自己的作家地位。以1971年问世的《贵宾》为界,她的创作可以分为前后两个时期。

前期,她的主要文学成就在短篇小说方面。这个时期的作品,无论是短篇小说还是长篇小说,其基调是一种社会人道主义。作者笔下的黑人和"仁慈"、"正派"的白人往往被描写成在野蛮的、等级分明的、白人至上的社会里无能为力的受害者。"文明的"白人对他们身边的黑人虽有同情,但只是道义上的、象征性的。如《面对面》中的故事就像编年史一样记述了禁忌、限制以及复杂的警察权力机器所造成的南非种族隔离的残酷现实。《毒蛇的柔和声音》和《六英尺土地》中的许多故事都揭露了"白人优越论"所造成的不公正现象。《不是为了出版》则描写了由于来自黑人和白人的有影响的政治行动受挫,反对南非种族歧视有时处于无能为力的状况。

前期,她的长篇小说也有类似的思想倾向。《说谎的日子》(又译《缥缈岁月》)描写了由于南非当局强化种族隔离制度而造成的不同肤色青年的恋爱悲剧。《陌生人的世界》通过白人居住区与黑人棚铺区贫富悬殊的对比,表现双方成了"陌生人的世界"。此书由于强烈的反种族歧视倾向而被南非当局查禁达10年之久。《恋爱时节》说明畸形的南非种族社会是扭曲不同肤色人际关系的根因。《已故的资产阶级世界》通过一白人女子对黑人求助感到恐惧的故事,指出白人要准备认同非洲的现实。她前期的小说主要以现实主义手法揭露南非种族主义的种种罪恶,尤其是以细腻的笔触和心理刻画,描写了生活在南非社会黑人与白人的心态,控诉了种族隔离制度对人心灵的扭曲与毒害。

70年代,她的创作进入后期。严酷的社会现实使她不得不深入思考,也进一步促发了她的创作灵感。后期的作品在继续展现南非社会现实的同时,明显地加入了一种对南非未来命运的"预言"成分,这是她不满足于直接逼真地描写现实的结果。这种被称为"预言现实主义"的艺术手法与象征手法和大时空跨度相结合,不仅表现出作者在反种族主义方面的超前意识,而且预示出南非黑人反种族主义斗争最后胜利的美好前景。在她的后期作品中,长篇小说的成就最为显著。

《贵宾》是具有前后期创作分水岭性质的作品。小说"结构严谨,简洁含蓄,文体高雅",主要表现了白人黑人同是非洲人,无贵无贱,都应成为非洲主人的主题。故事描写了曾在某非洲国家任过行政官的英国少校,由于他对黑人独立运动表示过同情和支持,在该国独立后应邀以"贵宾"身份回来访问。作品一方面通过他的经历与体验揭示新独立国家所面临的问题,另一方面也指出非洲白人是非洲人而不是宗主国的白人的事实。

《自然资源保护论者》与《贵宾》的主题相同。它采用意识流和象征的艺术手法,表现一个既非英国裔也非荷兰裔的南非白人实业家梅林的垮台。"他可以花钱买地建农庄,却不能成为土地的真正主人,因为黑人更需要土地。"小说说明南非白人自以为拥有了南非却无法成为其真正的主人。通过象征手法揭示出南非不可避免将产生巨大的政治动荡。

《伯格的女儿》因为触及到种族矛盾的核心问题而被认为是一部政论性很强也是最感人的作品。小说以1976年南非反种族隔离斗争为背景,以白人医生莱昂内尔·伯格的女儿罗莎的成长过程为主线,猛烈抨击了南非种族主义的罪恶,歌颂了南非非洲人国民大会和南非共产党中的优秀儿女光明磊落、无私献身的伟大精神。作者有意运用意识流手法,通过女主人公的内心活动推动情节发展,在作者对罗莎现实生活的叙述和罗莎本人娓娓倾诉中展现罗莎的成长轨迹。

90年代的小说《我儿子的故事》,通过一个黑人小孩的所见所闻,描绘出反种族主义斗争战士的家庭悲剧,以及他们不平凡的战斗生活。主人公索尼是一位混血教师,由于他同情、支持黑人解放斗争,在南非社会中遭到迫害。他与白人姑娘的爱情,使他的私人生活也染上了反对种族隔离的色彩。小说不仅表现出作者对南非现实的新的思考和认识,而且显示出作者在创作题材上的新开拓。作者笔下的真实生活是通过大量心理描写和分析表现出来的。其笔锋触及人物的内心世界,竭力捕捉和发掘人物的心理活动,使人物具有某种真实感。

二、《自然变异》

《自然变异》是一部引人入胜的鸿篇巨制,也是戈迪默写得最成功的作品之一。它代表了作者语言特色、艺术风格、思想深度的高水平。作者将南非社会镶嵌在广阔的非洲大背景中,为废除种族隔离制度后的南非描绘出一幅动人的图画。小说成功地表现了一个白人最终走上支持黑人反种族主义斗争,并反对白人统治政权的漫长而艰辛的革命历程。

女主人公海丽拉·卡渡兰原是个天真烂漫的白人女孩,父母婚姻破裂使她成了孤儿。她个性很强,收养她的奥尔嘉姨妈和宝琳姨妈都无法管束她,好像没有什么东西能够收住她的心。当宝琳姨妈发现她与自己的儿子搞在一起后,改变了收养她的初衷。退了学的海丽拉独身一人在约翰内斯堡四处流浪。她在不满20岁时和一个反政府的新闻记者雷伊由相爱而同居。由于警察捣毁了住处,她便随他于1963年流亡国外。

海丽拉被雷伊遗弃在达累斯萨拉姆这座流亡革命者云集的重要的港口城市。那些流亡的白人、黑人政治家都想追求美貌的海丽拉,以便使她成为在政治上对他们有用的人。海丽拉爱上了黑人革命领袖惠拉,从一个单纯的海滨女郎变为黑人政治家的妻子。但是,惠拉却在黑人运动蓬勃发展时被南非政府的刺客杀害了。海丽拉并没有消沉、屈服,并开始有意识地投入黑人的解放事业。她与惠拉生的黑肤色女儿后来成了走红巴黎的名模。而海丽拉在欧美和非洲则继续为南非黑人的解放事业而奔走,并和日后成为某独立的黑人国家总统的政治家罗埃尔结了婚。此时的海丽拉已成为与英迪拉·甘地等名人来往的国际舞台上的风云人物。她和丈夫在庆祝南非建立黑人政权的典礼上,成了自己祖国的贵宾,看到了前夫——黑人革命家惠拉的理想得以实现时的伟大场面。

小说《自然变异》通过对海丽拉成长过程的描述,昭示出一个铁的事实:南非是非洲的南非,不是欧洲的南非;南非是全体南非人的南非,不是少数白人专有的南非。在展示南非未来光明前景的同时,小说也回答了困扰着许多南非白人脑际的那个问题:白人在南非应该怎样生活?

主人公海丽拉在某些地方无疑具有作家本人的影子。但她本质上是个具有巨大艺术概括力的形象。海丽拉在自己追求爱的本性指引下随机应变,顺应了历史发展的潮流,在南非种族隔离制度的严酷现实中,不受社会上白人至上的传统观念影响,从生活中得出自己的结论,从而使自己从一个单纯的少女成长为黑人解放事业的一名战士。海丽拉少年时代是个天真、单纯、任性而又固执的女孩。她身为白人却对鼓吹白人至上的种族主义不以为然。妈妈的失踪强化了她本性中对爱情的追求,但是,她只有投身到黑人的解放斗争中,在与黑人革命者的结合中才找到真正的爱情。海丽拉对黑人解放事业的态度也是从旁观到同情,直到最后参与其中。正如戈迪默在一篇记述她自己思想发展的文章《基本姿态》(1988)中所说:"任何一个作家,只要他生活在受歧视受压制的人民之中,只要他周围的人群由于种族、肤色、宗教的原因而被打入另册,就都会听命于时代,感受到大形势在他内心唤起的道德革命。"作家对塑造海丽拉这样一位觉醒的白人女性形象所采取的积极态度,其实就是革命的态度。

海丽拉在她的成长、成熟的过程中所难以摆脱的是南非残酷的政治现实——种族隔离制度对她身心的深刻影响。她14岁时就曾因为偶尔去过一个有色人种男孩的家而被学校开除。她挚爱的丈夫惠拉——一位黑人革命家,又是因为反对种族歧视的政策、争取民族独立而被南非反动当局残忍杀害。小说还进一步预见到南非种族歧视和种族隔离制度被废除后,海丽拉返回南非的情景。她参加南非黑人新政权建立的庆典时,虽身为"白人妇女,但今天却穿着非洲礼服",以示自己无视种族差别,表明永远和黑人站在一起的决心。海丽拉靠着自己的良知和人道主义,靠着对祖国南非和南非人民的热爱,成为在动荡的政治生活中的拼搏者和胜利者。其形象生动、深刻地镌刻在非洲文学史册上。

《自然变异》的艺术表现形式较之作家以往的作品也有新的突破和发展。

戈迪默在诺贝尔文学奖获奖发言《写作与存在》中,指出作家"穷毕生精力企图通过语言释译我们在各种社会,我们身为其中一份子的世界中所汲取的书本知识,正是在此意义上,在此无法解决、不可言说的参与关系中,写出永远且同时是对自我和世界的探索,对个体和集体存在的探索"。《自然变异》就极好地表现了她的这种文学观。

正如小说的题目所暗示的那样,作品着力表现的是一个白人在南非当时社会历史条件下不可避免地发生"变异"的思想,而且是"自然变异",即合乎逻辑地顺理成章地"变异"的思想。因此,小说基本上采取了按时间顺序进行叙述、按故事发展推进情节的方法。但是,作者不是呆板地罗列事件,而是有意在叙述中加进大量的超前铺垫和预言成分,从而使作品产生更大的悬念、更诱人的艺术魅力,表现出浪漫主义的理想化色彩。

有评论家认为《自然变异》是"20世纪的流浪汉小说"。之所以如此评价,是因为作品主人公似乎是一个居无定所的"流浪汉"。她自动离开南非,环游世界。其足迹遍及西亚、东非、加纳、伦敦、东欧、美国等地,后来又返回非洲。她到处参与政治活动,但最关注的还是南非。作者将全书分为20个部分,每部分都列有小标题,这是她以往作品中从未有过的现象。这样叙述能完整地看到主人公性格发展的全过程以及故事演进的全貌。

《自然变异》在叙述风格上的另一个特点是趋向散文化,"整部作品优美、深刻,从主人公对生活的好奇,想探求生活的奥秘,到想象力得到进一步扩展而对他人远观审视"。作者紧紧把握住将"道德的政治的力量裹进巧妙编织的插曲和明白晓畅的散文中"。她正是善于用生动敏锐的文笔将政治事件渗透进个人的痛苦之中,因而所描述的痛苦才能引起读者共鸣,才能打动读者的心。

戈迪默明确认识到作家始终面临着"为谁而写作"的问题。因此,她同意马尔克斯"一个作家能够为一场革命服务的最佳方式即尽量写得好些"的观点,也更赞同加缪的"较之有倾向的文学,他更喜欢有立场的个人"的观点。《自然变异》出版后,之所以受到评论界的高度评价,认为是一部全面了解南非社会的难得的教科书,其根本原因就在这里。

她先后获得过各种荣誉,评论界一致肯定其作品的高度政论意义,但这绝不意味着可以将其作品视为政治宣言。她本人就否认这种观点。她说:"作家不论写什么,他们总是在创作人物。"评论家在指出她小说所具有的浓厚政治色彩的同时,也评价其风格完全是有意识的文学的。正是文学色彩与政论性主题巧妙有机地融为一体,才使她的作品具有"一种遒劲的力量和极强的感染力"。

戈迪默为南非的文学和解放事业所作出的巨大贡献使之成为南非文坛泰斗。其文学中所表现出的博大胸怀和对自由的热爱,则使她当之无愧地跻身当今世界文坛最前列。

后　记

　　2012年暑假在河南大学开学术会期间，应安徽大学出版社的邀请，为该社"大学名师精品课程系列丛书"写一本书。回到天津不久就接到了约稿函。我认真阅读其中的内容，发现出版社这一选题的创意很好，出版方希望这部以讲稿形式写成的著作要注重讲稿的直观生动性，讲解个性化，以及重视师生间的交流与互动等，这些都是我们长期授课中最关注的问题。尤其是在丛书的附录中我看到确定加入该丛书的专家名录，更感到兴奋不已。因为其中的高旭东、黄德宽先生等都是与我有过交往的老朋友，也是我十分敬重的学界同人。能与之为伍，忝列其中，我不胜荣幸。

　　我接到约稿函时，正值还其他稿债期间，确实心有余悸。怕时间紧，难以按时完成。心想好在有纸质的讲稿，只需请研究生帮忙打印就可以了。可是整理完书稿以后，厚厚的一叠，不禁想起古人所说的"著作等身"一词，那时候是竹简，自然容易做到。现在都是纸张，真要做到"等身"，恐怕就绝非易事了。再想到要将这厚厚的打印稿整理成书稿，而且按照讲稿需要的"24讲"形式整理好，也是颇费时间的事。在整理讲稿的过程中，既要达到出版社提出的"齐、清、定"的标准，又要像鲁迅先生所言"爱惜自己的羽毛"，那就更要仔细认真了。我写过一些专著，也主编过多种东方文学教材，但是以一己之力独立完成一部有特色的个性化讲稿这是第一次，所以我从思想上很看重这本书的构思和质量。尽管如此，因为限于个人的水平，百密一疏、挂一漏万的事总会有的，好在王娟娟和赵树祎女士的水平是信得过的。安徽自古代就是讲究读书做学问和人才辈出的地方,我相信经过出版社的努力和编辑的辛勤劳动,讲稿各方面的水平一定会有一个大的提升。最后,借书后一隅还要感谢帮助我整理书稿的文学院科研办公室主任周宝东博士、进博士后流动站工作的甄蕾博士、教研室吕超副教授,以及研究生丛佳、张乌兰等。

《东方文学专题讲稿》一书准备付梓,正可以作为我为本科生讲课30年的纪念。30年来,我始终坚持给本科生讲基础课、选修课;始终坚持站着给学生写板书、讲课;始终坚持脱稿讲课,从未照本宣科。我觉得这样才对得起学生,对得起三尺讲台,对得起自己的良心。非常感谢安徽大学出版社帮助我了却了这一心愿,希望读到此书的同人和朋友们能给我批评指正。

孟昭毅

天津师大学者公寓攻玉斋

癸巳仲夏